Por fin en Marshington Abbey

Por fin en Marshington Abbey

Título original: *A Noble Masquerade*

© 2015 by Kristi Ann Hunter
Originally published in English under the title:
A Noble Masquerade
by Bethany House Publishers,
a division of Baker Publishing Group,
Grand Rapids, Michigan, 49516, U.S.A.
All rights reserved

© de la traducción: Ana Isabel Domínguez Palomo
y María del Mar Rodríguez Barrena

© de esta edición: Libros de Seda, S.L.
Paseo de Gracia 118, principal
08008 Barcelona
www.librosdeseda.com
www.facebook.com/librosdeseda
@librosdeseda
info@librosdeseda.com

Diseño de cubierta: Mario Arturo
Maquetación: Rasgo Audaz
Imagen de la cubierta: © Yolande de Kort/Arcangel Images

Primera edición: marzo de 2017
Segunda edición: abril de 2017

Depósito legal: B. 1.853-2017
ISBN: 978-84-16550-92-0

Impreso en España – Printed in Spain

Queda rigurosamente prohibida, sin la autorización escrita de los titulares del copyright, bajo las sanciones establecidas por las leyes, la reproducción total o parcial de esta obra por cualquier medio o procedimiento, comprendidos la reprografía y el tratamiento informático, y la distribución de ejemplares mediante alquiler o préstamo públicos. Si necesita fotocopiar o reproducir algún fragmento de esta obra, diríjase al editor o a CEDRO (www.cedro.org).

Kristi Ann Hunter

Por fin en Marshington Abbey

Libros de seda

Al Creador,
que tuvo la grandeza de hacernos a su imagen y semejanza,
dotándonos al mismo tiempo de individualidad.

Génesis, 1:27

Y a Jacob,
tan increíble, que es fuente de inspiración para todos
mis héroes, aunque sea en los pequeños detalles.

Prólogo

Hertfordshire, Inglaterra, 1800

Que a una niña de ocho años se le caiga un trozo de tarta de queso al suelo nunca es motivo de alegría, y por supuesto no le toma cariño al niño culpable de la caída que se ríe a carcajadas.

Unos enormes lagrimones aparecieron en los ojos de *lady* Miranda Hawthorne al contemplar la tarta abandonada en el suelo. Apretó sus pequeños puños a ambos lados del cuerpo.

—¡Henry Lampton, eres un bruto! —Miranda, con las mejillas húmedas, levantó la tarta del suelo y se la tiró al niño, que seguía riéndose. En cierto modo, le pareció muy satisfactorio ver cómo el cremoso postre le manchaba la camisa y la sonrisa desaparecía de sus labios.

Miranda no tuvo mucho tiempo para disfrutar de su venganza, porque su madre apareció para llevársela de la fiesta. Su progenitora no dijo ni una sola palabra hasta que la puerta estuvo cerrada una vez que entraron en su gabinete.

—Miranda, una dama jamás expresa su descontento en público. —La regañina de su madre fue serena pero firme, como de costumbre.

Aunque sabía que su madre lo hacía con buenas intenciones, Miranda se estremecía cada vez que escuchaba las palabras: «Miranda, una dama jamás...». Aunque de vez en cuando las cambiaba por: «Miranda, una dama siempre...». Pero, en ese caso, era algo del estilo: «Miranda, una dama siempre presta atención a sus invitados, aunque le resulten aburridos».

Miranda sabía que no debía hablar mientras su progenitora la sermoneaba. Siempre que intentaba defender sus actos, lo único que lograba era prolongar la tortura. De manera que esperó hasta que su madre la despachó.

Sin embargo, en vez de regresar a la fiesta, corrió a su dormitorio, se arrojó a la cama y comenzó a aporrear la almohada por lo injusto que era todo.

Un trozo de papel blanco que había sobre la mesilla de noche le llamó la atención. La última carta de su hermano seguro que era más interesante que elaborar una lista mental con todas las cosas que las reglas de su madre le impedían hacer.

Dos años antes, cuando Griffith se marchó al internado, su madre decidió que mantener correspondencia con él sería un ejercicio excelente para que Miranda practicara su caligrafía. Las primeras cartas habían consistido en poco más que en su nombre y una frase sobre su muñeca preferida, pero con el paso del tiempo su hermano y ella habían ido ganando confianza.

Su correspondencia tenía el beneficio añadido de ofrecerle a Miranda un lugar donde ventilar las frustraciones provocadas por su madre.

Rompió el sello, emocionada y ansiosa por conocer las últimas proezas de su hermano.

Queridísima hermana:
Por la presente espero que estés bien. Tu última carta fue lo suficientemente larga como para agradecer el hecho de ser un duque. El coste del envío de tanto papel debe de ser

elevado. Tal vez no debas tratar de echar abajo a patadas los paneles de las bancas la próxima vez que te aburras en la iglesia.

Miranda frunció el ceño. ¿Qué otra cosa se suponía que iba a hacer? El sermón de aquel día fue extremadamente aburrido y su madre le había advertido la semana anterior de que una dama jamás se dormía en la iglesia. Obligarla a mantenerse sentada durante una hora más aquella tarde fue un castigo excesivo.

Marsh se las arregló para ayudarnos a evitar a un grupo de muchachos mayores que pretendían obligarnos a que hiciéramos sus tareas. Sigo agradeciéndole a Dios que haya enviado a otro joven de alcurnia a este lugar. Sus modales son un poco toscos, a pesar de haber heredado el título cuando era niño. Se le da casi tan mal ser un caballero como a ti ser una dama.

Sacarle la lengua a un trozo de papel era de lo más absurdo, pero de todas maneras Miranda se sintió mejor haciéndolo. Sin duda, Griffith estaba esforzándose en la medida de lo posible para refinar los modales de su amigo. Su amado padre había sido el responsable de la buena educación de Griffith antes de que muriera trágicamente tres años antes.

Sé que es difícil, pero trata de controlarte un poco. Madre se preocupó muchísimo cuando te encontró muerta de risa en el suelo por culpa de ese libro que estabas leyendo.

El recuerdo le arrancó una sonrisa de los labios. Se trataba de un libro muy gracioso.

> *Algún día, Miranda, agradecerás que nuestra madre te haya educado desde tan joven. Sería de gran ayuda que trataras de poner en práctica sus enseñanzas.*

¿Acaso pensaba que no lo intentaba, que disfrutaba sentándose en el sillón de terciopelo azul situado junto al escritorio de su madre mientras la sermoneaba sobre el comportamiento de una dama?

Bajó de un salto de la cama y corrió hacia su escritorio, emplazado bajo la ventana. Tras tomar pluma y papel, pensó en la mejor manera de describir el incidente de la tarta de queso de forma que Griffith lo entendiera.

Ella trataba de comportarse. De verdad que lo hacía. Pero ¿cómo conseguía alguien dominar sus emociones cuando se sentía feliz, triste o asustado? ¿Acaso no se debía hacer algo con dichas emociones?

Era como las anécdotas que le contaba Griffith sobre su amigo. Marshington comprendía que, a veces, se debía ir contra las normas para que las cosas sucedieran. Como aquella vez que dejó la ventana abierta para que los exámenes de los alumnos de quinto salieran volando. Recoger los papeles evitó que los alumnos de más edad entrenaran aquel día, de manera que Marshington y Griffith por fin consiguieron jugar al críquet sin que les lanzaran pelotas a la cabeza.

Marshington habría hecho algo más que arrojarle la tarta de queso sucia a Henry. Habría encontrado el modo de que el muchacho le llevara otro trozo. Tal vez incluso una tarta entera.

La habría rescatado en vez de echarle un sermón. De la misma manera que había rescatado a Griffith de las torturas durante su primer mes de estancia en el internado.

Una idea cobró forma en su mente.

¿Sería capaz de llevarla a cabo?

Mojó la pluma con la tinta, pero no la presionó sobre el papel. La dejó suspendida un buen rato, hasta que una gota acabó cayendo sobre

la prístina superficie. Tras soltar un largo suspiro, apoyó el plumín en el papel y empezó a escribir.

Querido Marshington:

Era algo insólito, incluso escandaloso, lo que le añadía emoción. Un acto liberador. Una pequeña rebelión a espaldas de su bienintencionada madre y de la censura de su perfecto hermano mayor.

Nunca la enviaría, por supuesto. Una dama jamás mantenía correspondencia con un varón desconocido. Pero el simple hecho de escribir su nombre hizo que se sintiera muy osada.

A medida que describía el incidente de la tarta, sin prestar mucha atención a la elección de palabras adecuadas o a la caligrafía, sucedió algo inesperado. Aquello la tranquilizó. Y empezó a comprender que tal vez, solo tal vez, su madre tuviera razón.

Arrojarle la tarta a Henry no le había servido de nada.

Pero quizás escribir al mejor amigo de su hermano sí le sirviera.

Capítulo 1

Hertfordshire, Inglaterra, Otoño de 1812

*L*ady Miranda Hawthorne apoyaría a su hermana esa noche aunque muriera en el intento. A juzgar por el dolor que ya le entumecía la cara, era una posibilidad más que real. Se masajeó las mejillas con la esperanza de que la sonrisa forzada pareciera, también para ella, menos dura que la madera de la puerta que tenía delante.

Giró el pomo de latón con fuerza, abrió la puerta de un tirón y salió al pasillo. Andaba con paso firme. Con una postura perfecta. Nada conseguiría que olvidase las interminables lecciones de su madre sobre los modales que debía tener una dama.

Después, se topó con un muro.

En fin, tampoco era exactamente un muro. Los muros no aparecían en mitad de los pasillos, cubiertos de paño de lana.

—Le pido disculpas, *milady*.

Ni tampoco hablaban.

Miranda alzó la vista para contemplar el obstáculo, que en realidad era un hombre de constitución fuerte. Retrocedió un paso y puso la mayor distancia posible entre ellos sin entrar en su dormitorio. Tuvo que alzar mucho la vista. Muchísimo.

Los últimos vestigios de sol se filtraban por el enorme ventanal del extremo del pasillo, lanzando sus rayos dorados sobre el suelo y sobre el amplio torso del hombre.

No era de la familia. Todos sus parientes tenían el pelo rubio, incluidos los que eran tan lejanos que no reconocerían el parentesco de no ser porque su hermano era duque. La penumbra que reinaba en el pasillo le impedía distinguir el color exacto, pero la «barricada» que se alzaba delante de ella tenía el pelo muy oscuro recogido en una coleta en la nuca.

Tomó una honda bocanada de aire y se recordó cuál era su posición. Era una dama de alcurnia. La hija y hermana de un duque. En algún punto de su interior debía encontrar la arrogancia aristocrática que tantas de sus amistades demostraban. Si ese intruso tenía intenciones aviesas, la palabra sería su única defensa. Esos largos brazos podrían retenerla antes de dar dos pasos siquiera.

Claro que todavía no se había movido. Permanecía plantado en el pasillo mientras ella lo miraba.

—Disculpe. —Miranda casi aplaudió de alegría al oír el tono altivo y seco que indicaba que no se estaba disculpando con nadie—. ¿Quién es usted?

Intentó mirarlo a los ojos, pero esa mirada franca la puso nerviosa e hizo que se desconcentrara. El hecho de que tomara varias bocanadas de aire y las fosas nasales se le llenaran con la curiosa mezcla del olor del jabón y de la colonia amaderada que llevaba tampoco la ayudó mucho. En la penumbra del pasillo, el hombre no se daría cuenta de dónde estaba mirando. Con suerte.

El aludido le mostró una levita negra de gala.

—Llevo la levita que su excelencia se pondrá esta noche. He tenido que plancharla de nuevo.

Miranda entrecerró los ojos.

—¿Ha tenido que plancharla de nuevo? ¿No debería encargarse el señor Herbert de planchar la ropa del duque? Se lo voy a preguntar de nuevo. ¿Quién es usted?

—Yo...

Un portazo hizo que los dos volvieran la cabeza cuando su hermano, Griffith, salió de sus aposentos.

—Ahí estás, Marlow.

Miranda examinó a uno y a otro. Ambos eran hombres corpulentos, aunque Griffith lo era un poco más. Dado que parecía un gigante rubio de constitución fuerte y anchos hombros, el aspecto de Griffith creaba tanta sensación como su título nobiliario. El desconocido, Marlow, era más bajo y más delgado, por no mencionar que carecía de título, pero de alguna manera, el criado se las apañaba para aparentar ser el más poderoso de los dos.

Una ridiculez, sobre todo teniendo en cuenta que Griffith era el duque de Riverton y que estaba en la flor de la vida.

Su hermano le echó un brazo por encima de los hombros y señaló a la barricada humana.

—Miranda, te presento a mi nuevo ayuda de cámara.

Parpadeó, sorprendida.

—¿Dónde está Herbert?

Griffith meneó la cabeza al tiempo que se volvía para permitir que Marlow le pusiera la levita.

—Querida Miranda, el señor Herbert es un anciano. Se ha jubilado. Me ha atendido durante quince años y ya había atendido a nuestro padre al menos otros treinta. ¿Esperabas que siguiera trabajando aquí hasta que muriese?

Miranda enarcó las cejas y fulminó a su hermano con la mirada.

—No, pero tenía la impresión de que tú sí. Te sugerí hace tres años que le concedieras una pensión. —Se volvió para saludar como era debido al nuevo ayuda de cámara.

El hombre hizo una reverencia e inclinó la cabeza para saludarla con una sonrisilla en los labios y sin bajar la mirada tal como haría un criado.

Miranda se quedó sin aire en los pulmones cuando vio esos increíbles ojos grises. Siempre había creído que el gris era un color insípido y soso, pero «misteriosos» y «arrebatadores» eran los adjetivos más apropiados para describir los ojos de ese hombre. Sus profundidades ocultaban un sinfín de secretos.

Se desentendió de semejantes pensamientos, que solo podían estar provocados por la mortecina luz del sol, y saludó con un gesto de cabeza al criado.

—Un placer conocerlo, Marlow. Espero que disfrute de su trabajo en esta casa.

—Gracias, *milady*. —El criado hizo una reverencia antes de ajustar la corbata de su hermano. Tras asentir con la cabeza, se hizo a un lado.

Griffith le ofreció el brazo a Miranda antes de echar a andar por el pasillo.

—¿Cuándo lo contrataste? —susurró Miranda cuando se acercaban a la escalinata. Miró por encima del hombro a la figura del criado, que ya se alejaba.

—Esta mañana. De momento, me está complaciendo mucho.

—Menos mal. Si no te complaciera menos de doce horas después de su contratación, su futuro en el puesto sería poco halagüeño.

Se reunieron con su madre en el salón.

—Miranda, estás muy guapa.

Mientras su madre la abrazaba con cuidado, ella se centró en el amor que había tras el cumplido y se tragó la observación de que estaba guapa porque lucía uno de los vestidos de color pastel que su madre le había permitido comprar durante la última temporada en vez de los vestidos blancos y de color crema que la había obligado a ponerse durante las dos primeras tras su presentación en sociedad. La siguiente temporada sería la cuarta, y esperaba poder eliminar por completo los colores que le hacían parecer una muerta.

—Siento que William no pudiera acompañarte en el viaje. —Miranda se sentó en el diván de brocado de seda verde a sabiendas de que seguramente tendrían que esperar bastante hasta que su hermana menor, Georgina, se reuniera con ellos.

Su madre esbozó una sonrisilla cuando se sentó junto a ella.

—Yo también lo siento. La próxima vez, prolongaré mi visita y él me acompañará.

Griffith acomodó su corpulento cuerpo en un sillón orejero.

—¿Volverás para Navidad?

Su madre negó con la cabeza.

—Hemos decidido viajar a la costa para celebrar las fiestas. Como sabéis, no tuvimos luna de miel.

El amor que su madre sentía por su flamante marido le quitaba muchos años de encima, y eso que había envejecido mucho mejor que cualquier otra persona que Miranda conociera. Casi podrían pasar por hermanas cuando sonreía de esa forma.

—Ser *lady* Blackstone te sienta bien.

—Pues sí. Ha sido sencillísimo dejar de ser duquesa para convertirme en condesa, en contra de la opinión de mis amigas. —Le dio unas palmaditas a Miranda en la mano—. No sé cómo agradeceros que nos hayáis concedido este año.

Griffith se levantó para besar a su madre en la mejilla.

—Te lo mereces, madre. Sus hijos están casados. Los tuyos son prácticamente adultos ya. Deberías tener la oportunidad de organizar tu casa sin tenernos pegados.

Miranda asintió con la cabeza para darle la razón, aunque debía admitir que ese último año también había sido una liberación para ella. Sin la vigilancia constante de su madre y sus interminables recordatorios sobre el comportamiento apropiado de una dama, había podido relajarse un poco, disfrutar e incluso hacer amigos. Tener a su madre en la casa durante esa semana había tensado al máximo el control que ejercía sobre sus emociones.

La mujer miró hacia la puerta, preocupada.

—Pero ¿le estoy fallando a Georgina? Lo ha pasado fatal desde que me mudé. Tal vez debería quedarme. O llevármela a Blackstone conmigo.

Miranda nunca había visto a su madre dudar. Durante toda su vida, la había tenido como una mujer segura de sí misma, inamovible. Le dolía ver la culpa y la duda en sus ojos. Sobre todo, porque dicha culpa estaba provocada por algo que sus hijos la habían instado a hacer.

En cuanto a Georgina, sus travesuras infantiles y sus arrebatos de celos en Londres, unos cuantos meses antes, habían estado a punto de arruinar la relación entre Miranda y dos de sus mejores amigas. Sentir atracción por un hombre no justificaba el hecho de esparcir rumores maliciosos sobre la mujer a la que dicho hombre cortejaba. Lo que sentía al pensar en aquella época no era precisamente lástima.

—Georgina se buscó ella sola los problemas y creo que ha aprendido de ellos.

Griffith colocó una mano en el hombro de su madre.

—Y ahora estás aquí, en el momento clave, cuando Georgina va a asistir a su primer baile como adulta, aunque solo sea un evento rural.

—Fue un buen comienzo para Miranda. Quería que Georgina contara con los mismos beneficios.

Miranda carraspeó y clavó la mirada en el otro extremo de la estancia tras haber decidido que el jarrón verde y rojo reclamaba su total atención. Ese supuesto beneficio le había servido de bien poco. Aún estaba soltera y era más que probable que siguiera así en el futuro más cercano.

Descubrir que el hombre con quien planeaba casarse estaba más interesado en un trozo de tierra que en ella podía tener ese efecto en una mujer.

Una despampanante muchacha de diecisiete años, ataviada con un vestido blanco níveo, entró en el salón. Era muy injusto que, aunque ambas hermanas tuvieran casi el mismo color de pelo y el mismo cutis, Georgina consiguiera que el color de la pureza pareciera angelical. Había algo en ella que le otorgaba una especie de aura intocable, casi etérea.

Recordó entonces a la niñita vigorosa de rizos rubios. Los años le habían sentado bien.

—Estás preciosa, Georgina.

—Gracias, querida hermana. Tú también estás guapa esta noche. Ese tono azul te favorece más que el blanco. Me alegro de que este año hayas podido añadir un toque de color a tu vestuario.

Los años también la habían convertido en una consentida. ¿Georgina había querido hacerle un cumplido o recordarle que ya no pertenecía al grupo de debutantes que competirían por el mejor marido?

Fuera como fuese, un cumplido por parte de Georgina era algo poco común y maravilloso. De modo que lo aceptaría de esa forma.

—Gracias. Creo que prefiero la variedad. Tal vez así destacaré entre todo el blanco. —Hizo una mueca al ver que Georgina esbozaba una sonrisilla y que su madre fruncía el ceño.

No había sido su intención pronunciar la última frase en voz alta. ¿O sí? Claro que no hacía falta mucha imaginación para pensar que los caballeros la encontrarían más atractiva cuando no pareciera una enferma.

De repente, el recuerdo de la sonrisilla del ayuda de cámara se coló en su mente, así como su olor. Estuvo a punto de salir corriendo hacia la puerta con la esperanza de que la fresca brisa nocturna disipara el olor de ese hombre de su cabeza. Su inminente soltería debía de preocuparla más de lo que se había percatado si un criado le llamaba la atención de esa forma.

Claro que era un criado muy apuesto.

Tras unos minutos de conversación, subieron al carruaje que los esperaba. Miranda se sentó en el sentido contrario a la marcha, igual que su hermano, para que su madre y su hermana lo hicieran en el sentido de la marcha. Georgina se pegó a la ventanilla del carruaje para mirar por ella, y su emocionada cháchara reverberó en el interior durante todo el trayecto hasta llegar a su destino.

Miranda sintió que los celos le formaban un nudo en la garganta. Esa clase de emoción y de expectación la había abandonado hacía mucho tiempo. Las reuniones sociales se habían convertido en una obligación. Sí, seguían siendo entretenidas, pero también eran muy habituales.

La voz serena de su madre contestaba a la voz cantarina de Georgina, pero Miranda no le prestó atención a lo que decía. Era muy probable que su madre le recordase a su hermana menor cuál era el comportamiento apropiado que se esperaba de ella. Miranda había oído esos consejos tantas veces que era capaz de recitarlos incluso dormida.

Se apearon del carruaje para recorrer el corto trayecto que llevaba hasta el salón de asueto. Su madre le dio un apretón a Georgina en el brazo y se inclinó para susurrarle algo al oído. La sonrisa de su hermana se volvió más deslumbrante (¿cómo era posible?) y asintió con la cabeza antes de darle un beso en la mejilla a su madre.

Miranda recorrió con la mirada la multitud de personas que se dirigía al salón. Las conocía a todas. Las mismas caras que llevaba tres años viendo.

Pasaron entre los farolillos de madera tallados y subieron por el sendero que conducía al salón. Hacía una eternidad, o eso le parecía, que había recorrido ese conocido sendero de ladrillos para asistir a su presentación en sociedad. El traqueteo de los carruajes y los ruidos de los caballos que esperaban a los asistentes a la velada se le antojó como música en aquel entonces. En ese momento, todo le parecía muy ruidoso.

Caminó a paso lento, decidida a captar todo lo que hubiera podido pasar por alto antes y desesperada de veras por descubrir algo nuevo y emocionante.

Cuando por fin entró en el salón, la cohorte de admiradores de Georgina ya estaba reunida. La inocente emoción del trayecto en carruaje se había transformado en una elegancia estudiada y en cierta coquetería. Su reluciente vestido blanco ya se movía entre los bailarines, y a juzgar por el grupo de jóvenes que la observaban, estaría muy solicitada durante el resto de la velada.

Miranda se negó a sentir celos, al menos, no demasiados. Fue en busca de un vaso de limonada y cruzó la estancia para charlar con algunas de sus amigas casadas y con un grupo de madres que vigilaban a sus hijas al borde de la pista de baile.

Había empleado al menos veinte nombres distintos durante los últimos nueve años, pero ninguno le había causado tantos problemas como ese. Recordar que en ese momento era Marlow, ayuda de cámara de uno de los hombres más afamados y poderosos del país, le estaba costando un esfuerzo considerable.

En ese momento más que nunca tenía que creerse el personaje. Tenía que pensar, actuar e incluso respirar como Marlow, ayuda de cámara del duque de Riverton. Por el escritorio de ese hombre pasaba todos los días una increíble cantidad de información privilegiada. Hasta qué punto dicha información podía servirle de ayuda a Napoleón era un misterio.

El error más mínimo podría significar el fracaso de la misión. La que sería su última misión.

Desechó esa idea, ya que no quería pensar en la cantidad de hombres que habían resultado heridos, capturados o asesinados en su último viaje a las sombras. Mantenerse alerta le permitiría llegar a la jubilación de esa actividad en vez de hablar de ella.

Se negaba a morir como el señor Marlow. Era un nombre espantoso, razón por la que lo había escogido para esa misión. Evitaría que se sintiera cómodo, que se olvidara de que estaba en esa casa como criado del poderoso duque de Riverton, no como su amigo.

Después de que la familia se marchara para el baile campestre, los criados no tardaron mucho en terminar sus tareas para retirarse a dormir. Mientras las últimas criadas se afanaban en los pisos superiores, Marlow se dedicó a preparar los aposentos del duque para el regreso de Griffith... no, para el regreso de su excelencia.

Había registrado la habitación del duque al llegar esa tarde. Todo su ser se rebelaba contra la idea de que su antiguo amigo estuviera al tanto de las actividades de alta traición que se llevaban a cabo en la propiedad, pero no podía permitirse el lujo de desechar esa posibilidad.

Todo el mundo era sospechoso al principio.

Fue muy fácil registrar los dormitorios desocupados y descartarlos de sus sospechas. Utilizar dichas estancias de forma habitual habría despertado la curiosidad de alguien. Seguramente, sus objetivos usaban una zona más pública para sus aviesas actividades. Era más sencillo ocultarse a simple vista.

Se detuvo delante de la puerta de la habitación de *lady* Miranda y puso la mano en el pomo. Esbozó una sonrisilla al recordar cómo había salido por la puerta, como Enrique V al declarar «una vez más en la brecha».

La apasionada firmeza de su expresión lo había sorprendido. Sabía que había pasado demasiado tiempo en las sombras, pero no se había percatado de que una emoción sincera pudiera afectarle tanto.

El tiempo pasaba sin que apartara la mano del pomo de la puerta. Debería entrar, registrar su habitación. Ser una mujer guapa y emotiva no la libraba de la sospecha. De hecho, la aumentaría en cierto sentido. El instinto le decía que estaba cortada por el mismo patrón que su hermano, pero no podía permitirse que la intuición fuera su guía. Tenía que convencer a su cerebro.

Apartó la mano con brusquedad. Hizo ademán de pasársela por el pelo, pero recordó que se lo había recogido en una coleta. Esa parte esencial de su disfraz, el peinado perfecto e insufrible, tenía que permanecer impecable por si alguien lo veía. Liberó la frustración tirándose de las solapas mientras se daba media vuelta.

La habitación de Miranda seguiría en el mismo sitio al día siguiente. Podía empezar la búsqueda en las estancias más públicas, ya lidiaría con esa extraña indecisión. No quería decir que ella fuera inocente, solo que estaba permitiendo que el instinto le indicara a quién debía investigar antes. Estaba casi convencido de que debía de ser alguien del servicio, así que bien podría empezar por las estancias a las que tenían acceso la mayoría de los criados.

Casi se convenció de que era verdad mientras bajaba en silencio la escalinata.

Capítulo 2

—¿Te he visto bailar con el señor Ansley?

Miranda se volvió y vio la sonrisa emocionada de su amiga, la señora Cecilia Abbott, que anteriormente fue la señorita Cecilia Crosby. Las dos habían compartido muchas conversaciones entre susurros en un rincón de ese mismo salón de baile.

—Sí. —Miranda cambió de postura de modo que su hombro tocara el de Cecilia y las dos pudieran mirar la estancia mientras hablaban—. Quería saber si a mi hermana le gustaba la caza. Al parecer, su familia está pensando organizar una cacería.

—Pobrecillo. Nunca conseguirá conquistarla con actividades al aire libre.

El problema del caballero en lo que a Georgina respectaba era su falta de título nobiliario más que su gusto por las actividades al aire libre, pero Miranda agradeció que Cecilia lo expresara de esa manera.

—Esta mañana me ha dicho que la falta de espacios naturales de Londres es una de las cosas que más ansiaba disfrutar de la capital. Una vez allí, las actividades al aire libre se limitarán a pasear a caballo por Hyde Park o a pie por los jardines públicos.

—Mmm. —Cecilia recorrió la estancia con la mirada antes de mirar a Miranda de soslayo—. También has bailado con lord Osborne.

Miranda notó un nudo en la garganta. Esperaba que nadie le confiriera un significado especial a ese baile.

—Sí, es cierto.

Cecilia carraspeó.

—¿Y también te ha preguntado por Georgina?

De haber sido cualquier otra persona, Miranda podría haber mentido. Incluso con muchas de sus otras amistades, se habría echado a reír y se habría inventado un cuento sobre el rato tan estupendo que había pasado. Sin embargo, Cecilia no tenía aspiraciones sociales. Ni siquiera se había trasladado a Londres para disfrutar de la temporada, sino que había decidido quedarse en Hertfordshire y buscarse a un hombre respetable que la quisiera por quien era en realidad.

Una muchacha con suerte.

Miranda se pasó la mano enguantada por las faldas y clavó la vista al frente.

—Me ha preguntado si íbamos a pasar el invierno en la ciudad. Se ha ofrecido a llevarnos a patinar a la Serpentina si se congela.

—Un motivo espantoso para quedarse atrapado en Londres durante el invierno. —Cecilia torció el gesto, disgustada.

—El señor Quinn me ha preguntado si a mi hermana le gustaba el teatro tanto como a mí. —Miranda sonrió con la esperanza de que no pareciera una sonrisa forzada. Si ambas fruncían el ceño, llamarían la atención—. Al menos, se ha acordado de que me gusta el teatro.

Cecilia hizo una mueca.

—No todos bailan contigo por Georgina. O por tu hermano, el duque. Y lo sabes.

—Es posible. Aunque se han acercado muchos caballeros que no son conocidos de la familia ni maridos de mis amigas para invitarme a bailar, algo que no es habitual.

—Eso es porque has rechazado a todos los demás.

—No a todos. —Miranda miró a su hermana, que daba vueltas en la pista de baile mientras sonreía y miraba a los ojos de lord Eversly, un hombre que vivía a unos veinticinco kilómetros del pueblo de Hawthorne. ¿Había asistido al baile con el único propósito de conocer a Georgina?

Miranda conocía a esos hombres desde hacía al menos cuatro años y apenas se habían dignado a hablar con ella antes... Mucho menos a sacarla a bailar.

La horda de admiradores de Georgina había aumentado de forma constante a lo largo de la noche. La felicidad pugnaba con el resentimiento mientras Miranda recorría con un dedo las cuentas que adornaban su vestido.

—¿Va a ser así en Londres, Cecilia? No estoy segura de poder soportar la humillación. Todo el mundo me comparará con ella. Me relegarán al rincón de las solteronas. —Se pellizcó un dedo para distraerse. Tenía deseos de echarse a llorar, pero no podía permitir que las lágrimas brotaran.

«Una dama jamás muestra sus emociones en público.»

El recuerdo del consejo de su madre le pareció tan real como si se lo estuviera susurrando al oído en ese preciso momento. Incluso parecía la voz de su madre.

—Estás muy lejos de ser una solterona. Solo será tu cuarta temporada social. Más de una dama de alcurnia ha esperado. Son las desesperadas las que hacen creer que hay que contraer matrimonio durante la primera temporada en la ciudad.

Miranda no replicó. Había cierta verdad en las palabras de Cecilia. Lo que más le preocupaba era la posibilidad de que su afán por encontrar a alguien que la quisiera a ella y no a sus contactos familiares le impidiera alcanzar la dicha conyugal. Si su hermana encontraba el amor antes que ella, ¿qué querría decir eso?

—Además —siguió Cecilia—, ¿de verdad puedes ser una solterona cuando no dejas de rechazar proposiciones de matrimonio? El año pasado fueron dos, ¿no?

—Sí —murmuró Miranda, que no quería ni pensar en esas insultantes ofertas. Unas proposiciones que solo habían conseguido cimentar su decisión de no conformarse con otra cosa que no fuera la absoluta devoción de un hombre. El deseo de los hombres de casarse para ascender política o económicamente ya no la sorprendía, no tal como lo hizo durante su primera temporada, cuando se creyó enamorada del conde de Ashcombe y después descubrió que él estaba enamorado de un trozo de tierra de Griffith.

—Nada de pensar en eso. —Cecilia se colgó del brazo de Miranda—. Empiezas a poner cara tristona. Vamos a enterarnos de los jugosos cotilleos que están intercambiando las encantadoras damas que sí pertenecen al rincón de las solteronas. En contra de la opinión general, siempre están al tanto de los últimos chismes.

El grupito de damas solteras se encontraba en el punto más alejado de la pista de baile. Tras hacerse con sendos vasos de limonada para fingir que estaban tomando un descanso, Miranda y Cecilia dieron unos pasos hacia la izquierda, de espaldas al grupo, para evitar molestarlas.

—¿Os habéis enterado? ¡El señor Barrister regresó ayer de Londres y ha dicho que *lady* Marguerite está intentando otra vez que declaren muerto a su sobrino!

Miranda miró por encima del hombro a las mujeres que bebían limonada y que no prestaban atención al resto de la estancia.

Una de ellas abrió el abanico de golpe.

—No lo conseguirá jamás. No pueden declarar muerto a un duque sin pruebas.

Miranda miró a Cecilia con los ojos tan abiertos que casi se le salieron de las órbitas. Era una noticia muy interesante, desde luego. No todos los días alguien intentaba conseguirle un ducado a su hijo. Volvió la cabeza para oírlas mejor por encima de la música.

—¿Y si está muerto de verdad? ¿Cuánto tiempo van a esperar?

—Su administrador dice que recibe cartas de forma habitual con instrucciones para administrar sus propiedades y sus negocios.

—Cualquiera podría estar haciéndolo. Por favor, si una vez...

—¿Me concede este baile?

Miranda se sobresaltó por la interrupción y derramó un poco de limonada sobre uno de los guantes. Levantó la vista y se encontró con el mismísimo señor Barrister allí, de pie, ofreciendo la mano para conducirla a la pista de baile.

—Sí, sí, por supuesto. —Miranda le dio el vaso a Cecilia, que no dejaba de reír, y esbozó una sonrisa más sincera—. Será un placer.

Se obligó a encontrarse con sus brillantes ojos azules mientras se colocaban el uno frente al otro entre el resto de las parejas. Muchas jovencitas de la zona habían escrito poemas espantosos sobre los alegres ojos azules del señor Barrister. Eso sí, no eran ni la mitad de atractivos que unos ojos grises cual nubarrones de tormenta.

Se tropezó y casi chocó con la mujer que tenía al lado. ¿De dónde había salido esa idea? No debería estar pensando en los ojos de otro hombre mientras bailaba con el señor Barrister. ¡No debería estar pensando en el ayuda de cámara de su hermano en absoluto!

La siguiente hora pasó, por suerte, sin un solo tropiezo, pero Miranda respiró aliviada cuando su madre fue a buscarla.

—Marcharnos antes recalca la juventud de Georgina. —Su madre se echó el chal sobre los hombros al salir del salón de baile—. Además, necesito dormir bien esta noche. Me espera un largo camino de vuelta a casa por la mañana.

—¿Cuándo volverás?

—Volveré cuanto tengáis que hacer el equipaje para ir a Londres... Supongo que a finales de febrero. Cuando regresemos de nuestro viaje a la costa vamos a visitar a la hija de lord Blackstone. —Hizo una pausa y se le llenaron los ojos de lágrimas—. Quiere que los niños me llamen «abuela».

—¿Por qué no iban a hacerlo? Los querrás como si fueran tus propios nietos. Y lord Blackstone querrá a nuestros hijos tanto como a los hijos de sus hijas.

Su madre sorbió delicadamente por la nariz y pasó de estar al borde del llanto a ser dura como la piedra en un abrir y cerrar de ojos.

—Suponiendo que alguno de vosotros se case y tenga hijos.

Miranda contuvo un gemido.

—Una dama inteligente y de buena educación carga con la responsabilidad de transmitir esas cualidades a la siguiente generación de la aristocracia. Algunos dicen que la inteligencia se hereda por parte paterna, pero te aseguro que no es verdad.

El gemido de Miranda se convirtió en una sonrisa. Su madre estaba empleando sus consejos sobre el comportamiento que debía demostrar una dama a fin de animarla a que se casara. Debía de estar desesperada por ver a sus hijos casados.

Griffith y Georgina se reunieron con ellas y evitaron que Miranda tuviera que buscar una réplica adecuada.

—Qué noche más maravillosa. —Georgina se sentó en el carruaje dando un largo suspiro y con una expresión de absoluta satisfacción—. Creo que la edad adulta me sienta bien. ¿Habéis visto a todos esos caballeros?

Su madre le dio un apretón a Georgina en la mano.

—Parece que has disfrutado de lo lindo esta noche. —Miranda se sentía orgullosa de la sonrisa que había conseguido esbozar. Casi parecía auténtica.

Georgina apretó los labios.

—Creo que muy pocos son apropiados, por supuesto. Al fin y al cabo, estamos en el campo. Habrá más sofisticación en Londres.

—Clavó sus ojos verdes en Miranda con una expresión demasiado madura para sus diecisiete años—. Miranda, podrías haberme avisado de lo maravilloso que sería recibir tanta atención.

Si alguien la hubiera acusado de gruñir al oír la queja de su hermana, lo habría negado rotundamente. Sin embargo, nadie dijo una palabra, así que Miranda se consoló con el hecho de que, si había emitido un gruñido de enfado, nadie se había enterado.

Cuando llegaron a casa, Georgina recorrió el vestíbulo con paso alegre. La luz de los candelabros caía sobre ella y la convertía en el objeto más brillante de la habitación.

Miranda meneó la cabeza. ¿Ella también había estado tan emocionada tras su primer evento social? Seguramente. Había tenido éxito en términos normales, pero no había sido la incomparable que parecía que su hermana estaba destinada a ser.

Tras besar a su madre en la mejilla y despedirse de sus hermanos saludando con la mano, Miranda empezó a subir la escalinata.

—Buenas noches a todos. Madre, si no te veo por la mañana, que tengas buen viaje.

—¿Vas a acostarte? —El puchero era más que evidente en la voz de Georgina—. ¿No podemos seguir hablando? ¿No te ha parecido que lord Eversly era un bailarín divino? Creo que ha sido la mejor pareja que he tenido en toda la noche.

—Esta noche no he bailado con lord Eversly. —De hecho, nunca había bailado con lord Eversly. Ni siquiera en Londres, donde se veían en eventos dos o tres veces por semana durante el apogeo de la temporada social. Lord Eversly nunca se había relacionado con jovencitas en edad casadera. El hecho de que esa noche hubiera bailado con Georgina la hacía merecedora de un trofeo.

Miranda se volvió hacia su hermana, pero concentró la tensión en sus manos, que aferraban el pasamanos con tanta fuerza que tenía los nudillos blancos. La superficie, lisa, no proporcionaba demasiado agarre, de modo que apretó los dedos hasta clavar las uñas en la parte inferior de la madera.

—Me alegro de que hayas disfrutado tanto. Te prometo que reviviremos cada detalle mañana.

Rezó para que una buena noche de sueño la ayudara a superar su ridículo resentimiento y no arruinar la emoción de su hermana. Los escalones se volvieron borrosos por culpa de las lágrimas que le anegaban los ojos y de la parpadeante luz de las velas.

La familia entró en el vestíbulo haciendo mucho ruido. Pero ¿por qué no iban a hacerlo? Ni que estuvieran escabulléndose para encontrar lugares donde poder esconderse para obtener información secreta.

Ese era su trabajo.

El regreso de la familia significaba que debía dejar de investigar durante esa noche. Le gustase o no, su tapadera iba unida a un trabajo. Daba igual que su señor estuviera al tanto de todo el plan: alguien tenía que encargarse de la ropa y ayudar a Griffith a quitarse la ajustada levita.

Marlow salió en silencio de la habitación de *lady* Blackstone. Dado que la dama se marchaba al día siguiente, solo tenía esa noche para registrar sus pertenencias, aunque era casi imposible que ella formase parte de la trama de traición que estaba investigando.

Se ocultó en una hornacina cubierta por una cortina cuando *lady* Miranda llegó a la parte alta de la escalinata. Parecía ensimismada, casi triste. Sus hondas bocanadas de aire, que parecía tomar para infundirse valor, resonaban por el pasillo.

Daba igual. Ella no podía importarle. La puerta se cerró sin hacer ruido y Marlow echó a andar hacia la habitación de Griffith, cuidándose mucho de mantener el paso firme al pasar por delante de la puerta de *lady* Miranda.

Era una distracción.

Y las distracciones conducían al fracaso, incluso a la muerte.

Esa distracción en concreto casi le había costado la oportunidad de registrar la habitación de *lady* Blackstone antes de que se marchara. No podía permitir que *lady* Miranda tirase esa misión por la borda. En cuanto se le presentara la oportunidad, iba a registrar su alcoba, por más que la idea lo perturbara.

Llegó a los aposentos ducales justo antes que Griffith.

—¿Qué tal la noche, excelencia? —Ayudó a Griffith a quitarse la levita y empezó a encargarse del resto de sus deberes nocturnos.

—Agotadora. —Griffith se detuvo mientras se ponía una bata verde oscuro—. ¿Qué tal tu noche?

—¿Necesita algo más, excelencia?

Griffith gruñó.

—¿De verdad vamos a hacer esto?

Marlow se mordió la lengua para no responder. Tenía que ser el criado. Cualquier otra cosa sería inaceptable.

—No. —Griffith se cerró la bata—. Voy a acostarme para disfrutar de una noche entera de sueño mientras pueda. Georgina me matará en cuanto empiece la temporada.

Marlow hizo una reverencia y se alegró de que Griffith no hubiera decidido aprovecharse de la situación para dificultarle la tarea. Ojalá sus restantes deberes fueran tan sencillos, pero tenía que jugar con quienquiera que estuviese usando esa propiedad a modo de tapadera. Compaginar dicho juego con las necesidades de Griffith ya iba a ser bastante difícil de por sí.

Recogió un montón de zapatos al salir del vestidor. Podía ocuparse esa noche de limpiarlos y así tener más tiempo para investigar conforme avanzara la semana.

El montón de botas y de zapatos de gala olía a cuero y a pies, dos olores muy distintos. Se moría porque llegara el momento de dar por terminado el trabajo.

Tras prepararse para dormir, Miranda fue incapaz de meterse entre las sábanas y cerrar los ojos. Si no lidiaba con esas turbulentas emociones, la acompañarían a la cama. La experiencia le había indicado que acabaría cansada y de malhumor por la mañana, y que se mostraría huraña con todos a lo largo de casi todo el día. No, lo mejor era quedarse sentada un poco más y hacer las paces consigo misma.

Tal como su madre solía decirle, una dama jamás hacía sufrir a su familia porque estuviera de mal humor.

¿Georgina también recibía dichas lecciones? De ser así, se le daba mejor desoírlas que a ella.

Se sentó ante el tocador y jugueteó con el collar que Sally no había guardado. La cadena de oro giró sobre la mesa y arrastró consigo los diamantes con forma de lágrima por la superficie pulida. Tintineaban al rozarse, como las parejas que se habían cruzado en la pista de baile de los salones de descanso. Incluso el sonido que hacía la cadena al deslizarse sobre la mesa parecía música.

La emoción que hervía en su interior solo podía ser tildada de celos, y no le gustaba en absoluto. Tenía veinte años, estaba a punto de cumplir los veintiuno, no era una niña de doce. No era justo y, desde luego, no era culpa de Georgina. Ella había rechazado más de una oportunidad de contraer matrimonio, de modo que solo podía culparse a sí misma por la falta de marido y de familia.

¿Cuál era el origen de esos celos? No era la ristra de admiradores de Georgina. Había tenido su oportunidad y había descubierto que la mayoría carecía de las cualidades deseables en un marido. ¿Era la inocencia de su hermana? ¿El hecho de comenzar de cero?

Frustrada, Miranda metió el collar en el joyero abierto y cerró la tapa. Se sentía inquieta, como si tuviera la piel demasiado tirante o su corazón estuviera a punto de recolocarse en algún punto de su estómago.

Cruzó los brazos sobre el tocador, delante de ella, y enterró la cara en las manos.

—Señor —susurró—, ¿qué me pasa? ¿De verdad es el plan que me tienes reservado? No quiero estar sola.

Una lágrima cayó sobre el tocador, y Miranda se incorporó de golpe. Se apartó del mueble y se puso de pie. Se negaba a llorar por ese motivo. Se acabó lo de quedarse sentada, deprimida. Sin embargo, la idea de meterse en la cama la hizo estremecerse.

—Té —se dijo al tiempo que daba un golpe en el tocador con ambas manos—. Es justo lo que necesito.

El único problema era que la servidumbre ya se había retirado y ella no quería despertar a nadie.

—Muy bien, Miranda. No puede ser muy difícil preparar un té, ¿verdad? Lo has servido un sinfín de veces. ¿Importa tanto que nunca hayas calentado el agua? Nada como el presente para empezar. Ay, por favor, no sé qué es más triste: que no sepa preparar té o que hable sola.

Se llevó consigo la vela que estaba sobre el tocador para bajar la escalinata. La casa estaba sumida en un inquietante silencio y totalmente a oscuras. La luna llena brillaba en el cielo nocturno cuando salieron de los salones de descanso, pero unas densas nubes la habían ocultado antes de llegar a casa. La poca luz que emitía quedaba bloqueada por las gruesas cortinas que cubrían todas las ventanas.

Con la familia y los criados acostados, la mansión parecía fría y solitaria, muy diferente del ambiente alegre y acogedor al que estaba acostumbrada.

A falta de bajar dos escalones, se pisó el encaje de la bata. Se agarró con desesperación al pasamanos y dio un par de saltitos, de modo que consiguió bajar lo que quedaba de escalinata. Agradeció en silencio a su profesor de baile por haberle enseñado todos los pasos habidos y por haber y de ese modo haber sorteado el tropiezo sin consecuencias.

Claro que no podía decir lo mismo de la vela que llevaba.

Capítulo 3

Miranda se vio completamente a oscuras en el vestíbulo principal. Supuso que era el castigo que merecía por no haberse parado a encender el quinqué. Solo una tonta andaba por la noche con una vela en la mano. Extendió el brazo al frente y movió los dedos. Nada. No veía absolutamente nada.

—Bueno, esto va a dificultar las cosas.

Sus opciones consistían en buscar una caja de cerillas en la planta baja para encender de nuevo la vela o en subir otra vez la escalera para regresar a su dormitorio. La retirada no se le antojaba apetecible, de manera que procedió a avanzar despacio por el suelo de mármol, sin levantar los pies. Una vez que se alejó de la seguridad de la escalera, se sintió perdida en el mar de oscuridad.

Se guardó el ya frío cabo de vela en el bolsillo de la bata, alargó los brazos al frente y se acercó poco a poco a la pared.

¿Quién iba a imaginar que la oscuridad podía resultar tan opresiva? Se cernía sobre ella y la instaba a dar pasos más largos y rápidos o tal vez a ponerse a cuatro patas para gatear. Cualquier cosa con tal de sentir algo sólido en las manos que le diera una pista sobre el lugar en el que se encontraba.

Soltó un suspiro decidido y se puso en marcha de nuevo en dirección al comedor matinal situado en la parte posterior de la casa.

Seguramente hubiera cerillas en otras estancias, pero no sabía dónde las guardaban los criados.

Esa era la maldición de una casa bien atendida por la servidumbre.

Fue un avance lento, la verdad fuera dicha. Con una mano tanteaba los distintos relieves del papel de la pared. Con la otra hacía círculos por delante en busca de algún obstáculo.

Frunció los labios y empezó a silbar. Uno de los mozos de cuadra le enseñó a hacerlo cuando era pequeña, pero no había tenido opción de practicar, puesto que su madre había decretado que era una vulgaridad. Su canción parecía más una constante repetición de tres notas, pero era mejor que verse rodeada por el tenebroso silencio.

Cuando dobló la esquina del pasillo vio un maravilloso rayito de luz que salía por la puerta de la biblioteca y bailoteaba en la oscuridad. El vertiginoso alivio dio paso a la curiosidad. ¿Quién más estaba levantado? Georgina seguramente se habría retirado a su dormitorio, donde podría parlotear a placer sobre el baile con su doncella y su almohada. En todo caso, a su hermana nunca le había interesado mucho la biblioteca.

La puerta estaba entreabierta, lo cual hacía que el rayo de luz emergiera en dirección contraria a la que ella llevaba, pero la rendija le permitió avanzar por el pasillo con confianza. Al llegar a la puerta la abrió del todo con la esperanza de encontrar a Griffith buscando algún libro que lo ayudara con alguno de los proyectos que estaba llevando a cabo.

Lo que encontró, en cambio, fueron las botas de su hermano. Un montón de ellas, tiradas en el suelo junto al diván. El nuevo ayuda de cámara estaba sentado en dicho diván con una de las botas de Griffith en el regazo. Un libro yacía abierto en la mesa situada frente a él.

—¿Marlow?

El aludido apartó la vista del libro, se puso de pie de un brinco y ejecutó una reverencia, todo con gran agilidad.

—*Milady*, ¿en qué puedo ayudarla?

—¿Qué está haciendo? —Una pregunta que parecía brotar de sus labios con mucha frecuencia en los últimos tiempos. Si bien por regla general no necesitaba dirigirla a los sirvientes.

—Limpiando las botas del duque, *milady*.

—Ya lo veo, sí. —Miranda pensó en poner los ojos en blanco, pero se controló.

«Una dama siempre debe mantener la compostura delante de la servidumbre.»

Poner los ojos en blanco no eran modales para una dama.

Marlow siguió de pie, mirándola sin moverse. Le resultó un tanto enervante.

—Tengo problemas para conciliar el sueño. —¿Por qué sentía la necesidad de dar explicaciones acerca de su presencia? Nunca le había sucedido, pero tenía la impresión de haber invadido el tiempo libre de Marlow.

—¿Le gustaría que le trajera un poco de leche caliente? ¿O tal vez un té?

—Iba de camino a la cocina cuando se me apagó la vela. —Se sacó el cabo del bolsillo y se lo enseñó.

Marlow abrió la boca para decir algo, pero la cerró al punto. Al instante, la abrió otra vez.

—Le pido disculpas, *milady*, pero... ¿sabe preparar té?

—Por supuesto. —Miranda alzó la barbilla como muestra de confianza—. Todas las damas aprenden a preparar el té.

—Lo siento, *milady*.

Permanecieron inmóviles unos instantes: él observándola en silencio mientras ella recorría la estancia con la mirada. Griffith debería plantearse la idea de ordenar mejor los libros. Tal como estaban colocados no presentaban el menor atractivo.

Marlow carraspeó.

—Creo que han apagado los fogones en la cocina, *milady*.

—Sí, estoy segura de que lo han hecho. —Tenía las uñas en mal estado. ¿Se las habría estado mordiendo otra vez sin darse cuenta?

Marlow carraspeó de nuevo. ¿Acostumbraría a hacerlo antes de hablar?

—¿Sabe encender el fuego?

Tras admitir su derrota, Miranda se dejó caer en el sillón de su pequeño escritorio, situado en el rincón, abandonó su pose de dama elegante y se permitió relajarse en el mullido asiento con un suspiro.

—No. No sé.

—Permítame, *milady*. Yo le traeré el té. —Ejecutó una reverencia perfecta antes de darse media vuelta hacia la puerta.

—Gracias, Marlow —le dijo mientras él se alejaba.

Sin otra cosa que hacer salvo esperar, Miranda empezó a juguetear con las plumas y el papel que había en el escritorio. Ese era uno de sus lugares preferidos para escribir. En un rincón había un montón de cartas dirigidas a sus amistades londinenses y a sus parientes lejanos a la espera de que las franqueara y las echara al correo por la mañana.

Buscó una hoja de papel azul, que siempre estaba preparado, abrumada por la ya conocida agitación emocional a flor de piel.

Tras mojar el plumín en la tinta, empezó a escribir.

> *Querido Marshington:*
> *Georgina ha tenido su pequeña presentación en sociedad aquí en Hertfordshire. Ha hecho un buen número de conquistas. No me cabe la menor duda de que los admiradores la rodearán en cuanto llegue a Londres dentro de unos meses.*
>
> *¿Es posible sentirse feliz y a la vez desasosegada? Creo que su éxito realmente me alegra mucho, pero todos esos caballeros que la colman de atenciones no hicieron lo mismo conmigo cuando fui presentada en sociedad hace unos años.*

Miranda siguió vertiendo sus sentimientos sobre el papel con rapidez. Los manchurrones de tinta y las palabras confusas no importaban mucho. Nadie leería dichas palabras salvo ella, y era raro que las releyera alguna vez.

Posiblemente debería quemarlas, pero no se veía capaz de hacerlo. En cambio, guardaba las numerosas cartas bajo llave en el baúl que escondía debajo de la cama.

Las cartas la mantenían cuerda. Hacía mucho que había dejado atrás la edad en la que resultaba aceptable tener amigos imaginarios. El hecho de que el suyo no fuera imaginario, sino ajeno a su existencia, le otorgaba poco consuelo.

En el fondo de su mente, aún existía la idea, plantada allí durante los impresionables años de la infancia, de que el viejo amigo de Griffith la entendería.

> *Sé que soy bastante inteligente, medianamente guapa y capaz de dirigir una casa, aunque esta noche he descubierto que el fuego me resulta esquivo. De manera que ¿por qué ningún caballero de valía parece interesado en cortejarme?*
>
> *Aunque fuera una vez, me gustaría conocer a alguien que no se sintiera intimidado por Griffith. Por desgracia, no hay más duques alrededor. Otro duque no se dejaría intimidar. Estás tú, por supuesto, pero no nos conocemos, de manera que un cortejo entre nosotros es algo poco probable de momento.*
>
> *En fin, creo que Marlow ya viene de vuelta con mi té.*
>
> *Atentamente,*
> *MIRANDA*

Dobló el papel a toda prisa y lo dejó debajo de la pila de cartas justo cuando Marlow entraba en la biblioteca con la bandeja del té.

—Su té, *milady* —anunció con una reverencia.

Miranda desvió la mirada del ayuda de cámara a la bandeja. El relajante aroma del té le llegó y la tranquilizó a medida que respiraba.

Debería ofrecerle una taza. Era medianoche, nadie podía verlos y, si había algún momento para incumplir las reglas del decoro, era ese.

Aunque claro, «una dama siempre es una dama.»

A la porra con eso. Desterró a su madre de la mente y contuvo una sonrisa por la imagen que aquello suscitó. Faltaban varias horas para que alguien se levantara. Además, esos ojos grises tenían algo adictivo. Había algo casi refrescante en esa mirada tan franca.

Se alejó del escritorio para sentarse en el diván y trató de limpiarse las manos disimuladamente con la bata. ¿Le habían sudado mientras escribía la carta?

—¿Le apetece tomarse una taza conmigo?

La mirada de Marlow se posó sobre ella al punto.

El corazón le dio un vuelco extraño. Estaban solos. Jamás había estado tan a solas con un hombre, ya fuera un criado o no.

Debería retirar la invitación. El recuerdo de esos ojos grises no había transmitido lo mucho que la incomodaban. Parecían ver más de lo que tenía delante, como si pudieran mirar en su interior, hasta su alma, y desgranar sus reflexiones internas y sus motivaciones. Qué idea más ridícula. Ese hombre tenía algo que despertaba su faceta más fantasiosa.

—Sería un honor, *milady*. —Aun después de aceptar la invitación, Marlow titubeó a la hora de sentarse frente a ella, al otro lado de la mesita.

Miranda empezó a servir el té. Preparó la taza del ayuda de cámara siguiendo las preferencias que le indicó y, después, se acomodó en el diván con su taza en las manos. Puesto que ya había tirado el decoro por la ventana, bien podía tirar la postura que lo acompañaba.

—¿Cómo es que ha acabado trabajando para Griffith, Marlow? No estaba al tanto de que estuviera buscando un nuevo ayuda de cámara, aunque ya iba siendo hora. Herbert debe de tener unos sesenta años.

—Nos encontramos por casualidad en el pueblo. Yo acababa de ser... ah... relevado de mi empleo. No obstante, parece que le caí en gracia a su hermano y aquí me tiene.

—¿En serio? Me resulta extraño que Griffith actúe así —murmuró ella. Su hermano nunca hacía nada sin sopesarlo antes a fondo y dar con un buen motivo, o con veinte.

—En ese caso, agradezco aún más mi empleo. —Marlow procedió a beberse el té en silencio; al parecer, a la espera de que fuera ella quien dirigiera la conversación en caso de que tuvieran que hablar.

¿Quería ella que hubiera una conversación? Sí. Lo quería. Al menos, para fingir que ejercía control sobre algo.

—¿Ha trabajado antes como ayuda de cámara?

—Sí, *milady*.

Miranda bebió un buen sorbo de té mientras trataba con desesperación de dar con alguna pregunta, la que fuera, que no estuviera relacionada con el trabajo. En realidad, no le interesaba saber qué se sentía cuando alguien se ganaba la vida vistiendo a un caballero, mucho menos si dicho caballero era su hermano. Tras haber decidido poco antes que iban a mantener una conversación, no estaba dispuesta a cejar en su empeño.

Su mirada regresó de nuevo a Marlow, como si el simple hecho de mirarlo pudiera inspirarle un tema de conversación apropiado. Solo le sirvió para darse cuenta de que se había equivocado al pensar que ningún otro hombre podía rellenar una levita tan bien como su hermano. O llevaba hombreras o sus músculos estaban tensando las costuras de la prenda. Carraspeó y clavó de nuevo la mirada en la taza de té. Las florecillas azules sobre la porcelana blanca eran un motivo bastante más seguro que contemplar.

—¿Tiene familia por aquí cerca?

—No, *milady*. Me temo que estoy solo. Sí cuento con unos cuantos primos diseminados por Derbyshire, pero he perdido el contacto con ellos a lo largo de los años.

—¿Creció usted en Derbyshire?

—No, en Kent.

Lo miró, confundida. No era raro que las familias aristocráticas acabaran diseminadas, puesto que muchos de sus miembros viajaban a Londres en busca de pareja, pero ¿las clases bajas?

—¿Cómo es posible que se haya separado tanto de ellos? Kent no está cerca de Derbyshire.

—Unos kilómetros por aquí y otros muchos por allá, y uno acaba yendo adonde el trabajo lo lleva. —Tenía una mirada distante, y Miranda sospechaba que sus palabras encerraban mucho más, aparte del distanciamiento con los miembros de su familia. Sin embargo, Marlow esbozó una sonrisilla triste, se encogió de hombros y siguió bebiendo té.

—Entiendo —dijo ella, aunque no entendía nada. Un criado tendría que cambiar de trabajo con mucha frecuencia para ir de casa en casa y hacer todo el trayecto desde Derbyshire hasta Kent y de allí a Hertfordshire... pero él no parecía mucho mayor que Griffith—. ¿Qué está leyendo?

Él desvió la mirada hacia el libro que seguía abierto cerca del montón de botas.

—Shakespeare. *Noche de reyes*.

—¿Ese es en el que el aristócrata finge ser el criado del duque?

Marlow asintió con la cabeza.

—Nunca he comprendido cómo algo así puede funcionar. A ver, yo ni siquiera soy capaz de prepararme una taza de té, así que no sé cómo iba a atender a otra persona. —Miró furiosa hacia la tetera, como si ella fuera la culpable de su incompetencia—. Aparte de los aspectos prácticos, está el hecho de tener que ir en contra de todo aquello que te han enseñado desde la infancia.

Marlow carraspeó.

—*Milady,* creo que la idea es que cualquier persona es capaz de hacer cualquier cosa cuando la situación lo requiere. Creo que cualquiera, incluso un aristócrata, puede encontrar talentos ocultos en su interior si los necesita para alcanzar sus objetivos. —Tras un breve e incómodo silencio, devolvió su taza a la bandeja—. Si ha terminado, me encargaré de recogerlo todo, *milady.*

—Por supuesto. —Miranda soltó la taza con cuidado y se puso de pie. La sonrisa que le dirigió al criado no fue tan forzada como ella esperaba. El interludio distaba mucho de haber sido placentero, pero el tiempo que había pasado con él había despertado su curiosidad más que ninguna otra cosa en los últimos tiempos—. Gracias por el té.

Tras mirar con expresión interrogante al ayuda de cámara por última vez, encendió la vela y regresó a su dormitorio. Era sorprendente que esa pequeña llama consiguiera facilitar tantísimo el camino de vuelta.

Ya no estaba nerviosa y la cama no le parecía un lugar tan desalentador. En el caso de que una parte de sí misma sospechara que tenía más que ver con el té y con la conversación que con la sentida carta que había escrito, se negó a reconocerlo.

Dejó la bandeja del té en la mesa de la cocina con mucho cuidado. Lo que en realidad le apetecía hacer era estamparla contra la chimenea. Sin embargo, eso despertaría al ama de llaves. Aunque no dudaba de su capacidad para apaciguarla por haberla despertado, prefería que nadie descubriera que se había tomado una taza de té con la señora de la casa.

Los criados solían ver con malos ojos ese tipo de arrogancias.

Marlow. Era Marlow. Debía recordar que no era otro que Marlow.

Tiró a la basura las hojas de té mojadas de la tetera y metió las tazas en el fregadero. ¿Por qué le había hablado de su familia? Claro que no se lo había contado todo. Los primos de Derbyshire eran bastante lejanos y casi todos pertenecían a la rama materna de su familia. La tía y el primo que residían en Londres eran familia más cercana, pero jamás los mencionaba.

La mayor parte del tiempo trataba de olvidar que existían.

La vida habría sido mucho más fácil de no ser por ellos. Si no hubiera sido por su primo, jamás habría ido a Francia, jamás habría acabado atrapado en el romance del espionaje y jamás habría tenido que limpiar botas en la casa solariega de un duque.

Lo que significaba que jamás se habría tomado un té a medianoche con *lady* Miranda... y eso habría sido una lástima.

Sonrió mientras lo dejaba todo en la cocina tal cual lo había encontrado. Nadie sospecharía que se había producido una incursión nocturna.

Su mente comenzó a trabajar a toda velocidad mientras regresaba a la biblioteca. Rememoró cada momento del encuentro, examinando ángulos y motivaciones. ¿Por qué lo había invitado a tomarse un té con ella? Había llevado una segunda taza con la intención de acabarse el té que quedara una vez que ella se fuese. No esperaba que lo invitara a sentarse con ella.

El pequeño escritorio captó su atención cuando entró en la estancia. *Lady* Miranda se había alejado de él con mucha prisa cuando él llegó con la bandeja del té. ¿Estaría ocultando algo?

El temor se cristalizó en su estómago. Todos los habitantes de la casa eran sospechosos por necesidad hasta que se demostrara lo contrario, pero jamás había creído que Griffith o los miembros de su familia estuvieran detrás de las filtraciones.

¿Y si se equivocaba?

Desterró la naturaleza generosa y encantadora de Miranda. Con una calma absoluta, procedió a registrar los papeles que había sobre el escritorio. Las cartas a la familia y a otros miembros de la alta sociedad no le interesaban. No encontró nada fuera de lo normal, y el correo había sido lo primero que había investigado el Ministerio de la Guerra.

Enarcó las cejas al ver el papel azul situado en la parte inferior del montón. Lo había doblado de mala manera, a diferencia de los dobleces perfectos del resto de las cartas, y carecía de dirección.

Lo abrió y no dio crédito a lo que vieron sus ojos. ¿Le estaba escribiendo al duque de Marshington? El aire abandonó sus pulmones mientras leía la carta. No solo le estaba escribiendo al duque, estaba desnudando su corazón ante él. Algo que delataba la naturaleza íntima de su relación.

Se sentó en el diván y clavó la vista en las alegres llamas del fuego. Eso lo cambiaba todo.

Capítulo 4

A pesar de haber sucumbido al sueño pocas horas antes del amanecer, Miranda se descubrió mirando al techo cuando los primeros rayos de sol trataban de colarse a través de las cortinas. ¿Por qué no podía dormir un poquito más? No tenía que ir a ningún sitio ni tenía ningún compromiso acuciante. Eso era lo maravilloso de vivir en el campo: era dueña de su propio tiempo.

Se permitió el lujo de bostezar a placer mientras se levantaba y tiraba del cordón de la campanilla. El cordón de terciopelo se le escurrió entre los dedos hasta que logró aferrar la borla del extremo. La torpeza de sus movimientos hizo que acabara tropezando. Habían instalado las campanillas dos años antes. Cualquiera pensaría que a esas alturas ya debería saber manejar los cordones.

Se dirigió a la ventana con la esperanza de que la luz que se filtraba por las cortinas fuera la señal de una bonita mañana. El cálido brillo del sol la saludó al descorrer las cortinas de brocado verde. Escudriñó el cielo en busca de algún indicio de lluvia. No había ni una sola nube en la vasta extensión azul.

Un discreto estornudo hizo que volviera la cabeza. Vio a su doncella, Sally, entrando en su dormitorio.

—Buenos días —la saludó Miranda por encima del hombro al tiempo que volvía de nuevo la cabeza para contemplar el bonito paisaje campestre.

—Buenos días, *milady*.

Miranda se apartó de la ventana mientras Sally sacaba un vestido mañanero de color crema. Crema. Un tono que le favorecía un poquito más que el blanco. Suspiró y se acercó a ella para vestirse. Tal vez más tarde podría salir a dar un paseo con Georgina. Aunque tendría que esperar horas para poder hacerlo, ya que su hermana rara vez realizaba alguna actividad física antes de las doce del mediodía.

Sally le estaba colocando la última horquilla en el pelo cuando llamaron con suavidad a la puerta. Ella misma fue a abrirla, picada por la curiosidad, y dejó que Sally guardara el camisón y la bata. ¿Quién querría verla tan temprano?

Seguramente su madre, que tendría algún último consejo que darle o alguna instrucción. ¿O sería Georgina, que estaba tan emocionada por el baile que no había pegado ojo? El ama de llaves no la molestaría a menos que hubiera una emergencia.

El ayuda de cámara ni siquiera entraba en la lista de posibles candidatos, pero allí estaba, con aspecto pulcro y profesional, como si no se hubiera pasado la noche limpiando botas en la biblioteca.

—¡Ah! Buenos días —lo saludó Miranda, que asomó la cabeza para mirar a un lado y otro con la esperanza de encontrarse a alguien más en el pasillo—. ¿Marlow? ¿Le ha pasado algo a Griffith?

—No, *milady*. Me ha enviado para comunicarle que espera verla en su gabinete en cuanto usted pueda.

—¿Ah, sí? —Miranda frunció el ceño, confundida. ¿Desde cuándo enviaba Griffith a su ayuda de cámara en vez de a un criado?

—Sí, *milady*. —Marlow ejecutó una reverencia y después hizo ademán de marcharse. Sin embargo, se detuvo de repente y se volvió hacia ella—. También quería decirle que he echado al correo las cartas que dejó usted en su escritorio. Su Excelencia tenía correspondencia urgente que atender esta mañana y me he tomado la libertad de enviar también la suya.

—¡Ah! —Miranda se pasó una mano por los volantes que adornaban el canesú de su vestido mañanero. ¿Serían todos los ayudas de cámara tan considerados con el resto de los miembros de la familia? Herbert jamás se había molestado en entregar mensajes o en hacer recados que no fueran de Griffith y de vez en cuando de Trent, pero claro, el pobre hombre ya era mayor cuando ella nació—. Gracias —dijo al tiempo que asentía brevemente con la cabeza—. ¿En su gabinete, ha dicho?

Marlow asintió con la cabeza en silencio y se volvió para alejarse por el pasillo. Miranda salió de su dormitorio, cerró la puerta y lo siguió. Acababa de dar dos pasos cuando Marlow se detuvo y se dio media vuelta. Esos ojos grises se clavaron en los suyos.

—¿Puedo ayudarla, *milady*?

Miranda se ruborizó. Semejante reacción la instó a tratar de recuperar las riendas de la relación. No había motivo para sentirse avergonzada. Al fin y al cabo, era la señora de la casa, y después de la conversación que habían mantenido la noche anterior mientras se tomaban el té, necesitaba que tanto Marlow como ella tuvieran bien presente ese hecho.

—No, gracias, Marlow. Eso es todo.

El ayuda de cámara enarcó un poco las cejas mientras asentía con la cabeza, tras lo cual echó a andar de nuevo por el pasillo.

El rubor de Miranda se acentuó. «¿Eso es todo?» Hasta ella se había estremecido al percatarse del tono arrogante de su voz. ¿Qué le pasaba? Meneó la cabeza y también echó a andar por el pasillo.

Marlow la miró de reojo cuando se colocó a su altura. Miranda volvió la cabeza para mirarlo con actitud decidida y firme.

—Voy al gabinete de Griffith.

—Por supuesto, *milady*. —Marlow asintió con la cabeza sin dejar de andar. Parecía estar paseando, aunque caminaba al mismo ritmo rápido que ella.

—Allí es donde me está esperando, ¿no es cierto? —Miranda alzó un poco más la barbilla. Marlow se mostraba cortés y servicial, mantenía la distancia emocional correcta, pero no podía evitar pensar que tras esa fachada de perfecta sumisión se estaba riendo de ella.

—Sí, *milady*. La mesa.

—¿La mesa?

—La mesa.

Miranda lo observó con los ojos entrecerrados. ¿De qué estaba hablando?

Marlow la agarró por el brazo y la obligó a alejarse de la pared al tirar de ella hacia el centro del pasillo. El calor se extendió por la zona donde la mano desnuda del ayuda de cámara la había tocado. Se detuvo y lo miró echando chispas por los ojos mientras sus entrañas se estremecían al comprender de repente por qué todo el mundo debía llevar guantes a un baile.

El ayuda de cámara hizo un breve gesto con la mano para señalar la consola alta y estrecha sobre la que había un ramo de flores que llegaba casi al techo. De haber seguido andando por donde iba, seguramente habría acabado dándose de bruces con ella.

—La mesa. —Marlow la rodeó sin más demora y siguió andando por el pasillo, mientras ella contemplaba el dichoso mueble sumida en un estado de confusión.

Miranda volvió la cara hacia el sol, disfrutando de su calor y de su inusual brillo. La sugerencia de Griffith de dar un largo paseo a caballo para disfrutar después de un almuerzo al aire libre había sido fantástica, si bien aún no entendía por qué la había llamado a su gabinete para decírselo.

Que su hermano la mandara llamar no era habitual. La invitación a dar un paseo a caballo menos aún, pero pasaba tan poco tiempo libre con el hombre que había hecho las veces de su padre durante tantos años que no pensaba dejar pasar la oportunidad.

Georgina no compartía su punto de vista.

—Aunque os quiero mucho, y sabéis que es cierto —dijo cuando la invitaron—, no es suficiente aliciente para convencerme de comer al aire libre y sin una mesa. Hay bichos.

Miranda miró a Griffith con una sonrisa mientras se acomodaba en la silla de montar.

—Sería agradable que Trent pudiera acompañarnos.

Griffith murmuró algo para expresar su acuerdo mientras abría la marcha para salir del establo.

Seguramente echaba tanto de menos a su hermano como ella. Sin embargo, Trent se encontraba en Londres, disfrutando de su libertad, visitando sus clubes y a sus amigos, y en general, llevando el alegre estilo de vida que se esperaba de un joven de alcurnia.

Era otra señal indicativa de lo mayor que se estaba haciendo. Trent ni siquiera era un año mayor que ella y ya vivía fuera de casa. Esa no era una buena señal.

Miranda se reprendió con firmeza, aunque no lo expresó en voz alta. No tenía sentido que Griffith se preocupara también por la idea de que le faltaba un tornillo, además de por su condición de solterona. Bastante tenía con haber pasado una noche entera compadeciéndose de sí misma. El tiempo para languidecer regodeándose en la miseria tenía un límite.

Era un nuevo día y estaba al aire libre, con un hermano al que veía muy poco. Contaba con una familia maravillosa y con unos amigos estupendos. Tenía muy pocos motivos por los que entristecerse.

—Supongo que es nuestra última oportunidad para hacer esto hasta dentro de una temporada —comentó.

Se encontraban a finales de octubre, fecha que habitualmente no invitaba a disfrutar de las mañanas al aire libre, pero hacía un día muy agradable y cálido, fuera de lo normal.

—Cierto. Antes de que nos demos cuenta habrá llegado la Navidad y después tendremos que marcharnos a Londres.

Miranda gimió.

—Georgina no habla de otra cosa. Estoy segura de que este año asistiremos a muchísimos más eventos que los dos años anteriores. Ella insistirá en que lo hagamos.

Ahora fue Griffith quien gimió. Miranda le había oído decir varias veces que prefería la vida tranquila del campo. El tiempo libre, la ausencia de la estricta etiqueta social y la intimidad que ofrecía resultaban muy atractivas. Su hermano soportaba las estancias en la capital para poder estar cerca de su familia y cumplir con sus obligaciones políticas en la Cámara de los Lores.

—Ya ha elaborado una lista con todas las prendas de ropa que vamos a necesitar —siguió Miranda—. Ha planeado salir todas las noches. He intentando hacerle entender que eso va a ser agotador. Solo he conseguido que levante la barbilla y me llame vieja.

—Y, claro está, no debemos olvidar cómo quiere que sea su baile de presentación. —Griffith se estremeció de forma exagerada—. Hasta yo la he oído.

Miranda se agachó un poco cuando su caballo pasó por debajo de la rama de un árbol.

—Está decidida a lograr el éxito. Aunque lo de anoche demostró que conseguirá una más que notable popularidad, no tengo la menor idea de cómo pretende lograr el título de «la incomparable de la temporada». Al fin y al cabo, no deja de ser una rubia normal y corriente... y una cabeza de chorlito.

Griffith abrió la boca, seguramente para defender a su hermana menor. Pero, al cabo de un momento, volvió a cerrarla. Debió de darse cuenta de que, a veces, la verdad era incontestable, por muy dura que pareciese.

La voz de su madre surgió de repente en la cabeza de Miranda.

«Una dama jamás insulta a su familia, ni siquiera en privado.» Decidió silenciar sin piedad la reprimenda mental.

—Tal vez planea atrapar a algún soltero empedernido.

Miranda se echó a reír.

—Ah, tenlo por seguro. Ya me ha dicho que los solteros habituales no le servirán. Quiere que todos la admiren cuando se convierta en la protagonista de la boda de la temporada. Tiene una lista, ¿sabes?

—¿Una lista?

—Ajá. —El recuerdo de Georgina recitando la lista hizo que Miranda se echara a reír. Su yegua se desvió un poco, así que se obligó a calmarse para recuperar la compostura y reconducir al animal—. En dicha lista está tu amigo del internado.

Griffith la miró con una ceja enarcada mientras avanzaban hacia la linde del bosque.

—¿Cottingsworth? —preguntó, refiriéndose con sorpresa al vizconde de Cottingsworth.

El vizconde de Cottingsworth era un buen hombre, un partido que Griffith le había sugerido en varias ocasiones a Miranda. Ella jamás lo había tenido en cuenta desde que él comentó la buena pareja que hacían gracias a su relación con Griffith. Imaginarse a Georgina con Cottingsworth logró que Miranda estallara de nuevo en carcajadas.

Griffith meneó la cabeza.

—Me sorprende que Georgina tenga las miras puestas en un título tan insignificante. Conociéndola, me esperaba que ni siquiera se fijara, al menos en un principio, en alguien que esté por debajo de un condado.

—No, no, no. —Miranda respiró hondo a fin de recuperarse del ataque de risa—. Me refiero al duque.

Atravesaron la linde del bosque y salieron a un extenso prado verde. Los pájaros trinaban en los árboles que los rodeaban, y las florecillas silvestres se mecían por la ligera brisa. Miranda instó a su yegua a avanzar al trote y se preparó para galopar por el prado, como solían hacer. Tras avanzar unos cuantos metros, se dio cuenta de que su hermano se había detenido en la misma linde del bosque.

—¿Griffith? —dijo, al tiempo que se volvía en la silla.

—¿El duque de Marshington? —preguntó su hermano sin dar crédito—. ¡Pero si hace nueve años que nadie lo ve! Desapareció durante nuestro primer año en Oxford y, que yo sepa, nadie ha vuelto a verlo, mucho menos en un acontecimiento social.

Miranda hizo que la yegua se diera media vuelta para colocarse de nuevo junto a su hermano.

—Cree que alcanzará una reputación de belleza y elegancia tan asombrosas que lo sacará del agujero campestre en el que se encuentre escondido.

Griffith clavó la vista en el prado con la mirada vidriosa y esbozó una sonrisa.

—No me la imagino convirtiéndose en... mmm... en alguien tan popular como para sacarlo de su aislamiento, pero a saber.

—¿Lo dices en serio? —preguntó Miranda, sorprendida. Si su hermano, una persona pragmática, consideraba que existía la más mínima posibilidad de que el duque de Marshington pudiera regresar, tal vez se debiera a que creía que la popularidad de Georgina era mayor de lo que ella había pensado. Se recolocó en la silla de montar para intentar aliviar la repentina tensión que se había adueñado de su abdomen—. ¿Crees que Georgina podría lograrlo? ¿Crees que el duque irá este año a Londres?

Griffith pareció sopesar la idea a fondo.

—Creo —respondió despacio— que si va a Londres este año será por pura coincidencia.

Miranda lo miró con los verdes ojos entrecerrados. El temor que le carcomía las entrañas se había convertido en una tremenda curiosidad. Un ligero toque fue lo único que necesitó su obediente yegua para pegarse al caballo de Griffith.

—¿Tienes noticias de él?

Miró a su hermano, retándolo a que le negara dicha información. Reconocía que tenía debilidad por los cotilleos jugosos, y cualquier cosa relacionada con el desaparecido duque lo era.

La desaparición de Marshington de Oxford era legendaria entre la alta sociedad. Su tía y su primo reclamaban de vez en cuando el título, pero el administrador del duque, su apoderado y su abogado aseguraban recibir correspondencia con instrucciones del duque de forma habitual. De hecho, el ducado había estado muy bien administrado durante todos esos años, había prosperado, había crecido y generaba unos jugosos ingresos con los que mantener a los ambiciosos familiares del duque.

Griffith espoleó a su caballo para que se pusiera en marcha, obligando así a la yegua de Miranda a apartarse.

—He recibido alguna que otra carta suya a lo largo de los años.

Miranda sonrió. Se trataba de información importante.

—¿De verdad?

Griffith asintió con la cabeza.

—No puedo decirte dónde se encuentra, pero sé que las obvias maquinaciones de Georgina no lo atraerán en absoluto. ¡Te echo una carrera hasta el roble solitario!

Le clavó las espuelas al caballo, salió al galope por el prado y dejó a Miranda atrás mientras trataba de conseguir que su yegua saliera disparada.

Si Griffith pensaba que iba a conformarse con la migaja de información que había compartido, estaba muy equivocado.

Capítulo 5

Miranda contemplaba su imagen en el espejo de su tocador con el ceño fruncido. Sally iba a tener que rehacerle el peinado por completo. Los largos mechones rubios se habían enredado sin remisión durante la alocada carrera a caballo por el campo. Empezó a quitarse las horquillas y dejó que el pelo le cayera alrededor del rostro.

Se le escapó una risilla tonta al ver su aspecto. Estaba horrible, desde luego. Tenía hojas pegadas al traje de montar, barro en las botas e incluso una ramita enganchada en el pelo revuelto. De no saber lo que había pasado en realidad, diría que se había caído del caballo. Había estado a punto de hacerlo al saltar una cerca en su intento por atajar y llegar antes que su hermano hasta su árbol preferido para las meriendas campestres. Desmontar sobre un charco de barro tampoco había ayudado a mejorar su apariencia.

Tiró del cordón de la campanilla para hacerle saber a Sally que había regresado y empezó a quitarse el sucísimo abrigo. Dado que no quería ensuciar el tapizado de las sillas, apoyó la cadera en el alféizar de la ventana mientras esperaba a su doncella.

La vista desde su ventana era maravillosa. Los senderos serpenteantes, los setos, los parterres de flores, los árboles y los jardines se extendían ante ella y creaban esa serena sensación de hogar. Se deleitó con los prados donde sus hermanos y ella habían jugado, con el lago donde había aprendido a nadar y con la asombrosa cantidad de arbustos y estatuas cuyo emplazamiento había estado a punto de desquiciar a su madre. Si conseguía encontrar un marido ese año, la vista se convertiría en un placer ocasional en vez de un consuelo diario.

Jamás lo había pensado antes.

Acarició las cortinas de brocado, con sus distintos tonos de verde, donde la seda se unía al volantito de encaje que las adornaba. Una mezcla de estilo recargado y práctico. ¿Georgina y ella también se complementaban de esa forma?

Griffith se había quedado de piedra cuando le reveló la lista de Georgina. No tenía ni idea de que las dos hermanas estuvieran encaprichadas con el mismo hombre. Un hombre al que ni siquiera conocían. Ese hecho indicaba hasta qué punto Griffith había sido capaz de transmitir el respeto que sentía en las cartas que había enviado desde el colegio.

Aunque ella era la más práctica de las dos, ya que no aspiraba a la absurda idea de engatusar al hombre para que se casara con ella, el baúl que tenía lleno de cartas en las que le contaba sus pensamientos más íntimos no la convertía en un ejemplo de sensatez precisamente.

Dejó de sonreír y frunció el ceño. ¿Había vuelto a la biblioteca para recoger la carta de la noche anterior? Por regla general, tenía mucho cuidado con sus cartas. Incluso las escribía en un caro papel azul para que su doncella nunca las confundiera con la correspondencia normal.

Se encogió de hombros y siguió quitándose las horquillas del pelo. Iría a por ella cuando Sally le rehiciese el peinado. El jadeo que oyó a su espalda le indicó que la doncella había llegado y que había reparado en el aspecto de su señora.

Miranda sonrió. Se había soltado la mitad del cabello, de modo que tenía una cascada de pelo rubio en un lado de la cabeza mientras que en el otro quedaba un recogido medio deshecho, con una ramita incluida.

—¡*Milady*! —Sally corrió para quitarle el abrigo de las manos.

—Me temo que he tenido un encontronazo con unos setos.

Mientras Sally se llevaba las manos a la cabeza al ver cómo estaba el abrigo y el aspecto que tenía su señora, Miranda luchaba contra la sensación de que debía recordar algo sobre su carta. Algo importante. Justo cuando Sally le pasaba una mano por el destrozo que tenía en la cabeza, le vino a la mente de golpe.

Marlow, diciéndole que mandaría sus cartas por correo esa mañana.

¿Dónde había escondido su carta azul la noche anterior? ¿La habría encontrado Marlow?

—¡Ay, no! ¡Ay, no, no, no, no, no!

Salió corriendo de la habitación mientras Sally le gritaba. Agarró el pasamanos de la parte superior de la escalinata y tomó impulso en la curva para bajar de un salto los dos primeros escalones. Se levantó las faldas más de lo que era decente para evitar pisarse el bajo corriendo escaleras abajo.

El pasillo que conducía a la biblioteca estaba desierto, por suerte. Respiraba entre jadeos y le ardían los pulmones mientras rebuscaba por la estancia. Empezó por el escritorio e incluso revolvió un montón de hojas azules limpias. Al ver que no estaba allí, se negó a aceptar lo inevitable. Estaba en algún lugar de la biblioteca. Tenía que estar allí.

Se había puesto de rodillas para buscar debajo de los muebles cuando Sally por fin la alcanzó.

—¡*Milady*!

Miranda no le hizo ni caso. Buscó debajo de los cojines de los sofás y de los sillones. Miró en todos los recipientes, por más absurdo que le pareciera que la carta pudiera estar allí. ¿De verdad creía que se había caído del escritorio al interior de un jarrón que estaba en el cuarto estante?

—¡*Milady*, por favor! Tengo que arreglarle el pelo. Y su aspecto. Nadie va a tocar nada de esta habitación. Podemos volver luego y buscar... lo que necesite. Lo que sea puede esperar.

—No, no puede. —Se frotó con un gesto histérico el pelo de las sienes y se alborotó todavía más su desastroso peinado—. ¡A lo mejor todavía no la ha enviado!

Al pasar junto a Sally para ir al pasillo, a su mente acudieron un sinfín de posibilidades. ¿Y si la había leído? Podría mostrarle la carta a Griffith. Podría compartirla con el resto de los criados.

Trastabilló al subir la escalinata. Una espantosa posibilidad tras otra acudían a su cabeza. ¿La habría enviado ya? ¿Era posible? No tenía la dirección del duque de Marshington. Ni siquiera sabía que alguien la tuviera hasta que Griffith le había mencionado que mantenía correspondencia de forma esporádica con él.

Lo que quería decir que en algún lugar de los efectos personales de Griffith estaba la dirección postal para enviarle una carta al duque de Marshington.

Casi se tragó la lengua a causa del pánico.

Pasó corriendo por delante de la puerta de su dormitorio y siguió por el pasillo hacia los aposentos de Griffith. Él también tendría que cambiarse de ropa tras el paseo a caballo, así que seguramente su ayuda de cámara estaría allí. Hizo ademán de entrar sin llamar, pero la idea de que su hermano estuviera desvestido hizo que se detuviera en seco. La verdad es que ninguno de los dos querría pasar por el bochorno que provocaría semejante escena.

Apoyó la frente en la pared y respiró con dificultad, entre jadeos. Apretó el puño con tanta fuerza que se le pusieron los nudillos blancos y llamó a la puerta con insistencia.

Se abrió de repente y apareció el ayuda de cámara con una bota embarrada en la mano.

—¿*Milady*?

Miranda volvió la cabeza y esos ojos grises como los nubarrones de una tormenta la hechizaron. Parpadeó para concentrarse en la tarea que debía llevar a cabo.

—¿Ha enviado de verdad mis cartas?

—Por supuesto, *milady*. Su excelencia me indicó que las suyas debían ser enviadas de inmediato, así que lo hice a primera hora de la mañana.

Miranda cerró los ojos, presa de la desesperación.

—¿Había una carta azul con las demás?

—Sí, *milady*. Me tomé la libertad de completar la dirección de modo que pudiera ser enviada sin demora.

Miranda abrió los ojos y se dio cuenta de que Marlow la miraba de arriba abajo con discreción, analizando su absoluto desaliño. Debía de parecer una loca. Griffith había regresado con un aspecto parecido, pero en los hombres nunca quedaba tan mal como en las mujeres. Malditas fueran las expectativas para las damas.

Echó la cabeza hacia atrás, derrotada. Las molduras de escayola del techo parecieron difuminarse con las lágrimas. Quería tirarse al suelo desesperada, pero había recibido demasiados sermones por parte de su madre sobre el comportamiento de una dama como para permitirse semejante alivio.

—Señor bendito —susurró—, ¡que el mensajero la pierda!

—¿*Milady*? —preguntó él.

Miranda se limitó a menear la cabeza a modo de respuesta. Unos brazos delgados le rodearon los hombros. Sally debía de haberla seguido a un paso mucho más moderado y apropiado. Su doncella la instó a darse la vuelta para que enfilara el pasillo. Sin protestar, permitió que Sally la alejara de la puerta.

La carta ya no estaba. La habían entregado a la estafeta de correos y pronto... Miranda abrió los ojos de repente.

—¡Un momento! —exclamó.

Marlow volvió a abrir la puerta.

Miranda se abalanzó sobre él.

—¿Estaba a punto de salir el carruaje de postas?

—¿Cómo dice, *milady*?

—El carruaje de postas. ¿Ya ha partido hacia Londres? —Miranda tenía la sensación de que una parte de ella se encontraba a tres pasos de distancia, peinada a la perfección, mientras se preguntaba qué diantres había poseído a la loca que en ese momento agarraba las solapas del ayuda de cámara.

—Sí, *milady*. Iba a partir hacia Londres de inmediato, dado que su excelencia...

Miranda sintió un zumbido en los oídos, como el silencio que sentía cuando se zambullía en el lago o nadaba con la cabeza debajo del agua. No se enteró del resto de lo que dijo el asombrado criado. Solo oyó el gemido ronco que ella misma emitió cuando cedió al impulso de dejarse caer contra la pared.

Su carta iba camino de Londres. Alguien iba a verla. Era imposible ocultar semejante escándalo y no acabar siendo pasto de los cotilleos. No solo le escribía cartas íntimas a un hombre con quien no la unía relación o parentesco alguno, sino que había confesado que sentía celos de su hermana. Cualquier esperanza de obtener un mínimo de éxito durante esa temporada social se había desvanecido.

Sally le dio un tironcito en los hombros. Miranda alzó la mirada y vio que la doncella y Marlow se miraban con preocupación. Normal. Se había deshecho del decoro que toda dama debía exhibir como si fuera el periódico de la semana anterior.

A la postre, con bastante ayuda de Marlow, Sally consiguió que su señora se pusiera de pie y tomara el pasillo hacia su habitación. La doncella miró por encima del hombro.

—Nunca envíe las cartas azules.

Miranda dejó que la condujera por el pasillo hacia sus aposentos y se sentó con docilidad al tocador. El entumecimiento, que recibió con agrado, empezó a ascender desde los pies hasta la coronilla. Una vez más, los pensamientos prácticos se impusieron.

Si alguien tenía derecho a conocer la dirección era Griffith, y su ayuda de cámara seguramente podría acceder a ella. Tal vez la correspondencia personal del duque se amontonaría durante días o incluso meses. Seguramente se perdería entre la multitud de misivas que el desaparecido duque recibía y que contestaba de forma misteriosa a su antojo. Cuando por fin la leyera, ella ya estaría más que casada, a salvo.

A lo mejor ni siquiera llegaba a leerla. Y aunque lo hiciera, ¿por qué le iba a importar?

Suspiró mientras se preguntaba por segunda vez en dos días dónde se encontraba el duque de Marshington. Desde luego que se iba a llevar una buena sorpresa cuando recibiera su carta.

«Señor, por favor, que esté muy, pero que muy lejos, donde la carta nunca pueda llegarle.»

Ryland Montgomery, duque de Marshington, estaba mucho, pero mucho más cerca de lo que Miranda se habría imaginado. Había intentado enterrar su verdadera identidad y convertirse en el señor Marlow, ayuda de cámara, pero los detalles de ese trabajo se lo estaban poniendo muy difícil. Encontrar la carta y lidiar con las preguntas que suscitaba lo había convertido en imposible.

—¿Era Miranda? —preguntó Griffith. Levantó la cabeza para permitir que Ryland le anudase la corbata.

—Ciertamente, excelencia.

Griffith suspiró.

—¿Tienes que hablarme así cuando estamos solos? En fin, es... desconcertante.

Ryland agitó una levita beige en el aire y la sostuvo en alto para que Griffith introdujera los brazos en las mangas.

—Le pido disculpas, milord, pero el disfraz más seguro es el más consistente.

—Marsh... —comenzó Griffith, usando el apodo de su amigo en el colegio.

—Marlow, milord. —Ryland inclinó levemente la cabeza antes de darse media vuelta para recoger la sucia ropa de montar. Si su buen amigo no comenzaba a tratarlo como su ayuda de cámara, alguien empezaría a sospechar. Aunque un ayuda de cámara y su señor podían entablar una relación muy estrecha, nadie se creería que semejante relación se cimentara en apenas dos días.

Griffith suspiró.

—Marlow. Accedí a toda esta farsa porque me dijiste que era un asunto de seguridad nacional, pero en realidad no hemos hablado de lo que se supone que tengo que hacer.

Con la esperanza de que su amigo dejase el asunto, Ryland siguió ordenando el vestidor. Claro que era difícil trabajar al lado de un enorme duque muy enfadado.

Ryland miró fijamente a Griffith unos instantes. El hombre que tenía delante era de las poquísimas personas a las que podía decir que quería. Griffith nunca sabría cuánto había significado para él su amistad durante los insoportables años en el internado.

Dicha amistad se había puesto a prueba en la última década, de modo que el hombre se merecía un premio. No pasaría nada por olvidarse del comportamiento de un criado durante un momento a puerta cerrada.

—De acuerdo, Griff. —Era estupendo retomar su verdadera personalidad aunque fuera un breve instante. Peligroso, pero estupendo—. Alguien está recabando información en tu propiedad y transmitiéndola a Francia. El asunto es mucho más largo de contar, pero cuanto menos sepas, mejor. No quiero que te comportes de manera sospechosa con nadie y des pistas de mi presencia.

—¿Hay espías en mi propiedad?

Ryland asintió con la cabeza.

—¿Y piensas dar con ellos?

Inquieto por el rumbo que estaba tomando la conversación, Ryland asintió con la cabeza una vez más.

Griffith se apoyó en la jamba de la puerta y bloqueó así la salida del vestidor.

—Sigo sin poder creerme que te hayas pasado los últimos nueve años ejerciendo de espía para el Ministerio de la Guerra. —Meneó la cabeza—. Pero seguro que eres un espía estupendo. Siempre has sido muy observador.

Ryland agitó una mano para restarle importancia al asunto.

—Ya hablaremos de mi pasado en cuanto termine esta misión. Dejémoslo en que el Ministerio de la Guerra me ofreció una oportunidad cuando más la necesitaba, pero ahora ya estoy preparado para volver a casa. Ni siquiera iba a aceptar esta misión, pero me enteré de que tenía que ver con tu propiedad, y volvemos al asunto del que estábamos hablando.

—¿Planeas encontrar a un espía planchándome la ropa y afeitándome? No termina de sentarme bien la idea. ¿Estás seguro de que sabes lo que haces? —Griffith se pasó una mano por el cuello, como si quisiera asegurarse de que seguía de una pieza después de las atenciones que Ryland le había prodigado esa mañana.

—No te habría pedido ocupar el puesto si no lo supiera. —Ryland enarcó una ceja. Nunca había afeitado a otra persona, pero demostrar una seguridad en sí mismo que no sentía lo había ayudado a salir de situaciones más peliagudas—. ¿Quieres decirme algo más antes de que retome mi papel de Marlow?

—¿Qué quería mi hermana?

—Parece haber perdido una carta. —Ryland se concentró de nuevo en la ropa sucia, ya que se temía que su amigo fuera capaz de ver más de lo que él quería admitir. ¿Sabía Griffith qué eran las cartas azules?

—¿Una azul? No sé qué escribe a todas horas en esas hojas, pero es cierto que las cuida con mimo.

Ryland se quedó quieto y siguió evitando la mirada de Griffith.

—¿No sabes qué escribe en ellas?

—No. Admito que me pica la curiosidad, pero nunca ha querido compartirlas conmigo. —Griffith se inclinó hacia el espejo para inspeccionar el trabajo de Ryland con la corbata.

Ryland aprovechó el cambio de posición de su amigo para rodearlo y salir del vestidor con la ropa en la mano. Cuanto antes pusiera tierra de por medio, mejor.

—Ryland —dijo Griffith en voz baja—, ¿por qué cree mi hermana que tú sabes dónde está la carta?

Decidió que su mejor defensa era retomar el papel de criado y se volvió para hacerle una reverencia.

—Le pido discul...

—Ya basta. —Griffith agarró a Ryland, lo obligó a entrar en el vestidor y cerró la puerta con la mano libre.

Ryland se obligó a respirar despacio por la nariz mientras se enfrentaba a Griffith. El olor a limpio del jabón contrastaba con el olor mucho más fuerte del traje de montar.

Griffith le dio un ligero puñetazo en el hombro.

—Nueva regla: en esta habitación no eres Marlow. Soy consciente de que las paredes tienen oídos en toda la casa, pero aquí solo estamos nosotros dos, por raro que pueda parecer.

Se miraron en silencio durante un buen rato para comprobar hasta dónde llegaría la voluntad del otro. Los ojos verdes de Griffith eran fríos como la piedra, endurecidos por los años de responsabilidad y de madurez. El alma vieja de sus años escolares por fin encajaba en su cuerpo.

Si quería quedarse, Ryland tendría que ceder en esa ocasión.

—Muy bien.

Griffith asintió con la cabeza, aunque parecía un poco sorprendido por la facilidad con la que Ryland había cedido. Lo que no sabía, ni alcanzaba a entender, era que Ryland casi había olvidado lo que era ser él mismo. Ese era uno de los motivos por los que quería dejar el trabajo.

Tras apoyar su corpulento cuerpo contra el lavamanos, Griffith clavó esos serios ojos verdes en él.

—Bien, ¿por qué Miranda cree que tienes esa carta? ¿Estás investigando a mi familia?

Ryland se dejó caer en la silla donde solía dejar la ropa de Griffith. Extendió las piernas por delante y las cruzó a la altura de los tobillos. Así aparentaba que se sentía cómodo, ¿no? Con suerte, sería un cambio de actitud suficiente para que pareciera que se mostraba sincero.

—Estoy investigando a todo el mundo, Griff, y eso te incluye a ti. Pero ya he descartado a tu familia. No he tardado mucho en descubrir que las pruebas apuntan a alguien de posición mucho más baja.

—¿Y la carta?

—La escribió anoche en la biblioteca.

Griffith entrecerró los ojos.

—Anoche estuviste limpiando las botas en la biblioteca.

—Sí.

Griffith se frotó el pulgar con el índice, un viejo gesto que Ryland reconoció enseguida. Su amigo se sentía inquieto. Faltaba poco para que fuera incapaz de contener la energía nerviosa de sus dedos. Siguió sentado mientras contemplaba el espectáculo. Resultaba bastante entretenido ver al enorme duque ponerse a andar de un lado para otro en el reducido espacio del vestidor. Solo dio tres pasos antes de verse obligado a dar la vuelta y echar a andar en la otra dirección.

—¿Estuvisteis juntos? ¿Solos? ¿De noche? No me gusta, Marsh. No me detuve a pensar en la reputación de mis hermanas cuando accedí a esta farsa.

Ryland suspiró y se frotó la frente. Debería explicarse sin obligar a su amigo a sonsacarle la información. Aunque no era su costumbre y la vida le había enseñado que era mejor mantener la boca cerrada, Griffith era más que un hermano para él y se merecía que lo tratase mejor.

—Griff, aquí soy un criado. Tu hermana no podía dormir. Bajó a la biblioteca. Le preparé un té. Estaba escribiendo la carta cuando volví de la cocina. Se bebió el té y regresó a la cama. De haberse tratado de otro criado, no le estarías dando tantas vueltas.

Griffith suspiró.

—Es verdad.

Ryland se puso de pie y le colocó una mano a su amigo en un hombro.

—Ahora, si me disculpas, tengo que adoptar mi personalidad alternativa.

Recogió la ropa sucia y salió del vestidor antes de que Griffith pudiera hacerle más preguntas. Tenía la sensación de que la carta azul le estaba haciendo un agujero en el bolsillo mientras recorría el pasillo.

La curiosidad, la mayor ventaja de un espía y su desventaja más letal, hizo que le ardieran los dedos. Desentenderse de la carta no era posible. Tenía que averiguar más cosas. La pregunta era cómo hacerlo.

Capítulo 6

La encontró en el salón de la planta alta, contemplando las gotas de lluvia que se deslizaban por los cristales.

Ryland había pasado la tarde tratando de convencerse de no ir en su busca, de desterrar la curiosidad y de olvidar el misterio de la carta azul. Sin embargo, fue incapaz de contenerse. Había releído la carta al menos diez veces y cada vez se hacía más preguntas. ¿Por qué él? ¿Cuánto tiempo llevaba expresando sus sentimientos de esa forma? ¿Las cartas siempre estaban dirigidas a él?

Y si ese era el caso, ¿dónde estaban las demás? Porque, de repente, había descubierto que el deseo de saber más sobre la mujer que había vertido sus emociones en ese papel lo distraía muchísimo.

Y él jamás se distraía.

—¿Se encuentra mejor?

Miranda se sobresaltó. Un leve respingo fue la única señal que traicionó su renuencia a verlo.

—Muchísimo mejor, gracias.

—No le he hablado a su excelencia de su... esto... vahído.

Ella asintió con la cabeza sin apartar la mirada de la lluvia.

—Gracias.

Debería marcharse. Ya estaba extralimitándose en sus funciones solo con estar donde estaba. Ella lo creía un ayuda de cámara. Si decía algo más, si la presionaba un poco más, incluso si permanecía en esa estancia un minuto más, a sus ojos se excedería horriblemente en sus funciones.

—*Milady,* tengo la impresión de que debo pedirle disculpas. —Eso estaba bien. A las damas les encantaban las disculpas.

Ella negó con la cabeza.

—No se moleste. Solo estaba siendo... eficiente.

Ryland abrió los ojos de par en par. Ese gesto era muy generoso por su parte, teniendo en cuenta que debía de haber leído la carta para ver a quién estaba dirigida. ¿Habría caído *lady* Miranda en la cuenta de ese detalle?

—No sé cómo serían las cosas en su anterior puesto de trabajo. —Se volvió en ese momento, y la ira que Ryland esperaba encontrar estaba presente en su mirada—. Aquí no se abre la correspondencia personal ni con las mejores intenciones.

Ryland hizo una reverencia.

—Entendido, *milady.*

Tenía los ojos del mismo color que los de Griffith. Pero era extraño que el color resultara tan distinto en la cara de una mujer bonita. Tenía que marcharse de allí. Deprisa.

—¿La leyó?

Ryland se detuvo y se dio media vuelta para mirarla. Esa fue la primera vez que bajó la vista estando frente a ella. Clavó los ojos en el lazo de terciopelo de una de las mangas de su vestido. Las mangas eran algo seguro.

—¿Cómo dice, *milady*?

—La carta. ¿La leyó? Sé que la abrió.

—Yo... —¿Qué podía hacer? ¿Mentir y marcharse o decirle una verdad a medias y tal vez ayudarla a esclarecer el montón de interrogantes que ella había escrito la noche anterior?—. Algunas partes, *milady.* Mis más humildes disculpas.

Ella guardó silencio un rato. Hasta tal punto que Ryland comenzó a sentirse incómodo. Si hablaba con Griffith para exigir que lo echara, le complicaría mucho la situación.

—¿Ha compartido el contenido con alguien?

—¡No! —exclamó en voz más alta y con más brusquedad de la que pretendía. El duque aristocrático que llevaba oculto durante diez años había emergido para expresar esa indignada negativa.

Miranda se limitó a asentir con la cabeza.

Parecía triste.

La situación era peligrosa. Sabía muchas cosas sobre aquella joven. Incluso antes de que el caso necesitara de su investigación, sabía mucho sobre ella por las anécdotas que Griffith le contaba sobre su familia.

Ahora, ante la mujer en la que se había convertido, Ryland descubrió que se sentía atraído por ella. Quería sentarse a su lado en el sofá de rayas azules y blancas y hablar sobre todas las tribulaciones que había expresado en la carta.

Pero no podía. No como Marlow. En el fondo de su mente, una idea empezó a cristalizar. Era una locura. Peligrosa, incluso, teniendo en cuenta la misión que estaba llevando a cabo.

En todo caso, no podía dejarla así, al borde de las lágrimas. Debía ofrecerle algo que pusiera fin a su agonía.

—Si me permite, *milady*.

Ella asintió con la cabeza y puso cara resignada.

—Sé que solo soy un ayuda de cámara. —«Y un duque, pero en este momento vamos a pasarlo por alto.»—. No estoy al tanto de los pormenores requeridos para moverse en la alta sociedad. —«En cierto modo eso es verdad. Un hombre pierde el contacto con la realidad después de pasar diez años escondiéndose y escabulléndose.»—. Pero un hombre que prefiera la compañía de *lady* Georgina a la suya lo hace porque no tiene en cuenta lo que hay bajo la superficie.

Miranda esbozó una sonrisa ladina y bajó la vista al suelo de madera.

«Ryland, tienes el cerebro de una mosca. Acabas de decirle que su hermana es más guapa que ella.»

—Lo que quiero decir es que solo buscan conversación fácil y disfrutar de las exquisiteces más superficiales. —Carraspeó. De perdidos al río, acababa de poner en riesgo su empleo como ayuda de cámara. Después de esa conversación tendría que evitar a esa mujer en todo momento—. Usted no solo es medianamente guapa.

Miranda levantó la mirada, con los ojos de par en par, sin que la sonrisilla se hubiera borrado de sus labios.

—Así que no la leyó entera, ¿verdad?

«En varias ocasiones. Hasta tal punto de que he memorizado algunas partes, porque me pregunto qué me ha convertido en el receptor de semejantes confesiones.»

—Le eché un mero vistazo, *milady*.

Ella asintió con la cabeza y se volvió de nuevo hacia la ventana.

—Marlow, le agradezco sus palabras. Tal vez algún día encuentre a un hombre de mi misma posición que comparta su punto de vista.

Ryland se preguntó cómo se tomaría esas palabras un hombre perteneciente a la servidumbre. Su primer instinto era sentirse ofendido porque acababa de despachar la opinión de Marlow debido a su estatus social. Pero la verdad era que cualquier explicación que añadiera dejaría al señor Marlow, un hombre perteneciente al servicio doméstico, en un territorio desconocido e inesperado. Que Miranda lo hubiera despachado era algo lógico dados los términos de su relación.

Se marchó del salón maldiciendo la idea de haber ido a buscarla. ¿En qué estaba pensando? No había dejado al descubierto su secreto por los pelos. Se escabulló detrás de una cortina y se tomó un momento para suplicarle a Dios sabiduría y protección. En más de una ocasión había salvado la vida de forma milagrosa durante los últimos diez años. Solo necesitaba un milagro más que llevara su nombre.

Estuvo lloviendo durante toda la semana. Un día caían enormes goterones de las nubes lentamente. Al siguiente, eran cortinas de agua. Aunque no lloviera, los nubarrones grises cubrían el cielo, y si se salía a pasear por el jardín, uno acababa empapado por la fina llovizna.

Miranda estaba sentada a la mesa del desayuno contemplando las gotas de lluvia que resbalaban por los cristales. No paraba de mover con aire distraído los huevos cocidos, ya fríos, de su plato. Había encorvado los hombros y la espalda, y lucía una expresión enfurruñada. Aunque su madre vivía a varias horas de distancia, era capaz de escuchar el sermón que le echaría sobre mantener siempre una postura correcta. Decidió no hacerle caso. Estaba harta de la lluvia.

Suspiró, apartó el plato y se apoyó en el recargado respaldo de la silla del comedor matinal. Mientras siguiera lloviendo estaría obligada a permanecer en la casa, escribiendo cartas, bordando y tocando el piano. Necesitaba algo que rompiera la monotonía. Sus hermanos no le ofrecían ni pizca de entretenimiento. Lo más emocionante que había hecho en toda la semana era evitar al nuevo ayuda de cámara de Griffith, una tarea sorprendentemente fácil.

Su hermano tenía muchas cosas con las que mantenerse ocupado. La lluvia no afectaba los planes de un duque. Se había pasado los últimos días encerrado en su gabinete, trabajando de forma diligente en lo que fuera que hacía para mantener sus muchas propiedades funcionando como una máquina bien engrasada. Si necesitaba algo, enviaba a su nuevo ayuda de cámara a buscarlo. Era frecuente ver a Marlow corriendo de un lado a otro de la casa.

Georgina era incapaz de hablar ni de pensar en otra cosa que no fuera la próxima temporada social en Londres. Aunque estaba decidida a alegrarse por ella y se negaba a permitir que los celos arraigaran en su corazón, no veía motivo para poner a prueba su paciencia más de lo necesario.

Se oyeron unos pasos suaves procedentes del pasillo acompañados por el frufrú de la tela. Miranda suspiró y se enderezó en la silla para adoptar una postura más apropiada.

Georgina entró en el comedor dando un delicado bostezo. Los volantes de su vestido mañanero ondearon al hacer un giro.

—¿Te gusta?

Miranda enarcó una ceja.

—¿Es uno de tus vestidos nuevos?

—Sí. ¿A que es bonito?

—Desde luego. Y también está pensado para que lo estrenes en Londres. —Miranda devolvió la vista al plato y se llevó a la boca un trozo de huevo.

Georgina se encogió de hombros.

—Mamá no está aquí. Además, ¿qué va a pasarle? No voy a salir con este tiempo. Seguramente me pasaré toda la mañana tocando el piano y bordando.

La emoción que suscitaban en su hermana las actividades que ella tanto temía le arrancó una carcajada. No obstante, debía reconocer la veracidad de las palabras de Georgina. Era poco probable que al vestido le pasara algo. Se sintió bastante mezquina por haber sacado el tema.

El mayordomo entró en el comedor justo cuando Georgina se sentaba enfrente de Miranda. Llevaba una bandeja con la correspondencia.

—El correo, *milady*.

—Gracias, Lambert. —Miranda soltó la tostada y empezó a organizar las cartas. Podría dejar que lo hiciera el mayordomo, pero le gustaba saber todo lo que sucedía en la casa. Aceptar las obligaciones de la organización del hogar después de que su madre volviera a casarse le había aportado una especie de satisfacción personal justo cuando más necesitaba algo que la ayudara a valorarse.

Había dos cartas dirigidas a Georgina. Las puso sobre la mesa a sabiendas de que su hermana no les haría el menor caso de momento. Georgina manejaba toda su correspondencia, la poca que mantenía, en privado. En un par de ocasiones se había preguntado si las cartas acabarían directamente en el fuego, ya que su hermana parecía reacia a dejar que la molestara algo que no fuera primordial en cada momento de su vida.

No había nada para Griffith. Hacía una semana que no llegaban cartas para él. De alguna manera, Marlow accedía al correo antes de que lo hiciera cualquier otra persona y se llevaba las cartas de su hermano.

¿Era normal que los ayudas de cámara se involucraran hasta ese punto en todos los aspectos de la vida de su señor? No tardó en desterrar la pregunta al fondo de su mente. Por aburrida que estuviera, se negaba a preocuparse por el ayuda de cámara de Griffith.

Miró de nuevo la lluvia con el ceño fruncido. Tal vez el tiempo se despejara por la tarde y pudiera salir a visitar a algunos de los arrendatarios. Mary Blythe tendría pronto a su bebé.

En el correo había una factura de la modista, una invitación a una fiesta campestre y unas cuantas cartas de índole personal enviadas por las amistades que había hecho en Londres. Contestarlas le ayudaría a ocupar la mañana haciendo algo.

La última carta no tenía nada distintivo y la letra era claramente masculina. Frunció el ceño, confundida. Estaba dirigida a ella, no a Griffith. ¿Algún primo, quizá?

Estaba lacrada con un sello sencillo, sin blasón y sin inicial alguna. Introdujo los dedos por debajo al tiempo que asentía con la cabeza y contestaba de modo afirmativo a cualquier comentario que estuviera haciendo Georgina. Estaba parloteando de la alta sociedad, de Londres y de su presentación en sociedad, que tendría lugar al cabo de unos meses. Georgina era capaz de pronunciar un sinfín de monólogos al respecto, de manera que no era necesario que ella contribuyera en modo alguno a la conversación.

Se llevó la taza de chocolate a los labios para beber un sorbo mientras extendía el papel sobre la mesa. Un vistazo al contenido de la carta bastó para que empezara a toser y estuviera a punto de ahogarse con el líquido espeso y caliente. Agitó una mano por delante de la cara mientras trataba de recuperar el aliento y la compostura. En uno de los movimientos, golpeó sin querer el borde del plato, de manera que los huevos, la tostada y la mermelada salieron por los aires.

Georgina soltó un alarido y se levantó de un salto para evitar la lluvia de comida. Miró a su hermana con el ceño fruncido.

—Ahora sí te doy la razón. Voy a cambiarme de vestido.

Recogió sus cartas y salió de la estancia refunfuñando algo sobre las hermanas despóticas.

Miranda pasó por alto el enfado de Georgina. De todas formas, sabía que en algún momento del día iba a hacer algo que la enfadara y en ese instante tenía un problema más importante que requería su atención.

Levantó la carta con las dos manos y la leyó de nuevo. La incredulidad, la sorpresa y el miedo le atenazaron el corazón. No había saludo en la carta, pero era evidente que la destinataria era ella y solo ella.

¿Nos conocemos?

Atentamente,
MARSHINGTON

Una segunda gota de lacre descansaba junto a su apellido, sellada con su blasón.

Había recibido su carta. El duque de Marshington, cuyo paradero era la fuente de miles de rumores en Londres, al parecer se encontraba no muy lejos de Riverton. Había recibido su carta y la había contestado en menos de una semana.

Enterró la cara entre las manos, arrugando el papel. Era capaz de percibir el olor de la tinta. ¿Estaría muy cerca el duque? Claro que su paradero en realidad no importaba. Bien podría estar sentado en esa mesa del desayuno y su presencia no solucionaría su problema. ¿Qué podía hacer?

«Respirar. Inspira. Espira.»

Apoyó las manos en la mesa y se levantó con temblor en las piernas.

«Respira despacio. No te dejes llevar por el pánico. No vayas a desmayarte.»

En ese momento entró un criado, que se detuvo al instante al ver los restos de su desayuno diseminados por la mesa. El rostro del hombre reflejaba la confusión que sentía, pero acabó recuperando la compostura y adoptó la expresión neutra apropiada de un criado. La conversación en los aposentos de la servidumbre sería muy interesante esa mañana.

—Se ha producido un pequeño contratiempo... —Miranda dejó la frase en el aire. Era imposible que saliera de la situación sin que su dignidad se resintiera. El desayuno estaba desperdigado por todo el comedor, y saltaba a la vista que procedía de su plato.

«Una dama jamás debe convertirse en tema de conversación para los criados.»

—¡Al cuerno! —Recogió las cartas y salió a la carrera del comedor. Mantuvo la vista clavada en el suelo, más concretamente en la punta de sus zapatos, que asomaban por debajo del vestido al andar. Subió la escalera, enfiló el pasillo, se escabulló a toda prisa en una de las habitaciones de invitados para evitar a una doncella y, por fin, llegó a la bendita intimidad de su dormitorio.

Una vez dentro, apoyó la espalda en la puerta y se tomó unos momentos para respirar.

—Es mi imaginación. Todo es fruto de mi imaginación. No le he enviado una carta de forma accidental. Jamás he recibido una carta suya. —Miró el papel que tenía arrugado en la mano y gimió—. ¿Por qué me estoy engañando? ¡Mi vida está arruinada!

Si el duque de Marshington por fin decidía abandonar su escondite y le enseñaba su carta a alguien, acabaría convertida en una marginada social. Nada podría salvarla. Su futuro estaba en las manos de ese hombre, al que jamás había conocido. Era un asunto muy serio.

Empezó a andar de un lado a otro sobre la alfombra Aubusson que se había comprado como capricho después de su segunda temporada, tras regresar al campo sin una propuesta de matrimonio a la vista. Al menos, sin una propuesta que ella estuviera dispuesta a considerar.

—Puedo arreglarlo. Debe de haber un modo de arreglarlo. ¡Miranda, piensa!

La solitaria frase, escrita por un aristócrata desaparecido, parecía haberse grabado a fuego en su mente. La veía allá donde mirase.

«¿Nos conocemos?»

—¿Qué tontería es esa? ¿Qué importancia tiene que nos conozcamos? Es imposible que yo pueda enviarle una carta semejante a un hombre, aunque lo conociera desde la infancia.

Detuvo su errático caminar al llegar a su pequeño escritorio. Era raro que escribiera en ese lugar, ya que prefería los grandes ventanales del salón o de la biblioteca para tener más luz. Sin embargo, en el cajoncito había un fajo de papel azul y la tinta y la pluma siempre estaban listas para ser usadas.

Se dejó caer en la silla de golpe. Con las manos temblorosas, colocó la carta del duque en el escritorio y la alisó.

—Puedo hacerlo. Puedo fingir que estamos en un salón de baile de Londres y que debo de sortear una situación incómoda con un caballero aceptable. —La situación más incómoda que podía imaginar.

Despacio, colocó en el escritorio una hoja de papel blanco. Introdujo la pluma en el tintero con movimientos precisos a fin de no dejar un exceso de tinta en el papel. La respuesta debía ser perfecta en todos los sentidos.

Pasaron los minutos.

El silencio reinaba en la estancia. Había cesado incluso el sonido de la lluvia en los cristales.

Miranda gimió, sacó una hoja de papel azul del cajón y empezó a escribir a la carrera, desnudando su corazón en el río de tinta negra.

> *Marsh:*
> *Vas a horrorizarte cuando sepas lo que he hecho. Sin querer, te he enviado una carta. Es bochornoso que nuestra presentación se haya llevado a cabo a través de una especie de furioso desahogo emocional. A saber lo que pensarás de mí.*

¿Qué iba a pensar el hombre? La posibilidad de que algún día llegaran a conocerse siempre había existido. El destino no podría resistirse a cruzar sus caminos después de haber pasado años escribiéndole. Claro que ella no creía en el destino, pero al parecer Dios había decidido que necesitaba una lección para aprender que no debía utilizar a los demás sin su conocimiento. O algo así. El asunto debía de ser una lección, porque no podía suceder con el simple propósito de arruinarle la vida.

> *El caso es que llevo años escribiéndote, desde que mi hermano empezó a hablarme de ti. Eras mi compañero ficticio, pero real, al que podía contarle todo. Tengo un baúl LLENO de cartas. ¡No me puedo creer que te haya enviado una de verdad!*

> *Lo peor de todo es que debes de estar por aquí cerca si la has recibido y me has contestado tan pronto. No sé cómo Marlow se las habrá ingeniado para enviártela.*
> *Y ahora debo responderte. No puedo dejarlo pasar. Marsh, ¿qué puedo decirte?*
> *Espero que no te importe que te llame Marsh en mis pensamientos. Así es como te llama Griff cuando habla de ti, que no es algo que haga a menudo. Cuando estaba en el internado, me hablaba de ti en sus cartas, por supuesto. ¿Qué estoy haciendo? ¡Debo escribirte una carta de verdad!*

Tras haber puesto en orden parte del caos que reinaba en su cabeza, Miranda respiró hondo y apartó la hoja azul donde había vertido sus alocados pensamientos. ¿Qué podía decir para justificar la carta que había recibido el duque? Debía pensar en algo sin pérdida de tiempo, porque si se encontraba cerca, seguramente mantendría algún tipo de contacto con Griffith, y solo le faltaba que su hermano descubriera que le había escrito a su amigo, como si fuera una niña encaprichada con el amigo de su hermano mayor. Aunque la idea se acercaba mucho a la verdad.

Tras respirar hondo de nuevo, se enderezó en la silla. Se apartó el pelo de la cara agitando la cabeza y apretó los dientes. Miró de nuevo la hoja de papel y aferró otra vez la pluma.

> *Excelencia:*
> *Estoy profundamente avergonzada por la carta que ha recibido. No alcanzo a imaginar lo que debe de pensar. Le aseguro que mi intención no era enviarla y espero que si nuestros caminos se cruzan algún día, sea capaz de olvidar que esto ha sucedido.*
> *Aún conservo el ridículo hábito infantil de desahogar mis pensamientos escribiéndoles a personas desconocidas.*

> *Me resulta mucho más catártico que la idea de escribir un mero diario. Mis divagaciones acabaron en el correo por equivocación.*
>
> *Mis más sinceras disculpas.*
>
> *Atentamente,*
Lady Miranda

Miranda leyó y releyó lo que había escrito. Era una carta serena, sosegada, y no proyectaba la impresión de que siempre le escribía al duque de Marshington, sino a distintas personas. Eso era mucho mejor. Al menos en su opinión.

Tras leerla varias veces, la tinta se secó y la dobló para sellarla y enviarla. Escribió el nombre del duque en el anverso y, en ese momento, se quedó petrificada. Tendría que ir en busca de Marlow para preguntarle la dirección a la que debía enviarla. Una miríada de sentimientos se agitó en su interior sin que llegara a reconocer a ninguno de ellos.

¿Qué sentía ante la perspectiva de verlo de nuevo?

Desde el encuentro que mantuvieron en el salón la semana anterior, el hombre la había evitado con tanto ahínco como había hecho ella. Habida cuenta de la cantidad de ocasiones en las que se habían encontrado durante los primeros dos días, era sorprendente que desde entonces solo lo hubiera visto de lejos.

Golpeó el escritorio con la carta ya doblada. ¿Dónde se encontraría Marlow a esa hora de la mañana? Ojalá estuviera todavía en los aposentos de Griffith. De ser así, dispondrían de más privacidad.

Los renglones torcidos de la carta que había escrito como diario le llamaron la atención. Debería guardarla bajo llave para no correr el riesgo de que alguien descubriera otra carta, pero ya estaba perdiendo el valor que necesitaba para enviar la verdadera. El libro que había en su mesita de noche ocultaba gran parte del papel azul, de manera que solo el fisgón más recalcitrante podría encontrarla.

Se alisó el vestido, tomó una honda bocanada de aire y echó a andar con paso firme hacia la puerta, con la verdadera carta en la mano. Si tenía que hablar con todos los criados de la casa para dar con Marlow, lo haría. Giró el pomo con un rápido movimiento de la muñeca, de manera que no tuvo que aminorar el paso. Nada le impediría enviar esa carta aquella misma mañana.

Y, en ese momento, recibió un puñetazo en la nariz.

Capítulo 7

Ryland se sobresaltó cuando vio que la puerta a la que había estado a punto de llamar desapareció y fue reemplazada por el rostro decidido de Miranda. La golpeó en la nariz con el puño, que ya estaba en movimiento.

—¡Ay! —La exclamación de Miranda se oyó al mismo tiempo que el grito de sorpresa de Ryland.

—¡*Milady*! —Gracias a Dios que no la había llamado por su nombre. Sin duda alguna, tenía que agradecérselo a los años que había pasado haciendo operaciones encubiertas.

Miranda cayó de espaldas y se llevó las manos a la nariz. Apretaba los ojos cerrados por culpa del dolor que sin duda sentía en la cara.

Ryland hizo una mueca mientras se arrodillaba a su lado.

—¿Se encuentra bien? —La pregunta tenía el tono de desesperación apropiado. Griffith no se iba a tomar nada bien la noticia de que había golpeado y tirado al suelo a su hermana. De ser un verdadero ayuda de cámara, estaría temblando de miedo por la posibilidad de que lo despidieran en ese momento.

Miranda se apartó las manos de la cara y frunció el ceño.

—Estoy sangrando.

Lo dijo de forma neutra, seguramente porque seguía sorprendida. Ryland apostaría lo que fuera a que nunca la habían golpeado en la vida. Seguro que ni siquiera había una vara en la habitación infantil cuando era pequeña.

Le miró las manos y vio unas gotitas de color rojo brillante que conocía bien. No la había golpeado con tanta fuerza como había creído, porque no le sangraba la nariz. Ryland meneó la cabeza. Solo le faltaba reparar en lo bonita que era la nariz de aquella joven, incluso con unas gotitas de sangre prácticamente seca alrededor...

Miranda levantó las manos para que él pudiera examinarlas.

—¡Estoy sangrando! —repitió, con bastante más sentimiento.

—En fin, no mucho, la verdad. He visto cosas bastante peores.

Tal vez no fuera el mejor comentario en esa situación.

Lo fulminó con la mirada. Pasaron unos tensos momentos sin que Ryland tuviera nada mejor que hacer que mirar esos furiosos ojos verdes. Se le ocurrían cosas peores que hacer con su tiempo, pero dichos ojos entraban en la misma categoría que la nariz: estaban fuera de su alcance en ese momento. En cuanto la misión terminase, meditaría la posibilidad de pasar mucho tiempo concentrado en sus facciones, pero en ese preciso instante era una mala idea.

Esperaba recibir una réplica mordaz e hiriente. Hasta la fecha, todas las pruebas indicaban que Miranda era un hervidero de emociones ocultas de forma muy conveniente tras la decorosa fachada de una dama.

—Supongo que debería ponerme algo encima. Trent siempre se pone carne en la nariz cuando se la aplastan. —Se estremeció con delicadeza antes de continuar con el monólogo. Su sentido práctico estuvo a punto de tirar de espaldas a Ryland—. Va a ser asqueroso. Me gusta la carne muy hecha y con mucha salsa. Es algo muy inglés, lo sé, pero como nunca he estado en ningún otro país, tampoco me importa mucho que digamos.

¿Recordaba siquiera que él estaba presente? Nunca había conocido a una dama refinada que hablase sola. Era encantador.

—Dicen que el frío ayuda, *milady*.

Volvió la cara con brusquedad hacia él, ruborizada. Así que se había olvidado de su presencia. Eso lo ponía en su sitio, desde luego.

Miranda agitó una mano en el aire, como si quisiera desentenderse de la incomodidad para centrarse en lo realmente importante.

—¿Podría enviar esta carta por correo? Puede dirigirla al mismo sitio al que envió la de la semana pasada.

Los años dedicados a impedir que las emociones se reflejasen en su cara hicieron que pudiera esconder el placer que le provocaba la idea de que hubiera respondido a su carta tan pronto. Sin embargo, la confusión lo asaltó enseguida. Tenía las manos vacías. Tampoco había nada en el suelo, junto a ella. A menos que estuviera sentada sobre el papel, no tenía ni idea de a qué carta se refería.

—¿Qué carta, *milady*?

Miranda se miró las manos vacías con el ceño fruncido antes de buscar a su alrededor tal como él había hecho. Señaló hacia el escritorio, al otro lado de la estancia. Había un rectángulo blanco entre él y la silla. Enarcó una ceja al ver las cartas que había desperdigadas por el suelo, pero decidió no hacer comentario alguno al respecto.

—Está allí. Dirigida al duque de Marshington.

Cuando se agachó para recoger la carta, la oyó tantear el camino hacia la cama. ¿Estaba mareada? Al parecer, necesitaba ayudarse de los muebles para mantenerse en pie. Le concedió cierta intimidad.

Mientras esperaba, examinó lo que había en el escritorio. Una esquinita azul sobresalía por debajo de un pequeño libro de poemas. Contuvo una sonrisa. ¿Había escrito dos cartas para responder a su única frase?

Un gemido muy femenino lo instó a volverse hacia ella. Miranda estaba de pie con una mano en el poste de la cama y la otra en la frente.

—Casi no te he tocado —musitó entre dientes. Él se había hecho más sangre al cortarse mientras se afeitaba a toda prisa sin espejo, así que el trauma emocional debía de ser el causante de que se tambaleara. Había visto heridas de sobra para saber que incluso las más leves podrían dejar sin sentido a una persona.

—¿Qué ha dicho? —preguntó ella en voz baja.

—Solo me preguntaba si necesita ayuda, *milady*. —Ryland arrojó la carta al escritorio y cruzó la habitación para ayudarla a mantener el equilibrio. Un leve perfume que no terminaba de identificar asaltó sus fosas nasales. No era un aroma floral, pero encajaba con Miranda.

—Solo necesito que me ayude a llegar abajo.

La sujetó del brazo mientras ella daba unos pasos temblorosos. A ese ritmo, cuando llegase a cualquier parte sería ya la hora de cenar.

—Si me permite, *milady*. —Ryland la levantó en brazos y se deleitó con las manos de Miranda en los hombros cuando, por la sorpresa o tal vez por el miedo, se aferró a él. Seguramente no la habrían llevado en brazos desde que era niña.

—¡Suélteme! —masculló ella.

—*Milady*... —Ryland sabía que su voz era seca, pero no podía evitarlo. Cuando abrió la boca, habló como si se estuviera dirigiendo a una niña pequeña—. Es la forma más rápida de llevarla adonde quiere ir.

—Pues lléveme al salón familiar. Puede ir en busca de Sally para que me traiga la carne. —Se estremeció de nuevo.

Ryland fue mucho más consciente de eso, dado que la llevaba en brazos. Empezó a sudar.

—Por supuesto, *milady*.

Tras dejarla con cuidado en el sofá del salón familiar, le hizo una reverencia y se marchó. Le ordenó a un criado que buscase a Sally y regresó al dormitorio de Miranda para recuperar la carta.

Como se sentía un poco culpable por haber trastocado toda su mañana, recogió las cartas que habían caído al suelo, junto al escritorio. Recorrió con un dedo una de las hojas que adornaban la alfombra. Le recordaba vagamente una magnífica alfombra que tenía en su mansión de Londres. Al menos, estaba en la biblioteca la última vez que estuvo allí. Era posible que su avaro primo la hubiera vendido, aunque lo dudaba. Les pagaba una escandalosa cantidad de dinero a su administrador y a su mayordomo por mantener a raya a sus avariciosos parientes.

Dejó el montón de cartas en el escritorio y recogió la carta blanca que Miranda le había pedido que echase al correo. La esquinita azul que sobresalía por debajo del libro de poemas le llamó la atención una vez más. Con una sonrisa, sacó la hoja azul y miró ambas cartas. Quería darle calabazas al duque de Marshington, ¿verdad? El tono formal de la carta que ella quería enviar no encajaba con sus planes en absoluto.

La hoja azul acabó en su bolsillo mientras que la blanca ocupó el lugar debajo del libro de poemas. Seguro que eso la confundía un poco, pero el leve golpe que había recibido en la cabeza la llevaría a preguntarse si recordaba las cosas con claridad.

Casi había llegado a la puerta cuando se dio cuenta de que estaba en el dormitorio de Miranda.

Solo.

No había sentido la menor incomodidad al registrar las posesiones de Georgina y apenas una punzada cuando registró los aposentos de Griffith, pero la idea de invadir los aposentos privados de Miranda no le gustaba. Hasta el punto de que casi se marchó de la habitación. No sería la primera vez que los sentimientos de un agente se interponían en su trabajo..., razón por la cual abrió de un tirón la puerta del armario y registró cada bolsillo, bolso y bajo de vestido.

El registro no fue tan exhaustivo como podría haber sido, pero sí lo suficiente para satisfacer su culpa profesional. Se arrodilló y buscó debajo de la cama, y se sorprendió al ver un enorme y estrecho baúl.

Todos los baúles de viaje se guardaban en otra parte de la casa. ¿Por qué estaba ese allí?

Descubrió que pesaba muchísimo cuando lo sacó. Y que estaba cerrado con llave.

Con el corazón en la garganta, se hizo con un par de horquillas del tocador y se dispuso a abrir la cerradura. Lo último que se esperaba al abrir la tapa eran hojas de papel.

Cartas, para ser exacto. Cientos de ellas. Todas dirigidas al duque de Marshington.

Por más que ansiara hacerlo, no las leyó. Que leyera la más reciente ya resultaba bastante malo. No había necesidad de agravar el problema.

Sin embargo, quería satisfacer su curiosidad en lo referente a un asunto. Rebuscó en el fondo del baúl hasta encontrar las cartas más antiguas, escritas en papel blanco normal. Abrió una y leyó la fecha.

1800. Miranda llevaba doce años escribiéndole.

¿Cómo iba a cumplir las expectativas del hombre ideal que ella había creado en su mente?

Miranda esperó hasta el último momento para bajar a cenar. Había conseguido evitar reunirse con Griffith y con Georgina en el salón antes de la cena, pero era imposible librarse de la comida a menos que dijera que estaba enferma, lo que suscitaría un montón de problemas añadidos.

Georgina arrugó la nariz cuando Miranda tomó asiento. Mucho se temía que no era por el desagradable olor que desprendía la sopa de cebolla. Había evitado mirarse en un espejo, ya que no quería saber si el encontronazo le había dejado marcas.

—¿Qué te ha pasado?

Miranda suspiró. La pregunta de su hermana llamó la atención de Griffith.

—Eso, ¿qué te ha pasado? Tienes un moratón en el puente de la nariz.

No podía decirle que el culpable era su nuevo ayuda de cámara. Seguramente su hermano sacaría a rastras al señor Herbert de su jubilación.

—Un momento de torpeza, nada más. Ni siquiera ha sido un golpe muy fuerte. Es que ha sido muy certero.

Georgina ocultó la sonrisilla detrás la servilleta mientras Griffith entrecerraba los ojos.

—¿Y qué te ha golpeado con tanta puntería?

Parecía muy tranquilo, pero lucía una expresión suspicaz. A ella jamás se le había dado bien mentir.

—Fue... esto... —Atisbó el cuadro que había en la pared del otro extremo del comedor. Una mujer reclinada con un libro en un diván—. ¡Un libro!

Su hermano enarcó las cejas, sorprendido. La sonrisilla de Georgina acabó en carcajada, que intentó ocultar con una tos.

—¿Un libro? —preguntó su hermano.

—¡Sí! —Miranda cambió de postura en la silla, satisfecha con la historia tan buena que se había inventado—. Estaba leyendo en la cama y me quedé dormida, y el libro me golpeó la nariz.

Griffith se llevó una cucharada de sopa a la boca.

—¿Qué libro era?

¿Quería saber qué libro era? Miranda se llevó la cuchara a la boca mientras deseaba que fuera algo que necesitase masticar con ahínco. Una cucharada de sopa solo retrasaba la conversación un instante.

—Era... —Tras otra mirada frenética por la estancia, no encontró inspiración—. Shakespeare.

—¿Shakespeare?

—Sí.

Se quedaron en silencio mientras los criados retiraban la sopa y les colocaban el siguiente plato en la mesa. A Miranda se le revolvió el estómago con solo mirarlo. Nunca miraría la carne de la misma manera.

Georgina sonrió.

—Siempre me ha encantado su obra. ¿Cuál estabas leyendo?

Debería haber una ley contra las hermanas pequeñas irritantes. Georgina sería incapaz de nombrar tres obras de Shakespeare aunque le fuera la vida en ello.

—*Noche de reyes*.

¿De dónde había salido eso? Ah, sí, era lo que Marlow estaba leyendo la otra noche. En ese caso, una elección de lo más apropiada.

Griffith la miró fijamente.

—¿*Noche de reyes*?

—Esto... pues sí. Pero todavía no llevo mucho leído, así que no puedo hablar de la trama.

Miranda empezaba a preocuparse por su hermano mayor. Parecía ensimismado, como si estuviera intentando recordar algo que tenía enterrado en el fondo de la memoria.

Tras menear la cabeza, Griffith la miró con una sonrisa tensa.

—Pues hablaremos de otra cosa.

Miranda se metió un trocito de carne en la boca. Iba a ser una cena larguísima.

La cama de Griffith era increíblemente cómoda. Ryland pensó que tendría que conseguir un colchón igual cuando volviera a casa. Por supuesto, también cabía la posibilidad de que, tras pasar años durmiendo en cuchitriles y habitaciones destartaladas, un colchón de buena calidad pareciera mucho más cómodo.

No obstante, podría vivir sin la cama de nogal con cuatro postes. Llevaba muchas generaciones en la familia y Griffith la había descrito a menudo como espantosa, pero los últimos seis duques habían dormido en ella y tenía debilidad por las tradiciones.

Ryland se encogió de hombros y se acomodó sobre las almohadas. ¿Qué iba a hacer con la carta de Miranda? Tenía que responderla, claro. Era cuestión de tiempo que se diera cuenta de que la carta equivocada seguía en su escritorio, y nadie recibiría una carta como la que él tenía en la mano sin responder de alguna forma... ¡Era demasiado absurda! Había establecido un plazo de una semana para responder, de modo que tenía varios días para pensarlo.

Miró el reloj. Seguramente tenía una hora hasta que Griffith lo necesitara para algo.

Qué misión tan absurda. Su amistad con Griffith dificultaba sobremanera la tarea de mantener la tapadera. Siempre había sido capaz de sumergirse en el papel de turno, siempre había podido olvidarse de su verdadero pasado durante largos periodos de tiempo. Algo imposible en esa misión. A veces, tenía la sensación de que Griffith y él habían vuelto a Eton, antes de que la vida los arrastrase en direcciones opuestas.

Tampoco ayudaba que la misión no estuviera desarrollándose con rapidez. Había registrado todas las habitaciones de la casa y su lista de sospechosos se había reducido considerablemente. En cuestión de una semana, el Ministerio de la Guerra podría enviarle todo lo que sabían de las personas de su lista. Sin embargo, algo lo inquietaba. Se le escapaba algo, pero no sabía de qué se trataba.

Y el hecho de no saberlo le disgustaba.

Había llegado a la conclusión de que al menos uno de los criados de mayor rango estaba involucrado. Alguien había arrojado una carta a la chimenea situada en la sala de los aposentos de la servidumbre. Una de las esquinas no se había quemado. Y si bien le habría gustado saber qué decía el resto de la carta, había rescatado lo suficiente para saber que alguien había estado recibiendo órdenes poco halagüeñas para la Corona.

Encontrar esa carta requirió más trabajo de lo que había supuesto. La fregona limpiaba las cenizas de la chimenea dos veces al día. A saber la de pistas que había perdido por la dedicación de la criada.

Además de los criados de la casa, también quería investigar a varios trabajadores de la propiedad. Todo el personal de los establos era sospechoso. ¿Qué mejor lugar para intercambiar mensajes que uno que contaba con acceso a algunos de los mejores caballos del país? Se había percatado de la cantidad de veces que sacaban a los caballos para que hicieran ejercicio. Sería muy sencillo reunirse con otro espía.

Era más difícil acceder a la residencia de dichos trabajadores, ya que su cercanía a los establos implicaba que había un trasiego constante por las habitaciones. Le gustase o no, iba a tener que recurrir a Griffith, iba a tener que pedirle que hiciera algo para que todos los mozos de cuadra abandonaran los establos al mismo tiempo.

Hasta que eso sucediera, lo único que podía hacer era mantenerse alerta por si había más errores y esperar que el Ministerio de la Guerra le comunicase si alguna de las personas de su lista no era quien aparentaba ser.

La paciencia, la cualidad más preciada en ese tipo de misiones, se le estaba agotando. No quería esperar al momento oportuno o a que el culpable cometiera un error.

Se metió la mano en el bolsillo para sacar el trocito medio quemado con las órdenes incriminatorias, pero rozó con los dedos la carta bien doblada. Sacó la hoja azul y sonrió.

Perder el tiempo pensando en la hermana de su amigo no era sensato, pero parecía imposible no hacerlo. La idea de que lo eligiera a él como el destinatario de su diario epistolar resultaba hilarante. ¿Qué habría escrito Griffith en las cartas que había mandado desde Eton? De alguna manera, dudaba mucho que hubiera detallado todas las aventuras y los tropiezos que había tenido con la dirección del colegio.

Decididos a convertirse en dos de los alumnos más poderosos del lugar, habían puesto a prueba todo lo que se les ocurría para averiguar hasta dónde llegaban sus títulos nobiliarios. Nada espantoso, por supuesto. Ryland tenía que agradecérselo a la fe inmutable de Griffith y a su buena influencia.

La puerta se abrió y se puso de pie de un salto. Su mirada voló hacia el reloj. ¿Ya había terminado la cena?

Griffith entró y se detuvo a los pocos pasos, con la vista clavada en el cobertor revuelto.

—Estabas en mi cama —masculló.

—Es más cómoda que la mía —repuso Ryland.

—Me lo supongo, dado que yo soy el duque y tú el criado en este teatrillo que nos traemos entre manos.

Ryland se encogió de hombros. Volvió a doblar la carta de Miranda y se la metió en el bolsillo.

Griffith clavó la mirada en el bolsillo de Ryland.

—¿No te descubrí leyendo *Noche de reyes* a principios de esta semana?

Capítulo 8

Ryland enarcó una ceja mientras se colocaba detrás de Griffith para ayudarlo a quitarse la levita. ¿Qué habría pasado durante la cena?

—Sí, lo estaba leyendo. Es posible que me vieras.

Griffith se dio media vuelta, antes de que Ryland pudiera quitarle la levita, con el ceño fruncido y una expresión que no presagiaba nada bueno.

—¿Qué tienes en el bolsillo?

—Unas notas personales. —Bueno, era verdad en cierto modo—. Tengo muchos sospechosos a los que seguir la pista. —Por dentro se encogió. En realidad, no había mentido, pero detestaba la facilidad con la que despistaba a su amigo con afirmaciones que no guardaban relación entre sí. Otra señal de que ya iba siendo hora de que dejara el negocio del espionaje.

—Miranda protege mucho ese papel azul. —Griffith empezó a quitarse la levita de los hombros, al parecer olvidada ya la preocupación.

Ryland se acercó a él de nuevo para ayudarlo, contento de ponerse fuera del alcance de su mirada por unos momentos.

—Era conveniente.

—Que no te vea usarlo. Lo protege como si fuera oro.

Algo que no le sorprendía. El papel tintado era caro, pero no valía tanto como las palabras que escribía en él.

Ryland examinó la camisa blanca de Griffith. Estaba manchada de salsa.

—Estabas un poco torpe esta noche, ¿no?

—Debe de ser eso.

—Qué conveniente que solo te hayas manchado donde la levita tapaba la camisa.

Griffith clavó la mirada con mucho interés en un hilo del borde de sus pantalones.

—Siempre he tenido mucha suerte.

Ryland estuvo a punto de echarse a reír mientras imaginaba la escena. ¿Se habría quitado el duque la levita? ¿La habría apartado un poco? Puso la prenda del revés y procedió a buscar manchas que coincidieran con las de la camisa. ¿Se habría metido la comida entre la levita y la camisa?

—Lo has hecho a propósito.

Griffith sonrió, olvidada por completo la tensión previa.

—Detestaría que te aburrieras.

Ryland meneó la cabeza y se dispuso a hacer su trabajo. Sus obligaciones nocturnas no le llevaron mucho tiempo. Mientras salía del dormitorio, miró la camisa sucia e hizo una mueca. Seguramente se requeriría un poco de esfuerzo y bastante tiempo para limpiar las manchas. En vez de bajar al lavadero para remojarla, se dirigió a su dormitorio, situado una planta por encima del de Griffith. Metió la camisa debajo del colchón. Ya le compraría otra a Griffith cuando todo eso acabara.

Dos horas más tarde, Ryland seguía despierto, tumbado boca arriba con la vista clavada en el techo. Aunque era cierto que la cama de Griffith era mucho mejor que la que le habían asignado a él, no tenía motivos para quejarse. Los últimos diez años había llegado a apreciar la oportunidad de dormir en algún sitio que no fuera el suelo. Había dormido muchas noches en alguna arboleda o acurrucado en una grieta entre las piedras.

La verdad fuera dicha, lo peor que tenía la misión que lo ocupaba era la relación personal.

Cerró los ojos y empezó a componer mentalmente la carta de respuesta a la de Miranda.

La vida era extraña. Como sirviente, podía llamar a su puerta, quedarse a solas con ella en una estancia o incluso acompañarla en alguna salida, pero no podía hablarle de igual a igual. El inesperado regalo de las cartas le ofrecía una oportunidad para hacerlo.

Seguramente fuera una bajeza por su parte jugar con ella. Desde luego que no era propio de un caballero.

Sonrió mientras el sueño empezaba a hacer mella en él.

Tal vez no fuera de buena educación, pero sí que era divertido.

Miranda se pegó a la pared y extendió un brazo para aferrar el pomo de la puerta. Una vez que la abrió, asomó la cabeza y miró a un lado y otro del pasillo. Al encontrarlo desierto, salió de su dormitorio con la sensación de estar haciendo el ridículo. No podía evitarlo. Desde que llegó Marlow, la puerta de su dormitorio se había convertido en un lugar más ajetreado de lo que estaba acostumbrada.

Después de que la golpeara en la nariz la semana anterior, tomaba precauciones extraordinarias cada vez que salía de su dormitorio. A veces, como ese día, abría la puerta con cuidado. Otras veces la abría de golpe y se apresuraba a apartarse por si acaso algo la esperaba al otro lado. En todo caso, bastaba para que una mujer se sintiera de lo más tonta. Aunque claro, también era tonto acabar recibiendo un puñetazo de un criado cuya intención solo era la de llamar a la puerta.

Agradecida porque nadie la hubiera visto salir de esta forma tan rara, enfiló el pasillo, lista para comenzar con las tareas del día. La cocinera quería que repasara los menús con ella esa mañana. También debía ir en busca del jardinero jefe para hablar con él. De un tiempo a esa parte, los jardines tenían muy mal aspecto. Al menos uno de los jardineros no estaba empleándose a fondo. Solo esperaba que el hombre fuera perezoso y no un borracho. La pereza era un problema mucho más fácil de solucionar.

—Buenos días, *milady*.

Miranda gritó al oír la voz de Marlow tras ella. Se dio media vuelta al instante.

—Marlow. —Respiró hondo—. Buenos días.

—Me alegro de haberla encontrado, *milady*.

—¿Ah, sí?

Le entregó un fajo de cartas.

—El correo ha llegado tarde esta mañana. Ya he apartado las cartas de su excelencia.

Miranda clavó la vista en las cartas que el ayuda de cámara llevaba en la mano. ¿Le habría respondido el duque? ¿Qué le diría? Su futuro estaba en las manos de un hombre al que jamás había visto, de un hombre cuyas amistades tampoco habían visto.

—¿*Milady*? —Marlow le ofreció las cartas de nuevo.

Debería aceptarlas. No iban a morderla. Le quitó el fajo de cartas de las manos.

—Gracias.

El ayuda de cámara enarcó una ceja a modo de silenciosa pregunta, pero después hizo una reverencia y se alejó por el pasillo.

Miranda lo observó marcharse. No recordaba haberse encontrado muchas veces con Herbert, pero era un hombre bastante reservado. Hacía su trabajo y guardaba silencio.

Marlow no se parecía en absoluto a su predecesor. En lo referente a su trabajo, no encontraba quejas. O al menos Griffith no se había quejado. El hombre parecía estar en todos sitios, eso sí. Tal vez por eso lo viera más. Debía admitir que sus ojos volaban hacia él en cuanto se encontraban en la misma habitación. Había algo en él que no encajaba. Algo que le parecía raro.

Ojeó el correo al tiempo que se encogía de hombros y desterraba sus infundadas cavilaciones. Allí estaba. Con la misma letra gruesa que la vez anterior y lacrada con un simple sello en el reverso. Le temblaban las manos al regresar a su dormitorio. Se sentó en la silla de su escritorio lentamente y con cuidado. Soltó tranquilamente el resto de las cartas en el escritorio. Sally no tenía por qué elucubrar sobre el motivo del desorden de su correspondencia.

Se armó de valor respirando hondo dos veces y rompió el lacre, tras lo cual desplegó el papel. Puesto que aún no era capaz de leerla, la colocó sobre la superficie del escritorio para alisar las arrugas y tapar el contenido con las manos.

No tenía sentido demorar el momento. Las palabras no iban a cambiar.

Querida lady *Miranda:*
Le confieso que me siento halagado por su carta, si bien estoy un tanto confundido. Como sabrá, me he mantenido apartado de la sociedad durante los últimos años. Acostumbro a no responder la correspondencia con rapidez a fin de aumentar el misterio sobre mi persona. Confío en que mantenga mi paradero como un secreto entre nosotros, dado que me tiene en tan alta estima. ¿Dice usted que tiene un baúl entero lleno de cartas dirigidas a mí? Me deja con la intriga de leerlas.

Siento mucho que se haya sentido aturdida por la presentación tan poco ortodoxa. No creo que su intención fuera la de enviarme la última carta, dado que acabó usted afirmando que me escribiría otra más. Una carta de verdad.

Me fascina usted, milady. *Le confieso que todos los días rebusco con ansia en el correo en busca de un trozo de papel azul. Hace años que nada me emocionaba tanto. Por favor, no permita que su azoramiento frene nuestra correspondencia. No puedo ver su rubor a través del papel.*

Y si bien puede llamarme Marsh, me temo que es su hermano el único que sigue haciéndolo. ¿De qué manera se distrae usted con este tiempo que hace últimamente? La lluvia no suele ser un impedimento para mis actividades, pero la que nos aqueja es tan copiosa que me mantiene un poco atado.

Atentamente,
M<small>ARSH</small>

—No —musitó Miranda—. ¡No, no, no, no y no! —¡Era imposible que le hubiera enviado otra de sus cartas personales! La tensión se apoderó de su pecho, dificultándole la respiración. Agitó las manos por delante de la cara, como si por arte de magia pudieran cambiar el pasado o reescribir las palabras del papel que tenía enfrente.

«Cálmate. Debo calmarme.»

Tal como había dicho el hombre, era imposible que la viera ruborizarse a través del papel, lo que significaba que tampoco vería un ataque de histeria.

Las hondas bocanadas de aire ayudaron a que su corazón aminorara la velocidad de los latidos de manera que pudiese pensar. Había escrito ambas cartas allí mismo, en su dormitorio. Después había sufrido la horrible experiencia de que Marlow le asestara un puñetazo en la nariz.

«Marlow.»

Él había echado la carta al correo. Había enviado la carta azul. ¿Acaso Sally no le había dicho que jamás enviara las cartas azules?

Corrió hacia la puerta, pero un estruendo la obligó a detenerse. La silla del escritorio estaba a su espalda, en el suelo. Seguramente debería ponerla bien. Sin embargo, agitó una mano, se desentendió de la silla y salió del dormitorio. Bajó la escalera algo más rápido de lo que era prudente.

¿Dónde estaban todos los criados? Una desesperación irracional comenzaba a extenderse por su estómago. Encontrar a Marlow no desharía el envío de la carta incorrecta, pero la tranquilizaría hasta el punto de intentar comprender qué había sucedido. Acababa de pisar la planta baja cuando vio que un criado entraba en el vestíbulo principal.

—¡Marlow!

—Eh... no, *milady*. Me llamo Charles. ¿Puedo ayudarla...?

—No, no, ¿has visto al señor Marlow?

—Sí, *milady*. Iba de camino al gabinete de su excelencia.

—Gracias, Charles. —Se obligó a andar despacio mientras se alejaba del criado. No era bueno que la servidumbre empezara a pensar que había perdido el juicio.

Otra vez.

Podría llegar a oídos de su madre.

El gabinete de Griffith se encontraba junto a la biblioteca, a poca distancia del vestíbulo principal. ¿Cómo debía empezar la conversación con Marlow? Giró el pomo de la puerta y la abrió sin pensar.

Ryland levantó la cabeza y descubrió a Miranda en el vano de la puerta, con un rictus decidido en los labios y la barbilla levantada. Tenía suerte de estar sentado a un lado de la puerta, fuera de su campo de visión inmediato. La atención de la joven estaba puesta en Griffith, que se encontraba de pie junto a su escritorio con un libro en la mano, boquiabierto por la sorpresa de que su hermana hubiera entrado en tromba, sin llamar a la puerta.

Tras levantarse para no llamar demasiado la atención, Ryland suplicó en silencio que Griffith fuera capaz de explicar su presencia en el gabinete. Aunque el lugar no garantizaba la privacidad del vestidor, lo habían considerado lo bastante seguro como para mantener una conversación sobre lo que Ryland necesitaba que Griffith hiciera.

No habían contado con la posibilidad de que su hermana entrara sin avisar.

Griffith bajó las cejas.

—¿Ha pasado algo, Miranda? ¿Georgina está bien?

Ella negó con la cabeza y se llevó una mano a la frente. Cerró los ojos y suspiró.

—No, no, no ha pasado nada. Siento mucho haber entrado así, Griffith. Estaba... mmm... Estoy buscando a alguien.

—Me temo que solo estamos Marsh... Marlow y yo.

Ryland esperaba que Miranda no se hubiera dado cuenta del titubeo de Griffith al pronunciar su nombre falso.

—En realidad, es con Marlow con quien necesito hablar.

—¿Necesitas hablar con mi ayuda de cámara? —Griffith miró fijamente a Marlow—. ¿Te ha ocasionado algún problema?

Ryland mantuvo una expresión neutra. ¿Mencionaría las cartas?

—Ah, no. Me ha ayudado mucho con un proyecto... especial. Es que necesito saber qué tal ha ido una parte en concreto.

Griffith entrecerró los ojos. Marlow intentó negar con la cabeza de forma sutil, si bien ni siquiera él sabía cuál era el mensaje concreto que pretendía comunicar. Lo único que sabía era que no le convenía que Miranda sospechara de la relación que lo unía a su «señor».

—¿Puedo robártelo un momento? —le preguntó Miranda a su hermano.

—Por supuesto. De todas formas, ya hemos acabado. —Griffith se volvió hacia su escritorio, al parecer despachando al sirviente sin más.

Ryland salió por la puerta antes de que Griffith pudiera dirigirle otra mirada suspicaz. Estaba claro que esa noche habría un interrogatorio en el vestidor.

—¿Qué se le ofrece, *milady*?

Miranda miró a uno y otro lado del pasillo antes de agarrarlo por una mano y de tirar de él en dirección a la cercana biblioteca. La mano de Miranda era pequeña y delicada en comparación con la suya. Tenía la piel fresca y suave. Los recuerdos de la conversación que compartieron a medianoche afloraron a la superficie. Trató de no recordar que, aunque había sido un momento incómodo, Miranda intentó entablar una conversación con él. Un sirviente.

Jamás sabría la cantidad de cosas que había descubierto sobre ella en el corto intervalo de tiempo que supuso beberse la taza de té. Empezaba a ser consciente de lo mucho que le gustaba lo que estaba descubriendo.

—Echó mi carta al correo.

Sabía, por supuesto, a qué carta se refería. Seguramente sería mejor que pensara que él no había sido.

—¿*Milady*?

—La semana pasada. Después de que... —Dejó la frase en el aire y se señaló la nariz—. Después del incidente. Echó mi carta al correo.

—Sí, *milady*.

—Era azul.

—Sí, *milady*.

—¿Por qué echó al correo la carta azul?

—Supuse que, puesto que la última que envié era azul, en esta ocasión también esa era la adecuada.

Miranda cerró los ojos y suspiró.

—¿No le ha dicho Sally que no envíe las cartas azules?

—*Milady*, le pido disculpas, pero no vi ninguna otra carta dirigida al duque de Marshington. —Ryland guardó silencio un instante y fue entonces cuando decidió que intentaría sonsacarle algo más—. Si no le importa la pregunta, ¿por qué escribe cartas que no quiere enviar?

El rubor empezó a extenderse por ambos lados de su cuello. Ryland era consciente de que le dolían las mejillas del esfuerzo por contener la sonrisa. ¿Cómo respondería Miranda a la pregunta? Dudaba mucho de que le confesase su costumbre de llevar un diario epistolar.

Una sombra se proyectó sobre el suelo cuando alguien pasó por delante de las cristaleras que daban al jardín. La mirada de Miranda voló hacia la puerta y puso cara de alivio.

—Debo marcharme. Ese es el jardinero jefe. —Hizo ademán de echar a andar hacia las cristaleras—. Tengo que hablar con él. El jardín de la parte oeste se encuentra en pésimas condiciones. Tal vez necesitemos contratar a otro jardinero. Creo que alguno ha debido de abandonar su puesto de trabajo. —Abrió la puerta y se detuvo. Estaba a punto de hablar, pero al parecer decidió no añadir nada más, porque se marchó corriendo en pos del jardinero jefe.

¿Había desaparecido un jardinero? ¿Tenía alguna relevancia? El hombre podría haberse marchado sin más. Tal vez era un desastre en su trabajo. Claro que, siendo jardinero, podía recorrer los terrenos de la propiedad a su antojo. Podría recibir y esconder notas y paquetes. Hasta ese momento, los había estado vigilando en la medida de lo posible, pero, puesto que tenían más libertad de movimiento que los mozos de cuadra, era difícil seguirles la pista. Y también era difícil distinguirlos desde el interior de la casa.

Resistió el impulso de pasarse la mano por el pelo en un gesto de frustración. Más lugares que investigar fuera. Iba a ser difícil.

Se volvió y descubrió al mayordomo de pie en el vano de la puerta de la biblioteca, con una ceja enarcada de forma desdeñosa. ¿Cómo era posible que no se hubiera dado cuenta de su llegada? Mientras se reprendía en silencio por no haber estado atento a posibles pasos en el pasillo, saludó al mayordomo con una breve reverencia.

—Señor Lambert.

—Señor Marlow, ¿qué hace aquí?

Buena pregunta. Y por cierto, ¿qué hacía el mayordomo en la biblioteca?

—Estaba hablando con *lady* Miranda.

Lambert recorrió la estancia con la mirada, que en ese momento estaba desierta.

—Acaba de salir en busca del jardinero jefe.

—Ah, entiendo. Bueno, abajo estamos muy ocupados. No podemos perder el tiempo en la biblioteca. —El hombre se dio media vuelta y salió, esperando que lo siguiera.

¿Por qué había ido el mayordomo a la biblioteca? En cuanto a libertad de movimientos, el mayordomo tenía la casa entera a su disposición. Alguien estaba examinando los documentos y la correspondencia de Griffith en busca de información, y debía de ser alguien que no despertara sospechas entre el resto de la servidumbre.

Ryland salió de la biblioteca en pos de Lambert. Por fin tenía un sospechoso en el que concentrarse.

Capítulo 9

Ryland sintió un nudo en el estómago al revisar el correo y encontrarse con una carta de *sir* Gilbert Hughes, un antiguo amigo de la universidad de Griffith. Dado que el auténtico *sir* Hughes estaba perdido en Gales dibujando espantosos bocetos de animales salvajes, el Ministerio de la Guerra creyó seguro utilizar su nombre para las comunicaciones cifradas con Ryland.

Esperaba que esa carta contuviera la información necesaria para cerrar la investigación. Habían pasado seis frustrantes semanas desde que llegó a Riverton y cuatro más desde que redujo la lista de sospechosos a cuatro personas. Sin embargo, la semana anterior por fin averiguó qué lo inquietaba de todo ese asunto. Nadie parecía estar al mando. Incluso la carta que había encontrado en la chimenea indicaba que alguien daba las órdenes desde otro lugar.

Si bien querían destruir el flujo de información, también era importante cortarle la cabeza a la serpiente. La idea de que alguien pudiera cometer traición y salir indemne le revolvía el estómago.

Por mucho que se hubiera opuesto a incluir a Griffith en ese lío, por fin había reconocido que era lo más sencillo, y su amigo se había mostrado más que dispuesto a colaborar. Griffith había insistido en hacer todo lo que fuera necesario para detener la filtración de información.

Incluso se había involucrado en las carreras de caballos para ayudar en la investigación de Ryland.

Menos mal que nadie se atrevía a cuestionar las excentricidades de un duque, porque cuando Griffith dijo que quería que sus caballos compitieran entre sí para decidir cuál sería el elegido para participar en las carreras del año siguiente, nadie le llevó la contraria. El personal se limitó a sacar a los caballos del establo y entre todos los llevaron hasta un prado lejano donde comprobarían qué animal era más rápido.

Ryland aprovechó para registrar cada rincón y cada recoveco de los establos. Y menos mal, porque había descubierto que uno de los mozos de cuadra era hijo de un aristócrata ruso que apoyaba a Napoleón y de la hija de un barón inglés. Pero ¿un aristócrata medio ruso limpiaría estiércol para ayudar a la causa de su padre o para evitar su furia?

Griffith había sido cada vez más descuidado con su correspondencia en las últimas tres semanas y había dejado cartas desperdigadas por doquier. Nada importante de momento, casi todas contenían información sobre asuntos de negocios que un amigo de Ryland, dedicado a las inversiones, le había pasado. Colin McCrae había enviado detalles puntuales sobre una inversión minera. La mina estaba abocada al fracaso, pero quienquiera que leyese las cartas de Griffith no tenía por qué saberlo.

Habían mezclado esas cartas con otras sin importancia y de índole personal, procedentes de parientes lejanos, para que hubiera variedad y no levantar las sospechas de nadie.

Ryland abrió y descifró la carta a toda prisa, y solo los años de práctica consiguieron evitar que sonriera. Por fin todo estaba en su lugar para capturar a un traidor. Había llegado el momento de lanzar el cebo con la esperanza de pescar una buena pieza.

El Ministerio de la Guerra había organizado cuatro puntos falsos de recogida de información. Ryland escribiría cuatro cartas que dejaría

en lugares determinados para que sus cuatro sospechosos las encontraran. Las cartas le pedirían a Griffith que apoyase una nueva estrategia en la guerra contra Francia. También especificarían el momento en que los detalles de dicha estrategia se entregarían a un mensajero.

Habían organizado cuatro intercambios distintos. Si alguien se presentaba en los lugares falsos, averiguarían su identidad y podrían rastrear la ruta que los llevase a destruir toda la organización.

Eso hacía que las largas semanas de espera que había pasado planchando las camisas de Griffith casi valieran la pena.

Durante las dos semanas siguientes, poco podrían hacer, salvo esperar. Se sorprendió al descubrir que le daba igual. Sus cartas semanales a *lady* Miranda suponían entretenimiento de sobra.

Miranda se quemó la lengua con el chocolate caliente. Se llevó la servilleta a los labios para no espurrear el líquido por la mesa. Puso los ojos como platos al darse cuenta de los elaborados rizos que adornaban la cabeza de su hermana.

—Es un peinado demasiado sofisticado para una mañana en el campo.

Georgina se encogió de hombros con un gesto elegante y delicado antes de cruzar la habitación para mirarse en el espejo.

—Una dama siempre debería estar preparada para ser presentada. Estoy probando nuevos estilos para saber qué lucir en mi primer evento social. Solo tendré una oportunidad para forjarme un nombre, que lo sepas.

Miranda sopló su taza antes de beber otro sorbo con cuidado.

—Faltan meses para que vayamos a Londres.

—Cierto. Pero nunca viene mal estar preparada. No quiero dejar nada al azar. Ojalá supiera quién va a celebrar bailes a principios de temporada. Dejar la estrategia para el último momento es muy arriesgado.

Lambert colocó una bandejita al lado de Miranda. La primera carta tenía el destinatario escrito con la letra gruesa que ya conocía. Era la octava carta que había recibido del duque. Acarició con un dedo la tinta negra mientras esbozaba una sonrisilla que había tratado de contener en vano. ¿Cuándo podría abandonar la sala sin parecer una maleducada?

—¿Hay carta de mamá?

Georgina estiró los brazos.

Miranda se hizo con el montón de cartas y empezó a repasarlas, aunque en realidad no las estaba leyendo.

—Esto... no lo sé. Déjame ver. ¿Esperas carta de mamá?

Miranda revisó el montón de cartas una vez más, aunque más despacio. Al final, encontró la angulosa letra de su madre.

Georgina se la quitó de las manos.

—Le escribí hace dos semanas para pedirle consejo sobre el tema de mi baile. Quiero escogerlo pronto, antes de que todos estén elegidos.

—¿Un tema? —Miranda se guardó la carta del duque en la manga antes de repasar el resto de la correspondencia. Su baile no había tenido un tema concreto. A menos que la elegancia sencilla lo fuera—. ¿Qué tienes en mente?

—Había pensado en algo griego o mitológico, pero *lady* Matilda ya lo escogió el año pasado.

—*Lady* Matilda era muy popular. Se casó con el primogénito del conde de Mountieth. Hay peores modelos que imitar.

Georgina frunció el ceño.

—¿Imitar? ¿Por qué iba a imitar a nadie? Pienso ser original. Y eso solo se consigue haciendo planes.

—Amelia no hizo planes. —Miranda ocultó su sonrisilla dándole un bocado a la tostada. A Georgina no le haría gracia que le recordase a su amiga, que entró en el panorama social el año anterior casi por casualidad y salió de él como la nueva marquesa de Raebourne. Toda la familia sabía que Georgina albergaba esperanzas de casarse con el marqués y que había hecho todo lo que estuvo en su mano para impedir que se casara con Amelia.

Georgina la fulminó con la mirada, pero se mantuvo en silencio.

Miranda se sintió culpable. Al fin y al cabo, Georgina era su hermana. Se suponía que debía quererla, no obligarla a regodearse en los errores del pasado.

—¿Tema?

—Francia.

Miranda se atragantó una vez más. Comer con su hermana empezaba a resultar peligroso.

—¿Francia? ¡Pero si estamos en guerra con Francia!

Georgina esbozó una sonrisa de oreja a oreja.

—Lo sé. Por eso nadie más lo escogerá.

—Porque es una mala idea.

—No, no lo es. A la aristocracia le encanta todo lo francés. La comida, la ropa. Me centraré en la Francia de antaño. Mucho antes de toda esta tontería de la guerra.

Miranda soltó el tenedor.

—Por favor, vamos a pensarlo bien.

—Es una idea original, Miranda. —Agitó con la mano la carta de su madre—. A mamá seguro que le encanta.

Seguro que a su madre no le iba a encantar, no le cabía la menor duda. Su hermana se llevaría una decepción con el contenido de la carta. Y cuando su hermana estaba decepcionada resultaba más difícil de llevar que cuando estaba emocionada.

—Creo que iré a dar un paseo a caballo —anunció mientras su hermana se bebía su taza de chocolate, con la carta cerrada junto al brazo. ¿Estaba tan segura de la aquiescencia de su madre? Ella se habría muerto de la curiosidad de haber preguntado algo tan absurdo.

Salió por la puerta y echó una última mirada por encima del hombro. Tal vez Georgina sabía que su tema no sería bien recibido y quería leer la noticia en privado.

El viento se colaba por el traje de montar mientras cruzaba el prado en dirección a los establos una hora más tarde. Rodeó el patio de los establos, ya que esperaba ver los caballos ensillados.

Aunque no esperaba ver tres.

El enorme semental de Griffith estaba junto a su yegua y parecía aburrido. A su lado estaba uno de los briosos caballos que su hermano reservaba para las visitas. ¿Había ido alguien? ¿Había llegado Trent de la ciudad? Siempre se alegraba de disfrutar de la compañía de sus hermanos, pero había esperado encontrar un lugar tranquilo donde leer la carta que llevaba en el bolsillo.

—Miranda, ¿qué haces aquí?

Se dio media vuelta y vio que Griffith y Marlow salían de detrás de los establos. ¿Marlow iba a montar a caballo? Herbert nunca había salido a montar con Griffith, pero tal vez porque era muy mayor. O tal vez sí había salido a montar y ella nunca se había enterado.

—Hace una hora dije que quería salir a dar un paseo. —Señaló los tres caballos—. Creía que te habías enterado y que querías acompañarme.

Su hermano miró de reojo a Marlow.

—Esto... pues no, pero también anunció hace una hora que quería montar a caballo. Han debido de suponer que íbamos juntos.

—Ah. —Se le cayó el alma a los pies. ¿Por qué se sentía decepcionada? ¿No acababa de lamentar la compañía de su familia?

—Da igual. Podemos cambiar de planes sin problemas. Por favor, acompáñanos. —Griffith se puso los guantes de montar.

Enseguida montaron y salieron del patio de los establos a lomos de sus caballos. Miranda observó la forma de montar de Marlow dirigiéndole miraditas de reojo. Era un jinete consumado. ¿Dónde había aprendido a montar tan bien un criado?

Se quedó un poco atrás, de modo que Griffith y ella pudieran cabalgar por delante. Por supuesto, era lo que debía hacer un sirviente, pero a Miranda le parecía mal por algún motivo. Como si debiera montar a su lado, tal como acostumbraba a hacer su vecino Anthony, el marqués de Raebourne, antes de sus recientes nupcias.

—¿Desde cuándo sales a cabalgar con tu ayuda de cámara? —Miranda bajó la voz y se inclinó hacia Griffith cuando atravesaban una pequeña arboleda.

—Sally y tú salís a pasear.

Se quedó boquiabierta, y estuvo a punto de decirle que era un asunto totalmente distinto. Pero ¿era así? Su doncella la acompañaba cuando paseaba. A veces, tenía que elegir entre la compañía de Sally y la de Georgina. Resultaba triste tener que reconocer que la doncella solía ganar.

Era una hermana mayor terrible.

Subieron en silencio una pequeña colina.

—¡Excelencia!

Se detuvieron. El administrador de Griffith subía la colina por el otro lado, desde un grupito de casas.

—Discúlpame un momento. —Griffith hizo girar su montura y se dirigió hacia el administrador.

Y dejó a Miranda a solas con su ayuda de cámara.

Capítulo 10

Ryland siguió con la mirada a Griffith mientras se alejaba y aprovechó la oportunidad para acercar su montura a la de Miranda.

—Hace una mañana agradable para cabalgar —comentó ella con un ligero estremecimiento. El viento era más fuerte en la cima de la colina.

Ryland esbozó una media sonrisa.

—Sí que la hace, *milady*.

Instó a su caballo a avanzar para colocarse delante de Miranda y protegerla de esa forma del azote del viento. Sin embargo, le salieron de la coleta algunos mechones de pelo que se agitaron ante sus ojos. La sensación le gustó. La libertad. Ojalá pudiera quitarse la coleta y soltarse el pelo. Ojalá pudiera cortárselo. Eso sería lo primero que haría en cuanto acabara la misión. Darse un buen corte de pelo.

Se mantuvieron en silencio unos instantes más.

—Hoy he recibido otra carta.

Ryland volvió la cabeza al punto. Miranda parecía sorprendida de haber pronunciado las palabras en voz alta.

Antes de hablar, Ryland carraspeó.

—En ese caso, supongo que esta tarde tendrá lista otra carta para que la envíe. ¿Mantienen correspondencia una vez por semana?

Miranda asintió con la cabeza.

—Sí, durante las últimas ocho semanas ha sido así. Pensé que iba a dejar de escribirme una vez que pasara la curiosidad inicial, pero sigue haciéndolo. Son cartas detalladas. Muy personales.

—Y usted las responde. —Ryland ansiaba dichas cartas. No dejaba de sorprenderle la contención que debía ejercer durante la semana que tardaba en contestarle, pero ese era el plazo de tiempo que había establecido desde el principio, de manera que debía mantenerlo.

—Sí —susurró Miranda—. No sé por qué. Tengo la impresión de que lo conozco como nunca he tenido la oportunidad de conocer a un caballero en Londres.

Ryland no replicó. ¿Cómo iba a hacerlo? ¿Por qué le estaba contando esas cosas Miranda?

—Aunque todo es en vano. El duque está escondido. Unas cuantas cartas absurdas intercambiadas con una solterona no sirven para nada.

Si ella supiera el efecto que suponían dichas cartas sobre sus planes de futuro... Carraspeó.

—*Milady,* ¿por qué me está contando esto?

Miranda soltó una carcajada al tiempo que el rubor teñía sus mejillas.

—¿A quién si no se lo voy a contar? Usted es la única persona que está al tanto de las cartas.

—Podría darle su dirección y de esa manera no tendría que entregarme las cartas. —La sugerencia era segura. Había numerosos motivos por los que ella creería que enviar las cartas en persona sería una mala idea.

—No. No puedo enviarle cartas a un caballero con el que no estoy emparentada. ¿Se imagina el escándalo que eso supondría? Usted puede incluirlas en el correo de Griffith. De esa manera, solo dos personas seguirán al tanto de mi espantoso atrevimiento.

Ryland la miraba con los párpados entornados. La tristeza que su voz denotaba se coló hasta ciertos lugares que creía ocultos bajo un endurecido caparazón. Tras las dos primeras cartas, ambas escritas con torpeza, las misivas de Miranda eran alegres, confiadas y refinadas. El brillante atisbo de la mujer a la que había estado observando mientras registraba la casa durante los últimos dos meses.

Una mujer tan impredecible como encantadora que cantaba en los jardines; que mascullaba entre dientes si se le hacía un nudo en el hilo cuando bordaba; y que tocaba las teclas del piano con entusiasmo componiendo alegres melodías.

—No sé qué le dirá en sus cartas, *milady* —«¡Dios mío, perdóname y haz que ella me perdone por mentirle!»—, pero la asiduidad de su correspondencia parece indicar un evidente interés por su parte.

—Pero nunca me ha visto. Yo todavía estaba en el aula cuando él decidió esconderse del mundo. —Jugueteó con las riendas entrelazándoselas en los dedos y después soltándolas.

El viento estaba haciendo estragos con el peinado de la joven de la misma manera que con el suyo. Unos cuantos mechones se movieron delante de la cara de Miranda. El deseo de apartarlos le provocó un hormigueo en los dedos. Aferró con más fuerza las riendas para mantener las manos donde debían estar, y el gesto hizo que su caballo se moviera hacia un lado. Rozó la rodilla de Miranda con la suya.

—Discúlpeme —dijo con voz ronca. Carraspeó y apartó su montura hasta colocarse a una distancia apropiada—. Tal vez sea bueno que llegue a conocerla bien antes de verla en persona. De ese modo, usted sabrá que su interés es genuino y que no se debe solo a su belleza.

Con suerte, dicha afirmación no lo atormentaría cuando ella descubriera la verdad.

Lo que significaba que estaba condenado al fracaso. La suerte y él nunca se habían llevado bien.

Miranda sonrió al tiempo que se apartaba el pelo de la cara.

—¿Cree usted que soy guapa?

La red de mentiras que había tejido se deslizó hasta el fondo de su mente. La parte de sí mismo que sabía que eran iguales desde el punto de vista social, que era un hombre más que adecuado para ella, luchó hasta aflorar a la superficie y derribó las advertencias de que procediera con cautela.

Su mirada se clavó en esos ojos verdes que normalmente evitaba.

—Creo que es usted espléndida.

—Yo... gracias. —Su respuesta apenas fue audible, ya que el viento se la llevó.

Los minutos parecieron alargarse.

—Me gusta hablar con usted —confesó Miranda, cuyas palabras surgieron de forma atropellada antes de que pudiera detenerlas—. Cuando le entrego las cartas, siempre parece tener algo interesante que decir.

¿Qué pensaría si supiera que cuando se iba a la cama pasaba horas pensando qué decirle la próxima vez que la viera? Un tiempo que debería emplear en la misión. Estaba inmerso en un juego peligroso al tratar de conocerla como duque y como ayuda de cámara. Miranda merecía mucho más.

—Miranda, yo...

—Siento la demora. Un asunto intempestivo con el administrador. —Griffith subió la colina al trote, puso fin al trance y recordó a Ryland el papel que había elegido interpretar.

¿Qué había estado a punto de decir? ¿Acaso importaba? Llamarla por su nombre de pila era un error de bulto, dada su posición.

Tiró de las riendas para que su caballo retrocediera hasta quedar detrás de Miranda. Para verlo, ella tendría que darse media vuelta en la silla.

—Lo siento, excelencia. Me temo que debo regresar a la casa. Necesito preparar su levita para esta noche.

Griffith enarcó las cejas al tiempo que miraba a uno y a otro repetidas veces. En esa ocasión, no habría manera de apaciguar sus dudas. Seguro que le exigiría algunas respuestas.

Sin embargo, Ryland necesitaba encontrar respuestas a sus propias dudas antes. Era imperativo que resolviera el caso para poder abandonar su disfraz. Asintió con la cabeza en dirección a Griffith y tiró de las riendas para que su caballo diera media vuelta.

Claro que no pensaba volver a la casa. Aún no tenía noticias sobre el fracaso o el éxito de sus trampas. No podía esperar más. Había llegado la hora de mostrarse menos precavido y de descubrir al traidor.

Había perdido la razón. Era la única explicación posible. Había llegado el momento de que hiciera el equipaje para que la recluyeran en Bedlam.

Miranda se encontraba en el vano de la puerta observando a Marlow mientras este elegía un libro de la atestada estantería. Era el sirviente más ilustrado que había conocido en la vida.

Era el sirviente más raro que había conocido en la vida.

Y eso era parte del problema. Antes incluso del encuentro de esa mañana en la cima de la colina, había pasado demasiado tiempo recordándose que no debía pensar en unos hipnóticos ojos grises y en esas afirmaciones tan profundas.

—¿Más Shakespeare? —Miranda esperaba que Marlow se diera media vuelta de repente, que diera un respingo o que mostrara alguna otra reacción de sorpresa. Sin embargo, no obtuvo ninguna. Él siguió mirando los libros. ¿Había sido consciente de su presencia desde el principio mientras ella lo contemplaba? Qué vergüenza...

—Es posible. Aún no me he decidido.

—Ah.

Avanzó hasta el centro de la estancia un tanto incómoda. Debería estar cenando. Pero tenía tal tensión acumulada en el estómago que dudaba mucho que pudiera llevarse nada a la boca hasta que solucionara el asunto.

Marlow se volvió a la postre. Sus ojos se clavaron en el papel azul que ella llevaba en la mano.

—¿Quiere que la eche al correo, *milady*?

—No lo sé.

Esa mirada tan directa se clavó en su cara. La miró como si la estuviera escrutando. ¿Qué buscaba? ¿Sería capaz de encontrarlo?

Ella fue quien rompió el contacto visual al volverse para pasear por los laterales de la estancia mientras pasaba un dedo por el respaldo de un sillón y después por la balda de una estantería.

—No sé si es acertado hacerlo. En realidad no conozco a este hombre.

—¿Acaso no es ese el propósito de las cartas, *milady*?

—Supongo que sí.

—¿Va a preguntarle... le ha preguntado si tiene la intención de ir a Londres el año próximo?

Miranda jugueteó con el rígido rectángulo azul.

—Sí.

—En ese caso, tal vez pronto descubra si el propósito es acertado.

Miranda dejó la carta en el escritorio, temerosa de arrugarla si seguía sosteniéndola. Había vertido su corazón en esa carta. Había escrito tal como lo hacía en su diario epistolar.

—Monta usted muy bien.

Marlow enarcó las cejas.

—Gracias.

—Su padre no era un criado.

Él titubeó antes de hablar.

—No, *milady*, no lo era.

—¿Qué era, entonces?

¿Qué hacía, preguntándole ese tipo de cosas? No importaba que fuera el hombre más atractivo que había conocido en la vida ni que se descubriera deseando que llegara su siguiente encuentro con su profunda conversación. No obtendría nada de esa relación. Aunque fuera un caballero arruinado, tendría que ser ella quien diera el primer paso. Él no podría cortejarla desde el vestidor de su hermano.

El titubeo fue más largo en esa ocasión.

—Era un hombre duro, *milady*.

—No, no me refería a...

—Sé a lo que se refería —la interrumpió en voz baja—. Me encargaré de enviar su carta.

—Por supuesto. Sí. —Miranda estaba al borde de las náuseas. ¿Marlow se había percatado de sus intenciones? ¿Era esa su manera de decirle que se estaba comportando de forma inadecuada? Echó a andar hacia la puerta sin más demora y tropezó con el borde de la alfombra de lana.

Oyó las voces de sus hermanos, procedentes del comedor. Sin embargo, corrió escaleras arriba. La jaqueca que había aducido sufrir esa tarde se había convertido en real.

Cuando los pasos se perdieron en la distancia, Ryland entró en la biblioteca y cerró la puerta. El papel azul le gritaba desde el escritorio. Era una carta gruesa. Más gruesa que las que le había enviado previamente. Echó el pestillo.

Acababa de comprobar el segundo fajo de cartas escondidas. Las que había colocado con información falsa habían sido descubiertas. Con la intención de estrechar el cerco, Ryland había ocultado aquel segundo fajo. Solo habían tocado dos. No bastaba para librar de toda sospecha al personal de los establos ni al de la cocina, pero sí para que centrara su atención en el jardinero y en el mayordomo.

Estaba casi seguro de que se trataba del mayordomo. Lambert estaba metido en el ajo hasta el cuello.

Satisfecho tras haber llevado a cabo todo lo que podía hacer esa noche, abrió la carta.

Era larga. Muy larga.

A mitad de la primera página, tuvo que detenerse para enterrar la cabeza entre las manos. ¿Qué iba a hacer? Esa mujer estaba desquiciada le había confesado a un duque que estaba fascinada con un ayuda de cámara.

Tres días más tarde, Ryland seguía sin saber cómo responder a la carta de Miranda, pero había perfeccionado el arte de evitarla. Todavía no había recibido noticias sobre el supuesto éxito de sus trampas para atrapar al traidor, pero a esas alturas ya se sabría. El éxito o fracaso era un hecho consumado. Una vez que el personal de los establos estuviera libre de toda sospecha podrían cerrar esa parte del intercambio de información.

Compuso su expresión de ayuda de cámara arrogante y entró en el establo. La repentina ausencia del brillante sol invernal lo obligó a detenerse hasta que sus ojos se adaptaron a la oscuridad, cosa que no tardó mucho en suceder.

Seis hombres cepillaban a los caballos, abrillantaban las guarniciones y rellenaban los comederos. Sin contar al mozo que había acompañado a Miranda en su paseo a caballo, solo faltaba una persona.

Se detuvo con gesto desabrido en mitad del pasillo central del establo. Los rostros de los hombres mostraban sorna, repudio y cualquier otra reacción despectiva que fuera de una cosa a la otra. Su pose de hombre engreído que se aprovechaba de su cercanía al duque estaba dando sus frutos. Bien. Porque de esa manera todos lo dejarían tranquilo.

—Su excelencia desea informarles de que sus planes para mañana han cambiado. Saldrá a cabalgar antes del desayuno, no después.

Se oyó un resoplido despectivo procedente de una cuadra cercana y un hombre con una voluminosa mata de cabello pelirrojo asomó la cabeza el tiempo justo para mirar a Ryland con gesto amenazador.

—Últimamente cambia mucho de opinión. Seguro que no sabes llevar su agenda tan bien como hacía el viejo Herbert.

En el establo se oyó un coro de carcajadas. Ryland se obligó a torcer el gesto mientras los miraba a todos con un desdén calculado. Perfecto. Por fin podía descartar a todo el personal del establo.

—Que el caballo esté preparado.

Tomó el pasillo central. No era la salida más rápida del establo, pero siempre trataba de andar por los caminos más oscuros allí por donde pasaba. De esa manera no despertaba la curiosidad de la gente cuando alguien lo veía donde no debería estar.

En ese caso, su cometido era el de echar un último vistazo a los aposentos del ruso. El hombre había recibido una carta y necesitaba averiguar si estaba metido en el ajo. Si la carta exoneraba de toda culpa al mozo de cuadra, ese calvario casi habría llegado a su fin.

Encontró la carta arrugada en un rincón de la habitación. Tras echarle un rápido vistazo al contenido, se sintió cómodo con la idea de tachar a Jack, que era como se hacía llamar, de la lista de sospechosos. La carta era de un amigo del padre de Jack y su tono estaba pensado para que el hombre se horrorizara por las actividades desleales de su padre. Ojalá Jack siguiera escondido.

Tras volver a poner la carta arrugada en donde la había encontrado, Ryland hizo ademán de salir del establo. Sabía quiénes eran sus hombres y cómo lograban introducir y sacar información de la propiedad.

El posadero no se alegraría cuando descubriera que el jardinero que estaba cortejando a su hija solo lo hacía para recoger y dejar paquetes en la posada. Sin embargo, el enfado del hombre se quedaría corto comparado con el de Griffith cuando se enterara de que su mayordomo enviaba cartas a su nombre con la intención de hacerse con secretos de estado.

El contraste de la penumbra del interior cuando salió a la brillante luz del patio hizo que se tropezara con la puerta posterior del establo. Se detuvo un momento y parpadeó para que sus ojos se adaptaran a la claridad.

Un repentino dolor le recorrió el cráneo y, de repente, lo vio todo negro.

Capítulo 11

Miranda se sentó en una piedra mientras pensaba en otras circunstancias que podrían empeorar su situación. Podría estar herida. Podría estar anocheciendo. Podría estar lloviendo. Podría ser una noche lluviosa.

Se oyeron truenos a lo lejos.

—¡No lo decía en serio! —Fulminó con la mirada los trocitos de cielo que podía ver a través de las ramas que tenía por encima. La luz del sol se filtraba por la rala copa y coloreaba la tierra con tonos amarillos y naranjas, pero el tiempo podía cambiar de un momento para otro en la campiña inglesa.

La idea de otro chaparrón no sería tan mala si no estuviera sentada en una piedra, en el bosque, sin su caballo. Era humillante. Lo que fuera que hubiera espantado a su montura, que solía ser muy tranquila, había hecho un trabajo estupendo.

Algo que no podía decirse del trabajo que había hecho ella a la hora de mantenerse en la silla.

Ni siquiera podía culpar a una rama baja de su ignominiosa caída al suelo. Solo podía culpar a su ensimismamiento y a los desvaríos de su mente. Porque estaba inmersa en la inútil tarea de comparar al duque de Marshington con el ayuda de cámara del duque de Riverton.

El hervidero de emociones la había llevado a despistar a su lacayo de forma deliberada, de modo que pudiera estar a solas con sus pensamientos. A todas luces había sido una mala decisión.

—¿Y ahora qué? —Agarró un palito y lo clavó en el suelo.

Podía caminar. Claro que el sendero estaba lleno de curvas, algo maravilloso para montar a caballo, pero que lo hacía increíblemente largo para recorrerlo a pie. Internarse en el bosque podía tener como resultado que acabara perdida. Algunas zonas eran muy densas y ella nunca había destacado por/su sentido de la orientación. El palito se le clavó en el bajo de la falda. La pesada y larga falda de montar tampoco estaba pensada para caminar muchos kilómetros con comodidad.

Oyó otro trueno, más cercano y más prolongado que el anterior. Una sonrisa apareció en sus labios.

¡Era una carreta que transitaba por el antiguo camino! No sabía que estuviera tan cerca. Claro que no era un camino como tal, eran más bien un par de zanjas que atravesaban un largo y rocoso claro, pero que conducían en línea bastante recta a la mansión. Miranda se abrió paso a gatas por el suelo del bosque. No era conveniente que la encontrasen en ese lugar sin acompañante y no sabía con qué clase de personas se podía topar, de modo que no podía hacerle señas a la carreta y pedir que la llevaran, pero sí podía esconderse entre los árboles hasta que la carreta pasara y luego regresar a casa.

Se escondió detrás de un arbusto crecido y miró a través de las hojas para ver quién se acercaba. Parecía uno de los jardineros. ¡Sí, lo era! Un hombre llamado Smith. ¿Qué hacía un jardinero conduciendo una carreta por el bosque?

Enfurecerse con un asno, a juzgar por la expresión rabiosa y la forma en que mascullaba. Era evidente que el animal de carga no tiraba de la carreta tan deprisa como le habría gustado a Smith.

Otro hombre que le resultaba vagamente familiar estaba agachado tras él, en el cajón de la carreta. Vigilaba el camino en ambas direcciones mientras repetía sin cesar: «¡Vamos! ¡Vamos!».

—¡Voy tan rápido como puedo! Este viejo asno se niega a moverse más deprisa. —Smith, aunque tal vez no fuera su verdadero nombre a tenor de las circunstancias, agitó las riendas y se removió en el pescante, como si intentase transmitirle su nerviosismo al asno.

El peligro que emanaba de la carreta que se movía tan despacio caló en lo más hondo de su ser y le aceleró el corazón. Contuvo el aliento, temerosa de que el menor sonido llamase su atención. Parecían hombres peligrosos y desdichados. ¿Estaban robando algo de la propiedad? Había varias obras de arte valiosas en la galería.

—¡Verás como esto lo azuza! —El desconocido gruñó las palabras al tiempo que sacaba un largo látigo del cajón de la carreta. Se oyó un restallido antes de que el asno chillara y empezara a trotar. Un segundo latigazo hizo que el asno enfilara hacia Miranda arrastrando la carreta.

A un par de pasos de donde ella se ocultaba, un surco atravesaba el maltrecho camino. Horadado por los años de lluvias, no habría sido más que una molestia para una carreta que pasara por allí. Pero para un asno asustado que intentaba huir de su carga era un asunto mucho más peligroso. El animal ejecutó una especie de salto sobre el surco de unos diez centímetros de profundidad y la carreta se sacudió mientras las ruedas pasaban una tras otra por el surco.

El traqueteo de la carreta resonó por el camino y ocultó el sonido de las hojas cuando Miranda se escondió en el arbusto. Las espinas se le clavaron en el brazo, pero se desentendió del dolor y del sudor que le caía por la espalda.

Cuando la tercera rueda salió del surco, algo grande se movió en el cajón de la carreta y se acercó al borde. Miranda se concentró todo lo que pudo en mantenerse inmóvil como una estatua mientras el hombre misterioso corría en pos de la carga para evitar que cayera al suelo. La cabeza de un hombre asomó, inerte, por la parte trasera de la carreta.

A Miranda le dio un vuelco el corazón. ¿Habían matado a alguien? ¿Habían secuestrado a Griffith? Si los hombres estaban tan desesperados como para atacar a un duque, desde luego que eran peligrosos.

A través de las ramas del arbusto solo pudo atisbar la cabeza un poquito antes de que tirasen del hombre hacia el interior de la carreta, pero ese rostro había aparecido en su mente tan a menudo a lo largo de las últimas semanas que lo habría reconocido en cualquier parte.

Marlow.

Se mordió el labio para no gritar. Un sabor amargo y metálico, el de la sangre, se abrió paso en su mente y la instó a concentrarse.

La tierra se deshizo entre sus dedos mientras se aferraba al suelo, temerosa de salir de su escondrijo antes de tiempo.

La carreta se perdería de vista pronto, pero permaneció inmóvil hasta que el traqueteo fue casi imperceptible.

La tierra salió disparada en todas direcciones cuando se incorporó detrás del arbusto. Tenía hojas de acebo clavadas en las faldas. La tela se rasgó cuando se abrió paso hasta el camino, lleno de baches.

¿Qué debería hacer? ¿Qué podía hacer? Ayuda. Necesitaba ayuda. Griffith sabría lo que había que hacer. Dio dos pasos en dirección a la mansión antes de mirar los profundos surcos; después se dio media vuelta y miró hacia el punto por el que se había alejado la carreta. Nada. Pese a la lluvia de la noche anterior, que había ablandado el terreno, la carreta no había dejado marcas precisas. Había demasiadas piedras en los surcos.

Apenas si se oía el traqueteo de las ruedas.

Si regresaba a la casa, nunca encontrarían la carreta. El camino se bifurcaba al otro lado de la curva. Más allá, había incontables lugares en los que esconderse.

Gimió por lo bajo, se quitó el elegante sombrerito azul de montar y lo enganchó al arbusto de acebo. Su lacayo regresaría a la casa después de buscarla y no dar con ella. La probabilidad de que la buscasen por el camino y la encontraran era muy baja, pero en el pasado ya había visto cómo Dios trabajaba con menores probabilidades.

Le temblaban las manos. Se le escapó un suspiro entrecortado.

¿De verdad iba a hacerlo? ¿Iba a perseguir a un par de malhechores sin una fusta siquiera? La imagen de la cabeza de Marlow asomada por la carreta le vino a la cabeza.

Enterró las manos en las faldas de montar, ajena a la suciedad que manchaba el paño de lana azul celeste, y emprendió la marcha mientras rezaba en voz baja. Parecía que a Dios le esperaba un día muy ajetreado.

Le dolían los pies. Ya se había dado por vencida y no intentaba averiguar cuánto había recorrido en pos de la carreta y del alterado asno que tiraba de ella y que, por fortuna, hacía mucho ruido.

Tenía frío. Había anochecido, por lo que el aire era más frío.

Estar calada hasta los huesos tampoco la ayudaba. La lluvia que había predicho antes había hecho acto de presencia en todo su esplendor, hacía que se sintiera muy mal y le impedía la visión. En ese momento apenas era una llovizna, y las nubes dispersas permitían atisbar un rayito de luz de luna.

«Sé positiva, Miranda. Céntrate en lo positivo.»

En primer lugar, su falda era menos incómoda, ya que había ido arrancando trozos de tela para señalar el camino. En segundo lugar, ya no estaba andando, porque la carreta se había detenido a un lado del camino, en un claro, hacía casi una hora.

Y en tercer lugar... No había nada en tercer lugar.

«Estoy empapada, tengo frío y soy una tonta de remate. ¿En qué estaba pensando?»

En que tenía que salvar a Marlow. En eso había estado pensando. Pero ¿cómo lograrlo? Aunque llevaba una hora meditando la cuestión, seguía sin encontrar respuesta.

En fin, sabía que el hombre estaba vivo, o estaba bastante segura, al menos. No había motivos para atar a un muerto, y en ese momento, el ayuda de cámara estaba recostado contra una de las ruedas de la carreta con los brazos atados de forma incómoda a la espalda, de un modo que le hacía sospechar que estaba también atado a la carreta.

Ella estaba sentada en el suelo, oculta tras unos arbustos espinosos. Se había sentado sobre un charco de barro, pero a esas alturas un poco más de lluvia y de suciedad tampoco le importaban. Su campo de visión era limitado, ya que podía ver la escena a través de un hueco entre las ramas, pero alcanzaba a ver a los dos secuestradores mientras se movían por la zona.

En otro tiempo había una cabaña de piedra en el claro, pero se habían llevado más de la mitad de las paredes, y casi la mitad del tejado había desaparecido. No era gran cosa, pero el rincón que quedaba bajo el tejado parecía refugio suficiente para satisfacer a los dos hombres mientras se preparaban para pasar la noche.

Al ver que uno de ellos pretendía encender el fuego, acabó por poner los ojos en blanco. Seguro que era posible jugársela a unos secuestradores tan ineptos, ¿no?

Claro que era imposible pasar por alto el arma. Y vio el inconfundible brillo del metal en la mano de Smith cuando señaló las ruinas.

Tras una breve discusión a empujones, los dos se acomodaron, con Smith sentado para vigilar la carreta y el otro hombre tumbado en el suelo, seguramente para dormir un poco. Al cabo de un rato, Smith tenía la barbilla apoyada en el pecho. Montar guardia no bastaba para mantenerlo despierto.

Miranda contó despacio hasta doscientos, aunque dio un respingo cada vez que veía que uno de ellos se movía u oía un ruido que no procedía del bosque. Aunque no sabía mucho sobre los ruidos del bosque.

Cuando por fin llegó a doscientos, decidió que seguiría contando hasta trescientos, solo para asegurarse.

Después salió de su escondrijo e hizo una mueca por los calambres que le recorrieron las piernas al soportar su peso por primera vez después de varias horas. Dio un paso y se quedó helada al oír que una ramita se rompía bajo su pie.

—Señor, no sé qué está pasando, pero sí sé que Marlow no se lo merece. Por favor, Señor, ayúdanos a ambos a salir con vida de esta.

La plegaria no aplacó su miedo como había esperado. El mero hecho de admitir las peores consecuencias de aquella aventura hizo que el corazón se le subiera a la garganta. No quería morir.

Tampoco quería ser una cobarde.

Marlow debió de tropezarse con algo que no debía, seguro que era un testigo inocente que había quedado atrapado en la actividad delictiva en la que estuvieran involucrados los otros dos hombres. Y luego ella se había tropezado con el secuestro. Si Marlow había sido tan valiente como para intentar detener lo que estuvieran haciendo esos dos, ella podía ser tan atrevida como para salvarlo.

Tomó una honda bocanada de aire para infundirse valor y siguió andando, aunque puso especial cuidado en mirar por donde pisaba. Tenía que avanzar muy despacio, ya que debía ir desenganchándose la falda de las ramitas y los arbustos que cubrían el suelo, pero consiguió llegar al muro de piedra medio derruido antes de que su valor flaquease de nuevo.

Ya no podía ver a Marlow, pero este había permanecido sentado con una inquietante inmovilidad durante todo el tiempo que lo había observado. ¿Serían muy graves sus heridas? ¿Podrían huir a pie? Rescatarlo ya iba a ser difícil de por sí. Liberar al asno y la carreta sería casi imposible.

Un sinfín de posibilidades pasó por su cabeza, y el miedo le nubló la mente. Respiró hondo y rezó en silencio para seguir pensando con lógica. Si no se le ocurría un plan, acabaría atada junto al ayuda de cámara. Hasta que no supiera a qué se enfrentaba, no podía trazar un plan.

Se puso de rodillas y empezó a gatear. Marlow y la carreta se encontraban junto a la zona más baja del muro y el asno estaba atado a un árbol cercano. Al pobre animal no le habían quitado el arnés.

A medida que la altura del muro disminuía, el corazón le latía más deprisa. Avanzó arrastrándose por el suelo hasta llegar al final del muro, donde apenas quedaba una hilera de piedras. Un poco más y podría escabullirse debajo de la carreta. La oscuridad que había allí debería ser suficiente para ocultarlo todo, incluido su traje de montar azul. Si pudiera desatar a Marlow por debajo de la carreta contarían con el factor sorpresa para huir.

Con suerte.

El corto trecho que discurría entre el final del muro y la carreta parecía hacerse más largo cuanto más lo miraba. La carreta le proporcionaría un escondite bastante seguro, pero estaría totalmente expuesta hasta llegar a ella.

Miró de nuevo el cuerpo inerte de Marlow.

Tras grabarse a fuego esa imagen para armarse de valor, cerró los ojos y rodó por el suelo.

Capítulo 12

Ryland contuvo un gemido. Le dolía la cabeza. Cada latido del corazón le provocaba un dolor lacerante que comenzaba en la parte posterior de la cabeza, bajaba por el cuello y le atravesaba los hombros.

A su izquierda vio un destello azul, como si la luz de luna se hubiera reflejado en algo, pero cuando logró volver la cabeza, lo que fuera había desaparecido. ¿Acaso estaba teniendo visiones? ¿Tan fuerte lo habían golpeado?

La postura con la cabeza hacia abajo resultaba incómoda, pero esperaba parecer inconsciente en el caso de que se molestaran en mirar. Teniendo en cuenta la discusión que habían mantenido para decidir quién se quedaba de guardia, suponía que ninguno de ellos estaba especialmente emocionado con la idea de no quitarle el ojo de encima.

Comprobó de nuevo las ataduras, y el movimiento le provocó un nuevo ramalazo de dolor en el brazo. No era la primera vez que se encontraba en semejante tesitura. Le habían quitado el chaleco, de manera que no contaba con la ayuda de la navaja que llevaba oculta en él. En la pierna sentía la que llevaba escondida en los pantalones, a la altura de la pantorrilla, pero era imposible que pudiera mover la pierna hacia atrás para sacarla con las manos.

No podía apartarse de la rueda, pero tal vez sí pudiera apartar la rueda de la carreta. Escaparse de sus captores con una rueda enorme atada a los brazos no sería fácil, pero tal vez pudiera romperla si la golpeaba contra el tronco de un árbol. No parecía muy sólida.

Tras tantear con los dedos todo aquello que quedaba a su alcance, descubrió que la rueda estaba sujeta al eje con un simple pasador. Le dio las gracias a Dios porque no se tratara de uno de esos modernos artilugios que prácticamente convertían la rueda y el eje en una sola pieza.

Quitar el pasador sería una tarea difícil, si no imposible.

Oyó un gruñido que lo dejó petrificado. Movió los ojos a un lado y a otro todo lo que pudo sin mover la cabeza. Nada. Ni siquiera los animales se movían por el oscuro bosque. Por fin había escampado. La luna asomaba entre las ramas de los árboles, pero no veía nada en los alrededores.

Decidió abandonar el plan por un instante y levantó la cabeza para escrutar la zona con más detenimiento.

Oyó un ruido a su espalda, debajo de la carreta. ¿Algún animal buscando guarecerse de la lluvia?

Y, en ese momento, algo le tocó las manos.

Aunque tenía los dedos entumecidos hasta el punto de sentir un hormigueo, aún no había perdido toda la sensibilidad en las manos. De manera que llegó a la conclusión de que no se trataba de un animal olisqueándole.

Era otro par de manos.

El dolor del hombro lo instaba a detenerse, pero de todas formas giró el torso al tiempo que ladeaba las piernas para poder mirar hacia atrás.

Una falda azul se extendía por el suelo bajo la carreta. Siguió el contorno de la falda hasta llegar a un abrigo de montar. No podía volverse lo suficiente como para ver la cabeza, pero conocía ese traje de montar y el cuerpo que había debajo.

¿Cómo diantres había conseguido Miranda dar con él?

—Miranda... —dijo en voz tan baja que apenas fue un susurro.

Los dedos que tanteaban las cuerdas que le inmovilizaban las manos se detuvieron. Oyó de nuevo el ruido de su cuerpo al arrastrarse y poco después la cara manchada de tierra de la joven apareció junto a la rueda. Se sintió dividido entre el deseo de besarla y el de zarandearla. Por supuesto, si tuviera la movilidad para hacer cualquiera de las dos cosas, no estaría atado, esperando con impotencia que ella lo rescatara.

—Si lo desato, ¿podrá andar?

Ryland asintió con la cabeza, mientras aguzaba el oído por si sus captores se movían. Miranda no tenía experiencia en hablar en voz baja.

—Voy a tardar un rato en desatarlo. Aquí debajo no veo nada.

—Chitón. —Tenía que conseguir que dejara de hablar. Su exquisita pronunciación, que enfatizaba mucho las consonantes, podría significar la muerte para ambos—. Navaja. En mi pierna.

La había escondido en la bastilla de la pernera del pantalón. A menos que lo registraran de forma concienzuda, era imposible dar con ella.

La cabeza de Miranda desapareció y de nuevo se oyó el ruido de su vestido arrastrándose por el suelo. Ryland cerró los ojos y rezó para que no fuera suficiente como para despertar a Smith o a Asno, tal como había decidido llamar al hombre que había visto merodeando por la posada del pueblo y cuyo nombre desconocía.

Unas manos pequeñas emergieron por debajo de la carreta y titubearon al llegar a la altura de sus pies. Ryland torció la pierna derecha de manera que la costura interior de la pernera quedara frente a ella, pero Miranda no se movió.

—En la bastilla interior —susurró él.

La vio apretar los puños un instante antes de llevar las manos a su tobillo, tras lo cual le separó el pantalón todo lo posible de la pierna. Aun así, sintió la frescura de su piel cuando empezó a tantear en busca de la navaja. Se dijo que debía pensar en ella como si fuera un agente más que estaba haciendo lo necesario para seguir con vida.

No funcionó. Miranda se movía despacio, como si tuviera que meditar a fondo mientras ejecutaba cada movimiento. Cada vez que le rozaba la pierna con la mano, Ryland contenía el aliento. A la postre, logró sacar la navaja.

Verla empuñar el arma lo dejó sin aliento. Estaba mal que tuviera una navaja en las manos. Porque esas manos habían sido creadas para beber té y para bordar cojines. Todo ese asunto la estaba mancillando. Y él lo detestaba. Saber que ese tipo de vileza existía y ser testigo de la misma eran dos cosas muy distintas. Miranda iba a pagar con parte de su inocencia para que él consiguiera la libertad.

La oyó retroceder hacia la rueda.

—Corte el nudo.

En esa ocasión, supo cuál era el motivo de su titubeo. El nudo estaba pegado a su muñeca. Era imposible cortarlo sin que la hoja le rozara la piel.

—Adelante, Miranda.

Puesto que siempre se aseguraba de que la navaja estuviera muy afilada, no le sorprendió el dolor que sintió en cuanto Miranda presionó la hoja contra la cuerda.

Lo que sí le sorprendió fue el roce de sus dedos sobre la pequeña herida.

Miranda tardó un rato en cortar la cuerda. Por más tirante que él la mantuviera, poco podía hacer para instarla a ir más rápido. Era imposible ver lo que estaba haciendo, de manera que no podía darle instrucciones que la ayudaran.

La tensión desapareció de repente de sus brazos y de las sombras surgió un gritito triunfal que le arrancó una sonrisa.

—Ah, estás despierto.

Ryland abrió los ojos al punto. Smith se encontraba al otro lado del muro, con los brazos cruzados por delante del pecho y la pistola en una mano. Ryland pegó los brazos a los radios de la rueda para no delatar que sus ataduras habían desaparecido.

Sintió un objeto pegado a los dedos y los extendió para aferrar la navaja. Su admiración por Miranda creció al mismo tiempo que la recriminaba en silencio por ser tan tonta. Si bien desconocía su habilidad con la navaja, acababa de entregarle la única forma de protección con la que ella contaba.

Smith masculló:

—Bueno, bueno, señor Marlow. Parece que su excelencia va a tener que buscar a un nuevo ayuda de cámara. Tal vez Lambert solicite el puesto.

Hasta ese momento, Ryland había esperado que lo tomaran por un simple ayuda de cámara con la mala suerte de haber estado en el lugar equivocado en un mal momento. Pero si Smith sabía que estaba al tanto de la implicación de Lambert, también sabría que se encontraba en Riverton por un motivo.

Algo que le hizo preguntarse por qué seguía vivo.

—¿Quién te ha enviado?

Pregunta respondida. Sabían lo que estaba haciendo, pero no así el porqué. Esbozó una sonrisa burlona.

Smith lo apuntó con la pistola.

Ryland le lanzó la navaja.

El brazo protestó por el repentino movimiento, pero su puntería seguía siendo tan certera como de costumbre, de manera que el filo acabó atravesando la mano que empuñaba la pistola. Smith gritó, movió la mano de dolor y apretó el gatillo. La bala acabó atravesando la madera de la carreta.

Ryland oyó el gemido de Miranda, que seguía detrás de él.

La bilis le subió hasta la garganta. Unos cuantos centímetros más abajo y la bala podría haberle dado a ella.

—¿Qué está pasando aquí? —preguntó Asno, que llegó tambaleándose desde el interior de la vieja casita. Saltaba a la vista que no le había hecho gracia que lo despertaran con tanto jaleo.

Ryland se apartó de la rueda y se puso de pie de un brinco con la esperanza de que las piernas no le fallaran. Solo necesitó dos pasos para tirar a Smith al otro lado del muro mientras el hombre aullaba de dolor y se agarraba la mano.

Asno se unió a la refriega y los tres cayeron al suelo.

Ryland recibió un puñetazo en un costado, pero logró asestar un codazo en la nariz y una patada en la rodilla a alguien. Los puños volaban por doquier, y estaba segurísimo de que Smith le había dado un golpe en la nariz a Asno en algún momento. La lluvia había convertido el suelo en un barrizal gigantesco y hacía que fuera casi imposible ponerse de pie.

Ryland hundió los dedos de los pies en el barro y se preparó para tomar impulso y abalanzarse sobre sus atacantes.

Sin embargo, la rama de un árbol lo golpeó de repente en la cara.

La rama siguió cayendo sobre el trío una y otra vez. No era lo bastante gruesa como hacer daño de verdad, pero las ramitas y las hojas que sobresalían del tronco suponían una amenaza para los ojos si no se tenía cuidado.

Trató de asestarle un puñetazo a Asno en la cara, pero solo encontró un montón de hojas húmedas que se le pegaban a la mano.

—¿Qué está haciendo? —gritó.

—¡Ayudando! —Miranda subió y bajó de nuevo la rama y golpeó a un sorprendido Smith en la boca.

—¿A mí o a ellos? —Ryland gruñó al ver las caras de sus secuestradores. La balanza acababa de inclinarse de repente a favor de sus captores.

—¿Qué?

Ryland no tenía tiempo para comprobar si en la cara la joven lucía ese desconcierto tan adorable que su voz irradiaba. Tenía que actuar rápido a fin de alejarla de esos hombres. Si estuviera solo, los presionaría para averiguar qué sabían y para quién trabajaban, pero la supervivencia de Miranda era más importante que dicha información.

Asno agarró la rama y golpeó a Ryland en el estómago con un pie.

—Bueno, bueno, bueno, ¿qué tenemos aquí?

Mientras trataba de recobrar el aliento, Ryland se arrodilló sobre el torso de Smith y lanzó un puñetazo en la dirección en la que se encontraba Asno. Suplió con la fuerza lo que le faltaba en elegancia. La cabeza del hombre cayó hacia un lado y puso los ojos en blanco antes de acabar tumbado en el barro.

—¿Cómo puedo ayudar? —gritó Miranda.

Ryland volvió la cabeza hacia ella tras oír su grito y tuvo que contener una carcajada mientras trataba de reducir a Smith. Miranda se movía de un lado para otro del muro, con intención de ayudarlo, pero temerosa de acercarse a las piernas de Smith, ya que este no paraba de lanzar patadas.

Ryland se puso de pie y tiró de su captor para levantarlo. Recuperado el aliento y con la situación bajo control, preguntó con voz serena:

—¿Qué hace aquí?

—¿De verdad cree que es el mejor momento para hablar de ese asunto? —contestó ella.

Llevaba razón. Le asestó a Smith un puñetazo en la nariz que lo envió al suelo, donde cayó encima de Asno.

—Alcánceme la cuerda.

Ella asintió con la cabeza y saltó al suelo para recoger la cuerda. La pistola no aparecía por ninguna parte y, con suerte, habría acabado enterrada en el barro durante la trifulca. Ryland observó a sus atacantes, en ese momento inofensivos dado su estado de inconsciencia.

Seguramente tendría que dar algunas explicaciones.

De la misma manera que tendría que darlas ella.

Miranda agradeció que la serena autoridad de Marlow le ofreciera algo que hacer para no sucumbir al pánico. Recogió la cuerda y regresó corriendo junto a él. Se levantó las faldas y saltó al muro. En ese momento, Marlow estaba quitándole a Smith la navaja de la mano. Limpió la hoja del arma en el pantalón del hombre.

¿Qué tipo de ayuda de cámara guardaba una navaja en la pernera del pantalón?

Le lanzó la cuerda. Él la atrapó, empezó a enrollarla en torno a las muñecas de los dos hombres e inmovilizó al uno de espaldas al otro. En algún momento de su aventura le habían quitado la levita y el chaleco, y la camisa blanca se le adhería al cuerpo. Intentó no fijarse en el movimiento de sus músculos mientras ataba la cuerda, pero se sentía demasiado fascinada como para apartar la vista.

Marlow era muy fuerte. Más fuerte de lo que pensaba cuando lo veía ataviado con sus trajes a medida. Jamás había imaginado que un cuerpo masculino pudiera ser así, que pareciera tan vivo y tan hábil. ¿Qué se sentiría al acariciar esos músculos tan abultados?

Gimió mientras se sentaba en el muro. La atracción que sentía por él le parecía tan inapropiada en tantos sentidos que no se veía capaz de enumerarlos todos.

—Vámonos. —Marlow se subió al muro y la puso en pie al pasar a su lado.

Se detuvo junto al asno. Tres movimientos con la navaja bastaron para liberar al animal. Le asestó un manotazo en la grupa y el asno rebuznó y trotó hacia el camino.

Miranda se dispuso a seguir al animal. Podrían usar los trozos de tela que había dejado para desandar el camino y llegar a casa. Tardarían toda la noche, pero lo lograrían.

Marlow la agarró de un brazo y la obligó a caminar en dirección contraria. El gesto la hizo sisear. El hombre apartó la mano de inmediato y se la colocó en la base de la espalda, instándola a alejarse del camino y a internarse en la arboleda.

Miranda echó un vistazo a su alrededor, debatiéndose entre la confusión y el inexplicable instinto de seguir sus órdenes.

—¿Adónde...?

—No podemos ir por ese camino. No es seguro.

En ese momento, ya no le preocupaba adónde se dirigieran, sino el hombre con el que se estaba internando en el bosque. Marlow había luchado muy bien para ser un ayuda de cámara. Trent solía boxear y se le daban muy bien las peleas con los puños, pero ni siquiera él habría sido capaz de derrotar con tanta habilidad a los dos secuestradores. ¿Y en cuanto a su destreza con la navaja? Aparte del hecho de haberle atravesado la mano a un hombre con ella, había cortado dos tiras de cuero y una cuerda en un abrir y cerrar de ojos, mientras que a ella le había costado la misma vida cortar la cuerda que le inmovilizaba las muñecas. ¿Quién era ese hombre?

—¡Un momento, un momento! —Miranda se detuvo en seco. Su cuerpo protestaba por entero por todo lo que había sufrido durante las pasadas doce horas. Antes de alejarse demasiado del camino, debía asegurarse de que podía confiar en él.

—Tenemos que irnos. —La voz de Marlow era firme y serena.

—¡Pero el camino está por allí! —Su tono se elevó a medida que pronunciaba la frase. El pánico comenzaba a apoderarse de ella. Pero se negaba a dejarse llevar por él. Quería parecer serena, calmada, controlada. Las escapadas a medianoche no se incluían en la educación de una dama, si bien parecía un asunto que se trataba a fondo en la formación de los ayudas de cámara—. ¿Qué está pasando? —susurró.

Marlow suspiró y tiró de ella, haciendo caso omiso de su chillido.

—No están solos, Miranda. Han dicho que iban a encontrarse con alguien y salvo por esta insignificante navaja, no voy armado. Así que si Lamb... si los demás aparecen, estaremos metidos en un buen lío.

—En un buen lío... Yo... ¿Quién es usted?

Esos ojos plateados parecieron brillar por sí solos en vez de reflejar la luz de la luna cuando se detuvo para mirarla. No estaba segura del tiempo que pasó atrapada bajo su mirada, no sabía si fueron horas o minutos. Estaban tan cerca que el vaho de sus alientos se mezcló entre sus caras. ¿Por qué ya no tenía frío?

Las gotas de lluvia se deslizaban por la cara de Marlow, siguiendo las líneas de la tensión. A ella le dolía el brazo, pero ¿qué no le dolería a él?

—¿Confía en mí? —le preguntó Marlow en voz baja pero firme.

Eso no respondía su pregunta, pero en cierto modo sí lo hacía. Allí había algo muy raro. Desde que ese hombre empezara a trabajar para su hermano habían sucedido cosas extrañas. Pero independientemente de eso, tenía la impresión de que podía confiar en él. No podía justificarlo de forma concreta, no había un motivo exacto que explicara que podía poner su vida en las manos de ese hombre, pero de todas formas confiaba en él.

Y lo más importante era que confiaba en sí misma. ¿Quién iba a imaginar que sería capaz de hacer lo que había hecho debajo de la carreta? ¿En el camino? El Señor la había hecho de una pasta más dura de lo que ella pensaba.

—Confío en usted. —Aceptó la mano que Marlow le tendía y echaron a correr.

Capítulo 13

Corrieron durante horas. O minutos. O días. Miranda perdió la noción del tiempo por completo y se concentró en dar un paso tras otro sin caer de bruces en el barro. Dejaron atrás los bosques y cruzaron campos sembrados. Marlow la dejó descansar de vez en cuando, pero luego la lanzó por encima de las cercas y la siguió de un salto. Ya fuera a propósito o por casualidad, no vieron edificación alguna. Se limitaron a correr.

Cuando Marlow aminoró la marcha y la condujo a un cobertizo, el sol empezaba a asomar por el horizonte entre delgadas nubes grises cargadas de lluvia. Miranda se apoyó en la pared y notó todos los calambres y dolores de los que su cuerpo había conseguido desentenderse durante su huida a medianoche.

Estaba demasiado cansada para llorar, pero también demasiado alterada como para controlar el llanto. Las lágrimas le resbalaron por las mejillas mientras se caía al suelo en silencio. Unos fuertes brazos la levantaron y la llevaron al rincón más alejado del cobertizo. Sintió el áspero heno en una mejilla y una suave caricia en la otra. Al punto, la bendita oscuridad que proporcionaba el sueño comenzó a abrirse paso en su mente.

—Duerme, Miranda. Yo te protegeré.

Ese ronco susurro fue el permiso que su cuerpo necesitaba.

Estaba preciosa. Tenía el pelo hecho un desastre, la cara manchada de barro y el traje de montar sucio y rasgado. Tenía un arañazo en la sien derecha y barro seco en las botas. Parecía un pilluelo callejero que estuviera medio ahogado.

Pero ninguna mujer le había parecido nunca más bonita.

Ryland suspiró y apoyó la cabeza en la pared del cobertizo. La probabilidad de que los conspiradores los encontrasen era lo bastante baja como para creer que podía descansar, pero de todas formas se colocó entre Miranda y el menor atisbo de peligro.

Solo había una puerta, el edificio no era demasiado grande. La había dejado sobre un montón de heno en el rincón más alejado, con otro montón grande entre la puerta y ella. Estaba tranquila en ese momento, más inconsciente que dormida. Cuando se despertara, seguro que el dolor sería su primer compañero.

Estiró las piernas, y los calambres le arrancaron un gesto de dolor. También necesitaba dormir, aunque pensaba hacerlo sentado. Así evitaría sumirse en un sueño tan profundo que no se diera cuenta de si alguien abría la puerta o si se producía algún ruido sospechoso fuera. Dejó que su cabeza cayera a un lado para mirar a Miranda una vez más.

Muchacha atolondrada. Todas las razones que se le ocurrían para que estuviera debajo de aquella carreta eran tan increíbles que ni le entraban en la cabeza. Aunque le estaba agradecido. Sin ella, seguramente seguiría atado a la rueda de la carreta... o habría sufrido un destino peor.

Sabía que sus secuestradores estaban esperando a Lambert, pero no tenía ni idea de lo que pensaban hacer cuando el mayordomo llegase. Suspiró. Tendría suerte si podía encontrarlo de nuevo. Si el mayordomo

iba a reunirse con sus camaradas en la cabaña abandonada, los encontraría atados o, como poco, hallaría la carreta abandonada. Pronto huiría del distrito, si no lo hacía del país directamente.

Movió los hombros para intentar aliviar la rigidez que el cautiverio le había provocado. El sueño intentaba hacerse con el control, pero lo mantuvo a raya. Necesitaba pensar. Seguía lloviendo, algo que jugaba a su favor. El dueño del cobertizo solo se ocuparía de las tareas más urgentes esa mañana.

Los aperos rotos, el montón de heno y unas pocas herramientas indicaban que era un cobertizo para almacenar cosas poco usadas. El dueño, que se había convertido en su anfitrión sin saberlo, no iría allí.

Notó la lengua hinchada cuando intentó tragar saliva.

Agua. Iban a necesitar agua muy pronto. Se levantó y ahogó el gemido que amenazó con brotar de su garganta. Pobre Miranda. Debía de estar mucho peor que él. Sí, le dolía la cabeza y había recibido unos cuantos puñetazos, pero ella había andado varios kilómetros y se había arrastrado bajo la carreta. Además, su cuerpo no estaba acostumbrado al castigo al que él sometía al suyo de forma habitual.

Había dos cubos entre las herramientas. Los limpió lo mejor que pudo. El agua estaría un poco sucia, pero al menos tendrían algo para beber.

Abrió la puerta sin hacer ruido y sacó los cubos para dejarlos bajo el chorro de agua que caía del tejado.

La luz empezaba a extenderse por el cielo matutino. Con su débil brillo abriéndose paso entre las nubes, apenas lograba distinguir unas siluetas. Ninguna parecía la de una casa, algo que lo sorprendió. Un espeso bosque se extendía a su derecha. El granjero seguramente había elegido vivir al otro lado por cuestiones de intimidad y para protegerse del viento.

Había otro edificio, más grande, al otro lado del campo, una especie de granero. Una manada de vacas se diseminaba entre ambos edificios.

El impulso de registrar el lejano granero en busca de comida o de armas luchó contra el deseo de permanecer cerca de Miranda. Tras un breve titubeo, corrió por el campo empapado de agua para investigar el granero. Consciente de que no estaban totalmente a salvo, no dejó de darse la vuelta de vez en cuando para asegurarse de que el cobertizo seguía siendo seguro.

Sin embargo, dentro del granero no podría ver el cobertizo. Sacrificó la exhaustividad a favor de la rapidez, y tras dar con un cuchillo de hoja desgastada y el almuerzo olvidado de alguien, consistente en una manzana y un poco de queso envuelto en un trozo de paño, salió de nuevo bajo la lluvia.

Escudriñó la zona mientras regresaba al cobertizo. Todo parecía despejado.

La puerta crujió cuando entró. El ruido de la lluvia quedaba amortiguado, pero se alegró de ver que volvía a caer con fuerza. Así se llenarían los cubos en un par de horas.

Cuando la puerta quedó firmemente cerrada, oyó los leves ronquidos procedentes del otro extremo de la habitación. El sonido le arrancó una sonrisa.

Volvió a sentarse en el suelo, de forma que presentase una barrera lo más infranqueable posible. Nadie podría llegar hasta Miranda sin pasar por encima de él o sin saltar sobre el montón de heno más alto que él. En esas circunstancias, era la mejor protección que podía ofrecer. Apoyó la cabeza en el montón de heno y se dejó vencer por el sueño.

Ryland se despertó sobresaltado y tardó un instante en descubrir qué había perturbado su sueño.

Un gemido ronco procedente del rincón. Miranda seguía dormida, pero su cuerpo debía de estar lo bastante descansado como para notar las magulladuras y el dolor. Se despertaría pronto.

Se puso de pie y tuvo que esforzarse para contener los gemidos de dolor. Comprobó los cubos de agua y se alegró al ver que los dos estaban llenos. La lluvia caía con menos fuerza en ese momento y el cielo había adquirido un tono grisáceo claro. La tormenta pasaría pronto y podrían emprender el camino de vuelta a casa.

Cerró la puerta y dejó los cubos llenos en un rincón. Tras beber a placer y lavarse la cara, se sentó a esperar a que Miranda se despertase. Con suerte, dormiría una hora más.

Después de eso, tendría que inventarse una historia.

Miranda se metió el último trozo de queso en la boca y masticó. La cabeza le daba vueltas, todavía aturdida por las vivencias del día anterior. Intentaba encontrarle sentido a la explicación de Marlow.

Para ganar algo de tiempo, bebió un largo sorbo de agua. El agua fue una sorpresa maravillosa cuando se despertó. Después de saciar la sed y de asearse lo mejor que pudo, echó el agua en el otro cubo. Le dio la vuelta al cubo vacío y lo usó como taburete. Era el asiento que se ajustaba más a las necesidades de una dama que había encontrado en el cobertizo.

«Una dama jamás se sienta en el suelo.»

Seguramente una dama tampoco debía arrastrarse por el barro.

—A ver si lo he entendido bien. —Movió las piernas para intentar encontrar una postura cómoda. Los cubos eran unos asientos espantosos—. ¿Sorprendió a Smith y a ese otro hombre mientras robaban algo de la casa?

Marlow asintió con la cabeza.

—¿Qué estaban robando?

La miró de reojo. Esa mirada bastó para que se preguntara hasta qué punto era verdad la historia.

—No lo pude ver —contestó él.

—Pero acaba de decir que los sorprendió. —Miranda entrecerró los ojos. Quería creerlo, porque si estaba mintiendo tendría que revisar la alta estima que le tenía. Tal vez no estuviera dispuesta a admitir que se sentía atraída por un criado, pero no quería mancillar su reputación para curar su aflicción.

—Hace unos días vi algo que despertó mi curiosidad. No tenía suficientes detalles para informar del asunto, pero ellos debieron de suponer que sí los tenía. Me dieron un golpe en la cabeza y me sacaron a rastras.

—Ha dicho que vio a otra persona. ¿Sabe quién es?

—No dijeron su nombre en la carreta.

No había contestado la pregunta. Miranda sopesó la idea de insistir, pero si insistía demasiado, tal vez la dejara allí. Y no tenía ni idea de dónde estaban. Decidió aceptarlo todo de momento, o al menos aparentar que lo hacía.

—Así que lo subieron a la carreta y lo llevaron al bosque.

Marlow ladeó la cabeza hacia ella.

—De eso debería saber usted más que yo.

Miranda aceptó las palabras con un gesto de las manos. Desde luego, era imposible que supiera qué había sucedido estando inconsciente.

—¿Recuperó el conocimiento cuando llegaron al claro?

—Sí.

—Y después ¿qué?

Su suspiro fue más una honda bocanada de aire, pero bastó para indicarle a Miranda que no tenía deseos de entrar en detalles.

—Me ataron las manos, pero no disponían de una mordaza, de modo que decidí intentar salir del atolladero con palabras. A Asno no...

—¿A quién?

—El otro hombre que estaba con Smith. Asno. Supuse que necesitaba un nombre.

Había sido brutal con el pobre asno de la carreta.

—Entiendo. Continúe.

—A Asno no le hizo gracia mi sentido del humor y me golpeó con la culata de la pistola. Cuando volví a recuperar el sentido, estaba atado a la carreta y calado hasta los huesos. —Marlow apoyó la cabeza en la pared y cerró los ojos. No era una postura muy servicial, desde luego, pero Miranda no podía echárselo en cara habida cuenta de las circunstancias.

Sonrió al verle la cara enfadada.

—¿Qué le dijo?

—Me metí con sus zapatos.

Miranda enarcó tanto las cejas que casi le llegaron al nacimiento del pelo.

—¿Cómo dice?

—Tenía unos zapatos espantosos.

Ese comentario no tenía ni pies ni cabeza. ¿Qué podía decir a modo de respuesta?

Se quedaron sentados en silencio. Un detalle, una pregunta, le seguía rondando la cabeza. ¿Sería capaz de hacerla en voz alta? Podrían surgir un montón de problemas si la hacía.

Al final, cuando ya no fue capaz de contener la curiosidad, la soltó, aunque fue más una afirmación que una pregunta.

—Me ha llamado Miranda. En cuatro ocasiones.

Marlow estaba sentado, con la cabeza apoyada en la pared y los brazos alrededor de las rodillas dobladas, totalmente inmóvil. Sin embargo, se las apañó para quedarse paralizado al oírla. Miranda creyó que hasta había dejado de respirar y que todo su cuerpo se había congelado, aunque no había alterado su postura en lo más mínimo. Era más una impresión que una observación.

Muy despacio, el cuerpo de Marlow empezó a relajarse. Abrió los párpados y clavó esos penetrantes ojos grises en ella. Miranda tragó saliva. ¿Por qué había cedido a la curiosidad?

—Le pido disculpas, *milady*.

Soltó el aire que había contenido al oírlo. La respuesta no era tan mala. Le dejaba espacio para un buen plan. Podía reconocer lo sucedido y continuar con su vida, cada uno ocupando el lugar que le correspondía en el escalafón social.

Claro que luego él volvió a hablar.

—Solo puedo culpar a la tensión de las circunstancias en las que estamos inmersos. Confieso que no crecí ni me crie como un criado. Es una situación que me sobrevino más adelante. De vez en cuando, las viejas costumbres salen a la luz. Intentaré que no se repita, *milady*.

El cubo, que no había sido cómodo hasta el momento, se convirtió en un instrumento de tortura. Miranda se sentía como una imbécil redomada. Allí estaban, en una situación potencialmente peligrosa y desde luego que desesperada, y a ella le preocupaba mantener las distancias entre clases sociales. La idea bastó para revolverle el estómago.

Miró a Marlow de reojo. Debería aceptar su disculpa. Siempre estaba trabajando, haciendo recados para Griffith hasta altas horas de la noche y desde primera hora de la mañana. Era un criado ejemplar y...

Se le pegó la lengua al cielo de la boca y fue incapaz de pronunciar una sola sílaba. La segunda parte del comentario de Marlow empezaba a calar en su mente. No había nacido como un criado. Las implicaciones de esas palabras reverberaron en su cabeza, se negaron a formar un pensamiento concreto y la dejaron titubeante, sin saber siquiera qué quería.

—Tienes toda la razón, Marlow. —Se alisó las faldas para mantener las manos ocupadas. Lo que quedaba del traje de montar estaba cubierto de barro—. Es una situación absolutamente increíble. Dependemos el uno del otro para mantener nuestra seguridad. No hay motivos para guardar las formas. Seremos iguales durante el tiempo que tardemos en volver a casa.

Se sintió muy orgullosa cuando vio el asombro que se reflejó en las facciones de Marlow. Era la solución perfecta. Podrían conocerse mejor el uno al otro. Seguramente, cuando se desvelara el misterio, la disparatada atracción que sentía por ese hombre se desvanecería. En cuanto volvieran a la propiedad, su relación recuperaría la normalidad. Era perfecto, siempre y cuando Marlow accediera.

—Mi nombre de pila es Ryland.

Se miraron a los ojos un buen rato. El corazón le latía desenfrenado en el pecho. Ryland Marlow. El rugido que oyó en los oídos parecía repetir su nombre e hizo que su mente lo viera todavía menos como un criado. No se movió mientras la observaba, desafiándola a llevar a cabo su plan.

—Ryland. —El nombre brotó como un susurro estrangulado mientras asentía con la cabeza, como si acabaran de conocerse.

—Miranda. —Su voz fue como una caricia de terciopelo sobre la piel. Tal vez ese plan no fuera tan prudente.

Capítulo 14

Una continua llovizna seguía cayendo cuando salieron del cobertizo. Ryland asomó la cabeza por la puerta antes de abrirla de par en par y hacerle una reverencia a Miranda para que pasara. Ella lo hizo con la espalda erguida, como si estuviera entrando en el salón más exclusivo de Londres.

Se le hundió un pie en el barro.

—Ay, diantres. —Intentó sacar el pie del agujero en el que había caído sin levantarse las faldas. El traje de montar de paño azul no tenía salvación, pero su dignidad y recato todavía no habían sufrido un golpe letal. Quería que siguiera siendo así.

—¿Qué pasa? —preguntó Ryland. Era muy fácil, demasiado, pensar en él como Ryland.

—La bota. No la puedo sacar. —Miranda intentó liberarse otra vez. Solo consiguió que el pie se le hundiera más en el fango.

Ryland se arrodilló delante de ella.

—Deja que te ayude.

—¿Tienes serrín en la mollera? —Lo apartó de un manotazo cuando hizo ademán de aferrarle la pierna—. No puedes tocarme la pierna.

Ryland suspiró.

—En ese caso, te sacaré el pie.

—No pienso levantarme la falda.

Ryland apoyó un brazo en la rodilla doblada y la fulminó con la mirada. Ella se cruzó de brazos y alzó la barbilla.

Lo vio pasarse una mano por la cara antes de hacer lo mismo por su largo pelo. Hacía bastante que había perdido la cinta de cuero con la que se recogía el pelo y los rizos oscuros estaban tan alborotados como los suyos.

—¿Y qué propone hacer, *milady*? —Su voz sonó rara, como si hablara entre dientes.

Se estaba comportando como una tonta intentando preservar su recato en mitad de un pasto para vacas. Esa situación no tenía nada de recatada.

«Una dama jamás le muestra los tobillos a un hombre.»

Miranda frunció el ceño al oír la voz de su madre en la cabeza. Supuestamente una dama tampoco podía pasar una noche en un cobertizo ni internarse sola en el bosque. Tal vez era el momento de que el pragmatismo se impusiera a las lecciones de su madre sobre los modales refinados.

—Que sea rápido. —Miranda cerró los ojos con fuerza y se levantó las faldas un poquito.

Aunque sabía lo que iba a suceder, se sorprendió al sentir la fuerte mano de Ryland en torno al tobillo. Hacía años que nadie, salvo Sally, le tocaba los pies. Desde luego que ningún hombre había tenido motivos para hacerlo.

—A la de tres —dijo Ryland en voz baja.

Miranda abrió los ojos e inclinó la cabeza. Esperaba encontrarse con la coronilla de Ryland. En cambio, quedó atrapada en su mirada. Un escalofrío emocionado nació en su garganta y le bajó por la columna.

Con razón las damas no debían permitir que los hombres les tocaran los pies.

—Uno, dos, tres.

Miranda se olvidó de levantar el pie hasta que sintió un tirón en el tobillo. Lo levantó e hizo una mueca por la succión que se oyó al liberarse el pie.

Se tambaleó hacia delante y Ryland cayó de espaldas.

Gruñendo, él se puso de pie y desvió la mirada.

—Gracias —dijo, al tiempo que se ajustaba todo lo que podía la ropa con actitud pudorosa.

—¿Sabes dónde estamos?

Miranda echó un vistazo a su alrededor en busca de algún hito reconocible. La noche anterior no habían podido orientarse, se habían limitado a huir a ciegas.

—No reconozco nada, lo que me lleva a pensar que estamos al este. La propiedad de Griffith se extiende hacia el norte y el pueblo está al sur.

—¿Eso quiere decir entonces que también podríamos estar al oeste? —Ryland miró el sol, que asomaba entre las nubes, para intentar orientarse y escoger una dirección.

—Lo dudo mucho. De haber ido hacia el oeste, estaríamos en las tierras de Raebourne. He pasado mucho tiempo allí a lo largo de estos últimos años.

Ryland enarcó una ceja.

Miranda se ruborizó.

—Con Griffith, por supuesto. Están muy unidos. Nunca visitaría al marqués yo sola. Además, está casado. Felizmente casado. Con Amelia. Todavía no conoces a Amelia.

Debería dejar de hablar, pero mientras ese hombre insufrible siguiera allí plantado, con una ceja bien enarcada y esa mirada tan condescendiente, su boca se negaría a hacerle caso a su cerebro.

—Claro que un ayuda de cámara no conocería a una marquesa en circunstancias normales, pero Amelia es distinta. Conoce a todo el mundo. Incluso conoce a la camarera encargada de limpiar mi habitación, Lisette.

Anthony y ella se fueron de luna de miel atrasada. Deberían volver antes de Navidad. Puede que incluso ya hayan vuelto.

Cada vez que terminaba una frase, creía que ya había dejado de soltar información que a él le importaría bien poco o que no le haría falta. Sin embargo, le bastaba con mirarlo de nuevo para seguir contando tonterías. Se mordió la lengua para callarse.

—¿Y la propiedad de Crampton?

Miranda negó con la cabeza. Ryland estaba muy al tanto de la nobleza rural. ¿Solía hablar con Griffith de la zona?

—La residencia del conde está entre la nuestra y la de Anthony, pero sus tierras no llegan tan lejos.

—En ese caso, vamos al oeste.

Echaron a andar por el prado con el pálido sol a la espalda. Había dejado de llover y solo quedaba un fino velo de nubes grises en un cielo que se afanaba por parecer alegre. La condujo por los edificios de la granja, cuidándose mucho de no llamar la atención de cualquiera que estuviera realizando sus tareas matutinas.

—¿Por qué no les pedimos ayuda?

La miró de forma elocuente para que recordara su aspecto.

—Son lugareños. ¿De verdad quieres que vean a la hermana del duque con este aspecto?

Miranda suspiró. En eso tenía mucha razón.

No muy lejos de la granja, coronaron una pequeña colina. Miranda soltó un chillido y aplaudió dando saltitos.

—¡Mira!

Ryland miró el punto que le señalaba, pero lo único que se veía eran los campos sembrados y una torre de piedra ruinosa. ¿Había perdido la cabeza?

—¿Qué tengo que mirar?

—La torre. —Lo tomó de la mano y tiró de él hacia los surcos del sembrado con paso vivo—. Es la vieja torre de vigilancia que está en uno de los extremos de la propiedad de Griffith. Sé dónde estamos.

—Ah. Eso es bueno. —Tenía que llevarla a casa para poder perseguir a Lambert, a Smith y a Asno. No debería estar disfrutando de cada minuto que pasaba con ella alejados de sus habituales roles sociales.

—Aún nos queda una caminata de dos horas hasta llegar a la casa, pero al menos sabemos hacia dónde tenemos que ir.

Pues dos horas más. Dos horas más en las que él sería Ryland y ella, Miranda.

Llegaron hasta las piedras desgastadas de la base de la torre. Miranda enfiló una dirección, convencida del rumbo que debía tomar, pero ya no corría. No le soltó la mano y él no dijo nada al respecto.

Había estado en esa zona de la propiedad en una ocasión, pero se había concentrado en los aledaños de la casa. Miranda reconocería los hitos mejor que él, de modo que le permitió marcar el camino. Aunque sí tenía dudas acerca del tortuoso camino que estaban recorriendo...

—¿Seguro que sabe cómo volver a casa, *milady*?

Miranda levantó la vista y vio que tenía barro en una mejilla. Le soltó la mano y sonrió.

—Creía que iba a ser Miranda hasta que llegáramos a Riverton. Desde luego que no soy el ideal de dama de nadie ahora mismo. Y sí, sé cómo volver a casa. También sé dónde están todas las casas de los arrendatarios y preferiría no encontrarme con ellos con semejante aspecto.

La miró de arriba abajo y examinó el vestido roto y embarrado. Tenía el pelo revuelto alrededor de la cara, sucia, y los largos mechones le caían sueltos por la espalda. Tenía el pelo más largo de lo que había supuesto en un principio.

—Da igual el aspecto que tengas, eres una dama de los pies a la cabeza, Miranda.

—Gracias.

Le ofreció el brazo para ayudarla a cruzar un prado donde pastaban las ovejas. Los animales lanudos ni les prestaron atención.

—Creo que tu traje está destrozado.

Miranda frunció el ceño.

—Sé perfectamente que lo está. Sally se desmayará cuando vea lo que le he hecho. Menos mal que mi madre no está en casa. No es el aspecto que debería presentar una dama.

—Dadas las circunstancias, creo que tu madre excusaría hasta cierto punto la cuestión de tu aspecto.

—Es posible. Aunque teniendo en cuenta que las funciones corporales involuntarias nunca han servido de excusa, no creo que un voluntario paseo por el bosque valga.

Ryland casi se ahogó. «¿Funciones corporales involuntarias? ¿En serio?», pensó. No podía estar hablando de...

—Estornudo a todas horas. Le vuelve loca.

Suspiró, aliviado. Estornudos. Podía hablar de estornudos. Seguía siendo un tema poco apropiado, pero se las apañaría para contribuir a la conversación.

—¿Estornudas?

—Cada vez que salgo de casa, o eso parece. Sobre todo durante los días soleados. Estoy sana como una pera y sigo estornudando. Mi madre dice que la mandaré a Bedlam cualquier día de estos. Una dama no puede demostrar ante el mundo semejante debilidad antinatural si quiere que la tomen en serio.

¿Qué decir ante eso? No había mucho que decir sobre estornudos y desde luego que él no podía decir absolutamente nada acerca de ser una dama.

Se quedaron en silencio mientras seguían andando; de vez en cuando, cambiaban de dirección o tenían que sortear una cerca. Los dolores de la noche anterior se hicieron más evidentes, y Ryland se dio cuenta de que el cansancio comenzaba a pasarle factura. Una parte de él quería caminar en silencio, abotargado, para poder descansar todo lo posible. Pero Miranda los había declarado iguales durante ese día y no quería desperdiciar la oportunidad.

—¿Acostumbras a desafiar los dictados de tu madre acerca de cómo debe ser una dama? —Era una pregunta peligrosa. Gracias a las cartas, sabía con absoluta seguridad que se rebelaba contra algunas de las normas más estrictas de su madre. Debía ir con cuidado para no revelar lo que sabía si continuaban con ese tema de conversación.

Miranda se echó a reír y le dio una patada a una piedrecita, que cayó a un charco.

—Todavía recuerdo mi primera lección sobre los modales de una dama. Tenía cinco años y quería montar a caballo como los niños. Me sorprendió volviendo al establo con una pierna a cada lado del poni y el lacayo a mi lado, que no podía estar más colorado. Me llevó a su gabinete, me sentó en la silla azul que tiene allí y procedió a decirme cómo debía montar una dama.

La tierna imagen le arrancó una carcajada. En cuestión de minutos, la conversación pasó de la equitación a las comidas preferidas e incluso a recuerdos de infancia. Ryland tenía que recordarse constantemente que debía tener cuidado con lo que decía. Si bien estaba convencido de que se marcharía de Riverton antes de que acabase el día, no podría deshacerse de su disfraz hasta terminar la misión.

—¿Cuánto crees que queda?

—No creo que falte mucho. Estamos más cerca de lo que creía que estaríamos esta mañana.

Los mechones que se le habían escapado del recogido se agitaban por la brisa. Le encantaba su pelo. Era como la luz del sol. No el sol que veía en Inglaterra, sino el sol abrasador que encontraba en mar abierto al viajar de Inglaterra a Francia. La inmensidad de las olas amplificaba la gloria del sol al reflejar sus rayos hasta que la luz dorada lo consumía por entero. Así era su pelo.

¿Cuándo se había vuelto tan poético? Echó un vistazo al paisaje empapado por la lluvia. Eso debería apaciguar sus tendencias románticas.

—No deberíamos tardar mucho.

Miranda le dio un tirón del brazo y se lo aferró con más fuerza. Sentía su costado pegado al brazo y deseó estar en mitad de una fiesta, donde podría dar vueltas con ella entre sus brazos por la pista de baile.

—¿A qué te dedicabas antes de ser criado? —preguntó Miranda.

—¿Cómo dices?

—Me dijiste que no siempre fuiste un criado. ¿Qué hacías antes?

¿Qué podía contestar? ¿Una mentira o una verdad a medias? Una mentira sería lo más seguro, pero pensaba volver a verla una vez terminada la misión.

—Estudiar. —Y lo había hecho. Había estudiado en Oxford, para ser más exactos. Durante dos meses antes de que la oscuridad se lo tragara—. Iba a seguir estudiando, pero mis circunstancias cambiaron y tuve que empezar a trabajar.

—Qué pena. ¿No tenías familia que te ayudara? Sé que Griffith ha enviado a varios de nuestros parientes lejanos a estudiar para prepararlos a fin de encontrar una profesión. Incluso ha ayudado a unos cuantos a entrar en el ejército o en la iglesia.

Dejó que Miranda creyese que el cambio de circunstancias estaba relacionado con el dinero. Pronto descubriría que el dinero no era un problema para él. Y, llegado ese momento, tendría que explicarle muchas cosas.

—Me temo que yo... que mi rama familiar era la del cabeza de familia. Nadie estaba en mejor situación económica.

—Oh.

—Mi familia me necesitaba. —¿Por qué seguía hablando? No podía decirle que su primo se había quedado atrapado en Francia sin delatar su verdadera identidad—. Tuve que... dejar la vida que conocía para poder ayudarla.

—Eres muy valiente.

Hubo un silencio entre ellos mientras él se devanaba los sesos en busca de otro tema de conversación. Si seguían hablando de las circunstancias familiares, iba a tener que mentir, porque, de lo contrario, las evasivas serían muy evidentes.

Miranda habló antes de que él pudiera.

—¿Hasta dónde llegarían cincuenta mil libras?

Frunció el ceño mientras miraba a Miranda, confundido.

—¿Adónde quieres enviarlas?

—¿Podría vivir una persona con esa cantidad?

—Depende de cómo la administre. —No tenía ni idea del motivo por el que le hacía esa pregunta.

—Si alguien comenzase una vida con cincuenta mil libras, ¿podría vivir con comodidad?

—Por supuesto. Sería una vida modesta, pero bastante acomodada. Si se invierte con cabeza, cincuenta mil libras darían para... —Ryland dejó la frase en el aire cuando la cifra cobró sentido en su cabeza. Había leído los documentos que pasaban por el gabinete de Griffith. Miranda contaba con una fortuna de veinticinco mil libras de su difunto padre. Su dote ascendía a otras veinticinco mil libras. Podría casarse con un hombre sin dinero y empezar su vida en común con cincuenta mil libras. Casi se atragantó con la siguiente pregunta; de hecho, tuvo que tragar saliva para que le saliera la voz—. ¿Por qué lo preguntas?

Ella se encogió de hombros con delicadeza. Empezó a juguetear con su falda. Otro acto que nunca encajaría con el comportamiento apropiado para una dama.

—Por curiosidad, supongo, teniendo en cuenta lo que me has dicho de los estudios y demás. Nunca he pensado mucho en el dinero. ¿Te gusta trabajar como ayuda de cámara?

Se le cayó el alma a los pies al oírla. ¿De verdad estaba considerando una alianza entre ellos? Ese debía de ser el verdadero tema de la conversación. ¿Qué otra cosa si no? La sorpresa y el placer se debatieron en su interior. Cuando apareciera en Londres para cortejarla como era debido no tendría que preocuparse de que solo la atrajera su título.

Miranda lo miraba con expresión expectante, a la espera. ¿Qué le había preguntado? Ah, sí, quería saber si le gustaba afeitar a su hermano y plancharle la ropa.

—Hay peores trabajos por ahí. Con todo, no está mal.

—Eso es bueno. Quiero decir que es bueno tener esa actitud.

—Pues sí. —Estaba metido en un lío. Miranda iba a matarlo cuando se enterase de la verdad. El rumbo que debía de haber tomado su mente para considerar siquiera la idea de casarse con un criado era increíblemente complicado. No dudaba ni por un momento de que hubiera tenido en cuenta las consecuencias sociales, además de las monetarias. Era toda una dama, demasiado como para no ser consciente de la diferencia en el escalafón social.

¿Quién le iba a decir que ser un duque podría suponer un obstáculo para conseguir la mano de su elegida?

Miranda suspiró.

—A lo mejor debería pedirle a Griffith que me dé el dinero sin más. Podría irme a vivir a una casita. He oído que las solteronas lo hacen a veces.

Ryland soltó el aire con fuerza. Así que no había estado pensando en casarse con él. ¿Comprendería alguna vez la lógica femenina?

Echó un vistazo a su alrededor y se percató del saliente rocoso donde al mozo de cuadras ruso le gustaba pasar el tiempo libre.

—Ya reconozco el sitio. Riverton no está lejos. ¿Qué vas a hacer cuando lleguemos?

Miranda se echó a reír e hizo que el corazón le diera un vuelco.

—Darme un baño.

—Miranda —dijo en voz baja.

Volvió la cabeza para mirarlo y la sonrisa que tenía en los labios desapareció.

—¿Qué?

—Quiero decirte algo. —¿Qué estaba haciendo? Debería distanciarse de ella, recordarle lo que se merecía en la vida. En cuanto estuviera a salvo en Riverton, él se marcharía para perseguir a Lambert y a su misterioso jefe por toda Inglaterra.

Sin embargo, no podía marcharse y dejar que creyera que no significaba nada para él.

La vio tragar saliva. Su voz sonó casi estrangulada cuando dijo:

—¿El qué?

—Eres... he disfrutado del tiempo que hemos pasado juntos.

Una débil sonrisa volvió a aparecer en su cara.

—No lo dices en serio. ¿Has disfrutado al recibir una paliza, al pasar la noche en un cobertizo y al cruzar campos sembrados?

—Lo que quiero decir es que eres una mujer muy especial. Algún día, un hombre con mucha suerte pedirá tu mano.

—Si Dios quiere —susurró ella al tiempo que meneaba la cabeza—. Georgina hará su presentación en sociedad este año.

El comentario le dio más información de la que ella creería. Tal vez hubiera considerado casarse con un ayuda de cámara o irse a vivir sola, pero no quería ninguna de esas dos cosas. En algún momento, se le había metido en la cabeza que la presentación en sociedad de su hermana supondría un grave revés para sus aspiraciones matrimoniales. Ryland no comprendía cuándo se habían quedado ciegos sus pares, pero no pensaba quejarse.

Coronaron una pequeña colina, y el tejado de la mansión quedó visible por encima de las copas de los árboles.

—Nunca me había alegrado tanto de ver la mansión. —Miranda se protegió los ojos del sol para ver mejor el edificio.

Caminaron en silencio a medida que el edificio se hacía más grande. Varias personas salieron a los escalones mientras ellos cruzaban el prado posterior. Una morena bajita ataviada con un vestido morado oscuro encabezaba la marcha.

Miranda soltó el brazo de Ryland y corrió para abrazar con fuerza a la delgada mujer. Mientras las dos se abrazaban, Ryland fue en busca de Griffith, que estaba muy alterado y desaliñado.

El ruido resultante de que todo el mundo quisiera asegurarse de que Miranda estaba bien y enterarse al mismo tiempo de lo sucedido hacía que la conversación fuera difícil. Incluso Georgina se retorcía las manos con aspecto de querer abrazar a su hermana, pero indecisa por la suciedad que hacer algo así podría reportar.

Miranda regresó a su lado y llevó consigo a la mujer vestida de morado.

—Te presento a Ry... A Marlow, el ayuda de cámara de Griffith.

Ryland se volvió y vio que le estaba presentando a la morena menuda. ¿Por qué estaba Miranda haciendo presentaciones? Habían vuelto a Riverton. Ya no eran Ryland y Miranda. Ya no eran iguales.

—Marlow, le presento a *lady* Amelia, marquesa de Raebourne.

Ryland ejecutó una profunda reverencia, pero no pronunció palabra alguna. Al fin y al cabo, era un criado. *Lady* Amelia no se limitó a asentir con la cabeza como él había esperado. Lo analizó a conciencia, lo miró de arriba abajo despacio antes de regalarle una sonrisa deslumbrante.

—¿El nuevo ayuda de cámara de Griffith?

—Sí, *milady*.

—Entiendo. Marlow, ¿es así? Griffith ha estado hablando de usted.

—¿Cuánto tiempo lleváis aquí? —preguntó Miranda.

—Llegamos ayer, pero nadie sabía dónde estabas. Nos has tenido muy preocupados. —Ryland tuvo la sensación de que los ojos oscuros de *lady* Amelia lo atravesaban—. Todos los mozos de cuadra han salido para hacer batidas por el bosque. Griffith y Anthony también.

Miranda lo miró con una sonrisa en los labios que no era digna de ningún criado.

—Marlow me rescató.

Griffith miró a uno y a otro.

Lady Amelia puso los ojos como platos por la sorpresa.

—Debe de ser un ayuda de cámara increíble.

—Soy bueno en mi trabajo, *milady*. —¿Qué más podía decir? Seguramente debería haberse mordido la lengua.

La dama lo observó en silencio un minuto antes de acompañar a Miranda hacia la puerta.

—Sally ha estado manteniendo el agua caliente para que pudieras darte un baño en cuanto te encontrásemos.

Las dos mujeres desaparecieron en el interior de la mansión. Ryland las siguió de cerca, decidido a cambiarse de ropa y hacer todo lo que estuviera en su mano para averiguar dónde se encontraban los sospechosos en ese momento. Griffith se despidió de los congregados y lo siguió. Seguramente para asegurarse de que Miranda no había sufrido más heridas que las aparentes.

Ryland dejó abierta la puerta de su pequeña habitación y empezó a desabrocharse la arruinada camisa.

La puerta se cerró de un portazo.

Ryland levantó la cabeza justo a tiempo para ver cómo Griffith lo agarraba de la pechera y lo estampaba contra la pared. «¿Qué diantres?», pensó.

—Supongo que vas a casarte con ella. —La voz de Griffith era brusca y amenazadora; y sus ojos, más fríos de lo que Ryland había visto jamás.

Se zafó de las manos de Griffith y se acercó al lavamanos. El agua estaba fría, ya que era de hacía dos días, pero bastaría para limpiarse parte de la suciedad que tenía en la cara. El baño podría esperar hasta que llegase a Londres, dado que acumularía más polvo durante el camino.

—No digas tonterías, Griffith. Soy tu ayuda de cámara.

—¡Los dos sabemos lo que eres y has pasado la noche con ella!

Ryland miró a su encolerizado amigo.

—¡Piensa, hombre! Imagina que soy cualquier otro criado. ¿Esperarías que se casara con uno de ellos?

—Pues claro que no. Mejor que se quede soltera antes que casarse con un criado.

—Exacto. —Ryland se quitó la camisa rota y se puso una limpia. Solo tenía los zapatos que llevaba puestos, así que tendría que marcharse a Londres con los pies empapados.

—No eres un criado.

—Ella no lo sabe.

Griffith se acercó a él hasta que sus caras quedaron a pocos centímetros.

—Cásate con ella.

—No puedes obligarme. —Daba igual que ya hubiera decidido cortejar a Miranda cuando todo hubiera pasado. El instinto de supervivencia lo instó a mantenerse firme. Por muy amigo que fuera, Griffith no iba a forzarlo en ese asunto.

Griffith le lanzó un puñetazo.

Que no alcanzó su objetivo. Bloqueó el puño de Griffith y los dos se enzarzaron en una pelea por la reducida estancia. La palangana se hizo añicos contra el suelo. Griffith nunca había peleado, por grande que fuera, de modo que no tardó mucho tiempo en tirarlo sobre la cama.

Los dos se miraron entre jadeos. Griffith por fin se frotó la cara con una mano.

—Tienes razón. Pero nunca había pasado tanto miedo. Cuando desapareciste y luego llegó Óscar sin mi hermana, después del paseo, no supe qué pensar. Nunca imaginé que pudiera pasarle algo a mi familia cuando viniste a investigar.

Ryland se enderezó la ropa y echó a andar hacia la puerta.

—Ahora está a salvo y debería seguir así. Supongo que Lambert ha abandonado la propiedad, ¿no?

Griffith se incorporó en la cama.

—¿Lambert? ¿Mi mayordomo?

Ryland asintió con la cabeza.

—¿Está metido en este asunto?

—Sí, mis secuestradores mencionaron su nombre.

—Eso explica su ausencia. Supusimos que se había unido a la partida que buscaba a Miranda. —Griffith hizo una mueca—. Mi mayordomo es el culpable. Parece sacado de una mala novela.

—¿A que sí? Tengo que ir en su busca, y su pista ya está más que fría después de todo lo que ha llovido.

Griffith se sacó una carta doblada del bolsillo del chaleco.

—*Sir* Gilbert mandó una nota ayer, pero ya habías desaparecido.

Ryland abrió la carta y descifró el contenido con el código conocido. Ojalá dicha carta hubiera llegado un día antes.

—Nadie apareció en los lugares de intercambio.

Griffith enarcó las cejas.

—¿Nadie?

Ryland sintió deseos de estampar algo contra la pared. Durante nueve años solo había fracasado en dos ocasiones. Sin Miranda, ese tercer fracaso habría supuesto el fin de su vida. Miranda era mucho más que una dama cualquiera. Meneó la cabeza. Tendría que esperar para pensar en ella. Por más deliciosa que fuese la interrupción que suponía su correspondencia, seguramente fuese la culpable de los descuidos que levantaron las sospechas de Lambert y de sus secuaces.

Tenía que concentrarse y terminar la misión antes de que volvieran a montar la operación en la propiedad de otro aristócrata.

—Me voy a Londres.

—Que Dios te acompañe, amigo mío. Rezaré por ti. —Griffith se levantó y le estrechó la mano.

—Es lo único que puedo pedir. —Salió de la habitación y, mientras corría por el pasillo, dijo por encima del hombro—: Me llevo un caballo prestado. Lo dejaré en tus establos londinenses.

En caso de que Griffith dijera algo, no lo oyó.

Capítulo 15

—¿Qué quieres decir con eso de que se ha marchado? —Miranda se enderezó en la bañera y derramó agua en el suelo. Le había pedido a Amelia que se asegurara de que alguien se ocupase de Ryland. La experiencia también había sido muy dura para él.

Amelia se sentó en una silla cerca de la bañera y ladeó la cabeza mientras la miraba.

—Quiero decir que ha abandonado la propiedad. Que se ha ido. Ya no hay nadie con ese nombre en Riverton.

Miranda dejó que su doncella la ayudara a ponerse la bata y aceptó una toalla para envolverse el pelo.

—El sarcasmo no te sienta bien, Amelia.

En el rostro de su amiga apareció una sonrisa.

—Mi querido Anthony me ha estado enseñando muchas cosas.

Miranda frunció el ceño.

—Tu querido Anthony debería dejarte tranquila. Me gustas tal como eres.

—Y a él. Por eso se casó conmigo. —La sonrisa de Amelia se tornó descarada.

Miranda se echó a reír, incapaz de contenerse, dado el buen humor de su amiga, pero después retomó el tema de conversación inicial.

—Seguro que se ha retirado a sus aposentos. —Miranda no podía creer que se hubiera marchado de verdad.

Amelia negó con la cabeza.

—No, por lo visto no se habla de otra cosa en la cocina. Griffith siguió a Marlow hasta su habitación después de que volvierais. Lisette le estaba llevando un cubo de agua cuando los oyó discutir y bajó volando las escaleras. Al cabo de un momento, Marlow entró en tromba en la cocina y salió por la puerta trasera con un trozo de queso, una manzana y un pastel de carne.

—¿Y si ha salido a dar un paseo? —Después de la experiencia que habían sufrido, no necesitaría tomar mucho aire fresco, pero a lo mejor seguía conmocionado. Echó a andar hacia el tocador para que Sally le cepillara el pelo. Podía ver a Amelia a través del espejo.

Su amiga negó con la cabeza.

—Lo vi atravesar el prado a caballo.

—¿Se ha llevado un caballo?

Otro asentimiento de cabeza.

—Uno de los buenos.

Miranda volvió la cabeza para mirar directamente a su amiga a la cara. Debía de haber algún malentendido. Si Ryland se había llevado un caballo de Griffith, no era el hombre que ella creía que era.

—¿Se ha llevado el semental de Griffith?

Amelia agitó una mano en el aire.

—No, no. Se ha llevado el caballo de Trent. El que siempre tiene aquí para cuando viene de visita.

—Eso no mejora mucho el asunto. ¿De verdad se ha llevado un caballo de los establos? ¿Qué va a pensar Griffith?

—No parece muy preocupado al respecto. —Amelia frunció el ceño con gesto pensativo—. Parece mucho más preocupado por el hecho de tener que buscar un nuevo ayuda de cámara. Ha mencionado algo sobre enviar a alguien en busca del señor Herbert.

Miranda gimió. El pobre hombre merecía una jubilación tranquila. Había pasado años trabajando sin descanso para el señor de la casa. Estaba segura de que incluso había oído el crujido de sus huesos cada vez que subía y bajaba las escaleras durante los dos últimos años.

—Me pregunto adónde habrá ido. —Acarició con la yema de un dedo el festón que adornaba el borde de su bata. La había abandonado. Sí, en el fondo no había nada que los uniera de forma oficial, pero la conversación que habían mantenido caminando por el campo había sido muy agradable. ¿Estaba huyendo de eso? ¿Estaba huyendo de ella?

Amelia carraspeó y se puso de pie para encargarse de la tarea de cepillarle el pelo.

—Sally, déjame, yo puedo hacerlo. ¿Por qué no bajas a pedir que suban una bandeja con comida? Dudo mucho de que Miranda tenga ganas de bajar a cenar.

Miranda suspiró.

—Una bandeja me vendría de perlas, Sally.

El silencio reinó en el dormitorio hasta que se oyó el chasquido de la puerta cuando la doncella cerró al salir.

—¿Qué más te da? —le preguntó Amelia por fin.

—Tú eres quien me repite a todas horas que debería recordar que los criados también son personas.

—Sin embargo, no has dicho nada sobre el mayordomo desaparecido ni sobre el jardinero.

Miranda se puso de pie y miró por la ventana. Estaba lloviendo de nuevo, de manera que había oscurecido antes de tiempo. Los nubarrones que cubrían el cielo presagiaban otra terrible tormenta. Dio gracias a Dios por haberse tenido que enfrentar solo a la lluvia durante su aventura y rezó para que Ryland ya hubiera llegado a su destino, fuera cual fuese.

—¿Miranda?

—Quiero casarme.

Amelia abrió los ojos de par en par.

—¿Con el ayuda de cámara?

—No. Sí. No. ¡Ay, yo qué sé! —Miranda se arrojó a la cama y enterró la cara en el cobertor de seda.

Acto seguido, rodó hasta colocarse a un lado al sentir que el colchón se hundía por el peso de Amelia. El silencio de su amiga hizo que abriera los ojos para intentar averiguar qué estaba pensando.

—No sabía que lo conocieras tan bien —comentó Amelia a la postre—. Nadie parece conocerlo en absoluto.

—¿Qué quieres decir?

—Después de enterarme de que se había marchado, les pregunté a los criados. Al parecer, guardaba las distancias con todo el mundo, algo que no es extraño entre los sirvientes de mayor rango, pero su caso es distinto. Dicen que no ha llegado a encajar en los aposentos de la servidumbre. Que su arrogancia parecía genuina. Lo dice el ama de llaves, no yo.

Amelia tenía el don de llegar a la gente, fuera cual fuese su posición. Si el ama de llaves se sinceraba con alguien, no podía ser con otra que no fuera Amelia.

—No nació entre la servidumbre. Su familia se arruinó y tuvo que dejar los estudios y buscar trabajo. —Miranda se frotó la cara con las manos. Era una locura. Marlow se había ido y ella no debería dejarse llevar por la desesperación. Debería sentirse agradecida porque se hubiera marchado antes de que hubieran podido establecer una relación más seria que hubiera alterado su vida drásticamente.

—Eso explica muchas cosas, sí.

Miranda oyó los latidos de su corazón mientras esperaba a que Amelia añadiera algo más.

—Te quedarías en la indigencia.

—Mis circunstancias sufrirían un revés importante, pero no me quedaría en la indigencia. Tengo una buena dote. Según me aseguró, una persona podría vivir modestamente gracias a los réditos.

Amelia tartamudeó:

—Has... has hablado del asunto... Ese hombre y tú...

—¡No! No. Detesto admitirlo, pero no sé mucho sobre dinero. Estoy empezando a pensar que nunca me casaré y me he planteado la idea de usar mi dote y mi herencia para instalarme sola en algún sitio. Georgina será presentada en sociedad este año y va a ser muy popular. Y... yo... —Se le llenaron los ojos de lágrimas y se atragantó con un sollozo.

—Ay, Miranda... —Amelia la abrazó por los hombros, la meció y le murmuró palabras reconfortantes mientras ella lloraba.

Miranda empezó a hablar entre hipidos, con la voz entrecortada.

—No quiero ser... —Hipido—, una solterona, Amelia. Quiero... —Tos—. Quiero una familia, y no... —El llanto se intensificó en ese momento, cortando el resto de la frase. Se hizo con un pañuelo que había sobre la mesita de noche y se sonó la nariz.

—Miranda, en Londres hay muchos hombres dispuestos a casarse contigo. No tienes por qué conformarte con un sirviente, sea cual sea su origen por nacimiento.

—Lord Brigham pidió mi mano el año pasado.

Amelia enarcó las cejas. Lord Brigham se consideraba un buen partido. Era guapo, rico y conocido por encargarse de forma concienzuda de sus negocios y de sus responsabilidades familiares.

Miranda sorbió por la nariz.

—Primero, me preguntó si me creía capaz de influir de alguna manera sobre el voto de Griffith. Y ya después me preguntó si quería casarme con él.

—Bueno, no estuvo muy acertado, desde luego. —Amelia resopló y cruzó los brazos por delante del pecho.

—No, me temo que los únicos hombres que disfrutan hablando conmigo están muy por debajo de mi nivel o no existen a efectos prácticos. —En cuanto empezó a hablar, las palabras parecieron salirle a borbotones. Le habló a Amelia de la correspondencia con el duque y de sus numerosos encuentros con el ayuda de cámara—. Como ves, mis perspectivas románticas se reducen a la nada.

—Creo que necesitas dormir. —Amelia la instó a adoptar una postura más cómoda en la cama—. Cuando Sally vuelva con la bandeja, vas a comer, y después vas a acostarte. Mientras tú haces eso, yo voy a sentarme ahí y voy a leer en voz alta para que no pienses más y te deprimas. Por la mañana te darás cuenta de que la situación no es tan desesperada.

Amelia le arropó las piernas con las mantas. La doncella entró con una bandeja cargada de comida. Miranda se apoyó en los almohadones y empezó a comer. Amelia echó a andar hacia el escritorio donde estaba la Biblia que le había regalado su hermano el año posterior a su presentación en sociedad. Después tardó un poco en acomodarse en la silla de al lado de la cama con el enorme libro abierto en el regazo.

Empezó a leer por el capítulo veintinueve del Libro de Jeremías.

—Pues así habla Yavé. Cuando terminen los setenta años concedidos a Babilonia, yo os visitaré y cumpliré en vosotros mi promesa de restituiros a este lugar. Porque yo sé bien los designios que tengo sobre vosotros, dice Yavé, designios de paz, y no de aflicción, de daros un porvenir lleno de esperanza.

Miranda apartó la bandeja de la cena, que apenas había tocado, y se tumbó entre las sábanas. Cerró los ojos y escuchó la dulce voz de Amelia, que era el único sonido en el dormitorio.

—Entonces, cuando me invoquéis y me dirijáis vuestras súplicas, yo os escucharé. Me buscaréis y me hallaréis, porque me habréis buscado de todo corazón.

El sueño se apoderaba de ella, tentándola con su maravillosa paz y tranquilidad. Sus pensamientos divagaron mientras se relajaba con la cabeza hundida en la almohada. Sería mucho más feliz si supiera que el plan que Dios había ideado para ella incluía el matrimonio, porque quería buscar a Dios. Si para encontrarlo debía renunciar a su sueño y a sus expectativas... ¿Soportaría su fe esa prueba?

A lo largo de las siguientes semanas, Georgina demostró ser de gran utilidad para que Miranda mantuviera a Dios en sus pensamientos. A medida que se aproximaba la Navidad, le resultaba imposible contener la emoción. No hablaba de otra cosa que no fuera su presentación en sociedad en Londres. Bastaba para que el santo Job perdiera la paciencia.

Miranda sintió la ausencia de Ryland más de lo que habría creído posible, teniendo en cuenta que no había formado parte de su día a día. Saber que no estaba hacía que la casa le pareciera diferente. Todavía esperaba verlo aparecer por un pasillo justo cuando ella hacía algo ridículo o indigno de una dama.

Pero no apareció.

Las cartas también dejaron de llegar. Sabía que había sido un error hablarle al duque de Ryland, aunque solo fuera de forma superficial. Quería escribirle de nuevo, preguntarle si iría a Londres, pero no había conseguido la dirección a la que enviarle las cartas. Esa había sido su excusa para ver a Ryland. Se había aferrado a ella con uñas y dientes y en ese momento estaba pagando por semejante indulgencia.

El corazón se le desbocó cuando por fin recibió una carta, precisamente el día de su cumpleaños, escrita con esa letra torcida de trazo grueso que tan bien conocía. Rompió el lacre, ansiosa porque se produjera un milagro. Solo contenía una frase.

No la he olvidado.

¿Qué significaba eso? Por supuesto que se alegraba de saberlo, pero ¿significaba que solo era un recuerdo agradable? ¿Que tenía la intención de buscarla una vez que estuvieran en Londres? ¿Que deseaba que ella retomara la correspondencia? Se sintió frustrada.

El significado de las palabras del duque no importaba. Porque ella no podía responderle. No había forma de conseguir su dirección sin explicarle a Griffith por qué estaba manteniendo correspondencia con un hombre que no era de la familia y con el que no estaba comprometida. Solo con imaginar la conversación se echaba a temblar.

Puesto que no tenía ningún otro solaz, siguió desahogando sus tribulaciones en las cartas, aunque de vez en cuando se descubrió escribiéndole también a Ryland.

La noche de Navidad, incapaz de dormir, aferró de nuevo la pluma y se sentó delante de la chimenea, donde ardía el tradicional leño navideño, y le suplicó al duque que fuera ese año a Londres. Si podían conectar tan bien como habían hecho en sus cartas, tal vez fuera su única esperanza de conseguir un matrimonio feliz.

Leyó la carta cuando la acabó, algo que rara vez hacía. Las páginas exudaban desesperación y autodesprecio. ¿Así era como se veía realmente? ¿Así veía su vida? Arrojó la carta al fuego y contempló cómo el papel se arrugaba entre las alegres llamas navideñas. Tal vez debiera bajar el baúl que contenía las dichosas cartas y darles a todas el mismo funeral.

¿Por qué era tan importante que se casara? Entre sus tres hermanos y Amelia, iba a estar rodeada de niños a los que adorar. Ella era mucho más que los hombres que había perdido. Esos hombres que, en realidad, nunca había tenido. Era hija, hermana y amiga.

Observó las llamas hasta que empezaron a cerrársele los ojos y se quedó dormida en el sofá.

Pasaron las semanas y se llevaron consigo la alegría de la Navidad. Para regocijo de Georgina, Miranda se concentró en la gente que la rodeaba. Por más que detestara las constantes visitas a la modista para que les tomaran medidas y recorrer tiendas en busca de sombreros que hicieran juego, de guantes y de zapatos, disfrutaba viendo sonreír a su hermana.

La experiencia también conllevaba otro beneficio añadido: consiguió el mejor vestuario que había tenido en la vida.

En caso de que se descubriera recitando algunos versículos de la Biblia para intentar lidiar con la exuberancia de Georgina, lo tomó también como algo bueno. ¿De qué otra forma iba a encontrar la paciencia para escuchar otra nueva predicción sobre lo que harían los solteros empedernidos en cuanto su hermana entrase en el salón de baile?

Cuando su madre regresó a principios de marzo para encargarse de los últimos preparativos para el traslado de la familia a Londres, Miranda se descubrió contemplando la temporada social con una chispa de emoción.

Tal vez Dios hubiera puesto a un caballero en Londres para ella.

Tal vez tuviera a un criado esperando en Kent.

O tal vez hubiera dispuesto un futuro totalmente distinto para ella. Un futuro en el que ayudaría a las viudas y a los enfermos residentes en las propiedades de su hermano. Fuera cual fuese el futuro, al fin se sentía preparada para afrontarlo. Había memorizado al pie de la letra los versículos que Amelia le había leído tantas semanas antes. Los recitaba con mucha frecuencia para sus adentros.

Por fin había llegado el momento de enfrentarse a Londres y a los posibles admiradores de Georgina. Le dio unas palmaditas a la tapa del último de sus baúles e indicó al criado que podía llevarlo al carruaje. La idea de poner a prueba que de verdad no tenía celos de su hermana le resultaba emocionante y enervante a la vez. Lo único que podía hacer era rezar y tener fe.

Los trinos de los pájaros y el olor de las primeras flores primaverales la recibieron cuando salió de la casa en dirección al carruaje.

Su madre y Georgina ya estaban dentro. Griffith y lord Blackstone, que seguía enamoradísimo de su madre después de un año de matrimonio, iban a caballo, y en ese momento se inclinaban sobre sus monturas para hablar con las damas por las ventanillas del carruaje. Un lacayo ayudó a Miranda a subir y, acto seguido, se pusieron en marcha.

El paisaje fue pasando a su lado, un mar de campos y de prados y de árboles que empezaban a verdear. El ciclo de la vida empezaba de nuevo. Tenía una gran aventura por delante.

Capítulo 16

Ryland arrojó el gabán a la cama antes de dejarse caer en el sillón orejero situado junto a la ventana. Jeffreys, su ayuda de cámara, enarcó las cejas por la curiosidad, recogió el gabán y lo sacudió.

—Nada —murmuró Ryland. Se levantó nervioso del sillón. Se acercó a la ventana y apoyó la frente en el cristal empañado. Los aposentos, un apartamento consistente en cuatro habitaciones, le servían como modesta base de operaciones. La ventana estaba orientada a un callejón por el que solían pasar muchos delincuentes.

—Sea quien sea la persona para la que trabaja o es muy buena o es muy negligente.

Jeffreys frunció el ceño al ver las arrugas del gabán.

—¿Negligente, señor?

—Sí, negligente. ¿Desde cuándo me llamas «señor»?

—Estoy practicando, señor.

—En ese caso, practica con «excelencia» y no con «señor». —Ryland sonrió al ver que Jeffreys comenzaba a cepillar el maltratado gabán. Los movimientos del criado eran eficientes. Nadie se percataría de que solo tenía cuatro dedos en la mano izquierda.

El quinto se quedó en un callejón parisino, arrancado por una bala dirigida a Ryland.

—¿Qué decía usted de la negligencia, excelencia?

—Lambert sigue aquí. En la ciudad. Sin hacer nada salvo beber y encargarse de algún que otro trabajito.

—Supongo que no se refiere a limpiar alguna que otra chimenea.

—No. Un hombre le ha pagado para que robe en una botica. Al parecer, tenía problemas para conseguir suficiente láudano.

Jeffreys colgó el gabán en el perchero.

—Y usted se lo ha permitido.

Ryland se encogió de hombros.

—Si desaparece, perderé el último vínculo que me queda con su jefe, sea quien sea. Pero el hecho de que dicho jefe le permita quedarse aquí no pinta bien. Si alguien está vigilando a Lambert, también me habrá visto a mí. No me he molestado en esconderme de cualquier otra persona que no sea él.

Se pasó una mano por el pelo.

Alguien llamó a la puerta y se sobresaltaron. No mucha gente estaba al tanto del lugar donde Ryland se alojaba. Cambiaba de aposentos de forma habitual. ¿Habría ordenado Lambert o su jefe que lo siguieran?

Jeffreys empuñó una pistola que había sobre el taquillón y se la escondió tras la espalda al abrir la puerta. Ryland se apartó de la ventana, dispuesto a luchar si la situación lo requería, si bien desde su posición no alcanzaba a ver a la persona que había detrás de la puerta.

—Por favor, Jeffreys, no me dispares. Le tengo mucho cariño a este abrigo.

La conocida voz hizo que Ryland se relajara y que Jeffreys se echara a reír mientras abría la puerta de par en par.

El señor Colin McCrae entró en la estancia como si estuviera en un salón emplazado en Grosvenor Square en vez de en unos aposentos de alquiler con vistas a un callejón trasero. Llevaba chistera, y el pelo, de color caoba, se le rizaba en torno al ala. A diferencia del abandonado gabán de Ryland, el abrigo de Colin parecía recién cepillado, planchado y muy bien cuidado.

Ryland se dejó caer de nuevo en el sillón e hizo un gesto con el brazo para invitarlo a sentarse en el otro asiento disponible en el dormitorio.

—¿Qué te trae por aquí?

Colin se sentó en la silla de madera, cruzó los pies calzados con unas botas altas a la altura de los tobillos y se colocó el sombrero en el regazo.

—¿Además de saludarte por tu regreso a la ciudad, te refieres?

—Oficialmente no he regresado.

—Mi visita tampoco es oficial. —El leve acento escocés que se coló en las palabras de Colin bastó para que Ryland supiera que lo que tenía que decir no eran buenas noticias.

Se enderezó en el sillón. Estrictamente hablando, Colin no trabajaba para el Ministerio de la Guerra, aun cuando habían hecho todo lo posible para reclutarlo después de que se involucrara sin querer en una misión de Ryland cinco años antes. No obstante, de vez en cuando le llegaban ciertas noticias y Colin estimaba conveniente poner su perspicacia, su capacidad de observación y sus contactos al servicio de la causa del ministerio.

Sin embargo, sus frecuentes negativas evitaban que el ministerio se aprovechara demasiado de él. El resto de los agentes no sabía muy bien qué pensar de Colin, pero Ryland siempre lo había considerado un amigo. Salvarse mutuamente la vida creaba un vínculo muy fuerte.

—¿Tienes noticias?

Colin asintió con la cabeza.

—Están haciendo averiguaciones sobre la mina.

—¿La mina?

—Sí. La mina sobre la que te informé hace unos meses cuando me pediste que te enviara una carta recomendándote inversiones falsas.

Ryland frunció el ceño.

—¿La que está arruinada?

—Debería estarlo, sí. Me negué a participar en el negocio, pero sé que un caballero con menos luces accedió a encontrarse con los inversores. La idea era tan peregrina que no tardaron en descartarla. Cuando me dijiste que necesitabas proyectos de inversión falsos, me pareció más fácil que Griffith y yo habláramos de la mina en vez de inventarme algo totalmente nuevo.

—¿Me estás diciendo que alguien ha retomado el proyecto?

Colin asintió con la cabeza.

—Alguien ha invertido en él, alguien que cree que va a encontrar algo de valor en ese barrizal, aunque el señor Burke se niega a facilitarme su identidad.

Ryland se rascó la barbilla mientras reflexionaba sobre la importancia de ese giro en los acontecimientos. Siempre había pensado que había alguien importante detrás de todo, alguien poderoso. Las noticias de Colin confirmaban que estaba buscando a alguien con posibles, que bien podría ser un aristócrata. El hecho de que alguno de sus pares fuera capaz de traicionar a Inglaterra le revolvió el estómago. Sin embargo, les había pagado a bastantes franceses que ocupaban posiciones relevantes como para saber que los títulos nobiliarios y el dinero no implicaban necesariamente la lealtad hacia el país de cada cual. No obstante, los traidores franceses le resultaban más fáciles de digerir que los ingleses.

—Motivo más que suficiente para que salga de su escondite, excelencia. —Jeffreys sacó un pequeño baúl de debajo de la cama y comenzó a guardar ropa.

Más solazado que nervioso, Ryland observó con sorna a su ayuda de cámara mientras este guardaba en el baúl los pocos objetos personales que había en la estancia.

—¿Ya has decidido dónde debo hacer mi primera aparición? —le preguntó a la postre.

Jeffreys se sacó una tarjeta blanca del bolsillo y la arrojó a la cama. Ryland la atrapó en el aire. Se arrugó una esquina. Era una invitación.

—¿Ella asistirá?

Jeffreys asintió con la cabeza.

—Los criados no paran de hablar de los variados disfraces que han adquirido sus señores y señoras. Esa invitación estaba a nombre de su tía. Price dijo que era una lástima que no la recibiera.

Ryland no pudo contener una sonrisa. Su corpulento y poco convencional mayordomo no solo le había procurado una forma de asistir al baile, sino que también se había asegurado de evitar que su tía estuviera presente. Mientras leía los detalles del evento, sintió que la emoción se extendía por sus entrañas. No podría haberlo planeado mejor.

Era evidente que Dios estaba velando por él.

Colin se inclinó hacia delante para leer la tarjeta.

—¿Hay una mujer?

—¿De qué irá disfrazada? —Ryland se golpeó la palma de la mano con la tarjeta y pasó por alto la pregunta de Colin mientras reflexionaba sobre las posibles consecuencias de asistir al baile.

—No estamos seguros, pero sabemos que será azul. Han visto a su hermana, a su madre y a ella en la modista, encargando vestidos para este evento concreto. La hermana estaba muy emocionada. La madre no tanto.

—No me sorprende. Los bailes de máscaras no son famosos por mantener el sonrojo de la juventud en las mejillas de las jóvenes debutantes. Me extraña que *lady* Blackstone permita que esta sea la primera aparición en público de *lady* Georgina.

Colin tosió.

—¿*Lady* Georgina Hawthorne?

—La anfitriona, *lady* Yensworth, es amiga íntima de *lady* Blackstone. De no ser así, estoy seguro de que no asistirían al evento. —Jeffreys sacó un par de botas del fondo del armario—. ¿Nos quedaremos con estas?

Las botas estaban destrozadas, pero le resultaban muy cómodas. Ryland enarcó una ceja.

—¿Por qué no íbamos a hacerlo?

—Excelencia...

—¿Qué?

—Le recuerdo tan solo que es usted un duque. No sé mucho sobre la aristocracia, pero si sé que no llevan botas como esas.

Ryland suspiró. Detestaba admitir que Jeffreys tenía razón. Tendría que descartar muchas de las comodidades y de las excentricidades a las que se había acostumbrado. Unas cuantas le otorgarían la etiqueta de excéntrico. Muchas lo convertirían en un marginado social.

Colin se puso de pie y agarró a Ryland por un hombro. Su normalmente impasible rostro mostraba asombro.

—¿Tienes la intención de cortejar a *lady* Georgina Hawthorne?

—¿Cómo? No. —Ryland cambió de postura en el sillón.

Colin se dio media vuelta para mirar a Jeffreys.

—A la hermana mayor, señor.

—Ah. —Colin sonrió.

Ryland miró a Jeffreys echando chispas por los ojos mientras el ayuda de cámara recorría la estancia recogiendo objetos. Era eficiente y leal, pero en absoluto servil. Su servidumbre estaba conformada por personas como él. Gente que lo había ayudado a lo largo de los años y que necesitaba un lugar seguro donde ganarse la vida.

También era una forma sutil de recordarle a su tía que la mansión, el título y el poder aún eran suyos. Sonrió al pensar de nuevo en Price, el mayordomo que había instalado en la mansión de la capital. Un hombre tan grande como la Torre de Londres, con un rostro tan agrietado como el monumento. Su tía montó en cólera, según le informó su administrador.

No había considerado la posibilidad de que sus poco convencionales criados lo atormentaran.

—¿Por qué le cuentas mis secretos al señor McCrae, Jeffreys? ¿No se supone que debes guardarme lealtad?

—Por supuesto, excelencia. Por eso no le he dicho al señor McCrae que lleva suspirando por la joven desde que abandonó su puesto en su casa hace varios meses. —Jeffreys arrojó las destrozadas botas al baúl—. Solo el más indiscreto de los ayudas de cámara revelaría que ha paseado usted de un lado para otro de esta estancia, pensando en qué hacer, cuando ella llegó a Londres.

Colin se echó a reír con tantas ganas que tuvo que sentarse de nuevo en la silla de la que acababa de levantarse y llevarse la mano derecha al costado.

La ira que sentía Ryland no tardó en ser reemplazada por vergüenza. Si quería que su regreso a la alta sociedad tuviera éxito, necesitaría ayuda. Menos mal que tenía a Jeffreys para hacerlo, porque él se negaba en redondo.

Seis meses antes no le habría importado que la alta sociedad lo aceptara de nuevo o no. Pasó un dedo sobre la invitación. Era sorprendente lo rápido que cambiaban las cosas.

Parecía más pequeña de lo que recordaba, aunque con las siete ventanas que la fachada tenía en la planta baja era mucho mayor que la mayoría de las casas adosadas de Mayfair. La casa contaba con tres plantas, y tenía una fachada sencilla con una puerta protegida por un porche sostenido con columnas que la distinguía de los dos edificios colindantes, ambos bastante más recargados.

Hacía mucho tiempo que Ryland no posaba los ojos en Montgomery House. Gracias a un considerable esfuerzo por su parte, había conseguido evitar gran parte de Mayfair durante los pasados nueve años. Su fiel administrador lo mantenía al tanto de las noticias más importantes.

Jeffreys le dio un apretón en un hombro.

—Si seguimos aquí más tiempo, alguien va a reconocerlo. Su apariencia no ha cambiado tanto.

Tal vez no había cambiado físicamente, pero en todo lo demás...

—Por supuesto. —Ryland carraspeó y esperó a que pasara un carruaje tirado por cuatro caballos para cruzar la calle.

Ambos bajaron la escalera de acceso a la entrada de la servidumbre, situada en el sótano. Entrar en esos aposentos fue como retroceder en el tiempo. Enfermeras, soldados e incluso unos cuantos delincuentes reformados lo recibieron con sonrisas y alegres saludos.

Sobre la mesa había varias bandejas de desayuno, que se estaba preparando, y tras estrechar varias manos y dar algunos abrazos, todo el mundo regresó al trabajo. Una casa tan grande requería que todos se esforzaran para que fuera sobre ruedas, aun con la gran cantidad de personal que había contratado.

Le rugió el estómago cuando una de las doncellas, una antigua enfermera que había trabajado en el frente de batalla, echó a andar hacia la escalera con una bandeja de huevos y arenques.

—Mattie —le dijo Ryland a la francesa que manejaba los fogones, espátula en mano—, ¿sería posible que enviaras una de esas bandejas a mi dormitorio? Creo que necesito comer arenques antes de enfrentarme esta noche a la vorágine social.

—Por supuesto, excelencia. —La mujer, muy alta, suavizó su acento francés guiñándole un ojo de forma descarada mientras una de las ayudantes de cocina empezaba a colocar los arenques en la siguiente bandeja.

—Gracias. Que me la suban cuando acabéis con las demás. No quiero que su desayuno se demore y empiecen a extrañarse. —Ryland

guió a Jeffreys hasta la escalera por la que había desaparecido la primera bandeja un momento antes. Se detuvo cuando pisó el escalón inferior—. Mi dormitorio está libre, ¿verdad?

Cecil, un criado que había sido un habilidoso carterista y el líder de una banda de ladrones en su antigua vida, sacó pecho con evidente orgullo.

—Sí, excelencia. Ha intentado meterse en ella un par de veces, pero mientras estaba allí no le hacíamos caso. Así que, como no quería atenderse solo, en un par de días volvía a su habitación.

—Gracias, Cecil, y a los demás. Es bueno estar de nuevo en casa. —Su mirada se cruzó con las de todos los presentes antes de que diera media vuelta y subiera la escalera.

La emoción, inesperada y no muy bien recibida, le provocó un nudo en la garganta, de manera que se alegró de que Jeffreys estuviera dos escalones por detrás de él. Ese era su legado, el motivo por el que había perseverado, año tras año. No se había dado cuenta hasta ese momento, al verlos a todos reunidos en la misma habitación. La bondad que había percibido en esas personas y en otras como ellas era la razón por la que se había arriesgado a luchar en silencio desde la sombra.

La escalera de servicio los ocultó durante esa primera parte del trayecto. Sin embargo, para llegar hasta el dormitorio principal debía pasar por delante de los aposentos de su tía. La desagradable tarea de saludar a sus familiares podía esperar. Quería regodearse en la sensación de que había hecho algo bueno durante los últimos diez años. Algo fácil de olvidar cuando se estaba en guerra.

Jeffreys acababa de cerrar la puerta cuando llegó otro criado con un aguamanil lleno de agua caliente. Ryland se lavó y se puso una de las nuevas batas de seda que había encargado.

Su ayuda de cámara llevaba tres meses colando ropa y otros objetos personales en la casa para que todo estuviera listo cuando regresara. En ocasiones era muy útil tener experiencia en tácticas evasivas.

El tacto de la seda le resultó agradable. La cama, mucho más. El aroma que surgía de la bandeja que acababan de llevarle era casi divino. Tal vez no tardara tanto como creía en adaptarse de nuevo a la vida de un duque.

—¿Qué tal estoy?

Miranda puso los ojos en blanco tras su antifaz azul adornado con piedras preciosas y plumas. Le cubría por completo la frente y llegaba justo al puente de la nariz. Era la quinta vez que Georgina le hacía la misma pregunta desde que se habían subido al carruaje veinte minutos antes. Mientras que su madre se apresuraba a asegurarle que estaba preciosa con su disfraz de ángel, Miranda aprovechó para colocar bien una pluma que insistía en rozarle la nariz.

Lo bueno de los bailes de máscaras, sobre todo si se celebraban durante la cuarta temporada social de una joven, era la libertad para no vestir con colores pastel. El intenso azul del vestido que había elegido le sentaba de maravilla a su cutis, si bien gran parte del mismo estaba cubierto por el antifaz. La vida era injusta a veces.

—¿De qué vas disfrazada, que no me acuerdo? —Georgina acarició la falda de gasa de Miranda con una mano.

—Del cielo.

Su madre la miró y dijo:

—Creía que habías dicho que eras un pájaro.

Lord Blackstone, que estaba sentado en un rincón del carruaje, se echó a reír.

—A mí me ha dicho que era el océano.

Miranda sonrió.

—En ese caso, supongo que seré una mujer misteriosa. Madre, la portezuela está abierta.

Su madre volvió la cabeza y vio que el lacayo la esperaba para ayudarla a bajar del carruaje.

Miranda contempló la mansión mientras seguía a su madre. La entrada estaba tan bien iluminada que parecía de día, pero el resto de la fachada permanecía a oscuras. El efecto era muy teatral. Tras colocarse bien el antifaz por última vez, siguió a su familia y entró en la casa después de subir los escalones, flanqueados por cuatro criados armados con enormes candelabros.

Lady Yensworth los saludó con entusiasmo.

—Me alegro muchísimo de que hayáis regresado a la ciudad a tiempo para mi pequeña reunión.

Miranda se las arregló para no soltar una carcajada incrédula. Tal parecía que todo el mundo había regresado a la ciudad para asistir a la pequeña reunión. Era evidente que en el interior no cabría un alfiler. Saludó a la anfitriona con una genuflexión y entró en el salón, ansiosa por ver la decoración elegida para la ocasión.

La sencillez de la fachada no se correspondía con el interior. Metros y metros de gasa transparente adornaban los altos techos y le conferían a la mansión una apariencia exótica. El salón de baile emplazado en la planta alta era una maravilla. Hileras de candelabros de pie, que no necesitaban ser sostenidos por criados, iluminaban la estancia. De ellos colgaban sartas de cristalitos que reflejaban la luz de las velas por doquier. *Lady* Yensworth había puesto el listón altísimo para los demás bailes de la temporada.

El prístino vestido blanco de Georgina destacaba entre los coloridos tonos que la mayoría de las damas había elegido para la ocasión. Los hombres no tardarían mucho en ofrecerse a llevarle una taza de ponche o en invitarla a bailar. Miranda abrió el abanico y el aire agitó sus plumas, que se movieron como si estuvieran enfadadas.

Atisbó el disfraz rosa de Amelia en el otro extremo de la estancia. Iba del brazo de su altísimo marido, que se había limitado a añadir un antifaz negro al clásico atuendo masculino de gala. Aunque Anthony estuviera reformado y convertido por completo, aún mostraba algunos de los hábitos de su pasado de libertino. Amelia y su marido conversaban alegremente con otras dos parejas. O más bien las mujeres conversaban mientras los hombres se miraban, sonriendo pero aburridos.

Miranda cerró el abanico y se dispuso a atravesar la estancia esbozando la primera sonrisa auténtica de la noche. Sin importar el tema de conversación que mantenían, seguro que era más interesante que mirar a su hermana. De todas formas, a esas alturas poco podía hacer ya por Georgina. Su suerte estaba en manos de Dios. O bien respondía a sus plegarias y la protegía de un desengaño amoroso o no lo hacía.

—Buenas noches, Amelia. *Lady* Granton. Señora Reeding. —Saludó a cada una de las damas con un gesto de la cabeza. Todas ellas habían elegido antifaces tan minúsculos que ni siquiera podían tildarse como tales. Tras saludarlas, hizo lo propio con sus maridos.

Los tres hombres respondieron en consonancia.

—Si nos disculpáis… —dijo Anthony al tiempo que le daba unas palmaditas a su mujer en la mano—. En el salón han organizado una partida de cartas.

—Seguro que es más interesante que todo este jaleo. Mucho ruido y pocas nueces, en mi opinión. Seguramente esté gordo y desfigurado. —Lord Granton se pasó una mano por su oronda cintura—. Por eso habrá elegido un baile de disfraces.

Tras otra reverencia, los hombres se alejaron de las damas. Lord Granton y el señor Reeding echaron a andar hacia la puerta del salón de baile. Anthony se inclinó hacia su esposa y le dio un beso en la mejilla.

—Vendré después para bailar contigo.

Amelia sonrió.

—Un número escandaloso de veces, me imagino.

—Por supuesto. —Anthony se despidió de las demás con un gesto de la cabeza y se marchó.

Era poco habitual que un hombre bailara con su esposa, pero Miranda sospechaba que a los recién casados les importaban muy poco los convencionalismos.

Miranda esperó con paciencia a que las damas la pusieran al día sobre el tema de conversación al que lord Granton había hecho alusión. Una repentina aprensión se apoderó de ella cuando vio que Amelia volvía la vista hacia un lado y se negaba a mirarla directamente.

—¿No se ha enterado? Es muy emocionante. ¡Va a ser la comidilla de toda la temporada! —La señora Reeding comenzó a abanicarse para refrescar sus acaloradas mejillas.

El miedo clavó sus frías garras en los hombros de Miranda. No sabía por qué estaba asustada, pero tenía el presentimiento de que esas noticias tendrían un enorme impacto en su futuro.

Lady Granton se inclinó hacia ella y miró a un lado y a otro.

—Lo he oído cuando he ido a por ponche. Se estaba presentando ante lord Trent.

—¿Trent está aquí? —Miranda echó un vistazo a su alrededor en busca de su otro hermano.

Amelia la aferró por un brazo para devolver su atención al grupo.

—Podría ser cualquiera haciéndose pasar por él. No sería la primera vez que sucede.

Lady Granton negó con la cabeza y el antifaz se movió por encima de su nariz.

—Me he fijado en su anillo. El blasón es auténtico. Nadie se atrevería a copiarlo. Ni siquiera su primo.

Miranda comenzaba a perder interés en el misterio. Era evidente que la extraña premonición que había sentido en un principio se debía a la teatralidad de las damas.

—¿De quién están hablando?

La señora Reeding se inclinó hacia delante.

—¡El duque de Marshington ha venido al baile!

Capítulo 17

Miranda nunca había creído posible que una persona pudiera percatarse de que se ponía blanca. Sintió la piel muy fina y helada al tiempo que el corazón le atronaba los oídos. El rítmico rugido ahogó las siguientes palabras de sus acompañantes, y agradeció la protección que el antifaz le proporcionaba. Seguro que su rostro era la viva imagen de la sorpresa y el miedo.

A lo lejos, oyó que Amelia se excusaba diciendo que necesitaba aire fresco. Al cabo de unos instantes, la agradable brisa de la terraza sacó a Miranda de su estupor.

—¿No te dijo que vendría a Londres para la temporada social? —Amelia le estaba agarrando los codos. La compasión era evidente en sus ojos oscuros pese a las sombras que creaba el antifaz de seda morada.

Miranda negó con la cabeza.

—No he tenido noticias suyas desde mi cumpleaños. La última carta que me mandó era bastante críptica, y no he recibido nada más desde entonces.

—¿Quieres marcharte? ¿Voy a buscar a Trent o a Griffith?

—No. No, me repondré en seguida. La sorpresa me ha provocado una profunda reacción, nada más. —Varios minutos después y tras inspirar hondo unas cuantas veces, creyó que podía regresar al salón.

Por atractiva que resultase la terraza, no podía quedarse fuera más tiempo sin poner en riesgo su reputación.

Amelia la dejó para ir en busca de unas tazas de ponche y Miranda deambuló por el salón de baile en busca de pistas que le permitieran identificar a los hombres. Si veía a algún caballero al que era incapaz de identificar, se preguntaba si tenía al duque delante.

Un destello blanco le llamó la atención y acabó mirando a su hermana. Los pies de Georgina volaban al ritmo de un animado cotillón. Además de poseer una belleza incomparable y un encanto increíble, su hermana había sido bendecida con una elegancia innata. Sus profesores de baile habían declarado que era su alumna más aventajada.

Miranda siguió la mirada ensombrecida de su hermana y su encantadora sonrisa hasta dar con su pareja de baile. No se parecía a ningún otro hombre de la estancia. Casi todos los caballeros iban vestidos de reyes o de emperadores romanos si acaso habían hecho el esfuerzo de disfrazarse con cierta imaginación. Muchos deambulaban por el salón de baile con traje de gala normal, con un antifaz para la ocasión, tal como había hecho Anthony.

La pareja de baile de Georgina, en cambio, había escogido algo totalmente distinto para su atuendo. Parecía un cortesano francés del siglo anterior. La casaca que se ajustaba a sus anchos hombros estaba confeccionada con un brocado de seda naranja oscuro, y el encaje asomaba bajo las mangas. El atuendo se completaba con unas calzas marrones, medias blancas y zapatos de tacón. El hecho de que consiguiera bailar con un calzado tan ridículo resultaba intrigante.

Era un hombre alto. Tal vez incluso tan alto como Griffith, aunque no estaba segura debido a la distancia que los separaba y al tacón de los zapatos. Claro que no era tan corpulento. Llevaba el pelo castaño muy corto y una máscara le cubría la cara desde la mitad de la frente hasta la parte superior del mentón. Incluso se amoldaba a su nariz.

Dio un paso hacia ellos para intentar verlo mejor y recibió un golpe en el hombro de otra pareja de bailarines. El rubor le tiñó las mejillas y agradeció una vez más la protección del antifaz. ¿Podría ser el hombre que estaba con su hermana el misterioso duque? Gracias a sus cartas sabía que no se plegaría a las convenciones sociales sin más solo porque había decidido volver a la escena social, pero ¿estaría dispuesto a destacar tanto?

El hombre le resultaba familiar, pero Miranda no recordaba a ningún caballero que llevase el pelo tan corto. ¿Era por su forma de moverse? ¿Por su forma de ladear la cabeza mientras acompañaba a Georgina fuera de la pista de baile? Fuera lo que fuese, se sintió atraída por él. Salir a la calle con tantas capas de encaje en la pechera requería de una confianza considerable. Una confianza que ella admiraba y envidiaba a partes iguales.

Tal vez no confiaba en Dios tanto como pensaba. Su primera cita social tras regresar a la ciudad y ya añadía otro nombre a la lista de hombres en los que no podía dejar de pensar. Primero, Ryland Marlow, el ayuda de cámara; después, el duque de Marshington, y en ese momento, el misterioso lord Brocado. El deseo de tener familia propia hacía que se sintiera atraída por cualquier hombre que pareciera salirse del molde.

Se puso de puntillas y estiró el cuello para seguir el avance de la pareja, pero enseguida los perdió entre la multitud. Georgina volvió a la pista de baile unos minutos después, pero la acompañaba otra pareja. Un rápido vistazo le indicó que lord Brocado no se encontraba entre las parejas que se colocaban en posición para otro cotillón.

—Limonada. De repente, tengo la boca sequísima. —La voz de Miranda sonó más alta de lo que había querido, pero ninguno de los caballeros que la rodeaban se aprestó a llevarle un vaso. Una mujer con una enorme peluca empolvada y una falda muy amplia le informó de que la mesa con los refrigerios se encontraba en el otro extremo del salón de baile.

Suspiró y empezó a abrirse paso entre la multitud. Sabía que la limonada estaba al otro lado de la estancia. Por eso decidió que necesitaba un vaso. Podría escudriñar a la multitud mientras paseaba por ella. Si bien no quería que le llevaran un vaso de limonada, hirió un poco sus sentimientos que ninguno de los tres caballeros que se encontraban cerca de ella se hubiera ofrecido a hacerlo.

No vio brocado de seda naranja a ese lado de la pista de baile. Bebió un sorbo de limonada mientras se abría paso hacia el otro lado.

—Tiene usted una reputación considerable.

Miranda se dio la vuelta al oír la voz ronca. Lord Brocado la había encontrado.

—¿Cómo dice?

—Entre los caballeros que se congregan alrededor de su hermana en vez de hacerlo a su alrededor. Tiene una reputación considerable. Creí que le gustaría saberlo. —A sus labios asomaba una sonrisilla.

Esa sonrisa le resultaba familiar. ¿Lo conocía? Tenía los ojos ocultos tras la máscara, que los ensombrecía demasiado como para distinguir el color. ¿Quién era?

—Es muy poco caballeroso por su parte señalar mi... esto... mi escasa popularidad.

El hombre se encogió de hombros.

—Lo ha dicho usted, no yo.

Miranda se quedó boquiabierta. ¡Ese hombre se había colado en la fiesta! No cabía otra explicación. Ninguno de sus conocidos sería tan descortés, ni siquiera con la protección que ofrecía el anonimato de la máscara. Abrió la boca para replicarle como se merecía, pero volvió a hablar antes de que ella pudiera formar una frase.

—Claro que usted también dijo que solo era medianamente guapa, y a menos que el antifaz oculte una malformación, creo que también se equivoca a ese respecto.

Tal vez no pudiera verle los ojos, pero desde luego que los sentía. La atravesaban. No miraba hacia el lado ni se miraba los pies. Esa mirada permanecía clavada en su rostro, algo que la ponía muy nerviosa.

—¿Quién es usted? —susurró a la postre.

—Le pido disculpas. Creía que mis palabras lo dejaban claro. —Extendió un brazo para tomarla de la mano, que estaba lacia a su lado. Un enorme anillo de oro brilló a la luz de las velas cuando se llevó la mano a los labios—. Soy el duque de Marshington, Marsh para algunos de mis amigos.

Lo primero que pasó por la cabeza de Miranda fue que si la sangre seguía corriéndole por el cuerpo de esa forma, tendría que buscar a un médico. Seguro que no era sano. Lo segundo fue que suponía un alivio que solo dos hombres ocuparan sus pensamientos y no tres como había creído unos momentos antes. Por último, su mente asimiló por completo el hecho de que se hallaba delante del duque de Marshington, y sopesó las ventajas de desmayarse por primera vez en la vida.

—¿Me concedería el honor de bailar la siguiente pieza?

—¡Ah! Esto... por supuesto.

La sonrisilla apareció en la cara del duque una vez más.

—Espero ansioso el momento.

Le volvió a besar la mano antes de perderse entre la multitud, y Miranda se quedó con la duda de si el encuentro había sucedido de verdad.

Ryland se ocultó detrás de una de las vaporosas cortinas en un rincón oscuro sin apartar la vista de Miranda. Había abierto tanto los ojos cuando reveló que era el duque de Marshington, que tras el antifaz solo se veían sus iris verdes. Había calculado al milímetro cada movimiento que había realizado hasta el momento. Dejaría de hacerlo en cuanto saliera a la pista de baile con ella. Tendría que improvisar en función de la reacción de Miranda.

Contó hasta diez antes de que ella se moviera, mirando a un lado y a otro, buscándolo entre la multitud. Esos minutos previos a la siguiente pieza eran importantes. Le darían tiempo a ella para asimilar la realidad y aceptar el hecho de encontrarse cara a cara con el hombre al que llevaba años escribiendo.

Cuando terminó el cotillón, Miranda permaneció inmóvil. La gente se movía a su alrededor. Un par de personas se detuvieron para charlar con ella. Ryland no vio que ella contestara siquiera. Era evidente que estaba intentando asimilar el hecho de que él se encontraba en la misma estancia.

Se enderezó el encaje de la muñeca. Uno de los problemas de tener un ayuda de cámara que era más un amigo que un criado estribaba en que, a veces, aprovechaba la oportunidad para gastarle bromas pesadas. El afilado rostro de Jeffreys lucía una sonrisa de oreja a oreja mientras le presentaba el monstruoso disfraz de brocado de seda.

Podría haber intentado la táctica de Griffith de mancharse de comida para darle más trabajo, pero seguramente Jeffreys habría hecho lo mismo que hizo él: tirar la camisa y decirle a su señor que era lo bastante rico como para comprarse otra.

Manchada o no, el destino seguro del disfraz en cuestión sería la basura. En la vida había pasado tanto calor, le había picado tanto el cuerpo ni había estado más incómodo, y eso que había pasado por situaciones incómodas de sobra.

Los primeros acordes de la conocida melodía llegaron a sus oídos. Había solicitado que tocaran un vals a continuación. Eso le permitiría pasar el máximo tiempo posible con ella como audiencia cautiva, al menos en parte. Iba a necesitar tiempo para que superase la incomodidad de las cartas antes de revelarle la mayor mentira: que también era Marlow. Salió de su escondrijo y se abrió paso hasta Miranda.

—¿*Milady*?

Lo miró y titubeó un instante antes de aceptar la mano que le tendía.

—Es un vals.

—Así es. —La observó y se percató del momento preciso en el que ella decidió desentenderse de la precaución y conocerlo mejor.

Miranda encajaba a la perfección en sus brazos. Dio dos vueltas por la pista de baile con ella antes de recordar que quería decirle algunas cosas. Aunque vivieron momentos de proximidad física durante su aventura por la campiña inglesa, aquello era distinto. Allí, en ese instante, estaba concentrada por completo en él. La mano de Miranda se aferraba a la suya no porque necesitase ayuda para mantener el equilibrio, sino porque quería estar con él. Saberlo significaba mucho más para él de lo que había creído posible.

Pasar por alto el roce de su vestido en las piernas fue difícil, pero necesitaba tener esa conversación para llevar a cabo su plan.

Miranda tenía otras intenciones.

—¿Por qué no ha venido a buscarme antes?

La pregunta era inocente y razonable. A tenor de lo que sabía por sus cartas y por las semanas que habían pasado bajo el mismo techo, comprendió que, en realidad, le estaba preguntando que por qué había bailado con Georgina primero.

—Quería conocerla mejor.

Sus sonrosados labios formaron un puchero. Ojalá pudiera quitarle el antifaz, pensó. Estaba preciosa cuando se sentía confundida.

—Pero no ha hablado conmigo.

—No, pero he averiguado muchas cosas sobre usted. Como ya he dicho, tiene una reputación considerable. No se preocupe, no es mala.

—Ah.

Llegaron a un extremo de la pista de baile y Ryland la pegó un poco más a su cuerpo. Le olía el pelo a limón. La conversación profunda que se había imaginado tendría que esperar. Esa noche ya tenía bastante con su mera presencia.

—¿Le gustaría saber qué reputación tiene? —preguntó Ryland.

—Su... supongo que lo mejor sería saber lo que los demás piensan de mí.

Ryland ladeó la cabeza para susurrarle al oído:

—Dicen que es exquisita.

Los hombros y los brazos de Miranda se estremecieron, y sintió el temblor en sus propias extremidades. Siguió susurrándole mientras se servía de las otras parejas para ocultarse de las miradas de los espectadores más curiosos.

—Es verdad. Dicen que es exquisita, y tengo que darles la razón.

—Excelencia, es muy injusto que me engañe de esta manera.

—Ah, pero no la estoy engañando. También dicen que está decidida a permanecer soltera. Sé que no es verdad, pero a mí me conviene dejar que lo crean.

Ryland usó los cinco sentidos para interpretar la reacción de Miranda a esa frase. Prácticamente había anunciado que la estaba cortejando. ¿Cómo iba a reaccionar?

Perdiendo el compás.

La estrechó entre sus brazos para evitar que se tropezara. Durante un brevísimo instante, la tuvo pegada a él. Por más placentera que fuese la experiencia, las parejas que bailaban a su alrededor no lo podían ocultar todo. En el siguiente giro la colocó a una distancia mucho más decorosa.

Durante los años que había pasado en Francia se había colado en muchos bailes y fiestas y había sonsacado secretos o entregado mensajes a varios de los asistentes. Así había perfeccionado sus dotes como bailarín, sobre todo en lo referente al vals. Si bien la alta sociedad inglesa todavía lo miraba con recelo, los franceses lo habían acogido con pasión.

—¿Puedo ir a visitarla mañana?

Miranda lo miraba fijamente. ¿Qué podía ver? ¿Podría reconocerlo? Se le había olvidado seguir poniendo otra voz. No era habitual en él olvidarse de algo referente a un disfraz.

—Me gustaría. —Aunque la sonrisa que esbozó era tímida, también era hermosa.

No hablaron durante lo que restaba del vals. Tras hacerle una reverencia y sacarla de la pista de baile, Ryland se escabulló de la fiesta a través del jardín trasero.

Al día siguiente iría a verla y le revelaría todo.

Esa noche se había quedado embelesada por su presencia. Al día siguiente, echaría humo por las orejas. Subió al carruaje que lo esperaba en el callejón y se puso cómodo. Debía seguir haciendo planes.

Capítulo 18

El duque de Marshington vendrá hoy.

A Miranda se le resbaló la aguja y se pinchó en un dedo. Contuvo el respingo y las ganas de chuparse el dedo herido. Oír de labios de su hermana las palabras que llevaban toda la mañana dando vueltas en su cabeza le resultó más chocante que el pinchazo. ¿Cómo se había enterado Georgina de su visita?

—Querida, era un baile de disfraces. —Su madre examinó el peinado y el vestido de su hermana, tras lo cual asintió con la cabeza en señal de aprobación. Durante su primer día «recibiendo visitas en casa» después de su regreso a Londres no podían permitirse ni una sola imperfección—. Siempre hay un par de caballeros que afirman ser el misterioso duque en ese tipo de eventos.

Miranda podría haberles informado de que en realidad se trataba del verdadero duque de Marshington, pero en ese caso tendría que admitir que había mantenido correspondencia con él y no estaba dispuesta a pasar por eso.

—Madre, llevaba el sello en el dedo. —Georgina se ajustó las faldas del vestido y adoptó una postura más cómoda en el canapé blanco y dorado.

Se encontraban en el salón más formal de Hawthorne House. Lo redecoraron durante la segunda temporada de Miranda en Londres, y los tonos elegidos fueron el blanco y el dorado. Por suerte, para entonces había convencido a su madre de que le permitiera elegir telas en tonos beis con algún toque rosa pastel o verde. La idea de ir vestida de blanco y de estar obligada a sentarse en un sofá blanco delante de una pared cubierta por un panel de seda blanca bastaba para que se echara a temblar. Georgina no parecía molesta en lo más mínimo.

—¿El sello? Supongo que eso cambia las cosas. —Su madre eligió sentarse en un sillón orejero tapizado con brocado dorado. Se acomodó en él con el bastidor en el regazo—. ¿Has traído algo con lo que entretenerte entre visita y visita esta mañana?

Georgina miró a su madre con las cejas enarcadas.

—No creo que sea necesario. Sobre todo cuando se corra la noticia de que el duque de Marshington ha abandonado su exilio por mí.

Miranda resopló.

Su madre la miró con gesto furioso.

Estuvo tentada de encogerse de hombros. Era lo que deseaba hacer. Pero a la postre ganaron las lecciones sobre el comportamiento apropiado para una dama y acabó murmurando:

—Lo siento.

—¿No opinas igual que yo, querida hermana?

Había llegado el momento de recordarle a Georgina que aunque su hermana mayor no era muy popular, tampoco era una solterona resignada a vestir santos.

—Querida hermana, ¿no se te ha pasado por la cabeza que tal vez quiera venir a visitarme a mí? No eres la única soltera elegible en esta casa.

—Ah, siento mucho haber herido tus sentimientos. No ha sido mi intención. Pero ¿no crees que si tú fueras el aliciente de su visita habría aparecido en la ciudad en algún momento de los tres últimos años?

Sintió el repentino deseo de atravesar la perfecta nariz de su hermana con la aguja de bordar. Sin embargo, se contentó con imaginarlo y siguió sentada.

—Georgina, eso ha estado fuera de lugar. Una dama jamás menciona la soltería de otra, sobre todo si lleva un tiempo socializando. Y Miranda, una dama jamás hace ruidos propios de un cerdo. —Su madre se había asomado por detrás del bastidor para mirarlas con sus severos ojos verdes. El mensaje estaba claro. Las visitas de ese día marcarían el tono del resto de la temporada y no iba a permitir que sucediera algo inapropiado.

—Sí, madre —replicó Miranda.

Georgina farfulló algo a modo de asentimiento.

Diez minutos más tarde, Gibson, el mayordomo, anunció al primer visitante.

Era un joven que Miranda recordaba haber conocido el año anterior. Si no estaba equivocada, era el segundón de la familia, una posición que interesaría poco a su hermana. El rechazo de Georgina podría manifestarse de muchas formas distintas y Miranda se compadeció del pobre hombre.

—Las flores son preciosas, señor Sherbourne. ¿Sabía usted que mi hermana adora los claveles? —La cara de Georgina era el vivo retrato de la inocencia más angelical. Había abierto tanto los ojos que apenas se apreciaba su exótica forma almendrada, y sonreía de forma elegante y natural.

Miranda no se lo tragó en absoluto. Sintió el amargor de la bilis en la garganta al comprender cuál sería la estrategia de su hermana. A todos aquellos que no le interesaban los desviaría hacia ella. Debía recordarse reiteradamente que el señor Sherbourne no tenía la culpa de lo que sucedía.

Tras un incómodo silencio, el señor Sherbourne le ofreció el ramo a Miranda.

—Una dama siempre debe recibir un ramo de sus flores preferidas. Por favor, acéptelo, *lady* Miranda.

—Por supuesto. Me honra que se haya acordado de mí. —Miranda estuvo a punto de atragantarse con las palabras. La verdad era que los claveles nunca le habían gustado mucho. Prefería los tulipanes o las azucenas.

Hablaron unos minutos durante los que Georgina trató de que todo el interés recayera en Miranda. Semejante habilidad habría sido impresionante si el objetivo hubiera sido el de ayudarla a conseguir al hombre que de verdad quería. Cuando el señor Sherbourne se marchó, seguramente lo hizo con la idea de que su intención había sido la de visitar a Miranda y no a Georgina.

Y así prosiguió la mañana. Hombres acaudalados y atractivos con títulos importantes, o al menos con la perspectiva de heredarlos, eran recibidos con sonrisas tímidas y suaves carcajadas mientras Miranda quedaba relegada a un segundo plano. Todos los demás quedaban descartados y su hermana se los pasaba interpretando el papel de cariñosa hermana menor.

Unas cuantas mujeres se pasaron un rato para ver a Miranda, aunque muchas fueron para hablar con su madre. Las amigas de Georgina estaban recibiendo visitas en sus propias casas o descansando para las festividades nocturnas. A pocas de ellas les habían permitido asistir al baile de la noche anterior.

Las visitas fueron entrando al salón de forma constante. Nadie se quedó más de la cuenta y todos mencionaron lo preciosa que estaba Georgina con su vestido blanco de muselina bordada. Miranda no estaba disfrutando del momento, pero tampoco era tan terrible como había temido que fuera.

Y, en ese momento, Gibson anunció al conde de Ashcombe.

Una mirada al rostro de su hermana le bastó para comprobar su júbilo. El conde estaba considerado un partido decente. Era bastante guapo y su familia poseía una gran fortuna. Miranda sintió de nuevo la bilis en la garganta. No podría seguir sentada, sufriendo la visita de ese hombre, mientras mantenía el decoro propio de una dama que le exigía su madre.

Se puso de pie para salir de la estancia por la puerta lateral que daba acceso al comedor, pero no fue lo bastante rápida. El conde entró y Miranda vio de reojo su abrigo verde, de manera que le fue imposible no ceder a la tentación de mirarlo mejor. Había evitado a ese hombre de forma deliberada durante dos años. Un logro impresionante, teniendo en cuenta el grupo tan cerrado que conformaba la alta sociedad londinense.

Su apostura seguía siendo arrebatadora. Era un poco más alto que ella, de manera que a Georgina debía de sacarle una cabeza. Su porte era impecable y su sonrisa irradiaba el entusiasmo adecuado. Sus miradas se encontraron en ese momento y el conde le guiñó un ojo.

¡Le guiñó un ojo!

Miranda salió sin demora del salón con la esperanza de que su madre recordara lo que el conde le había hecho durante su primera temporada social. Porque así entendería los motivos de su huida y haría todo lo que estuviera en su mano para despacharlo antes de que destrozara las ilusiones de otra Hawthorne.

Ryland estaba sentado en mitad de Grosvenor Square, observando a los visitantes que entraban y salían de Hawthorne House. Colin se encontraba a su lado, jugueteando con la brizna de hierba que tenía en los dedos.

—¿Crees que alguno ha venido para verla a ella? —Colin dobló la brizna hasta hacer un círculo con ella y trató de colarla en una ramita cercana.

—Solo los más listos.

—Entonces, ninguno.

Ryland se echó a reír al escuchar el comentario sobre el desfile aristocrático que se desarrollaba ante ellos. Si bien compartía su opinión en términos generales, algunos hombres tenían la cabeza bien amueblada. Por supuesto, incluso una cabeza bien amueblada podría acabar patas arriba enfrentada a la belleza de Georgina. De no haber sido testigo de la superficialidad de la joven durante su estancia en Riverton, él también podría haber sido su víctima.

Colin se puso de pie.

—Esto no es una batalla, amigo mío. O entramos, o nos vamos.

Ryland detestaba admitir que su amigo tenía razón. No podía enfrentarse a ese cortejo como si fuera otra misión. Se había retirado oficialmente. Aunque había sido duro, había entregado todas las averiguaciones que había hecho sobre Lambert y sobre el resto de la misión, que aún seguía en marcha. Era hora de que siguiera con su vida y dejara que otros se encargaran de proteger al país.

El mayordomo abrió la puerta antes de que tuvieran la oportunidad de llamar. Colin le ofreció su tarjeta de visita. Ryland había olvidado la costumbre de ofrecer tarjetas con su nombre impreso en ellas. Dejar un papel anunciando su visita no era una prioridad para un espía.

Se metió la mano en el bolsillo del abrigo y sacó un fajo de tarjetas rectangulares. Jeffreys se había acordado. Supuso que eso compensaba, en parte, el atroz disfraz que su ayuda de cámara le había preparado la noche anterior. Le ofreció la tarjeta al mayordomo.

Si bien Colin obtuvo una mirada curiosa, la tarjeta de Ryland consiguió que los invitaran a pasar de inmediato al recibidor. Eso lo llevó a pensar que sería muy fácil que cualquier persona se hiciera pasar por él. Acarició con un dedo el grueso anillo con el sello ducal que lucía en la mano derecha. Llevaba generaciones en la familia y era el único objeto personal que lo había acompañado durante sus viajes. Algo peligroso, sí, pero no podía arriesgarse a que su primo lo encontrara. Era la única prueba que aportaba cuando se comunicaba con sus administradores.

—Si hacen el favor de esperar aquí, anunciaré su llegada.

—Un momento —dijo Ryland en voz baja—. ¿Quiénes se encuentran en el salón?

—*Lady* Blackstone y *Lady* Georgina, señor.

Ryland le dio un apretón a Colin en un hombro.

—Disfruta de su compañía, amigo mío. Yo tengo que atender antes unos asuntos con Griffith.

Colin lo miró con los ojos entrecerrados.

Ryland enfiló el pasillo antes de que su amigo pudiera protestar. Sabía dónde estaba el gabinete del duque, ya que conocía la casa desde pequeño. Había visitado la ciudad con Griffith durante unas vacaciones escolares. El tío de Griffith los había acompañado. Las damas no estuvieron presentes.

Confiado en la idea de que su amigo estaría escondiéndose de las hordas de visitantes, llamó con suavidad a la puerta. En vez de que le dieran permiso para entrar, vio que la puerta se abría. Era Trent, el hermano menor de Griffith.

—¡Marsh! Me alegro de verte sin el antifaz. No podía creerme que fueras tú cuando me lo dijiste anoche. —Trent era unos años más joven que Griffith y que él, de manera que no fueron juntos al colegio, pero habían llegado a conocerse antes de que Ryland emprendiera la retirada del país.

—Yo también me alegro de verte, Trent. ¿Está Griffith dentro?

—Por supuesto. Y mi hermana Miranda. Dice que no podía soportar más tiempo las sonrisas tontas y que necesitaba un respiro. —Trent abrió la puerta de par en par a fin de permitirle la entrada.

Sus esperanzas de mantener un encuentro a solas con Miranda se desvanecieron. La escena que iba a desarrollarse cuando entrara en el gabinete no iba a ser agradable. Miranda tardaría un momento o dos, pero acabaría encajando las piezas y uniendo sus dos identidades.

Y después se enfadaría. Bueno, al menos suponía que iba a enfadarse. Las mujeres tenían por costumbre exagerar mucho las cosas en esas circunstancias.

Sin embargo, seguir en el pasillo no solucionaría nada. Solo le faltaba que Miranda saliera y lo encontrara allí. Al menos el gabinete les ofrecía cierta intimidad.

El tiempo pareció detenerse. Fue como si todos se estuvieran moviendo debajo del agua.

Lo primero que vio fue la expresión tímida, pero emocionada, de Miranda. El hecho de que hubiera estado aguardando su visita le infundió valor. Oyó que Griffith se acercaba para hacer las presentaciones y que decía alguna tontería sobre la fiesta de la víspera. El rostro de Miranda era lo único que él veía. Cuando esos ojos verdes se clavaron en los suyos, la vio fruncir el ceño. Casi era capaz de leerle el pensamiento.

Trataría de desterrar lo que sus ojos le estaban comunicando.

El resto de las alternativas desfilarían poco a poco por su mente.

A la postre, llegaría a la conclusión de que la única opción era la verdad, por absurda que pareciera. Y dicha opción no lo dejaba en muy buen lugar.

Mientras su expresión cambiaba al llegar a la deducción correcta, Ryland sopesó sus posibles reacciones. Tal vez podía gritar. No era una reacción apropiada para una dama, pero en el fondo Miranda era demasiado briosa para ser una dama convencional. Durante los momentos de gran emoción, estaba seguro de que esos arrebatos emocionales saldrían a la luz. Otra opción sería la de abandonar la estancia. Sin embargo, para una dama era una grosería darle la espalda a un caballero de esa forma. Claro que lo que haría una dama sería saludarlo con educación y después disculparse antes de salir para ordenar que prepararan un refrigerio.

No creía que esa última opción tuviera muchas posibilidades.

Caminó lo que se le antojó una eternidad sobre la alfombra hasta llegar frente a ella. ¿Se habría detenido el tiempo también para los demás?

—*Lady* Miranda... —dijo a la par que hacía una reverencia.

Miranda le asestó un puñetazo en la nariz.

Capítulo 19

Miranda sacudió la mano. ¿De verdad acababa de darle un puñetazo a un hombre? El escozor que sentía en los nudillos y el dolor de la muñeca así lo indicaban. También la expresión sorprendida y furiosa de su hermano mayor.

—No había considerado esa opción —susurró Ryland. Se llevó una mano a la nariz con una sonrisa torcida en los labios mientras la miraba fijamente a la cara.

Gimió, enfadada. Si tenía que golpear a alguien, ¿no podría derribarlo al menos?

Unas carcajadas que fue incapaz de controlar del todo abandonaron los labios de Trent, mientras que Griffith se apresuró a reprenderla.

—¿Qué haces, Miranda? Marsh es un invitado en esta casa.

—Creía que era tu ayuda de cámara. Perdón, tu antiguo ayuda de cámara. —La sorpresa se había evaporado, y la rabia apareció en su lugar. Ese hombre había jugado con ella, con sus sentimientos. Repasó todas sus conversaciones. Recordó la aventura por la campiña.

Las cartas. Las cartas eran, sin duda alguna, lo peor. Cruzó los brazos y se abrazó la cintura para intentar desterrar la sensación de desnudez. Aunque estaba cubierta desde el cuello hasta los tobillos, tenía la sensación de que solo llevaba puesta la camisola.

Sus miradas se encontraron. Sin disfraces entre ellos, el poder de su voluntad casi la postró de rodillas. Oyó la voz de Griffith; su cerebro captó el tono furioso y desconcertado, pero no registró las palabras en sí. Su mente estaba concentrada por completo en la tarea de averiguar en qué estaba pensando Ryland, si acaso se llamaba así de verdad. Griffith siempre se había referido a él por su título o por el apócope de este. Se dijo que tenía que buscar un ejemplar del compendio de las familias nobles de Debrett cuando todo terminase y ver cómo se llamaba.

Ryland ladeó la cabeza, pero sus ojos no se apartaron de ella. Se preguntó si intentaba leerle la mente, de la misma manera que ella intentaba leer la suya. Conocía muchísimos secretos íntimos. ¿Había leído sus otras cartas? ¿Las que guardaba en el baúl de su dormitorio? La mera idea hizo que quisiera golpearlo de nuevo. Sus emociones estaban demasiado a flor de piel como para contener el impulso.

Se abalanzó sobre él, con la mano dolorida en alto y el puño cerrado.

El fuerte brazo de Griffith la atrapó por la cintura. La pegó contra su pecho y le clavó el brazo en el estómago. Miranda agitó los brazos y las piernas en el aire como una loca intentando alcanzar a su enemigo.

—¿Cómo has podido hacerme algo así? —gritó, tuteándolo. Cabía la posibilidad de que la oyeran en el salón, pero le daba igual—. ¡Confiaba en ti!

Esos intensos ojos plateados volaron de su cara a su puño en alto.

—Si me golpea de esa manera, se romperá el pulgar.

Miranda se debatió inútilmente hasta que se quedó inerte entre los brazos de Griffith.

—¿Cómo dices?

Le señaló el puño cerrado.

—El pulgar. Lo tiene debajo de los otros dedos. Así se lo puede romper. Por una presión excesiva sobre el nudillo si golpea con fuerza. Puedo enseñarle a hacerlo como es debido.

Miranda parpadeó.

—¿Quieres enseñarme a asestarte un puñetazo?

—Si lo desea...

Trent se echó a reír con tantas ganas que tuvo que sentarse de nuevo.

Miranda sintió que Griffith se inclinaba un poco, lo más probable para fulminar a su hermano menor con la mirada. Algo que nunca funcionaba. Así solo conseguía que Trent se riera con más fuerza.

Griffith dejó a su hermana en el suelo y la soltó despacio. El corazón le latía con fuerza y respiraba demasiado rápido, como si hubiera vuelto a casa corriendo desde Hyde Park. Lo que sucediera a continuación podría cambiar su vida.

Ryland le había destrozado el corazón cuando se marchó de Riverton. Su autoestima estaba hecha añicos porque había regresado como otra persona. Había destruido la poca confianza que ya tenía en los hombres. Ostentaba el poder de arruinarla y avergonzarla socialmente sin remisión. Tenía que saber hasta qué punto estaba en peligro y cuáles eran sus intenciones.

—¿Cuántas ha...? —susurró. Fue incapaz de terminar la frase. Sus hermanos seguían en la estancia, escuchando con atención cada una de sus palabras. Ya tenía que explicar muchas cosas sin necesidad de mencionar las cartas. Iba a tener que buscar otra forma de saber si había encontrado o no el baúl en el que guardaba años de pensamientos y elucubraciones íntimas.

—Solo las que usted sabe —contestó él.

Sintió un escalofrío en la espalda al darse cuenta de que sus mentes estaban tan armonizadas que sabía lo que había querido preguntar. Y que también sabía que había más cartas.

Griffith se interpuso entre ellos, mirando a uno y a otro.

—¿Le importaría a alguien decirme qué está pasando aquí?

Miranda se volvió hacia su hermano y suspiró. La curiosidad era evidente, pero no vio sorpresa en su mirada. ¿No le sorprendía ver a Ryland? Era evidente que se trataba de la misma persona. Llevaba el pelo distinto, pero...

Volvió la cabeza hacia Ryland. Ya no llevaba coleta porque se había cortado el pelo castaño.

—Tu pelo...

—Nitrato de plata —contestó él, que se desentendió de Griffith por completo.

Miranda había oído que algunas personas lo usaban para teñirse el pelo de negro. Cuando se usaba durante largos periodos de tiempo, podía modificar el color de los ojos, de modo que debió de emplear esa sustancia solo para engañar a los habitantes de Riverton. El único que no había caído en el engaño era Griffith.

Entrecerró los ojos mientras miraba a su hermano mayor. El cabeza de familia. El hombre que había jurado protegerla y cuidarla. Él sabía quién era Ryland. Los dos se vieron por última vez cuando tenían dieciocho años, al menos que ella supiera. Lo bastante mayores como para reconocerse incluso después de tantos años. Y Griffith había mantenido el contacto con Ryland. De modo que lo sabía. Por algún motivo que se le escapaba, había llevado a su casa a un impostor, que los había engañado a todos y después había aparecido en Londres y los estaba dejando por imbéciles.

Dirigió la rabia que sentía hacia su hermano y se abalanzó hacia su garganta. Sin embargo, como era tan alto, acabó golpeándole el pecho en vez del cuello, aunque sí consiguió hacerlo retroceder varios pasos por la sorpresa hasta que tropezó con un enorme escabel. Decidida, puso un pie en el escabel para ir a por su cabeza.

Trent se echó a reír con tanta fuerza que se cayó al suelo.

—¡Es culpa tuya! —Gritó Miranda mientras golpeaba los anchos hombros de Griffith—. ¡Nos has hecho quedar como imbéciles! ¡A todos! ¡Tiene tanto de ayuda de cámara como yo!

Ryland la apartó de Griffith, que estaba intentado protegerse de sus golpes y apartarla sin hacerle daño. Una vez más, Miranda se encontró pegada a un torso masculino, pero en esa ocasión no pertenecía a su hermano, y bien consciente que era de ese detalle.

Los definidos músculos se contraían y relajaban contra su espalda mientras Ryland la llevaba en volandas hasta la otra punta del gabinete, junto a la ventana. Irradiaba un calor corporal tremendo. Era como si estuviera pegada a una hoguera. Cuando la dejó en el suelo y la instó a volverse, su primer pensamiento fue regresar a esa calidez. El torbellino emocional la estaba agotando.

Ryland la tomó de los hombros y se inclinó hacia ella. Su apuesto rostro tenía una expresión sincera mientras la miraba a los ojos.

—Miranda, yo...

—No. No puedo hacerlo. No sé por qué ha sucedido todo esto... y, ahora mismo, tampoco me importa. —Le bastó una mirada a sus hermanos para ver lo preocupados y desconcertados que estaban. Seguro que parecía una loca. Incluso Trent había dejado de reírse y la miraba con preocupación.

La humillación aumentó cuando recuperó la cordura. No había experimentado un arrebato emocional semejante desde que era niña. Hacía años que no se permitía perder el control y dejar que sus emociones camparan a sus anchas. Su madre le había enseñado bien. No podía permitirse perder el control en ninguna circunstancia.

La vergüenza le nubló la vista. Jamás se recuperaría. Al final, tendría que enfrentarse a Griffith y a Trent, dado que eran de la familia, pero Ryland era harina de otro costal.

Una dama siempre podía evitar a una persona desagradable si se lo proponía, aunque estuvieran en una cena íntima.

Ella era una dama. Había llegado el momento de recordarlo.

Cuadró los hombros y alzó la barbilla. Con movimientos rápidos y medidos, echó a andar hacia la puerta.

—Discúlpenme, caballeros —murmuró al abrir. Salió al pasillo y cerró sin hacer ruido. Mantuvo un férreo control sobre sus emociones para mantener la calma y subió la escalinata hasta su habitación, agradecida por el hecho de no haberse encontrado con nadie por el camino.

Acto seguido, se tiró de bruces en la cama y se echó a llorar.

Ryland clavó la vista en la rígida espalda de Miranda mientras esta salía del gabinete. Quería... No, necesitaba explicarle las cosas, pero no era el momento. La sorpresa, la estupefacción y la preocupación estaban patentes en las caras de sus hermanos, dejando claro que no tenían ni idea de las turbulentas emociones que se agitaban tras la tranquila fachada de Miranda. El atisbo que él había vislumbrado a través de las cartas lo había preparado en cierta manera.

Cuando la puerta se cerró, Griffith se volvió hacia Ryland.

—¿Hay algo que quieras decirme?

Ryland meditó cuánto contarle a su amigo. En el fondo, las cartas no eran su secreto, eran el de Miranda. Él era bueno guardando secretos. Su amistad con Griffith era importante. Pero su propia integridad lo era aún más.

—He decidido volver a Londres.

Griffith enarcó una ceja.

—Ya me he dado cuenta. ¿Tendré que arrepentirme de haberte permitido entrar en mi hogar el año pasado?

—Esa fuente de información de los franceses se ha secado. Lo considero un final apropiado. —Ryland se acercó a la licorera y se sirvió una copa de *brandy* para tener algo que hacer con las manos. Conociendo a Griffith como lo conocía, seguramente fuera el mismo *brandy* de hacía tres años, durante la breve visita que le hizo.

—¿Y mi hermana?

—Con un poco de suerte y la ayuda de Dios, la guerra nunca la tocará directamente. —Ryland agitó la copa de *brandy* y observó las ondas que se formaban. ¿Cuánto tiempo podría contener a su viejo amigo? Por más fuertes que fueran los lazos entre ellos, la familia era más importante para Griffith. Y así debería ser. El hecho de que a él le importara más el bienestar de su amigo que el de su tía y el de su primo era fruto de la nula relación que mantenía con sus parientes, no de la fuerza de sus lazos con su antiguo compañero de estudios.

Griffith se apoyó en el escritorio con una pose engañosamente relajada. Ryland lo había visto emplear esa misma táctica en el internado para que la gente se confiara y se sintiera a salvo a fin de llevarlos adonde quería. Decidió no bajar la guardia.

Su amigo, un poco más corpulento que él, carraspeó y se miró una mano.

—Yo no he recibido lecciones, pero sé que no debo meter el pulgar bajo los otros dedos. —Miró a Ryland a la cara—. Y creo que el tamaño me da cierta ventaja en cuanto a fuerza.

—No me defenderé.

Griffith se tensó, aunque siguió apoyado en el escritorio.

—¿Me estás diciendo que debería hacerlo?

Trent se interpuso entre ellos con las manos levantadas, preparado para mantenerlos separados si decidían enzarzarse en una pelea. Por su parte, no había peligro. En caso de que Griffith quisiera echarle un sermón por haber engañado a su hermana, no podría defenderse sin divulgar más de lo que a Miranda le gustaría. Era preocupante, pero los deseos de Miranda empezaban a ser de vital importancia para él.

—Un momento, por favor —dijo Trent, que no dejaba de mirar a uno y otro—. No sé qué está pasando, pero sí sé algo. Marsh es un hombre honorable. Griffith, me lo has puesto de ejemplo como hombre que se ha sobrepuesto a sus circunstancias y...

Ryland contuvo una carcajada.

Trent le dirigió una mirada malhumorada antes de continuar.

—Y estoy seguro de que no ha hecho nada que pueda deshonrar a nuestra hermana. —Se volvió para mirar a Ryland fijamente—. Pero si lo ha hecho, deja que me enfrente yo a él. Yo sí he recibido lecciones.

Griffith le había confesado en numerosas ocasiones lo preocupado que estaba por el rumbo de su hermano menor sin un padre que lo guiara durante su juventud, pero de alguna manera, a lo largo de ese periodo de tiempo, Trent se había convertido en un hombre pese a la jovialidad y encanto que rezumaba. Ryland se alegraba de saberlo.

Trent cruzó los brazos.

—Así que, dime: ¿le has hecho daño a mi hermana? Porque si es así, puedo darte tal puñetazo que los oídos te estarán zumbando todo un mes.

Griffith colocó una mano en el hombro de su hermano.

—Yo me ocuparé, Trent.

—También es mi hermana. Puede que seas un gigante, pero te he visto pelear. Si quieres, le decimos a Miranda que vuelva. Al menos, ella podría abalanzarse sobre su espalda.

Ryland sonrió. Sintió un renovado respeto por Trent, y el muchacho empezó a caerle mejor, pese a la amenaza de tener que pelear con él. Era raro encontrarse a un hombre capaz de amenazar a alguien y de burlarse de su hermano en la misma frase.

Miró la mano de Trent, que ya estaba apretando el puño. Al parecer, estaba tardando más de la cuenta en contestar a su pregunta.

Al recordar las palabras exactas de Trent, se le borró la sonrisa. No le había preguntado si se había comportado con honor. La pregunta era si le había hecho daño a Miranda. ¿Lo había hecho? Algunas de las emociones que se agitaban en su interior en ese momento seguro que le estaban haciendo daño, pero eso desaparecería en cuanto se lo explicase todo. ¿Verdad?

Lo cierto era que se había tomado su revelación mucho peor de lo que había esperado, y ese era un motivo para pensar que vería las cosas de forma distinta de cómo las veía él.

Así que ¿qué respuesta le daba a Trent?

Capítulo 20

Ryland se enorgullecía de ser un hombre sincero, sobre todo cuando no estaba inmerso en una misión. Podría decirse que muchas veces había insinuado cosas que no eran ciertas, pero rara vez había mentido directamente. Era una línea muy delgada, una línea que solo le importaba a él dada su profesión, pero allí estaba. Había pasado nueve años como espía sin cruzarla y no pensaba hacerlo en ese momento.

—Creo que su reacción habla por sí sola. A las mujeres no les gusta que las engañen. Creo que piensa que la he engañado y que me he aprovechado de mi posición como sirviente en Riverton. Creo que podemos asumir sin temor a equivocarnos mucho que le he hecho daño, aunque no creo que sea algo irreparable. —Ryland acabó su discurso y se preparó para recibir los primeros golpes.

Se hizo el silencio. Empezó a preguntarse si Trent iba a elegir una conversación serena sobre la efectividad de un buen puñetazo.

—Ponle un ojo morado —masculló Griffith.

Trent levantó el brazo izquierdo y Ryland se preparó para recibir el golpe. El impacto de su puño contra la barbilla lo sorprendió por completo. El muchacho también había sido sincero. Había recibido lecciones de boxeo. Tendría que implicarse en la pelea más de lo que había pensado. Su primera línea de defensa era siempre la lengua.

—Seguramente se sienta más ofendida que dolida.

Trent le asestó un gancho de derecha. Ryland esquivó el golpe por los pelos al inclinarse hacia un lado. Tenía que hablar rápido antes de que Griffith decidiera sujetarlo para que Trent lo moliera a golpes. Tal vez su amigo no supiera golpear como era debido, pero sus músculos eran reales y no le apetecía tener que enfrentarse a los dos hermanos a la vez.

—Creyó que era un criado y acaba de descubrir que soy un par del reino. Suficiente para que cualquier persona se sienta un poco tonta por no haberse dado cuenta.

Trent se quedó inmóvil y sopesó sus palabras con el puño en alto. Ryland detuvo su retroceso con gesto cauteloso.

Griffith se adelantó.

—¿Y la excursión por la campiña?

Trent enarcó las cejas.

—¿Qué excursión?

Ryland se frotó la nuca con una mano.

—Me secuestraron y Miranda se vio involucrada en todo el asunto. Tardamos un poco en volver a casa.

Los hermanos intercambiaron una mirada asesina.

—¿Pasó toda la noche con Miranda? —preguntó Trent.

Griffith asintió con la cabeza con gesto serio.

—Y después se negó a casarse con ella.

Tan pronto como las palabras salieron de boca de Griffith, Ryland levantó las manos para defenderse del que sabía que sería un buen golpe. El puño de Trent se coló entre sus manos y lo golpeó en la mejilla con tanta fuerza que le echó la cabeza hacia atrás, haciendo que perdiera el equilibrio. Sintió un dolor abrasador en la cara. Jack estaba formando a unos púgiles estupendos últimamente. Se preparó para recibir el siguiente golpe, pero recordó que estaba delante de la repisa de la chimenea. La bendita oscuridad se cernió sobre él antes de que cayera al suelo.

Miranda contemplaba fijamente el techo sin llorar, aunque sentía un dolor palpitante en la cabeza. No sabía cuánto tiempo llevaba escondida en su dormitorio, pero su madre no tardaría en ir a buscarla. Por suerte, podía culpar al conde de su zozobra. Su madre no tenía por qué enterarse de todo lo demás.

Siempre y cuando Trent mantuviera la bocaza cerrada. A la hora de meterla en problemas, era peor que diez cotillas de la alta sociedad. Teniendo en cuenta su ataque de hilaridad, le iba a encantar decirle a su madre que ella había golpeado a un duque. A dos, si contaba también a su hermano.

Contuvo un gemido al oír que la puerta se abría sin hacer mucho ruido. Como no oyó ningún sermón sobre lo que se consideraba un comportamiento digno de una dama, levantó la cabeza para ver quién había entrado. Era su doncella, Sally, que le llevaba una bandeja con té y pastas.

—Gracias, Sally. —Se incorporó hasta quedar apoyada en los almohadones mientras la doncella colocaba la bandeja—. ¿Te ha mandado mi madre? Seguramente está contando los minutos hasta que pueda venir a regañarme.

—*Lady* Blackstone está un poco preocupada. —Sally se inclinó y empezó a arreglar el peinado de Miranda.

—Sally, ¿quieres que me siente delante del espejo?

—Puedo arreglármelas, *milady*. Su pelo no necesita mucho trabajo. Si el té la ayuda a recuperarse lo suficiente, le conviene bajar lo antes posible.

La idea de tratar de relajarse con una taza de té mientras Sally se inclinaba de manera incómoda sobre la cama no le resultaba agradable. De manera que se levantó para sentarse en la silla con la humeante taza de té en la mano. Sally la siguió con la bandeja.

—¿Mi madre está preocupada?

—Sí, *milady*. Ha preguntado por usted, pero no creo que haya tenido mucho tiempo o energía para planear su siguiente lección sobre cómo debe comportarse una dama.

Miranda sonrió. Sally era la única persona que había oído la expresión que ella solía aplicar a las constantes instrucciones que impartía su madre. Bueno, Sally y el ya conocidísimo duque de Marshington.

—¿Qué la ha mantenido tan ocupada?

—Tratar de sacar el cuerpo de la casa sin que nadie lo viera. Han tardado un buen rato en idear un plan que no llamara la atención de todo aquel que estuviera en Grosvenor Square.

—El cuerpo... el... Un momento, ¿qué?

Miranda se puso de pie de un brinco y tiró las pastas a la alfombra. Echó a correr hacia la puerta y bajó al gabinete de su hermano.

Griffith y Trent seguían allí.

—¿Cómo habéis podido? —chilló—. ¡Solo era un malentendido! Debía de haber un motivo... ¡Griffith, no le habrías permitido estar en Riverton sin un motivo! —Se detuvo en mitad de la estancia mientras se retorcía las manos e intentaba contener las lágrimas, aunque su lucha fue en vano. Sí, se había enfadado mucho con él. Sí, había deseado hacerle daño. ¡Pero no quería que lo mataran!

Sus hermanos corrieron hacia ella con las manos abiertas y le dieron unas palmaditas en los hombros. Trent fue el primero en hablar.

—Miranda, lo estaba pidiendo a gritos. Ha tenido un sinfín de oportunidades para defenderse.

—No podíamos permitir que te hiciera daño sin sufrir las consecuencias —añadió Griffith.

Semejante tranquilidad la dejó atónita. Jamás los habría creído capaces de tanta violencia.

—¡Pero ya no podrá enmendarlo! Jamás descubriré si tal vez, solo tal vez, era todo lo que en un principio creí que era.

Griffith ladeó la cabeza con el ceño fruncido mientras pensaba.

—Supongo que es una posibilidad. Pero, Miranda, yo lo conozco mucho mejor que tú y no sé si habría permitido que te cortejara aun cuando no hubiera sucedido este malentendido.

—¡Jamás imaginé que fueras tan autoritario!

—Sabes muy bien que lo soy, Miranda. No voy a permitir que la emoción te nuble la memoria. He sido muy autoritario a lo largo de los años. He despachado a más de un pretendiente antes incluso de que te enviaran un simple ramo de flores.

—Pero todavía los sigo viendo. ¡Jamás veré de nuevo a Ryland! —Miranda perdió la batalla contra las lágrimas y se echó a llorar con desesperación. Aún no podía perdonarle, pero le habían arrebatado la posibilidad de llegar a hacerlo. Algo le decía que podrían haber hecho las paces el uno con el otro. De haber sido así, existía una pequeña posibilidad de que fuera todo lo que ella siempre había deseado.

—Miranda, lo verás otra vez. —Trent le ofreció su pañuelo y se volvió de espaldas para ofrecerle intimidad—. Dudo mucho que logremos apartarlo por completo de ti a menos que te encerremos en el campo.

Las palabras de Trent atravesaron el abotargado cerebro de la joven, que echó un vistazo más concienzudo por la estancia. No había arma, ni sangre, ni siquiera una silla volcada.

—Entonces... ¿no está muerto?

—Creías... Creías... ¿Por qué...? A ver... —Trent intentó hablar entre carcajadas.

Griffith meneó la cabeza con sorna.

—Sally me ha dicho que mamá ha tenido que sacar el cuerpo de la casa —masculló Miranda al tiempo que cruzaba los brazos por delante del pecho.

Griffith fue el primero en recuperar la compostura.

—Trent le dio un puñetazo a Marsh, que a su vez se dio un golpe con la repisa de la chimenea y perdió el conocimiento. Mamá quería sacar el cuerpo inconsciente de la casa sin que nadie lo viera. Un amigo de Marsh estaba visitando a Georgina, así que se ofreció a encargarse de llevárselo a su casa.

—Ah. —Miranda se sentía muy tonta. ¿Cuándo aprendería a reflexionar antes de dejarse llevar por las emociones y de sacar conclusiones precipitadas? Claro que sus hermanos no habían matado a nadie. Si se hubiera parado a pensar unos minutos antes de reaccionar, no habría hecho un ridículo tan espantoso. Miró a sus hermanos de reojo antes de echar a andar hacia la puerta—. Bueno, en ese caso... me voy. Ya que hemos llegado a un entendimiento.

Griffith enarcó una ceja.

—Creo que me debes una explicación. Has montado una escena memorable.

—Bueno, ¡creía que habíais matado a un hombre! —Miranda aferró el pomo de la puerta. Estaba a un paso de poder huir.

—Me refiero a la anterior.

Trent se mecía sobre los pies, hacia delante y hacia detrás, con una sonrisa en los labios.

—¿La anterior? —Miranda giró el pomo. Una vez que saliera al pasillo, no la perseguiría con sus recriminaciones.

—Sí. No se lo he contado a mamá, pero creo que tenemos que hablar. De haber sido cualquier otra persona en vez de Marsh, tu reputación estaría hecha añicos.

De haber sido cualquier otra persona en vez de Marsh, jamás habría sufrido un arrebato emocional en primer lugar. Oyó el chasquido del pomo al girarlo.

—Ni se te ocurra abrir la puerta, Miranda.

Soltó el aire que retenía en los pulmones. Estaba cansada, le dolía la cabeza y no sabía qué quería que pasara a continuación. Hasta que no pusiera en orden sus pensamientos, no podría responder a las preguntas de su hermano.

Unos suaves golpecitos en la puerta precedieron la llegada de su madre.

—Ah, estás aquí, Miranda. Tengo que hablar contigo. A solas. —La miró a los ojos y señaló con la cabeza en dirección al pasillo. Después, se dio media vuelta y echó a andar.

El tono de su madre era amenazador. Solo podía haber un significado detrás de semejante severidad. Miranda miró a Griffith antes de marcharse en pos de su madre. En la vida había tenido tantas ganas de recibir una lección sobre el comportamiento de una dama.

El primer pensamiento de Ryland fue que iba a vomitar. El segundo, que no pensaba echar la papilla, porque para eso tendría que mover la cabeza. Y le dolía la cabeza. Sentía un dolor palpitante en la cara, que se irradiaba desde dos puntos concretos y le llegaba a la nuca. Gimió antes de poder contenerse, y el sonido le resultó insoportable.

—Esperaba que siguieras inconsciente hasta llegar a casa.

Ryland se concentró para identificar la voz. El dolor actuaba como una especie de filtro, hasta que tuvo la impresión de que la voz le llegaba a través de un largo túnel. A medida que su cerebro despertaba, dedujo que la cama en la que se encontraba era muy pequeña y que se movía, lo que significaba que seguramente fuese el interior de un carruaje. Colin estaba de visita en la casa, así que era probable que fuera el otro ocupante del vehículo. Se obligó a abrir un ojo para confirmar esa suposición.

Colin ocupaba el asiento opuesto del carruaje, y se movía al compás de los vaivenes del vehículo. Su sonrisa indicaba que no se compadecía en lo más mínimo del malestar de su amigo.

Con renuencia, Ryland se llevó una mano a la nuca para comprobar los daños. Recordaba vagamente haberse caído contra la repisa de la chimenea después del último puñetazo de Trent. Debía de haberse llevado un buen golpe contra la recargada repisa.

Ojalá la hubiera roto.

Sus dedos encontraron un chichón enorme, pero no había rastro pegajoso de sangre ni el dolor que acompañaba a las heridas abiertas. Eso era bueno. El dolor desaparecería al cabo de unos días y podría escabullirse por la ciudad siguiendo a Miranda, a fin de mantener una conversación privada con ella que le permitiera explicarse.

El carruaje se detuvo.

—Gracias, Señor —susurró Ryland. Se las había apañado para evitar sufrir heridas en numerosas ocasiones, pero era imposible trabajar en lo suyo sin haber recibido al menos dos dolorosísimos golpes en la cabeza en algún momento. Ojalá ese fuera el último.

Colin abrió la portezuela y saltó al suelo.

—Espera. No te muevas.

Ni que pensara intentarlo... No era tan tonto como para empeorar las cosas a menos que su vida estuviera en juego. En ese caso, lo único que estaba en juego era su dignidad, y le resultaba imposible hacer acopio de la energía necesaria como para que le importara. Miró por la portezuela y vio a un lacayo, que parecía molesto, a la espera. Sin duda, se había ofendido porque Colin había tenido la audacia de abrir la portezuela de un carruaje y de apearse sin la ayuda del escalón.

Colin regresó al cabo de un momento acompañado por Jeffreys. Intentaron ser cuidadosos, y Ryland colaboró en la medida de lo posible, pero en un momento dado temió perder de nuevo la visión y sintió el cuerpo desconectado del cerebro. Una vez que lo bajaron del carruaje, tomaron la escalera de servicio, cuya puerta estaba abierta de par en par.

Ryland cerró los ojos a la espera del ruido. Sin embargo, una vez que cerraron la puerta al entrar, solo oyó el ruido del fuego en los fogones. Oyó que un objeto de loza golpeaba algo, y después que alguien siseaba, pidiendo silencio. Abrió los ojos y descubrió a seis criados que habían dejado sus respectivas ocupaciones y que lo miraban pasar con gesto preocupado.

—Gracias —logró susurrar mientras Colin y Jeffreys lo llevaban hacia la escalera. La subida fue dificultosa, pero su cama resultó ser el paraíso. Hundirse en el mullido colchón y apoyar la cabeza, liberando el cuello de toda tensión, era mejor de lo que imaginaba. Sí, con dos días de descanso se recuperaría por completo.

Capítulo 21

Del sentimiento de culpa, Miranda tenía un nudo en el estómago mientras veía a su madre y a su hermana discutir sobre qué cintas comprar. Daba igual que ya hubieran agotado las existencias de las tiendas de Hertfordshire: Georgina estaba decidida a empezar de cero con las tiendas de Londres. Miranda jamás había visto a su madre tan emocionada, a todas luces extasiada por que una de sus hijas se deleitara con todo lo que conllevaba una temporada social.

Ella nunca se había emocionado tanto como Georgina. Ese día había entrado en la tienda segura de que quería una cinta de color verde oscuro para adornar el ala del sombrero que estaba preparando a juego con su nuevo vestido de paseo. Había entrado, había dado con la cinta que quería, la había comprado y se había dispuesto a esperar a que las demás terminasen.

Y seguía esperando.

Por fin Georgina se decidió por el ancho y estilo de cinta que quería. Ya solo quedaba escoger el color. Llevaba más de un año comprando cosas blancas.

Georgina se volvió hacia su madre con los ojos abiertos de par en par.

—¿No necesitas una cinta? Si lord Blackstone y tú salís a pasear, necesitarás un bonete que combine con tus nuevos vestidos de paseo.

Miranda contuvo un gemido cuando las dos dejaron las cintas blancas y examinaron las azules.

Se internó más en la mercería y empezó a mirar alfileres, botones y pasamanería. Una selección de encaje con cuentas le llamó la atención por la inusual combinación de elegancia y sencillez.

—¿Puedo ayudarla en algo, *milady*?

Miranda levantó la cabeza al oír la conocida voz. Allí estaba Ryland, detrás del mostrador, con una cinta métrica sobre los hombros y unas tijeras en el bolsillo. Tenía la espalda encorvada y había adoptado una pose que lo hacía parecer más bajo que ella.

El ojo derecho, hinchado, estaba rodeado de una mezcla de tonos morados, rojos y azules. No sabía si compadecerse de él por el dolor que estaba sintiendo o buscar a Trent para alabar su destreza pugilística.

—¿Qué haces aquí?

—Hablar contigo. También voy a cortar encaje si quieres comprarlo. —Sacó de la caja el encaje que Miranda había estado admirando y lo dejó sobre el mostrador.

La joven miró a un lado y a otro de la tienda, pero nadie les estaba prestando la menor atención.

—¿Esto es lo que has estado haciendo durante estos últimos diez años? ¿Te has ocultado entre la aristocracia para hacernos quedar como imbéciles?

—Me he estado escondiendo, sí. Pero no os he hecho quedar como imbéciles, no. —Deslió un largo del encaje y lo estiró sobre el mostrador.

—¿Y cómo lo llamarías? —No pudo contenerse y acarició con un dedo el precioso encaje.

—Espiar. Y casi todo el tiempo he estado en Francia. Alguna que otra vez en España. E incluso he viajado a la India en una ocasión.

Miranda lo observó a sabiendas de que tenía cara de sorpresa. Bajó la voz para preguntarle:

—¿Por qué me lo estás contando?

Ryland enarcó una ceja.

—Porque mereces saberlo.

Tragó saliva al oírlo.

—Cuando estuviste en Riverton, ¿nos estabas vigilando? ¿Nos creías capaces de traicionar...?

—No. —La silenció con un gesto decidido de las tijeras mientras cortaba un largo de encaje, aunque ella no había dicho que fuese a comprarlo.

—Asno. Y Smith —dijo Miranda.

Ryland asintió con la cabeza.

—Y el mayordomo.

Miranda jugueteó con el largo de encaje que había cortado.

—Si querías hablar conmigo, ¿por qué no has ido a casa?

Ryland la miró de nuevo con una ceja enarcada.

—No estás en casa.

Costaba refutar esas palabras.

—Y aunque lo estuvieras, dudo que hubieras accedido a verme.

Tampoco podía negar esa realidad.

—¿Cómo has conseguido colarte en esta tienda? ¿Cómo has sabido siquiera que íbamos a pasarnos por aquí?

—Es lo que hago. Soy un espía, Miranda... o, al menos, lo era. —Dobló el encaje y lo envolvió con papel. Para cualquier observador, solo sería un mercero, aunque poco convencional, atendiendo a una clienta.

No estaba segura de cómo reaccionar, ni a la confesión de que se había pasado una década sumido en mentiras y rodeado de peligros ni a la de que había abandonado esa vida. La confusión se unió al torbellino provocado por el dolor, la inseguridad y la vergüenza.

—Puedes preguntarme lo que quieras. —Ryland dobló las esquinas del papel para formar un paquete tan bonito como el del mercero más experimentado.

—¿Y vas a contestar entre encajes y cintas? Esto no es normal, Ryland.

—Mi vida no ha sido normal durante nueve años, suponiendo que lo fuera alguna vez. —Dejó otro rollo de encaje en el mostrador.

Miranda miró el paquete y se percató de lo bien que manejaba el material y de lo cuidada que era su apariencia. La facilidad con la que aparentaba ser algo que no era convirtió las emociones que se agitaban en su interior en una hoguera avivada por la rabia y el dolor.

—Si todo era mentira...

—Jamás miento, Miranda.

Entrecerró los ojos al oírlo. Suponía que si se ceñía a la definición estricta de la palabra honestidad, había sido el ayuda de cámara de su hermano durante esas semanas. Pero todo lo demás... ¿Algo había sido verdad?

—¿Eso quiere decir que mandaste mis cartas por correo? ¿Adónde las mandaste?

Ryland hizo una mueca.

No necesitaba otra respuesta. Se dio media vuelta para marcharse, decidida a sacar a rastras a su madre y a su hermana de la tienda, hubieran terminado de comprar o no.

Ryland dejó un puñado de monedas en el mostrador y se llevó el paquete con el encaje. El dueño estaba terminando con la madre y con la hermana de Miranda cuando se dirigió a la trastienda y salió por la puerta trasera. El insoportable hedor del callejón le revolvió el estómago. El ruido procedente de la calle principal le martilleaba la cabeza.

Su intención no era seguir a Miranda hasta la tienda cuando salió de su casa esa mañana. El ojo morado lo mantendría alejado del circuito social durante unos días, al menos hasta que la hinchazón hubiera bajado, pero la impaciencia lo había obligado a salir de la cama. Pese al hecho de que se había retirado oficialmente, todo ese asunto con Lambert lo inquietaba mucho. No se creía capaz de cortejar a Miranda hasta haber resuelto la situación, razón por la cual en ese momento se escabullía por un callejón londinense en vez de calmar el dolor de cabeza en el silencio de su dormitorio.

Cuando vio a Miranda apearse del carruaje, fue incapaz de resistirse... pero no estaba seguro de que el encuentro lo hubiera ayudado mucho. De modo que parecía que su mejor baza para conquistarla sería resolver el caso que había dejado a medias.

Después de abandonar su labor como espía, le había pedido a Archibald, uno de sus agentes reconvertido en criado, que siguiera a Lambert. Casi todos sus informes habían sido aburridísimos. El día anterior, sin embargo, Lambert había recibido un mensaje de un criado bien vestido. Para Archibald fue tan sencillo como empezar una pelea con Lambert en la taberna y birlarle el mensaje del bolsillo. Después, se alejó un poco, lo memorizó y se lo devolvió.

Archibald seguía vigilando a Lambert. Jeffreys estaba comprobando otros lugares por si la nota estaba codificada. Y ese era el motivo de que Ryland se escabullera hacia el punto de encuentro mencionado en la nota, para averiguar si algo, o alguien, aparecía por el lugar.

Teniendo en cuenta que quienquiera que hubiese enviado la nota había empleado a uno de sus propios criados para entregarla, Ryland contaba con la arrogancia de su adversario para que no usara un código cifrado en sus comunicaciones.

Aunque la elección de un popular salón de té como punto de encuentro resultaba sorprendente.

Ryland observó el salón de té desde el callejón. Preferiría estar dentro, en calidad de camarero o tal vez sentado en un rincón, bebiendo té. Por desgracia, cabía la posibilidad de que Lambert lo reconociera. No podían arriesgarse.

El local se encontraba en un extremo de la calle, de modo que se asomó por la esquina para intentar inspeccionar a la clientela a través de los escaparates. Las mesas estaban llenas con la flor y nata londinense. Incluso vestido con sus mejores galas, Archibald desentonaría muchísimo. La elección de ese punto de encuentro ya no se le antojaba tan absurda como antes.

Ryland vio a Archibald pasar por delante del salón de té con unos cuantos paquetes en los brazos. Cualquiera que lo viera lo tomaría por un criado que volvía a la casa con las compras de su señor.

Ryland se atrevió a acercarse un poco más a la entrada y examinar el interior en busca de Lambert.

Allí estaba. Se dirigía al fondo de la estancia, justo al otro lado del escaparate.

Ryland sintió deseos de golpear algo. Tendría que entrar en el establecimiento. No había más alternativa. Tendría que esperar un tiempo prudencial, pero era necesario que viera quién estaba en ese rincón.

Archibald apareció a su lado, ya que había dado la vuelta en la siguiente manzana de edificios para regresar por el mismo callejón en el que se encontraba él.

—¿Dónde está?

—En el rincón. Donde no podemos verlo.

—¿Qué quiere que haga?

Ryland hizo una mueca al ver que Lambert aparecía de nuevo en su campo de visión y que salía por la puerta a toda prisa. Fuera cual fuese el asunto de la reunión, había sido corta.

—Síguelo. Intenta averiguar si se ha marchado de la reunión con algo interesante.

Se sacó el paquetito con el encaje del bolsillo y se lo colocó debajo del brazo antes de doblar la esquina y entrar. Lambert se había ido, pero él tenía que ver quién ocupaba el rincón oculto.

Los susurros empezaron nada más poner un pie en el salón del té. Se sentó y dejó el paquete en una esquina de la mesa antes de pedirle un té al ansioso camarero. Habían dejado un periódico en uno de los asientos junto a la mesa donde se encontraba. Ryland lo abrió y fingió leer mientras inspeccionaba las cuatro mesas que quedaban ocultas desde el escaparate.

Un hombre y una mujer estaban sentados en una de las mesas y parecían ajenos a lo que los rodeaba. Era poco probable que fueran ellos, pero memorizó sus caras por si acaso.

Otra de las mesas estaba ocupada por una mujer y una niña. Rezó para que no fueran ellas. Tenía muy claro que las mujeres podían ser ladinas, pero detestaba la idea de que alguien involucrara a un niño en sus maquinaciones.

En las dos últimas mesas había hombres solos bebiendo té y leyendo el periódico, igual que él. Le resultaban vagamente conocidos, pero no lograba recordar sus nombres. Ambos iban vestidos con ropa elegante y corbatas almidonadas, muy pulcros. Lo único que podía hacer era memorizar sus rostros y esperar que la ropa elegante implicara que podría verlos en algún evento social. Al fin y al cabo, las presentaciones eran la mejor forma de averiguar un nombre.

Al día siguiente, entre las flores y los poemas que recibió Georgina, llegó un paquetito envuelto en papel dirigido a Miranda. Reconoció las dobleces del papel y supo que era el paquete que Ryland había envuelto en la mercería.

Se lo escondió entre los pliegues de la falda y lo subió a escondidas a su dormitorio antes de que alguien hiciera algún comentario. Esperaba algún tipo de nota, pero solo encontró el encaje.

Estuvo toda la tarde esperando que apareciera, pero el día pasó sin que Gibson anunciara su llegada.

Fue incapaz de controlarse y acabó buscándolo en el baile de esa noche, aunque se juró que solo lo hacía para poder evitarlo. Al fin y al cabo, seguía furiosa, si bien una parte de ella recordaba lo mucho que había echado de menos sus cartas y las conversaciones que había mantenido con él como ayuda de cámara. Que los dos hombres que habían ocupado su mente fueran en realidad uno solo debería haberla extasiado.

Pero no era así. Al menos, no del todo.

Tampoco apareció al día siguiente. Todas las preguntas que esquivó mientras estuvo en la mercería afloraron a su mente a medida que soportaba a duras penas la agónica esperanza de otra tarde de visitas y la abrumadora tensión de otro baile.

Esa noche, mientras contemplaba desde la pared a Georgina y a lord Howard, que se movían con elegancia por la pista de baile, se consoló con el hecho de que los planes del día siguiente serían más llevaderos por la única razón de que serían ellas las que irían de visita, y sabía que la casa del duque de Marshington no estaba en sus planes.

Capítulo 22

—¿Está aquí? —susurró Georgina en cuanto atravesaron la puerta del salón.

Miranda agradecía haber asistido a una velada de naipes en vez de a un baile. Era difícil evitar a la gente si solo se podía circular por una estancia. Cuando se celebraba una velada de naipes estaban disponibles dos salones, un comedor, el vestíbulo principal y la biblioteca. Aunque la biblioteca estaba reservada para los hombres de forma tácita, podría usarla si le fuera absolutamente necesario.

—No lo sé. —Miranda sonrió a una pareja conocida.

El otro beneficio de las veladas de naipes era que una persona podía vagar por la habitación como si tuviera algo que hacer. Si se sentaba en una mesa, podría estar ocupada toda una hora sin necesidad de buscarse otra actividad o de beber otra taza de limonada tibia.

—Hace días que nadie lo ve. Empiezo a pensar que en realidad no era él. —Georgina hizo un bonito mohín y después esbozó una enorme sonrisa al pasar por una mesa ocupada por lord Eversly y el señor Sherboune. Ambos se sentaron un poco más derechos. Pobre señor Sherboune.

—¿Por qué dices eso? —Miranda detestaba su curiosidad, pero ella también se había preguntado el motivo de esa ausencia. ¿Estaría todavía merodeando por las tiendas con la esperanza de que ella apareciera?

Aunque sabía que el duque ciertamente estaba en la ciudad, no pensaba compartir esa certeza con su hermana.

—Su tía. —Georgina asintió con la cabeza en dirección a un caballero y a una dama sentados en una de las mesas—. Dice que no está en casa. Es poco probable que aparezca en la ciudad y alquile unos aposentos en otro sitio cuando tiene esa casa tan bonita y tan grande en Pall Mall.

Después de haber conocido a su tía y de haber oído numerosas anécdotas poco halagadoras sobre la dama en cuestión, a Miranda se le ocurrían varias razones para que Ryland evitara la mansión de Pall Mall.

—Hay muchos caballeros que ceden sus casas durante la temporada social, ¿sabes?

—Advenedizos. No merecen mi atención ni la tuya, hermana. No tienen pedigrí ni título. ¿Quién sabe de dónde han sacado todo ese dinero? Puede haber salido de cualquier sitio, pero ellos piensan que los convierte en aristócratas. —Georgina se detuvo al llegar al vano de la puerta del segundo salón y echó un vistazo a sus ocupantes. Le dio un codazo a Miranda en el costado y señaló con la cabeza en dirección a la ventana del otro extremo de la sala—. Allí hay uno. Odio a ese hombre. Vino hace unos días a casa, después de que te echaras un rato por el dolor de cabeza. No sé en qué estaba pensando Gibson para dejarlo pasar.

La joven miró en la dirección indicada. Junto a la ventana había tres hombres enzarzados en una conversación. A dos de ellos los conocía y sabía que jamás osarían poner un pie en Hawthorne House, de manera que supuso que Georgina se refería al tercero. Era más bajo que los otros dos y tenía el pelo de color caoba. Parecía un caballero agradable y de entrada irritaba a Georgina, de manera que eso ya invitaba a que a ella le cayera bien.

—Preséntamelo.

—¿Cómo?

Miranda volvió la cabeza hacia a su hermana.

—Que me lo presentes.

Georgina abrió los ojos de par en par.

—¿A ese hombre tan odioso?

—Te acuerdas de cómo se llama, ¿verdad? —Miranda no pudo evitar poner una expresión burlona.

—Por supuesto que me acuerdo. Pero si te lo presento, creerá que yo estaba hablando de él y...

—Lo estabas haciendo.

—Y creerá que me interesa. Y me visitará otra vez. —Georgina frunció el ceño.

—Preséntamelo —repitió Miranda—. A menos que temas que yo le guste más que tú.

Era injusto por su parte apelar a la vanidad de su hermana de esa manera, pero quería conocer a ese hombre que tanto enfurecía a Georgina. Su hermana frunció el ceño y se mordió la parte interna de los carrillos. Su expresión debería parecer ridícula, pero de alguna manera eso hacía que sus pómulos sobresalieran más y que sus ojos parecieran más exóticos.

—No creo que deba tener motivos para preocuparme. Acompáñame, hermana.

Georgina arrastró prácticamente a su hermana hasta que se detuvieron junto al trío de caballeros, enfrascados en una conversación que parecía tratar de alguna inversión mercantil. Eso explicaba por qué habían invitado al «hombre odioso» a la velada de naipes. La vida aristocrática costaba dinero, y los hombres capaces de ayudar a ganarlo siempre eran bienvenidos en los márgenes de la alta sociedad.

—Siento mucho la interrupción, pero mi hermana ha insistido en venir aquí. —No había ni pizca de desdén en la voz de Georgina. Miranda se sintió impresionada. La hipocresía de su hermana era increíble—.

Señor McCrae, es a usted a quien quiere conocer. *Lady* Miranda, el señor Colin McCrae. Creo que a los otros dos caballeros ya los conoces.

Veneno. Iba a envenenar el chocolate del desayuno de su hermana. Aunque conocía a los otros dos caballeros de vista, no recordaba sus nombres. Eran hombres que no se movían en los círculos más selectos de la alta sociedad y que solo estaban presentes para redondear el número de invitados. Se les consideraba como solteros de tercer o seguramente cuarto nivel con quienes su madre jamás la invitaría a relacionarse en ningún tipo de evento social.

Georgina la miró con una sonrisa afectuosa.

—¿Cómo está, *lady* Miranda? Les estaba hablando al señor Craven y a *sir* Robert de una naviera de la que soy inversor. Me temo que es una conversación muy árida.

La mirada de Miranda se clavó en el rostro del señor McCrae, que a su vez le guiñó un ojo. Sorprendida, contuvo el aliento.

«¡Lo sabe! Bendito sea.»

Si no estuviera atrapado en las redes de Georgina, tal vez lo hubiera considerado para sí misma. Porque la ayudaría a superar su espantosa situación con Ryland.

«No. Olvídalo.» No tenía por qué echarle el guante a ningún caballero. Los hombres eran todavía más manipuladores que Georgina. Su objetivo era el de convertirse en devota tía en el futuro.

—Me temo que no sé nada sobre barcos. —Miranda se volvió hacia los otros dos hombres, cuyos nombres la ayudaron a recordar trozos de información recabados en otras veladas—. Señor Craven, ¿cómo está su hermana? ¿Se casó el año pasado?

El hombre, que se estaba quedando calvo, sonrió de oreja a oreja.

—Sí, efectivamente. Está muy bien. Recibo noticias suyas de vez en cuando. —Tras un brevísimo e incómodo silencio, añadió—: *Sir* Robert, ¿le apetece jugar una partida? Creo que están a punto de empezar en la biblioteca.

El señor McCrae observó cómo se alejaban sus acompañantes con una ceja enarcada y después las miró de nuevo, esbozando una sonrisilla.

—Supongo que eso me deja al cargo del entretenimiento de dos preciosas mujeres. ¿Les apetece algún refresco? ¿O prefieren sentarse?

—No, gracias —respondió Georgina—. He visto a alguien con quien debo hablar. Si me disculpa...

¿Fueron imaginaciones de Miranda o su hermana parecía un poco azorada?

—¿Usted también necesita hablar con esa persona?

Miranda sonrió al percatarse del brillo alegre de esos ojos azules. Sabía exactamente lo que estaba pasando y no le molestaba en lo más mínimo.

—Creo que estoy bien donde estoy, gracias.

—Me alegra conocerla por fin.

Miranda trató de disimular la sorpresa. Su única reacción externa fue la de abrir mucho los ojos. O al menos esperaba que solo fuera esa.

—¿«Por fin», señor McCrae?

El aludido se colocó delante del rincón, obligándola a ella a darle la espalda al resto de invitados de la estancia si quería proseguir con la conversación. Algo que quería hacer.

Sin dejar de mirarla a los ojos, el señor McCrae sonrió y se inclinó hacia delante como si quisiera contarle un secreto.

—Me han hablado de usted.

Miranda esbozó una sonrisa genuina. Ese hombre tenía un encanto especial.

—Espero que solo hayan sido cosas buenas.

—Por supuesto.

—Mmm... —Miranda sabía algunas de las cosas que se decían de ella: que era demasiado fría, demasiado exigente, demasiado tiquismiquis. Si ese hombre de verdad había oído hablar de ella, estaría al tanto de esos comentarios, frutos del rencor. Puesto que no parecía dispuesto a creerlos ni a sacarlos a la luz, decidió imitarlo—. ¿Ha jugado ya alguna partida de *whist* esta noche?

—Es una pena, pero no. Me temo que he estado hablando de negocios desde que he llegado. ¿Quiere que busquemos una mesa y nos sentemos? —El señor McCrae ladeó la cabeza y le ofreció el brazo. Sin embargo, se quedó paralizado al ver algo detrás de ella. Apartó el brazo y se llevó la mano a la boca mientras carraspeaba.

Miranda levantó la vista por encima del hombro y vio a Ryland, vestido al último grito de la moda. Su estampa habría sido impresionante de no ser porque aún tenía el ojo derecho un poco morado.

—¡Ry...! ¡Duque! No sabía que iba a venir esta noche. —Se volvió a fin de invitar a Ryland a participar en la conversación. Por más que tuviera sentimientos contradictorios respecto a él, no podía ser grosera con un duque en plena velada.

Lo vio enarcar una ceja por encima del despliegue de azules, morados y verdes que le rodeaba el ojo.

—Acabo de descubrir que puedo moverme por Londres como me plazca. Todas las anfitrionas ansían tenerme en sus veladas.

Miranda frunció el ceño.

—Así que, ¿no lo han invitado?

—Querida *lady* Miranda, recuerde que he estado ausente un tiempo. Las anfitrionas llevan años sin enviarme invitaciones. —Su sonrisa era condescendiente, y Miranda tuvo la tentación de comprobar si era capaz de ponerle el ojo izquierdo del mismo color que el derecho.

«Una dama jamás recurre a la violencia.»

Su madre se había explayado largo y tendido al respecto después del incidente que había tenido lugar en casa el otro día. Había maneras mucho más sutiles y efectivas de vengarse de un caballero.

Solo que a ella no se le daban bien. Un comportamiento comedido le parecía poco menos que una fachada casi todo el tiempo. Cualquier cosa que requiriera una habilidad específica le resultaba imposible.

Miranda se volvió hacia el caballero que acababa de conocer.

—Señor McCrae, ¿puedo presentarle al duque de Marshington? Su excelencia, le presento al señor McCrae.

—Un placer, señor —dijo Ryland en voz baja.

La sonrisa del señor McCrae no había desaparecido pese a la llegada de la que muchos hombres considerarían una presencia formidable.

—El placer es mío, excelencia.

Ambos hicieron sendas reverencias y se mantuvieron en silencio un instante.

Miranda sintió que alguien la aferraba por un codo. Se volvió y se sorprendió al ver a su hermana a su lado.

—¿Georgina?

—Querida hermana, me ha parecido que necesitabas que alguien te rescatase. Es imposible que puedas jugar tú sola a las cartas con estos dos elegantes caballeros.

Miranda se percató de que, aunque los había llamado «caballeros» a los dos, su hermana solo tenía ojos para el duque. Resignada a lo inevitable, Miranda le presentó al duque.

—Excelencia: mi hermana, *lady* Georgina. Hermana, te presento...

—Al duque de Marshington. —Georgina le ofreció la mano enguantada a Ryland con un movimiento elegante—. Sé quien es, excelencia. Siempre estoy al día de las noticias importantes.

Marshington se limitó a inclinar la cabeza mientras tomaba la mano de Georgina, tras lo cual devolvió su atención al señor McCrae y a Miranda.

—*Lady* Miranda y yo estábamos a punto de buscar una mesa en la que sentarnos. Nos apetece jugar al *whist* esta noche. —El señor McCrae le ofreció el brazo y Miranda le colocó la mano en la flexura del codo, totalmente fascinada. Ese hombre tenía enfrente a una de las personas de más alto rango de Londres y no había hecho el menor intento por dirigir la conversación a un tema que le sirviera para encumbrarse socialmente o para lucrarse en el aspecto económico.

Los ojos de Georgina se iluminaron.

—Hay una mesa vacía en el otro extremo del salón, pero van a necesitar otra pareja.

El hecho de que una jovencita, que no hacía más de un mes que había sido presentada en sociedad, hubiera perfeccionado hasta ese punto el arte del flirteo resultaba impresionante y aterrador a la vez. Miranda suspiró al ver que Ryland caía bajo el hechizo de las delicadas facciones de Georgina y de sus pestañeos.

—¿Podemos unirnos a la partida? —preguntó al tiempo que le ofrecía el brazo a Georgina.

Miranda suspiró de nuevo. Era imposible rehusar de forma educada.

Se dispusieron alrededor de la mesa. Miranda se sentó enfrente del señor McCrae con Georgina a su izquierda y Ryland a la derecha. Después de repartir las cartas, jugaron las dos primeras manos en silencio.

Ryland golpeó la mesa con sus cartas y Miranda sintió sus ojos sobre ella mientras deslizaba el diez de tréboles sobre la mesa. Su mirada se trasladó a la carta.

—Está buscando algo, ¿verdad?

—¿Cómo dice? —Miranda se enderezó en la silla, indignada. El hecho de que estuviera esperando que alguien sacara el as para que su rey fuera después la carta más alta era irrelevante.

—Excelencia, se supone que no debe hablar sobre las cartas. —Georgina le sonrió, claramente más interesada en llamar su atención que en regañarlo. Colocó el ocho de tréboles junto al diez de Miranda.

—Lo siento. —Ryland observó las cartas mientras el señor McCrae dejaba la jota sobre las otras dos—. Me he limitado a señalar que su hermana tal vez esté usando una táctica un tanto artera para mejorar las opciones de ganar su mano.

Miranda lo miró de reojo. ¿Así justificaba sus actos? ¿El bien del país hacía que el fin justificara los medios? Servir a Inglaterra era admirable, por supuesto, pero había pasado un decenio engañando a la gente. ¿Cómo podía comparar eso con la estrategia usada en una partida de cartas?

—No estoy empleando ninguna táctica artera, excelencia.

Ryland miró sus cartas un instante y después arrojó el as sobre la mesa, si bien el giro de muñeca hizo que la carta acabara en el regazo de Miranda.

—Ah, no me estoy quejando. Lo que usted ha hecho no tiene nada de malo. Aunque estoy seguro de que no es el mejor triunfo que tiene. Ha mostrado una carta inferior a su mejor triunfo para conseguir que alguien sacara el suyo. Bien jugado.

Miranda sintió que le ardían las mejillas mientras Georgina recogía las cartas. ¡Ese hombre era insufrible! ¿Cómo se atrevía a comparar la estrategia de juego que ella había empleado con su atroz argucia? Se pasó la lengua por los dientes, decidida a no permitirle llevar la delantera en esa batalla de ingenio.

—Cualquiera pensaría que ha visto mis cartas, si tan seguro está de la estrategia que estoy usando. Eso sí que sería una táctica artera.

Los ojos de Ryland se posaron en los suyos y, de repente, se descubrió atrapada otra vez en esas profundidades plateadas. La piel de alrededor de sus ojos se arrugó un poco mientras se miraban. ¡Estaba disfrutando del momento! Miranda apartó la vista para romper el contacto visual.

—Su turno, excelencia.

Ryland eligió una carta, pero no la soltó en la mesa.

—A veces, saber algo sobre las cartas de otra persona —dijo en voz tan baja que Miranda estaba segura de que solo ella y el señor McCrae pudieron oírlo— nos permite ayudar a esa persona a sacarles el mayor partido.

Los ojos de Miranda se clavaron en la carta cuando él le dio la vuelta y la dejó en el centro de la mesa. La reina de tréboles. Lo miró a la cara de inmediato, pero él estaba mirando sus cartas con expresión neutra. Miró de reojo al señor McCrae, pero este se limitaba a mirarla con una sonrisa expectante, sin duda al suponer que ella tenía el rey y podría ganar la mano.

Georgina chasqueó la lengua y sonrió con dulzura a su compañero.

—Excelencia, no ha sido una buena elección, pero ha estado tanto tiempo alejado de las reuniones civilizadas que no se lo tendré en cuenta.

Miranda fijó la vista en sus cartas. Lo que estaba en juego era mucho más importante que una simple mano de *whist*. Tenía dos opciones. Si sacaba el rey, ¿qué insinuaría? ¿Estaría admitiendo que el hecho de que él estuviera al tanto de sus secretos lo convertía en un mejor partido para ella? Claro que también podía elegir el cinco de tréboles, y enviar el mensaje de que tal vez no la conociera tan bien como él pensaba. Aunque en ese caso, también estaría insinuando que estaba dispuesta a mortificarse con tal de llevarle la contraria.

Todo eso suponiendo que estuviera interesado en alentar el incipiente vínculo que se había establecido entre ellos mientras se hacía pasar por un sirviente en Riverton.

El corazón le latía desbocado mientras acariciaba las dos cartas con un dedo. Tomó una honda bocanada de aire y alzó la vista para mirar esos ojos grises. Acto seguido, sacó la carta elegida y la arrojó a la mesa.

Capítulo 23

El delicado sonido que hizo la carta al cortar el aire llegó a los oídos de Miranda pese al bullicio. No apartó los ojos de los de Ryland, aunque sentía algo rayano en la desesperación. Si seguía mirándola de esa forma hasta que hubieran jugado todas las cartas, no vería su rey, y él no podría sacar ninguna conclusión al respecto.

Georgina dejó la carta en la mesa dando un golpe.

—Miranda, es una grosería por tu parte aprovecharte del descuido de su excelencia de esa forma.

Ella enarcó las cejas sin apartar la mirada del duque.

—Creo que su excelencia podrá entender que alguien se aproveche de la situación de otro.

Ryland esbozó una sonrisilla.

—Hay que aprovechar las oportunidades cuando se presentan. Las inesperadas suelen ser las más provechosas.

El señor McCrae tosió. Con el rabillo del ojo, Miranda lo vio dejar una carta en la mesa antes de recoger la mano. Le dio unos golpecitos a las cartas contra la mesa antes de dejarlas a un lado.

Pasaron unos instantes. No sabía cuánto tiempo había transcurrido, pero estaba segura de que tanto el señor McCrae como Georgina empezaban a preguntarse qué sucedía entre Ryland y ella. No era apropiado que una mujer y un hombre estuvieran tanto tiempo mirándose fijamente, pero era incapaz de apartar la vista.

—Querida hermana, te toca. —La voz de Georgina denotaba su irritación. Había dejado bien clara su intención de conquistar al duque y, sin duda alguna, estaba ofendida por la atención que le prestaba a ella.

La sonrisa de Ryland se ensanchó y a ella se le aceleró el corazón. Las sonrisas habían escaseado en sus encuentros hasta el momento. La suya era deslumbrante. Nunca había visto dientes tan blancos y tan parejos. Ese hombre estaba tocado por Dios.

Ryland señaló las cartas con un gesto de la cabeza, pero seguía mirándola a los ojos.

—*Lady* Miranda, es su turno para jugar.

—¿Y si no quiero? —susurró ella, olvidada la partida por un instante.

Georgina resopló.

—¿Qué quieres decir con eso de que no quieres? Has ganado la mano anterior con el rey, Miranda. ¿Quién creías que iba a salir a continuación?

Ryland se repantingó en el asiento y examinó sus cartas, cortando la conexión invisible.

—¿Qué carta va a elegir, *lady* Miranda?

Se sintió perdida sin el brillo plateado de su atención. Miró sin ver del todo las cartas que tenía en la mano. Sus ojos se negaban a asimilar los números, sin importar las veces que parpadeara, de modo que sacó una al azar y la soltó en la mesa sin saber cuál era.

En cuanto la carta abandonó sus dedos, cerró los ojos y contuvo un gemido. El silencio en la mesa duró tanto que los entreabrió para averiguar qué carta había jugado. Abrió los ojos de par en par.

Había jugado la reina de corazones.

—Te has comportado como una niña recién salida del aula durante la partida. —Georgina esperó a que la portezuela del carruaje se cerrara antes de reprender a su hermana mayor—. ¿A qué ha venido esa tontería? Seguro que el duque te ha tomado por una cabeza de chorlito.

Griffith cejó en sus intentos de colocar el abrigo de manera que pudiera sentarse con comodidad y miró a Miranda. Sin embargo, ella volvió la cabeza hacia la ventanilla para observar a los demás asistentes al baile, que se subían a sus propios carruajes, en vez de mirar a su hermano.

Griffith carraspeó.

—¿Qué tontería?

—Todo ha empezado cuando Marshington...

—¿Ahora lo llamas Marshington? —la interrumpió Miranda, con la esperanza de distraer a su hermana de la historia.

—Es amigo de la familia, Miranda, creo que puedo tomarme ciertas libertades en privado. Ya no estamos en la Edad Media, ¿verdad?

Miranda parpadeó al ver la sonrisa ufana de su hermana. ¿Qué podía decirle? En cuanto a tomarse libertades a cuenta de una supuesta amistad familiar, no se podía comparar el uso del nombre de Marshington en privado con todas las cartas que ella le había dirigido a lo largo de los años.

—Como iba diciendo, Marshington cometió un leve error estratégico, comprensible teniendo en cuenta todo el tiempo que lleva alejado de la vida social, y Miranda lo convirtió en una tontería filosófica. Él, como caballero que es, le siguió la corriente, por supuesto. —Georgina cruzó las manos sobre el regazo.

—¿Exactamente qué error cometió? —La pregunta iba dirigida a Georgina, pero Griffith mantuvo la vista clavada en Miranda. Era una mirada que le provocaba unas ganas irrefrenables de cambiar de postura en el asiento.

El bullicio de la velada de naipes fue reemplazado por el traqueteo de los cascos de los caballos y de las ruedas del carruaje sobre los adoquines.

Georgina le contó la historia tal como la entendía, obviando las partes que no había oído o que no le interesaban. De no haber estado Miranda presente para saber que había sido de otra forma, se consideraría una cabeza de chorlito a juzgar por la versión que su hermana ofrecía de la partida de cartas.

—Y luego sacó la reina de corazones, Griffith. Fue una jugada rarísima. ¿De qué otra forma se puede entender sino como un coqueteo? Me avergoncé de ella... de verdad que sí.

La tensión abandonó a Griffith por primera vez desde que se subió al carruaje.

—¿Y dices que sacó la reina de corazones? ¿Y qué sacaste tú?

Miranda puso los ojos en blanco. Si Griffith le estaba dando tanta importancia a una ridícula partida de cartas, a saber lo que Ryland estaría pensando.

—En fin, pues el cuatro, porque no podía ganarle a la reina. El señor Macroy...

—McCrae —la corrigió Miranda.

Georgina agitó una mano para restarle importancia y siguió:

—Sacó el nueve, pero después el duque sacó el rey, que era necesario para ganar la mano, pero fue algo que incomodó a toda la mesa.

—Lo he hecho bastante bien, gracias. —Era una mentira como una casa, pero Miranda creyó necesario decir algo que contrarrestase la opinión de Georgina sobre la velada.

Su hermana extendió el brazo por encima del asiento y la tomó de la mano.

—Para alguien que lleva en la alta sociedad tanto tiempo como tú, me sorprende que no hayas aprendido a ocultar mejor tus sentimientos, querida hermana. Estabas muy colorada. Todo el mundo podía verlo.

Otro rubor amenazó con teñir sus mejillas, pero se obligó a tomar hondas bocanadas de aire y a pensar en los prados infinitos que rodeaban Riverton. Era un truco que había funcionado durante años cada vez que tenía que enfrentarse al deseo de tirar por la borda las clases de decoro. Ojalá que también funcionara contra el rubor.

En ese momento, recordó haber paseado por esos prados con Ryland. El rubor regresó en todo su esplendor. Por suerte, Georgina ya había cambiado de tema.

—El duque se levantó de la mesa enseguida, en cuanto terminó la mano. Fue una suerte que lord Ashcombe estuviera cerca y ocupara el lugar que había dejado libre.

Griffith enarcó las cejas al tiempo que miraba a Miranda con expresión preocupada.

—¿Ashcombe ha jugado a las cartas contigo esta noche?

—Sí, aunque Miranda dijo que le dolía la cabeza después de la primera mano —continuó Georgina, que parecía ajena a la tensión que crepitaba en el carruaje tras ese comentario. Miranda nunca se había alegrado tanto del egocentrismo de su hermana—. De modo que *lady* Sarah Wrothington jugó el resto de la partida.

—¿Se te ha pasado el dolor de cabeza, Miranda?

—Sí, el aire fresco obró maravillas. —Asintió con la cabeza mirando a su hermano mayor con la esperanza de que comprendiera que aceptaba su preocupación.

Griffith siempre había dicho que se sentía un poco culpable por el papel que había desempeñado en la relación que le había roto el corazón y, seguramente más importante todavía, que había destrozado su confianza en los hombres de la alta sociedad británica. Aunque culpar a su hermano habría sido inútil. Se había limitado a exponer los verdaderos motivos de Ashcombe y le había permitido ver que la mayoría de los hombres consideraba el matrimonio como una transacción.

Un bendito silencio reinó en el carruaje durante el resto del breve trayecto. Miranda se alegró de regresar al santuario que era su casa. El suave tictac del reloj del salón rojo era el único sonido que se oía cuando entraron por la puerta principal.

—¿Se le ofrece algo más, excelencia? —preguntó Gibson, el mayordomo.

—No, creo que la noche ha sido muy larga para todos. Nos retiraremos a nuestros aposentos. Buenas noches. —Griffith se dio media vuelta y abrió la marcha escaleras arriba.

Miranda hizo ademán de seguirlo, pero Georgina le puso una mano en el brazo y se volvió para mirarla.

—Cuando el duque venga a verme, espero que no hagas acto de presencia. No puedo permitir que nos tome a las dos por locas.

Miranda meneó la cabeza. Si el duque iba a ver a Georgina, no era ni la mitad del hombre por el que ella lo tenía. Sería un placer mantenerse lejos de él si decidía cortejar a la menor de las hermanas Hawthorne. Tras murmurar algo, subió la escalinata, decidida a meterse en la cama y a soñar con cualquier cosa menos con Ryland.

A la mañana siguiente, su madre llegó cuando ellas terminaban de desayunar. Esa mañana también se quedarían en casa, recibiendo visitas.

Miranda todavía se sentía molesta por las críticas de su hermana de la noche anterior, de modo que no estaba de humor para pasar otra mañana calmando los ánimos de los pretendientes rechazados.

—Madre, ¿por qué no se va Georgina a vivir contigo? Así no tendrías que venir todas las mañanas tan temprano.

—Por más que quiera a William, no es más que un conde, y su casa, aunque bonita, no es tan impresionante como Hawthorne House. Tu padre fue un duque muy poderoso, Miranda, y no renunciaré a esa ventaja a la hora de buscarle a Georgina el mejor marido posible. —Se sirvió una taza de té y bebió despacio mientras sus hijas terminaban de comer—. Además, por más que William me quiera, ya ha pasado dos veces por esto con sus hijas. Se merece un hogar tranquilo.

Miranda convirtió los dos bocados de tostada en cinco para retrasar lo inevitable. Pero cuando ya no le quedaban migajas que comerse sin que la reprendieran, se rindió y subió a su habitación con el propósito de cambiarse de ropa y de prepararse para las agotadoras conversaciones que tenía por delante.

Su madre insistió en supervisar la preparación de Georgina al detalle, decidida a conseguir la máxima perfección posible. Dado que llevaba más de dos años sin ayudar en la preparación habitual de Miranda, supuso que la atención de ese día era un esfuerzo para evitar que se sintiera relegada.

Normalmente, Sally solo tardaba una hora en prepararla. Con su madre y Georgina discutiendo sobre vestidos y posibles peinados, sabía que al menos tardarían dos horas hasta que las tres estuvieran sentadas en el salón blanco a la espera de recibir visitas.

Sacó la Biblia de la mesita de noche, decidida a releer los pasajes a los que se había aferrado mientras estaba en el campo. El vestido que escogieran para ella sería adecuado. De todas formas, no tenía el menor interés en llamar la atención de ningún caballero.

Ryland ojeaba la primera plana del periódico mientras masticaba despacio un suculento trozo de jamón. Había estado disfrutando del trabajo de la cocinera en la comodidad de sus aposentos desde que llegó cinco días antes, pero esa era la primera comida que se había atrevido a tomar en el comedor.

Seguir evitando a su familia después de aparecer en público en el salón de té ya era malo. Hacerlo después de asistir a la velada de naipes sería imperdonable. Aunque no se arrepentía de haber asistido a la velada en cuestión. A la postre, había sido una tarea más que provechosa a tenor de la interesante conversación mantenida en la primera mano de la partida. También se había encontrado con la joven pareja del salón de té. Se acababan de comprometer y estaban tan absortos el uno en el otro que no prestaban atención a nada más, ni siquiera cuando alguien pisó la falda de la muchacha y le desgarró el bajo.

Si le preguntasen en ese momento, diría que asistiría de nuevo a la velada, pero eso no significaba que tuviera muchas ganas de aguantar el inminente enfrentamiento.

—Vaya. Aquí estás.

Ryland alzó la vista y vio un rostro tan conocido y a la vez tan distinto que sintió un escalofrío en la espalda. Se había mantenido al tanto de las correrías de su primo, el señor Gregory Montgomery, a lo largo de los años, pero no lo había visto desde que lo sacara de una casa en llamas en Francia. Llevaba los años reflejados en la cara.

Se parecían mucho, de manera que los habían tomado por hermanos mientras crecían. Los ojos grises de Gregory estaban un poco más separados. Sus orejas eran un poco más grandes. Puesto que había llevado una vida ociosa mientras que él arriesgaba la vida por Inglaterra, tenía la cara más redonda y la cintura más abultada.

Y luego estaba la cojera.

Ryland se esforzó para no mirar la pierna izquierda de su primo. El hecho de que estuviera vivo ya era un milagro. El hecho de que pudiera andar resultaba increíble. Y el hecho de que lo culpase a él era una estupidez. Porque gracias a él, Gregory estaba desayunando en Inglaterra en vez de estar en el otro mundo.

Se concentró de nuevo en el periódico.

—Sí, aquí estoy.

Durante varios minutos, solo se oyeron el tintineo de la porcelana y el sonido del periódico.

—¿Vas a quedarte?

—Sí. He decidido que ha llegado el momento de volver a casa.

—Una historia sobre el descubrimiento del cuerpo del rey Carlos I le llamó la atención. Si bien el misterio que había envuelto durante ciento sesenta años el paradero del cadáver del antiguo rey no le había quitado el sueño, sí era cierto que le encantaba encontrar respuestas. Era bastante gracioso que lo hubieran encontrado junto al cuerpo de Enrique VIII. Una tumba era el lugar perfecto para ocultar un cadáver.

—Mi madre está furiosa —anunció Gregory.

—No entiendo el motivo. Mi presencia no debería alterar mucho su vida. No tengo intención de restringir sus idas y venidas, y nunca habéis usado mis aposentos ni mi gabinete. —Ryland levantó la mirada un momento para sopesar la veracidad de esas palabras. No vio indicios de que su primo hubiera quebrantado las reglas, de modo que siguió ojeando el periódico—. La casa es lo bastante grande para que podamos evitarnos.

Gregory replicó entre dientes:

—No parece una actitud muy afectuosa por tu parte.

—El año pasado no moví un dedo para impedir que te compraras el caballo de caza a pesar de que su precio superaba tu asignación mensual. —Miró a Gregory con expresión adusta—. Diría que fue una actitud bastante afectuosa por mi parte, ¿no te parece?

Gregory se agitó, incómodo, en su silla, como si fuera un niño de ocho años en vez de un hombre de veintiocho.

—Esto... sí, supongo que sí.

—Es un buen caballo, por cierto. Escogiste bien. —A decir verdad, lo había manipulado. Ryland no había impedido la compra porque quería que Gregory comprase el caballo. En aquella época, él estaba trabajando y no podía comprar el semental, pero ya había planeado regresar pronto a su antigua vida y quería que el caballo formase parte de sus establos. Conseguir que un hombre convenciese a Gregory para comprarlo fue más sencillo de lo que había imaginado.

Y si así Gregory creía que se había salido con la suya en ese asunto o que él había abierto la mano guiado por la generosidad... En fin, también lo veía como algo positivo.

—Gracias. Siempre he tenido buen ojo para los caballos. —Gregory se relajó visiblemente mientras se metía un trozo de beicon en la boca.

A Ryland le costó la misma vida contener el resoplido. Gregory tenía un ojo espantoso con los caballos. Había perdido más dinero en una sola visita a Ascot que lo que él le pagaba a su mayordomo por todo el año. Y eso que pagaba muy bien a sus criados.

—Pero mi madre sigue furiosa.

Ryland pensó en repetir la pregunta, pero decidió que sería un gesto infantil. De modo que hizo oídos sordos al comentario.

—Les ha dicho a todos que no habías vuelto. Que los rumores eran falsos, como de costumbre. Está furiosa porque la has hecho quedar como una tonta.

Ryland terminó de leer las secciones de noticias y de finanzas, pero si soltaba el periódico tendría que hablar con Gregory, de modo que continuó con la sección de sociedad, en la que la mitad de los artículos mencionaban su regreso.

Gregory por fin captó la idea de que no iba a mantener una conversación de bienvenida. Se dispuso a comer en silencio, y Ryland casi pudo fingir que tenía la casa solo para él.

Y en ese momento, se oyó otra voz en el comedor.

—Buenos días, Ryland. Discúlpame si no te doy la bienvenida a casa.

Capítulo 24

Ryland mantuvo el periódico levantado para que lo ocultara a los ojos de su tía.

—No me importa lo más mínimo. Y, de la misma manera, espero que me perdones si no digo que me alegra verte.

Vio por el rabillo del ojo que un criado se apresuraba a retirar una silla para que su tía Marguerite tomara asiento. Oyó el tintineo de las tazas y los platos de porcelana al chocar entre sí y, después, su familia empezó a comer en silencio. El crujido del papel cuando pasó la página del periódico sonó en la estancia.

—Deberías habernos informado de tu regreso. Podríamos haber organizado una celebración como Dios manda.

Ryland sonrió, oculto por el escudo protector del periódico. Se estaba preguntando cuánto tiempo sería su tía capaz de seguir en silencio.

—He llegado exactamente como deseaba hacerlo, tía.

—Todo el mundo querrá saber dónde has estado.

Ryland leyó un artículo sobre una carrera de caballos en Hyde Park.

—¿Qué debo decir?

Era una irresponsabilidad organizar una carrera en Hyde Park. El parque siempre estaba abarrotado. Regent's Park habría sido una mejor opción.

—¿Ryland?

Claro que no habría sido tan conveniente, ya que los participantes seguramente procedieran de alguno de los clubes de caballeros de Saint James's Street. Hyde Park estaba muchísimo más cerca.

—¡Ryland! ¡Te estoy hablando!

Ryland dobló el periódico y se puso de pie al tiempo que recogía las cartas apiladas en una esquina de la mesa. Miró a su tía por primera vez y se percató de los estragos que habían causado en ella el paso de los años y la amargura. La que otrora fuera una mujer naturalmente elegante y majestuosa se había convertido en una anciana demacrada y desesperada. Sintió una lástima inesperada.

Esa era la mujer que se había pasado toda la vida tratando de humillarlo. Puesto que era la única figura materna que había conocido, debería haber sido una mujer especial, una mujer a la que él amara. Pero se había pasado toda la infancia escondiéndose de sus sermones acerca de lo mucho mejor que era su primo.

Lástima era lo último que esperaba sentir por ella.

Desvió la mirada de su tía a su primo. Su madre había muerto durante el parto y su tío había fallecido pocos meses después. Gregory y él habían crecido como hermanos. Gregory solo era siete meses mayor que él. Deberían haber estado muy unidos.

En caso de que el disgusto que se vislumbraba en las caras de su tía y de su primo fuera un indicativo, era evidente que el único que lamentaba la oportunidad perdida era él.

—Di lo mismo que he dicho yo. —Rodeó la mesa y se encaminó hacia la puerta.

—¡Pero no me has dicho nada!

Ryland se detuvo para sonreírle a su tía por encima del hombro.

—Exactamente.

Dieciocho. Dieciocho hombres habían pasado por casa esa tarde para presentarle sus respetos a Georgina. Dieciocho hombres que se habían marchado aturdidos y sin duda preguntándose por qué le habían entregado las flores a la hermana solterona en vez de a *lady* Georgina.

—*Lady* Raebourne ha llegado —anunció Gibson.

Miranda se enderezó en su asiento, emocionada. Una visita de Amelia siempre era una buena noticia, y ese día más que nunca. No había tenido oportunidad de hablar con ella a fondo sobre la situación con Ryland, tan solo le había contado algo por encima el mismo día del enfrentamiento en el gabinete de Griffith.

Los saludos de rigor parecieron alargarse más que nunca. En cuanto la conversación empezó a perder fuelle, Miranda se levantó como impulsada por un resorte.

—Amelia, ¿has visto las rosas que han florecido en el invernadero?

Lady Raebourne abrió los ojos de par en par antes de ponerse de pie.

—Supongo que serán preciosas.

—¡Ah, sí! —exclamó Miranda—. Tienes que verlas.

Aferró la mano de Amelia y la sacó a rastras del salón antes de que su madre tuviera oportunidad de protestar.

Amelia la siguió como pudo hasta que entraron en el invernadero, momento en el que se zafó de la mano de su amiga.

—Has sido muy sutil.

Miranda entrecerró los ojos al descubrir más pruebas del nuevo sarcasmo de Amelia, pero fue incapaz de mantener el enfado mucho tiempo. La verdad era que la excusa para salir del salón no había sido muy fina. Meneó la cabeza con un gemido.

—¿De verdad hay rosas aquí? —preguntó su amiga mientras echaba a andar por la estancia.

—Eso creo, en aquel rincón. —Miranda abrió la marcha hacia el sitio adecuado por si acaso su madre iba a buscarlas—. Asistió anoche a la velada de naipes.

—Es un hombre interesante. —Amelia acarició un capullito rosa.

No era el comentario que Miranda esperaba.

—¿A qué te refieres?

—Me refiero —contestó Amelia con un suspiro al tiempo que se sentaba en un banco circular de piedra— a que no podré ofrecerte más ayuda que la de escuchar lo que quieras contarme.

Los pensamientos de Miranda abandonaron a Ryland y la miríada de problemas que este presentaba. Amelia había sido educada por los criados de su tutor. Las doncellas habían sido sus compañeras de juegos y había crecido visitando a la mitad del servicio doméstico de las mansiones aristocráticas de Mayfair. Esos mismos criados fueron instrumentos cruciales a la hora de emparejarla con su marido, el marqués de Raebourne. Si había alguien capaz de descubrir lo que pasaba en casa de otra persona, esa era Amelia.

Sería un terrible golpe para ella que sus antiguos amigos dejaran de hablarle una vez convertida en aristócrata. Miranda se sentó a su lado en el banco y cubrió las pequeñas manos de su amiga con las suyas.

—¿Los criados se niegan ahora a hablar contigo? Cuánto lo siento.

Amelia aferró las manos de Miranda y se echó a reír.

—Ah, no, no tiene nada que ver con eso, aunque a la señora Harris le resultó raro que me interesara por el cotilleo local —respondió Amelia, refiriéndose al ama de llaves que prácticamente la había criado—. Me refiero a que nadie sabe nada sobre el duque de Marshington ni sobre lo que ocurre en su casa.

—Bueno, acaba de llegar a Londres. Seguro que esas cosas llevan su tiempo.

Amelia negó con la cabeza.

—Se ha instalado en la casa familiar de Pall Mall. Eso es lo único que se sabe. Sus criados no se relacionan mucho con los demás, y cuando lo hacen, no hablan sobre lo que ocurre en la mansión.

—¿Nada de nada? —Miranda estaba atónita. Los cotilleos eran la moneda de cambio de Londres, ya fuera entre los criados o entre la aristocracia. ¿Cómo era posible que nadie supiera lo que pasaba tras las paredes de la casa de Ryland?

—Nada. —Amelia negó despacio con la cabeza—. Es como si ese hombre hubiera caído del cielo.

Miranda no pudo disimular la decepción que sentía. Esperaba que Amelia pudiera ofrecerle alguna información, algún secreto sobre Ryland para poder equilibrar sus fuerzas. Al fin y al cabo, él sabía mucho sobre su vida privada después de haber vivido como criado en Riverton.

En ese momento, fue Amelia quien extendió las manos para cubrir las de Miranda.

—¿Por qué no me cuentas cómo fue la velada de naipes? Has dicho que estuvo allí.

—Todo empezó a irse a pique cuando me senté a jugar una partida de *whist* con él...

Tenía en el escritorio tantos libros de cuentas abiertos que requerían su atención que casi no oyó que llamaban a la puerta.

—Adelante —bramó.

Price, el mayordomo, abrió, y su amplio torso ocupó el vano de la puerta. Ryland lo miró y sonrió. Ojalá pudiera haber visto la cara de su tía cuando el hombre empezó a trabajar en la mansión. Esos brazos del tamaño de jamones, la ausencia de cuello y las cicatrices que le desfiguraban ambos lados de la cara no lo hacían parecer en absoluto un mayordomo aristocrático. Ryland lo había visto levantar a un hombre adulto y arrojarlo a más de cinco metros de distancia. Podría haber llegado más lejos, pero lo detuvo una pared.

—¿Qué pasa, Price?

—El señor McCrae quiere verlo, señor.

Colin le dio una palmada al gigante en un hombro y lo rodeó para entrar en la estancia.

—Price, si quieres ser un buen mayordomo debes empezar a llamarlo «excelencia» y no «señor».

Price sonrió mientras salía. Un gesto que le otorgaba un aire muy juvenil.

—Creo que ese es el menor de mis problemas, señor McCrae.

Colin lo miró de la cabeza a los pies de forma exagerada.

—Puede que tengas razón.

Price cerró la puerta mientras Colin se dejaba caer en uno de los sillones orejeros de estilo Chippendale emplazados delante de la chimenea, apagada en ese momento. Estiró las piernas y las cruzó a la altura de los tobillos, cubiertos por las botas de montar.

—No esperaba verte anoche en la velada de naipes.

Ryland se encogió de hombros mientras rodeaba el escritorio para sentarse en el otro sillón.

—No soportaba seguir más tiempo escondido en mi dormitorio.

—¿Está contenta tu tía por tu regreso a casa? —Que Colin fuera capaz de hacer semejante pregunta con gesto serio decía mucho de su compostura. Durante sus negociaciones mercantiles debía de ser una habilidad fundamental.

—No mucho. Creo que esta mañana ha cocido los huevos solo con mirarlos.

—¿Y tu primo?

Ryland se encogió de hombros y deseó haber encendido el fuego, aunque hacía buen tiempo. Sin embargo, de esa manera habría tenido algo que mirar. No estaba seguro de cómo se sentía Gregory. Su pasado debería haberlos unido, pero sabía que su primo había intentado en dos ocasiones que lo declararan oficialmente muerto.

Aunque estaba seguro de que la instigadora era su tía Marguerite, Gregory había accedido a apoyar los trámites.

Su familia no era un tema de conversación que le resultara cómodo. Debía protegerla, se suponía que debía amarla, pero en realidad la vida sería mucho más fácil sin ella. Necesitaba cambiar de asunto.

—¿Has descubierto algo más acerca de las pesquisas sobre la inversión en la mina?

—Creía que te habías retirado del caso. Me dijiste que le habías entregado a otro agente toda la información que habías recabado. —Colin frunció el ceño.

Ryland apoyó la cabeza en el respaldo del sillón.

—No me gusta dejar las cosas a medias.

El silencio se prolongó.

—Se supone que debes seguir con tu vida —replicó Colin por fin.

Ryland volvió la cabeza para poder mirarlo.

—¿Qué sabes?

—Tú primero. ¿De verdad te has apartado del mundo del espionaje o esto solo es una artimaña complicada? —Los ojos azules de Colin tenían una mirada gélida y seria. Ryland no veía a menudo esa faceta suya, que lo convertía en un hombre de negocios ladino y brillante, pero en ocasiones como esa, recordaba por qué durante los pasados cinco años le había entregado a Colin tanto dinero para que lo invirtiera.

Ryland clavó la mirada en el techo.

—Voy a dejarlo. Tan pronto como esta misión acabe.

—No serías el primero en engañarse de esa manera.

—He entregado gran parte de mi vida al rey y al país. Pero no puedo dejar esto sin terminar. Digan lo que digan, el Ministerio de la Guerra cuenta conmigo para llegar hasta el final. Nadie sabe tanto como yo. Así que necesito la información que tú tienes.

Colin suspiró.

—No tengo nombre. He descubierto que todos los involucrados en la inversión de la mina son hombres de poca monta. Un par de títulos, hijos menores y algún que otro perteneciente a la nobleza rural. Tu hombre puede pensar que debe proteger su enorme prestigio, pero sus precauciones no van a evitarle la horca.

Ryland suspiró. Recordó a los dos hombres del salón de té. Dibujar nunca había sido su fuerte, pero tomó un trozo de papel y una pluma y procedió a esbozar la cara de ambos lo mejor que pudo.

Colin esperó en silencio.

—¿Conoces a estos hombres? —Ryland le mostró los bocetos.

—Estás de broma. Míralos. ¿Se parecen acaso a los hombres que estás tratando de identificar? —Colin se echó a reír y le arrojó el papel al regazo.

Ryland hizo una mueca y admitió que ni siquiera él era capaz de reconocer los bocetos como los hombres que vio en el salón de té.

Al ver que no le hacía más preguntas, Colin cambió de tema.

—¿Cómo va tu último proyecto?

—Supongo que te refieres al cortejo de *lady* Miranda.

—Ajá. A menos que hayas decidido que la hermana menor te atrae más después de todo.

Ryland esbozó una media sonrisa.

—En absoluto. ¿Te interesa la hermana más joven?

—¿Estás loco? Solo con mirarla es evidente que lo único que le interesa son los vestidos y los oropeles. Antes cortejaría a la criada encargada de limpiar tu salón —concluyó con un estremecimiento.

—Jess es muy atractiva. Le gusta leer a Shakespeare.

Colin se echó a reír.

—A lo mejor la invito a dar un paseo en carruaje.

Ryland se inclinó hacia delante y colocó los codos sobre las rodillas.

—Me preguntaba si podrías invitar a Miranda.

—¿Cómo dices?

—Anoche no revelaste que nos conocemos.

—La costumbre, ya sabes. Nunca he sabido qué te traías entre manos cuando te veía. Anoche me pareció más seguro fingir que no te conocía. —Colin también se inclinó hacia delante, imitando la postura de Ryland—. Por favor, no me digas que quieres que espíe a esta mujer.

—Sí.

—Me niego a interrogar a una dama para saber si te ha perdonado o no. Además, tal como tú has dicho, no sabe que nos conocemos.

Ryland se examinó las uñas.

—Podrías preguntarle por la partida de cartas.

Colin se levantó al instante del sillón y empezó a pasear de un lado a otro de la habitación.

—¿Quieres que vaya a casa de esta mujer, que la invite a dar un paseo en carruaje y después que proceda a hacerla pasar un bochorno a fin de extraerle la información necesaria para que tú establezcas un plan de ataque?

El hecho de que Colin lo conociera tan bien simplificaba mucho las cosas.

—Sí.

—No. Esto es un cortejo, no una invasión militar.

—Siempre hay que tener en cuenta todos los factores a la hora de elaborar un plan de acción. La información es poder, y voy a necesitar toda la información a mi alcance para convencerla. Se está comportando con una tozudez muy femenina al respecto.

Colin resopló.

—¿Cómo te atreves? —Miró a Ryland echando chispas por los ojos—. Búscate a otro lacayo. Yo no pienso hacerlo.

Se hizo el silencio, de modo que lo único que se oía en la estancia era el tictac del reloj que había en la repisa de la chimenea mientras ellos se miraban a los ojos.

Capítulo 25

—*ilady,* el señor McCrae.

Miranda volvió la vista hacia el al mayordomo, sorprendida. Si tuviera que redactar una lista con todos los caballeros que regresaban para recibir una dosis del refinado rechazo propio de Georgina, el señor McCrae no estaría incluido ni mucho menos. Le pareció demasiado inteligente durante la conversación que mantuvieron en la velada de naipes. Una mirada a Georgina bastó para darse cuenta de que su hermana tampoco daba crédito.

—Es un hombre espantoso —masculló Georgina—. No quiero verlo, madre.

Gibson carraspeó.

—Solicita ver a *lady* Miranda, *milady.*

—Ah. —Dos pares de ojos verdes se clavaron en Miranda con expresión sobresaltada. Los de su madre estaban entrecerrados y brillaban con una expresión risueña. Georgina parecía desconcertada.

Miranda fue incapaz de reprimir el orgullo que la recorrió. Espantoso o no, el señor McCrae era rico y atractivo, y había ido a verla a ella en vez de a Georgina.

—Gracias, Gibson. Por favor, hazlo pasar.

El mayordomo hizo una reverencia y regresó al vestíbulo. El señor McCrae apareció al cabo de un instante.

Saludó a su madre con una reverencia en primer lugar.

—Buenas tardes, *milady*.

—Buenas tardes, señor McCrae. No sabía que volveríamos a verlo tan pronto. —Sonreía algo más de la cuenta según los estándares de la alta sociedad. Miranda se alegró al ver que su madre todavía creía posible que su hija mayor pudiera encontrar marido, aunque fuera un caballero sin título, escocés para más señas.

El señor McCrae se desentendió de Georgina por completo, algo que le arrancó una risilla a ella que apenas logró contener.

—*Lady* Miranda, sé que es muy arrogante por mi parte, pero ¿le apetece dar un paseo en carruaje?

La sonrisa de su madre flaqueó un poco.

—No sé si...

—Sí. —Miranda se levantó de un salto del diván—. Sí, me encantaría.

Tal vez el señor McCrae no le provocase la sensación de tener mariposas en el estómago como Ryland, pero había sido un acompañante muy agradable en la velada de naipes. Merecía la pena tenerlo en cuenta como futuro marido. El hecho de que, de esa manera, evitaría ser el señuelo de Georgina la animaba todavía más.

Y por más que detestara admitirlo, «amante esposa y madre» sonaba muchísimo mejor que «devota tía».

—Ah, en fin, supongo que sería aceptable. —Los claros ojos verdes de su madre se clavaron en los suyos—. Una hora. Nada más.

El señor McCrae hizo otra reverencia.

—Por supuesto.

Miranda aceptó el brazo que le ofrecía. Ninguno de los dos habló mientras salían juntos del salón a la calle. Iban a pasear en un flamante tílburi. El asiento no estaba gastado y no había remiendos en los arneses. Incluso las ruedas parecían no tener arañazos.

Tras sentarse en el asiento, Miranda se dio cuenta de que el vehículo tenía una suspensión excelente. Un carruaje así no sería barato. Observó al señor McCrae con atención mientras este rodeaba el tílburi y se sentaba a su lado.

—Es muy bonito —dijo mientras pasaba una mano por la madera pulida.

La sonrisa del señor McCrae fue inmediata y llegó acompañada de una carcajada ufana.

—Me lo ha prestado un amigo. Estoy sopesando la idea de quedármelo. Me debe una. Le estoy haciendo un enorme favor.

—Oh. —Miranda no supo qué decir. No se esperaba ese comentario en absoluto. Claro que el hecho de que se hubiera tomado la molestia de pedirle prestado a un amigo semejante vehículo le resultaba muy halagador. Que estuviera sopesando la idea de no devolverlo demostraba una falta de carácter que no podía perdonar, aunque sabía que los caballeros se tomaban muy en serio sus deudas.

El señor McCrae azuzó el caballo, una criatura alta y fibrosa con un precioso manto castaño cobrizo. El tílburi se sumó sin problemas al tráfico en dirección a Rotten Row.

—Disfruté mucho de nuestro encuentro de anoche. Hacía años que no jugaba una partida de *whist* tan interesante.

Miranda se ruborizó. Volvió la cara para mirar los caballos que pasaban a su lado con la esperanza de que el ala de su bonete le ocultara la cara.

—Confieso que yo tampoco.

El señor McCrae saludó con la mano a varias personas antes de hablar de nuevo.

—*Lady* Miranda, ¿puedo serle franco?

—Por... por supuesto. —¿Podría darle otra respuesta a semejante pregunta? No podía decir que prefería que le mintiera y la engañara.

—Los dos sabemos que anoche había algo más en juego que una partida de cartas, y también sabemos que nunca podré competir con un duque en cuanto a relevancia social.

—Señor McCrae, le aseguro que lo tengo por un caballero de lo más interesante. —Un comentario tan atrevido la dejó azorada y ruborizada. Intentó abanicarse las mejillas con sutiles movimientos de la mano en un intento por disipar el calor que sentía en la cara y en el cuello.

El aludido la miró de reojo antes de concentrarse de nuevo en el camino.

—Me alegro de oírlo. Pero me interesa más saber si el duque también le resulta un caballero interesante. Como he dicho, no puedo competir con él.

Miranda resopló, algo que hizo que se ruborizara todavía más.

—¿Ha mantenido alguna conversación con él? Déjelo, es una pregunta tonta. Solo lleva en Londres unos cuantos días.

—He trabajado con él en un par de ocasiones.

—¿Ha... ha trabajado con él? En ese caso usted... quiero decir... ¿usted también se dedica a eso?

El señor McCrae miró las riendas un momento. Una ligera tos anunció el momento en que levantó la cabeza. Tenía los labios apretados.

—¿A qué me tengo que dedicar?

—Esto... a lo que se dedica él.

—¿A administrar propiedades? Ni mucho menos. Tengo inversiones en navieras y otros negocios.

—Ah. —Miranda se sintió desconcertada. Si Ryland había estado trabajando de espía esos últimos nueve años, ¿cómo era posible que hubiera trabajado con el señor McCrae?

—¿Ha invertido dinero para el duque?

Él carraspeó.

—No me gusta hablar de estas cosas. Como comprenderá.

—Ah, sí, por supuesto.

Enfilaron Rotten Row y se unieron a la procesión de parejas que paseaban en sus carruajes abiertos.

—*Lady* Miranda, el asunto es que estaba pensando en investigar varias inversiones fuera de Londres. Sé que estoy siendo muy atrevido, pero necesito saber si debería retrasar el viaje.

—Señor McCrae, yo...

—Llámeme Colin. Es lo mínimo que puedo ofrecerle teniendo en cuenta la conversación tan íntima que acabo de comenzar.

Miranda tragó saliva.

—Colin, no sé qué decir. Hace apenas un día que lo conozco.

Se sintió atrapada por esos ojos azules cuando él volvió la cabeza para mirarla. Carecían de la acerada intensidad de Ryland y también de la poderosa exigencia de respeto que veía a menudo en los ojos de su hermano. Eran cautivadores. Como observar las llamas de una hoguera o las olas del océano al romper contra la orilla en Brighton.

Él suspiró.

—Hay algo entre el duque y usted, ¿verdad? Es una dama hermosa, pero tengo la sensación de que no debería perder el tiempo cortejándola. ¿Me equivoco?

Abrió la boca para negar que su corazón ya tenía dueño, pero no le salió la voz. En su mente afloraron los recuerdos de sus encuentros con Ryland. Recordó la primera vez que se permitió reconocer lo sincero que había sido, aun cuando interpretaba el papel de un criado. Se permitió la libertad de imaginar un futuro con el duque y empezó a sonreír y a llorar al mismo tiempo. Desentenderse del dolor y de la desconfianza no sería fácil, pero tal vez sí valiera la pena.

—Lo siento, Colin, pero creo que tal vez tenga razón. No estoy segura de lo que sucederá con el duque, pero me debo la oportunidad de averiguarlo. —Sus labios esbozaron una sonrisa triste. Colin parecía un buen hombre. No se merecía que la mujer que estaba cortejando pensara en otro hombre.

—Lo entiendo. ¿Le parece que disfrutemos del sol mientras la llevo de vuelta a casa?

—Sería maravilloso, sí.

Realizaron el trayecto sumidos en un cómodo silencio que solo rompieron para comentar algún sombrero más interesante de la cuenta o lo que implicaba ver a determinadas parejas juntas. Hablaron del baile al que ella asistiría esa noche. Miranda participó en la conversación por inercia, ya que sus esfuerzos se concentraban en asimilar esa nueva forma de ver a Ryland. ¿Estaba enamorada de él? Si la respuesta era afirmativa, ¿qué iba a hacer a continuación?

Colin llegó a la casa y se apeó del tílburi. Mientras la acompañaba a la puerta, miró el carruaje por encima del hombro.

—Es un tílburi estupendo, ¿verdad?

—Lo es. Ojalá que su amigo se lo preste de nuevo cuando encuentre a una dama a la que quiera llevar a pasear.

Una sonrisa ufana y deslumbrante apareció de nuevo en su cara.

—Creo que me lo quedaré. Es lo menos que puede hacer Ryland después de haberme puesto en la tesitura de enfurecer a una dama tan hermosa como usted.

La puerta se abrió tras Miranda, pero ella tuvo la sensación de que se había abierto el suelo bajo sus pies.

Colin siguió hablando mientras le hacía una reverencia y bajaba los cuatro escalones hasta el tílburi.

—Dígaselo en el baile de esta noche en mi nombre, ¿quiere? Que voy a quedarme el caballo y el tílburi, digo. Lo entenderá.

Se despidió de ella con el sombrero.

Miranda entró en la casa hecha una furia. Al parecer, el señor McCrae no era un hombre tan agradable después de todo.

—Vas a romper el abanico.

Miranda dejó de golpear el abanico cerrado contra el brazo y se volvió para mirar al menor de sus hermanos, que estaba apoyado en la pared. No la sorprendía. Había sido su sombra desde la velada de naipes, siempre atento a lo que podría suceder entre Ryland y ella a continuación.

Ella misma empezaba a preguntárselo. Hacía una semana que Colin la había llevado a pasear en tílburi. Durante ese tiempo, Ryland había mantenido sus encuentros breves y públicos, sin darle la oportunidad de enfrentarse a él por lo que había hecho. Las emociones encontradas que ese hecho le provocaba la estaban desquiciando.

Fulminó a su hermano con la mirada.

—¿Y qué quieres decir con eso?

Trent se encogió de hombros y se apartó de la pared, tras lo cual dio los dos pasos que lo separaron de ella.

—Que sería una lamentable pérdida, supongo. Al fin y al cabo, el abanico no te ha hecho nada. Aprovecharías mejor la energía si la dirigieras a la verdadera fuente del problema, ¿no te parece?

—El problema, para usar tu misma expresión, no ha tenido a bien hacer acto de presencia esta noche. —Su cambiante estado de ánimo la había llevado hasta ese rincón para que se regodeara en su rabia y fulminara la entrada con la mirada, como si desafiara a Ryland a aparecer. Los nervios pusieron en movimiento la mano una vez más, y el encaje del abanico no amortiguó en absoluto el golpe de las varillas de marfil contra su brazo.

—A lo mejor no sabe que estás aquí. —Trent extendió una mano hacia el abanico. Miranda le golpeó los nudillos antes de retomar el ritmo frenético de los golpes.

—Lo sabe. Siempre se las apaña para saberlo. Sabe cuándo voy de compras, así que estoy segura de que sabe cuándo voy a asistir a un evento social. —Un pie se unió al golpeteo del abanico para anunciar su descontento. Ese dichoso hombre la había llevado a abandonar su pose de dama, que tanto le había costado adquirir. Le aterraba la idea de que hubiera provocado tamaña falta de decoro sin que él estuviese siquiera en el salón. Eso indicaba sin lugar a dudas lo mucho que debía de significar para ella. No era sensato dejar que así fuera. Todavía tenía preguntas sin responder.

Trent carraspeó.

—¿Quieres que aparezca?

¿La sonrisa que esbozó era tan malévola como le parecía?

—Ah, ya lo creo que sí. Verás, si no aparece, no puede invitarme a bailar, y si no me invita, no puedo rechazarlo como se merece.

El resoplido de su hermano le levantó el ánimo unos segundos.

—¿Vas a... vas a rechazarlo aquí? ¿En el salón de baile? Si te niegas a bailar con él, te quedarás sentada el resto de la noche. Bailar con otra persona sería una grosería imperdonable.

—En ese caso, a lo mejor cometo una grosería imperdonable. Aunque es poco probable. Cada vez paso más tiempo sentada. Si me resulta demasiado tedioso, siempre puedo volver a casa. —Se encogió de hombros y clavó de nuevo la mirada en la puerta. ¿Había entrado sin que ella se diera cuenta mientras hablaba con Trent?

—¡Es un duque, Miranda!

—Eso tengo entendido.

Ryland apareció en la puerta del salón de baile.

Sintió que le daba un vuelco el corazón al ver sus anchos hombros y esa elegancia masculina tan exquisita. Se movía por el salón de baile con soltura a pesar de que estaba abarrotado. Su altura le permitía seguirle la pista. Ryland no movía la cabeza de un lado a otro como la mayoría de las personas, y aun así, comprendió que estaba inspeccionando el salón de baile de forma metódica. Tal vez fuera el amor propio, pero supuso que estaba buscándola.

Intentó recordar lo que sintió después de que Colin la llevara a dar el paseo en tílburi. Pensó en todas las preguntas que los actos de

Ryland habían suscitado en ella desde que volvió a Londres. Hizo todo lo que estuvo en su mano para recordar que estaba enfadada con ese hombre tan apuesto.

Los recuerdos de esa semana se debatieron con el enfado por hacerse con el control de su mente. La mueca burlona de sus labios al preguntarle por una buena tienda especializada en artículos de escritorio. En especial, en papel de colores.

Cómo se le había «caído» el gabán delante de una mujer que se acurrucaba con sus dos hijos pequeños al salir del teatro de la ópera. Había esperado a que ella subiera al carruaje de Griffith, pero de todas formas había presenciado el generoso gesto.

Cómo se había ofrecido a llevarle los paquetes mientras Georgina y ella entraban en Gunter's una tarde para tomarse un helado.

Frunció el ceño y recordó que le había hablado de las cartas que ella escribía mientras se hacía pasar por el ayuda de cámara de Griffith. Si eso no conseguía avivar su ira, nada lo haría.

Trent dio un paso al frente, olvidada su pose indiferente.

—No puedes rechazar a un duque.

Le dirigió otra sonrisa perversa por encima del hombro y salió a la luz de las velas que brillaban en sus candelabros de bronce.

—Mira cómo lo hago.

Capítulo 26

Ryland miró a un lado y a otro del salón de baile, examinándolo. El corazón le latía con fuerza mientras buscaba a Miranda.

Quería hablar con ella, dejar atrás el poco convencional encuentro que habían mantenido y seguir adelante para conocerse mejor, pero antes tenía que echar abajo el caparazón del decoro con el que se daba de bruces una y otra vez. ¿Habrían sido suficientes los pequeños encuentros que había organizado para recordarle a la joven que, en el pasado, él le gustaba? ¿Habrían sido suficientes para que bajara la guardia?

En ese momento, estaba dispuesto a interpretar cualquier emoción como una señal de que estaba teniendo éxito. Cualquier otra cosa que no fuera la perfecta y agradable dama en la que su madre la había convertido.

Captó un movimiento con el rabillo del ojo que le llamó la atención, y sus ojos se posaron en una mujer despampanante ataviada con un vestido de terciopelo verde claro. Acababa de entrar en el círculo de luz que proyectaba un candelabro cercano y su rostro lucía una expresión traviesa mientras le comentaba algo a la persona que la seguía y que aún estaba oculta por las sombras. Miranda siempre le había parecido preciosa, pero en ese momento le resultó absolutamente cautivadora. Llevaba algo brillante entrelazado en el pelo que reflejaba la luz de las velas y le otorgaba un aura exquisita.

Aunque su belleza lo dejó apabullado, fue la mirada traviesa lo que le llegó al corazón. Y al mismo tiempo lo hizo ponerse en guardia. Estaba planeando algo y, fuera lo que fuese, no presagiaba nada bueno para él. Tendría que pensar en un contraataque antes de que ella tuviera la oportunidad de poner en marcha su plan.

Mientras atravesaba el salón de baile con la eficiencia de un hombre acostumbrado a llegar adonde quería sin llamar la atención sobre su persona, planeó su propia estrategia.

—Buenas noches, *lady* Miranda.

—Excelencia... —dijo ella al tiempo que hacía una genuflexión que era el epítome de la elegancia. Sus ojos la traicionaron, ya que mostraban la mujer exuberante y apasionada por la que se sentía atraído.

—Menuda multitud la de esta noche. —Se volvió para colocarse a su espalda a fin de observar a las parejas que bailaban un cotillón.

—Sí, desde luego. Pero las he visto peores. Al menos aquí hay espacio para moverse y respirar.

—¿Le resulta difícil respirar durante estos eventos? —Creyó sentir sus ojos atravesándole el lateral de la cabeza, pero se negó a mirarla de reojo para verificar la sensación. Siguió con la vista clavada en los bailarines.

—A veces. He estado en eventos durante los cuales la única manera de asegurarme de que mantenía los zapatos en los pies era agarrarlos con los dedos.

Ryland replicó mascullando algo entre dientes. No era muy educado por su parte, pero quería ver lo que ella había planeado.

—A menos, por supuesto, que estuviera bailando. Porque en la pista de baile siempre suele haber bastante espacio.

Masculló de nuevo entre dientes. Se obligó a no sonreír mientras en su mente comenzaba a imaginar lo que tramaba.

Miranda se golpeaba repetidamente el muslo con el abanico.

—Esta noche hay mucho espacio en la pista de baile.

Ryland levantó una mano para ocultar la sonrisa que pugnaba por aparecer en sus labios a fin de no echar por tierra su fachada de desinterés. Se preguntó si había planeado darle alguna patada o pisarle los dedos de los pies mientras bailaban o si tenía la intención de rechazar su invitación a bailar en un intento por humillarlo. En cualquier caso, era muy fácil desbaratar su plan.

—Tiene razón. La pista de baile parece especialmente atractiva esta noche. —Se volvió hacia su izquierda y le alegró ver a una mujer a la que le habían presentado en otra fiesta la semana anterior. No era muy guapa ni muy popular, pero tampoco le daban la espalda ni la criticaban. Era perfecta para lo que él necesitaba. Estuvo a su lado en dos pasos—. Señorita Poppyton, ¿me concede el honor de bailar la siguiente pieza?

—Por supuesto, excelencia. —La mujer sonrió e hizo una genuflexión al tiempo que la confusión, la sorpresa y el placer pasaban por su pálido rostro.

Oyó que alguien reía por lo bajo, oculto por las sombras, y se colocó de manera que pudiese mirar de reojo en la dirección donde se encontraba su actual enemigo. Miranda tenía los labios firmemente apretados. Detrás de ella, Trent estaba doblado de risa. Trataba de disimularlo en la medida de lo posible, pero era evidente que la situación le resultaba muy graciosa. Bien. Eso irritaría más a Miranda.

Ryland le ofreció el brazo a la señorita Poppyton. Unos cuantos giros en la pista de baile con él obrarían maravillas por su reputación. Al final, le estaría haciendo un favor a la muchacha en vez de utilizarla para sus propios fines. La idea tranquilizó la pequeña parte de su conciencia que se sentía algo incómoda mientras se alejaba de Miranda.

El baile fue tan ameno como cabía esperar. La señorita Poppyton mantuvo viva la conversación hablando del tiempo, de la fiesta en la que se encontraban y del exquisito corte de su frac. No comprendía por qué tanta gente veía la necesidad de alabar la habilidad de un hombre por haber encontrado un sastre competente, pero había hablado del asunto en multitud de ocasiones desde su regreso a Londres.

Una vez que el baile llegó a su fin, acompañó de nuevo a la señorita Poppyton junto a su madre, con quien la esperaban tres jóvenes caballeros que competían por su atención. El rubor que cubrió las mejillas de la muchacha fue el complemento perfecto para su tímida sonrisa.

Ryland se despidió de la madre con una reverencia y se dio media vuelta para atravesar el salón de baile en busca nuevamente de Miranda. Estaba bailando con lord Raebourne. El marqués era íntimo amigo de Griffith y estaba casado. Felizmente casado, si las habladurías eran ciertas. De modo que ese frente no suponía la menor amenaza.

No le apetecía sacar a bailar a otra damisela para intentar acercarse a su verdadero objetivo. En cambio, se detuvo cerca del final de la hilera de bailarines, desde donde podía observar a Miranda mientras se movía por la pista de baile. Los pasos la obligaban a pasar gran parte de tiempo mirando hacia él.

O más bien echando chispas por los ojos.

Ryland sonrió.

Ella alzó la barbilla, airada.

Ryland sonrió aún más. Había llegado el momento de que hablaran.

Miranda le entregó el bonete al mayordomo de Trent. El comportamiento demostrado por Ryland la noche anterior en el baile todavía le provocaba un nudo en la boca del estómago. Se había pasado toda la mañana rememorando los escasos minutos que él había estado en el salón de baile. ¿Cómo se atrevía a echar por tierra su plan para humillarlo y detener esa ridícula disputa? La nota que había recibido de Trent, pidiéndole que fuera a su casa esa tarde, suponía una agradable distracción.

El mayordomo la invitó a subir la escalinata.

—Lord Trent me ha pedido que le diga que la espera en su gabinete.

Miranda asintió con la cabeza y subió la escalinata. No alcanzaba a imaginar qué quería Trent para que la hubiera invitado a su casa en vez de ser él quien fuera a Hawthorne House. Seguramente lo hubiera hecho por la novedad de tener su propio hogar. Se había mudado a la casa adosada a finales de la temporada social anterior.

Llamó a la puerta del gabinete y se obligó a esperar su respuesta antes de abrirla. Tenían casi la misma edad, apenas los separaba un año, y todavía le costaba recordar que ya eran adultos. Trent era un hombre de veintidós años, con su propia casa y sus obligaciones. El hecho de que ella aún siguiera a merced del cuidado de su familia mientras que su hermano ya vivía solo le resultaba un tanto deprimente.

—¿Por qué estoy aquí? —Le echó un vistazo al gabinete, reparando en la seda descolorida de las paredes y en los desgastados muebles. Tal vez quería que redecorara su casa.

Trent la miró con una sonrisa nerviosa. Su hermano nunca se ponía nervioso. Su hermano navegaba por la vida casi sin preocupaciones. Si estaba preocupado, algo debía de ir muy mal.

Miranda, que ya tenía el estómago revuelto antes de llegar a causa de los nervios, se sintió al borde de las náuseas.

—¿Trent?

—¿No es obvio? Necesito la ayuda de una mujer. —Extendió los brazos en cruz y echó un vistazo por la estancia.

Miranda ya se había percatado. Pero ¿por qué se ponía tan nervioso por ese asunto?

—¿Quieres que decore tu casa?

Trent se encogió de hombros.

—Tal vez unos toquecitos aquí y allá.

Miranda gimió. Una cosa era atender la casa de Griffith. En muchos sentidos, Griffith era su tutor. Si empezaba a trabajar en la casa de Trent, ya sí que podría decirse que había quedado para vestir santos.

—Bueno, pues no la decores. No es eso por lo que te he pedido que vengas.

Sus palabras lograron que le diera un vuelco el corazón. El asunto no iba a acabar bien.

—Entonces ¿para qué me quieres?

Trent esbozó una sonrisa tímida y gesticuló con la cabeza para señalar la puerta que ella tenía detrás.

Miranda se volvió al punto y descubrió a Ryland, apoyado en la jamba de la puerta del gabinete de Trent. En vez de darle un vuelco, el corazón directamente dejó de latirle. Ryland parecía relajado, con un hombro apoyado en la jamba y un pie cruzado por encima del otro.

Seguro de sí mismo.

Guapísimo.

La levita enfatizaba los músculos de sus brazos, que tenía cruzados por delante del pecho. Los ojos con los que soñaba por las noches la obligaron a mirar ese rostro que parecía esculpido y ese mentón afilado. En su cara no se veía la expresión desafiante que lucía durante sus últimos encuentros.

—Has venido para hablar conmigo.

¿El fratricidio era legal en Inglaterra? De no ser así, debería serlo. Deberían hacerse excepciones para casos como ese. Una mujer debería poder ejercer algún tipo de venganza cuando sus hermanos se comportaban de una forma tan dominante. Mirar a Trent con gesto asesino era más fácil que lidiar con Ryland, de manera que se concentró en conseguir que el tonto de su hermano se retorciera como los gusanos que solía meterle en la cama cuando eran pequeños.

Trent le dirigió otra sonrisa tímida y se encogió de hombros.

—Ya va siendo hora de que aclaréis las cosas. Es evidente que estás alicaída desde...

—¡Trent! —Miranda se atrevió a mirar por encima del hombro y alcanzó a atisbar los últimos vestigios de la sonrisa de Ryland, que no tardó en lucir de nuevo una expresión neutra. Decidió seguir taladrando a su hermano con la mirada—. Algunas cosas es mejor dejarlas tal como están.

—Sí, bueno. En fin, ocupaos de vuestros asuntos. Como si yo no estuviera aquí. —Se sentó en el sillón de su escritorio y tomó un libro. Al cabo de un momento, pasó una página, como si realmente estuviera enfrascado leyendo los poemas de Coleridge.

—Tienes el libro del revés —murmuró Miranda. No era cierto, pero esperaba que su hermano tuviera que comprobar si lo era.

Trent le hizo caso omiso y pasó otra página.

Ryland entró en el gabinete y se detuvo a su lado.

—Parece muy ocupado.

—Está fingiendo. No está atento al libro ni mucho menos.

Ryland se volvió para mirarla. Guardó silencio durante tanto rato que Miranda cedió a la tentación de mirarlo. Sus ojos parecían fuego plateado rodeado por volutas de humo. Se sintió arrastrada por esas profundidades mientras pensaba que podría perdonarle cualquier cosa con tal de que la mirase con esa misma pasión durante el resto de sus vidas. Bastaba para que cualquier mujer se sintiera definitivamente querida.

—¿Quieres que lo pongamos a prueba? —le susurró él, haciendo que Miranda bajara la vista a sus labios.

—¿Qué vamos a poner a prueba?

—Su atención.

Miranda alzó la vista al punto, al recordar la presencia de Trent. Cuando recobró la compostura, se dio cuenta de que había dado un paso hacia Ryland y de que se había inclinado hacia él, arrastrada por la promesa de su mirada.

—¿Cómo lo hacemos?

Ryland pareció meditar un instante. Después, extendió un brazo y le agarró una mano con suavidad.

—Podría besarte.

El jadeo de Miranda se oyó tan alto que casi ahogó la fingida tos de Trent.

Ryland se echó a reír.

—Me rindo. Tenías razón. Está escuchando.

—Claro que está escuchando. Aunque se preste a estas ridiculeces clandestinas, es mi hermano. —Airada por el hecho de que hubiera sido una treta para provocar a Trent, cruzó los brazos por delante del pecho y retrocedió otro paso.

—Trent, ¿podría quedarme a solas un momento con tu hermana?

El aludido alzó la vista y su normalmente alegre rostro lucía una madurez que Miranda no esperaba.

—¿Vas a proponerle matrimonio?

—Seguramente no.

—En ese caso, no. Creo que todos debemos quedarnos donde estamos. Sigue. —Devolvió la mirada al libro.

Ryland suspiró.

—¿Al menos puedo llevarla a aquel rincón, donde podremos hablar con un mínimo de intimidad?

Trent agitó una mano en el aire sin alzar la vista del libro.

—Adelante. La acústica de esta estancia es maravillosa.

Ryland suspiró mientras la tomaba del codo y la invitaba a atravesar el gabinete. Se colocó en el rincón situado junto a la puerta y la dejó delante del vano. Miranda se sintió muy expuesta, pero agradecida por el hecho de no estar arrinconada.

Ambos guardaron silencio.

Miranda cruzó los brazos por delante del pecho y se negó a mirarlo a la cara. Había una grieta en la pared, entre la moldura y el papel. Alguien había colocado una de las obras de Shakespeare bocabajo en la estantería. El sillón orejero preferido de su hermano tenía los reposabrazos un poco desgastados.

Al final, se quedó sin otra cosa que mirar y su atención regresó a Ryland. Enarcó las cejas, con la esperanza de que él tomara la iniciativa y empezara a hablar.

No lo hizo. Se mantuvo en silencio, el vivo retrato de la tranquilidad, mientras la miraba.

El único sonido procedía de su pie derecho, que no paraba de golpear rítmicamente el suelo. Si su hermano seguía pasando páginas, estaba haciendo un trabajo admirable para no hacer el menor ruido.

A la postre, Miranda dijo:

—Estoy esperando.

—¿El qué?

Detuvo el pie antes de golpear el suelo otra vez.

—¿El qué? ¡Pues... pues una disculpa, por supuesto!

—No vas a conseguir ninguna.

Miranda dejó caer los brazos a ambos lados del cuerpo y abrió la boca. Tras recordar que supuestamente era una dama elegante, la cerró de golpe.

—Entiendo.

—¿De verdad?

Miranda no supo qué responder. Jamás había oído que un caballero se negara a disculparse con una dama. Al menos no si se trataba de un verdadero caballero. Porque había muchos libertinos y muchos sinvergüenzas que insultaban a las mujeres y se negaban a enmendar su error, pero ni siquiera cuando Ryland se hacía pasar por ayuda de cámara le había cabido la menor duda de que era un caballero.

—No tengo motivos para pedir disculpas —añadió.

Trent resopló.

—Amigo mío, no has empezado con buen pie —murmuró, demostrando que no tenía la menor intención de hacer oídos sordos a la conversación.

—No tienes motivos para... Siento contradecirlo, excelencia —replicó con retintín, enfatizando el título de cortesía, antes de apretar los dientes, decidida a pasar por alto a su entrometido hermano.

—Una disculpa implica arrepentirse de algo que se ha hecho. Si me disculpo, significa que, de haber podido, habría hecho las cosas de otra manera. Sin embargo, no cambiaría ni un ápice de mi relación contigo. Salvo por tu intervención en la huida de mis secuestradores, por supuesto. Poner tu vida en peligro no es algo que entrara en mis planes, aunque llevara a un agradable interludio mientras caminábamos por el campo. —Ryland se apoyó en el rincón y cruzó las piernas a la altura de los tobillos.

—¡Pero te comportaste de una manera despreciable!

—¿Qué te gustaría que cambiara, Miranda? Sabes que no podía decirte quién era. Habría desbaratado por completo la misión.

—Te habría guardado el secreto.

—Lo habrías revelado sin querer. Tu forma de comportarte conmigo habría cambiado. Pero ambos sabemos que ese no es el problema. —Abandonó la postura relajada y se inclinó hacia delante hasta que su rostro quedó a pocos centímetros del de Miranda—. Hablemos de las cartas —dijo en voz baja, un desafío tácito, un guante verbal que la retaba a duelo.

—No tenían nada que ver con tu misión. ¡Nada! —Miranda se abrazó por la cintura. Ryland tenía razón y eso le dolía más que sentirse al descubierto por culpa de las cartas. No estaba tan molesta por su engaño y por sus actividades como espía, pero se sentía utilizada y asustada cuando pensaba en las cartas.

—Sabía que esta sería mi última misión. Sabía que este año vendría a Londres. Sabía que mi camino se cruzaría con el tuyo por mi amistad con Griffith. De no haber mantenido correspondencia contigo durante el invierno, ¿qué crees que habría sucedido cuando nos encontramos en el baile de máscaras?

Miranda clavó la vista en el suelo y guardó silencio, con el asomo de un mohín en los labios.

—Estoy esperando, Miranda. —Ryland hablaba en voz baja y seria—. ¿Qué habría sucedido?

—Bueno, supongo que habríamos bailado tal como hicimos.

—Te habrías sentido tan avergonzada que como mucho habrías hablado del tiempo. Te habrías puesto a pensar en todos los secretos que has plasmado en papel mientras fingías escribirme. No quería que existiera esa incomodidad entre nosotros cuando por fin nos conociéramos oficialmente, de manera que decidí intervenir. Tal vez no te guste, pero no me arrepiento de haberlo hecho.

—¿Crees que evitaste que me sintiera avergonzada? ¿Cómo crees que me sentí cuando me di cuenta de que había estado manteniendo correspondencia con el ayuda de cámara? —le gritó Miranda.

Ryland se apoyó de nuevo en el rincón con una sonrisilla arrogante en los labios. Miranda tuvo la impresión de que su propósito había sido el de provocarla hasta hacerla estallar.

—Enfadada.

Miranda resopló. Apretó los dientes.

—Eres despreciable.

—¿Ah, sí? ¿Qué me hace ser despreciable? ¿Que me sintiera tan intrigado por ti que no fui capaz de esperar seis meses para hablar contigo? ¿Que aprovechara la oportunidad que me brindaban las cartas para conocerte como jamás se me permitiría hacerlo en un salón de baile? ¿O el hecho de haberte engañado? Tal vez no te guste que sirviera a nuestro país recabando información.

—Eso es absurdo. —Empezó a estremecerse. Le temblaban incluso los dedos de los pies. Bajó la voz y añadió—: ¿Por qué lo hiciste? Convertirte en espía, me refiero.

—En realidad, fue casi por accidente. La universidad era un reto para mí. Sentarte sin moverte, estudiar palabras que alguien había escrito con el único propósito de enseñar algo en concreto. Cuando nos enteramos de que mi primo se había quedado atrapado en Francia cuando la guerra empezó de nuevo, aproveché la excusa para abandonar Oxford.

—¿Fuiste para rescatarlo?

Ryland asintió con la cabeza.

—Lo encontré mientras trataba de conseguir un pasaje a casa vendiendo información. Afirmaba ser el duque de Marshington. No tuvo el efecto que esperaba. Le dieron una paliza y lo encerraron como prisionero en una casita situada en el sur de Francia.

Miranda sintió que se le encogía el corazón al ver la angustia que se reflejaba en los ojos de Ryland. Sabía que no tenía una relación muy estrecha con su tía y con su primo, pero saltaba a la vista que sentía algo por ellos, aunque solo fuera responsabilidad.

—Pero lo salvaste. Lo he visto en la ciudad.

Ryland asintió con la cabeza.

—Lo encontré. Tardé dos semanas y tuve que mantenerme escondido en el palacio, escuchando conversaciones y rescatando cartas parcialmente quemadas. En aquel entonces, no se me daba muy bien moverme con sigilo, de manera que me descubrieron y trataron de quemar la casita. Mientras tanto, Gregory se fracturó una pierna, pero logré sacarlo a rastras de allí. —Parpadeó y las sombras atormentadas abandonaron sus ojos—. Un agente del Ministerio de la Guerra me localizó y se ofreció a llevarnos de nuevo a Inglaterra. Le conté algunas de las cosas que había descubierto mientras buscaba a mi primo y, antes de darme cuenta, me estaban adiestrando y enviándome a realizar misiones. Para un muchacho de dieciocho años, eso era mucho más emocionante que la universidad.

Miranda sonrió al imaginar su emoción y su juventud.

—Me lo imagino.

Ryland extendió un brazo y le acarició el borde de los labios con un nudillo, como si hubiera echado de menos su sonrisa y se alegrara de volver a verla.

—A los veintisiete años, ya no me parece tan deslumbrante. De ahí que lo haya dejado.

—Me alegro —susurró Miranda. No estaba al tanto de los pormenores de lo que Ryland había tenido que hacer, pero sabía que había sido peligroso. Las piernas rotas y los incendios bastaban para que sintiera miedo por él. El alivio y el hecho de comprender sus motivaciones pugnaban en su interior con la irritación y la dejaban confundida.

¿Tenía Ryland razón? ¿Habría permitido ella su cortejo si las cartas hubieran sido un secreto? La predicción que él había hecho era plausible. Tal vez se hubiera sentido tan avergonzada que habría rechazado cualquier intento de acercamiento por su parte.

Le acarició una mejilla con un dedo y descendió hasta detenerse bajo su barbilla, tras lo cual la instó a alzarla.

—¿Qué vas a hacer, Miranda?

Capítulo 27

Ryland casi dejó de respirar al ver las emociones que pasaban por los ojos de Miranda. No fue capaz de identificarlas, pero agradeció enormemente que no las ocultara.

—¿Vamos a olvidar el pasado y ver si podemos tener una buena vida juntos?

Intentó pensar en cualquier objeción que a ella se le pudiera ocurrir. Cuantas más dudas erradicara en ese momento, más se beneficiaría su causa.

—Mi amistad con Griffith ha sobrevivido a nueve años de secretos y de prolongadas ausencias. No creo que te necesite para mantener esa relación con él. Lo que está en juego es la relación existente entre tú y yo. Nada más.

Miranda se mordió el labio con una expresión más insegura de la que le había visto antes. Pese a la opinión de la mayoría de la alta sociedad londinense, sabía que no era el mejor partido. Y Miranda sabía suficientes cosas sobre él para tener claro que su vida en común no sería la misma vida tranquila y segura que había llevado hasta entonces. La había educado una duquesa para ser una duquesa perfecta.

Pero él no necesitaba una duquesa perfecta. Necesitaba una duquesa capaz de tener un pie en el mundo donde él había vivido y otro en el mundo donde vivían todos los demás. Alguien que lo comprendiera aunque las decisiones que tomara le hicieran daño.

Se quedó sin aliento.

Le había hecho daño. ¿Por qué no lo había asimilado hasta ese momento? Siempre había admirado el fuego que crepitaba tras la fachada de la dama perfecta. ¿Cómo era posible que no se hubiera percatado de que podría herir esos sentimientos? No era algo temporal provocado por la sorpresa y los malentendidos. Era algo real.

—Siento haberte hecho daño —se disculpó sin rodeos.

Miranda parecía a punto de sonreír.

—Dijiste que no ibas a disculparte.

El nudo que sentía en el pecho se aflojó un poco y pudo respirar con más facilidad. No contuvo la sonrisa que esbozaron sus labios.

—No me estoy disculpando por lo que hice. Volvería a hacerlo. Pero no era mi intención que descubrieras la verdad delante de tus hermanos. Quería que mantuviéramos esta conversación la primera vez que te viera en Londres. No semanas después.

—Pero seguimos en presencia de mi hermano. —Miranda sonrió antes de adoptar una expresión pensativa—. Me lo pensaré.

Ryland clavó la vista en sus pies. Al menos no era un rechazo. Se percató de que Miranda encogía y estiraba los dedos. ¿Intentaba controlar sus emociones? ¿Intentaba ocultarlas tras la máscara de la dama perfecta? Si le permitía cortejarla, tenía la intención de poner a prueba esa fachada tan compuesta. Sin duda alguna, esa sería una de las cosas sobre las que quería pensar.

—¿Durante cuánto tiempo?

—Tres días.

Podría soportar tres días.

—Te concederé tres días.

—Y no te acercarás a mí durante esos tres días. Nada de sobornar a los criados para sentarte junto a mí en las cenas o aparecer de repente en los bailes a los que asisto. Y tampoco enviarás a Colin a mi casa. No volveré a dar un paseo con tu investigador.

Ryland sintió deseos de echarse a reír al ver que su plan había funcionado en realidad. Esos detalles habían hecho mella en ella. Bien pensado, enviar a Colin había sido más un acto desesperado que meditado, pero no parecía haber dañado mucho su campaña.

—Muy bien. Tres días. Vendré el jueves y saldremos a cabalgar por el parque.

El tiempo pasó, latido a latido, mientras se miraban a los ojos. Debería marcharse. Miranda le había pedido tres días y tenía toda la intención de concedérselos, pero eso significaba que tendrían que salir del gabinete de Trent.

Tres días sin la oportunidad de hacer algo. Tres días durante los cuales Miranda solo tendría su recuerdo para pensar.

Sería mejor que le diera recuerdos potentes.

Sin avisar, inclinó la cabeza y le rozó los labios con los suyos. La sintió tensarse por la sorpresa. Prolongó la caricia hasta que notó cómo se relajaba y se dejaba llevar por el beso. En ese momento, se obligó a levantar la cabeza y se aferró los pantalones para no estrecharla entre sus brazos.

—Hasta el jueves —susurró.

Acto seguido, se dio media vuelta y se marchó.

—¿Crees que este tirabuzón debería ir aquí? ¿No quedaría mejor alrededor de esta trenza? —Miranda toqueteaba los tirabuzones que le enmarcaban la cara. Por el espejo vio que Sally hacía una mueca mientras colocaba el tirabuzón en cuestión siguiendo sus deseos. Suspiró. Habían pasado los tres días y estaba hecha un manojo de nervios—. No, tenías razón. Quedaba mejor de la otra manera.

—*Milady,* llevará puesto un bonete mientras monta a caballo. No va a verle nada del peinado. —Sally colocó el tirabuzón una vez más y se apartó de ella, declarando en silencio que había terminado de peinarla.

Miranda se puso de pie y se inclinó para examinar el peinado por última vez.

—Lo verá cuando entre en el salón para venir a buscarme.

—Está perfecto, *milady.*

Miranda miró a la doncella con una sonrisa. La pobre había sido muy paciente con ella. Primero, se había probado seis trajes distintos. Sally había tenido que bajar en dos ocasiones para planchar los vestidos que ella creía que quería ponerse. Al final, aceptó la propuesta inicial de su doncella. Eso sí, había tardado tres veces más de lo normal en peinarse. Aunque era su trabajo, Miranda llegó a la conclusión de que la mujer había demostrado una templanza encomiable.

—Gracias, Sally. ¿Mi madre y Georgina se han marchado ya?

—No lo sé, *milady.* Bajaré a ver.

Miranda se puso a andar de un lado para otro mientras esperaba el regreso de Sally. Cuando su madre y Georgina mencionaron la idea de ir de visita y de tiendas esa tarde, se excusó diciendo que le dolía la cabeza. Le convenía estar sola cuando Ryland apareciera. No sabía qué iba a decirle él cuando llegara. Ni siquiera tenía muy claro qué iba a decir ella.

Esos últimos tres días habían sido difíciles. Pese a la promesa de Ryland de permanecer alejado mientras ella se lo pensaba, lo había estado buscando. Y, después, la abrumaba una decepción irracional cuando comprendía que iba a respetar sus deseos.

Una vez creyó verlo al otro lado del salón de baile, pero no estaba lo bastante cerca para asegurarlo. Si era él, se pasó toda la noche en la sala de juegos y ni siquiera pisó la pista de baile. Lo sabía porque lo había estado buscando.

Hubo algo que le quedó claro enseguida. La vida sin Ryland sería anodina y aburrida. ¿Valía la pena desperdiciar la mejor oportunidad que tenía de casarse por amor a fin de conservar el equilibrio? Porque si no averiguaba hasta dónde podían llegar las cosas con Ryland, sabía que nunca tendría otra oportunidad de encontrar el amor verdadero. Tendría que conformarse con uno de esos caballeros respetables que querían aumentar su fortuna o mejorar su posición social.

Con alguien como Ashcombe.

La idea le hizo estremecerse.

Sally regresó para confirmarle que sí, que su madre y su hermana ya se habían marchado. Miranda salió del dormitorio, presa de la emoción, con el corazón desbocado en el pecho. Bajó la escalinata dando saltitos y, sin poder evitarlo, dio una vuelta al entrar en el salón donde iba a esperar a Ryland. Su vida dejaría de ser aburrida, lo tenía claro. Si bien era probable que sus exaltadas emociones tuvieran como consecuencia más lecciones de comportamiento, estaba dispuesta a soportarlas si así encontraba la felicidad futura con un hombre como Ryland.

Se dejó caer en el diván y se permitió dar un par de botes. A medida que se acercaba la hora, más emocionada se sentía. Las cosas iban a salir bien en esa ocasión. Dios iba a recompensarla por haber aceptado su plan y por asumir la idea de que iba a ser una devota tía.

Al cabo de unos minutos, empezó a ponerse nerviosa y llamó a una criada para que le llevase su labor de bordado. Se sentó y se concentró lo suficiente para bordar una complicada flor a la perfección, de manera que perdió la noción del tiempo. Después de terminar un ramillete de rosas amarillas y rosas, miró el reloj y se dio cuenta de que habían pasado casi dos horas. La hora más de moda para pasear por el parque estaba llegando a su fin.

Se encogió de hombros. Ir a la moda no era lo más importante en ese momento. A su debido tiempo, querría pasear por Rotten

Row en plena tarde para que todo el mundo viera que Ryland la estaba cortejando. Eso ayudaría a afianzar su posición entre el resto de las mujeres que buscaban marido. Tal vez Ryland deseaba que ese día tuvieran menos interrupciones, de modo que irían a pasear algo más tarde.

Con la esperanza de que el siguiente trozo de bordado la distrajera tanto como el anterior, se afanó con la aguja. Un rato después, oyó el traqueteo de un carruaje que se detuvo en la puerta. Oyó voces al otro lado de la ventana, aunque no distinguía las palabras ni el tono.

Cruzó la habitación a toda prisa para mirar por la ventana y se ocultó tras la cortina. Su madre y su hermana estaban en los escalones de entrada, dándoles órdenes a los criados que bajaban los paquetes. Con el corazón en la garganta, se dio media vuelta para mirar el reloj de la repisa de la chimenea, sin dar crédito a lo que le sucedía. Sin embargo, el reloj no mentía. Había llegado el momento de prepararse para las incontables fiestas que se celebrarían por toda la ciudad. Nadie iría a pasear por el parque a esa hora.

Salió del salón corriendo, desesperada por regresar a su dormitorio antes de que Georgina la viera. De entre todas las posibilidades que había barajado, ni se le había ocurrido la idea de que él no apareciese.

¿Se lo había pensado él también? ¿Había decidido que después de todo no la quería?

Habida cuenta del apasionado discurso en el gabinete de Trent y de todas las cosas que había hecho desde que regresó a Londres, tenía claro que Ryland no había decidido poner fin a su cortejo.

Claro que el corazón hacía oídos sordos a la razón. Se refugió en su dormitorio, mientras las emociones y la lógica pugnaban por hacerse con el control. La puerta se estampó contra la pared y dejó una marca en el enyesado. En un momento de lucidez, aferró la puerta antes de que se cerrara con un portazo que dejaría claro su malhumor al resto de la casa. Después de cerrarla sin hacer ruido, empezó a pasearse de un lado para otro de la habitación y se hizo con uno de los almohadones de la cama cuando pasó junto a ella.

Golpear y estrujar el inocente trozo de tela y el relleno calmó parte de su frustración. Arrojarlo contra la pared mientras fingía que era la cabeza de Ryland fue todavía mejor. ¿Era un indicio de cómo sería la vida con él? ¿Se pasaría la vida preguntándose a todas horas en qué se había metido? ¿Preguntándose si había sido incapaz de abandonar su vida llena de peligros y había acabado en una zanja?

Se hizo con todos los almohadones y cojines que había en la habitación y los arrojó contra la pared. Entre jadeos, los recogió y procedió a lanzarlos una vez más.

Agotada por completo, cayó al suelo desmadejada. Ryland Montgomery, duque de Marshington, antiguo ayuda de cámara y espía extraordinario, no sería un hombre de convivencia fácil.

Claro que, si lo que estaba sucediendo era un indicio de cómo sería la vida a su lado, tal vez debiera esforzarse más en intentar vivir sin él.

Ryland apoyó la cabeza en el respaldo del sillón y dejó que los brazos le colgaran por los laterales. Tenía las piernas extendidas hacia el fuego, cruzadas a la altura de los tobillos. Una manzana colgaba de un gancho en la repisa de la chimenea y giraba lentamente sobre el cordel mientras el fuego se reflejaba en su brillante piel a medida que la fruta se asaba para convertirse en un aperitivo que le brindaba el consuelo de su etapa escolar. Observó cómo giraba la manzana hasta que se quedó bizco y, después, se le cerraron los ojos.

Era la viva imagen de un caballero relajado sin más preocupaciones que el siguiente placer que quería satisfacer, salvo los agradables pensamientos de su última actividad. La verdad era totalmente distinta, pero eso era lo habitual, claro. La supervivencia normalmente se basaba en aparentar algo mientras se hacía todo lo contrario. En ese caso, su cuerpo estaba relajado, pero no así su mente.

Empeñar toda la materia gris en examinar y diseccionar el problema desde todos los ángulos posibles era agotador, pero también era lo único que le quedaba por hacer. Ya contaba con nombres. A simple vista, ninguno de ellos parecía ser un traidor, pero uno se había reunido con Lambert y no precisamente con buenas intenciones.

La pareja del salón de té se había casado la semana anterior y se había trasladado a Yorkshire. La mujer con la niña resultó ser una institutriz. Uno de los hombres era un barón y el otro el segundón de un vizconde. Los dos encajaban con la descripción de Colin del inversor, su estatus era bastante elevado como para ansiar más y lo bastante insignificante como para no tener nada que perder.

Y uno de ellos sabía que él estaba cerca, aunque desconocía cómo lo había averiguado.

El reloj de la repisa de la chimenea marcó las siete de la tarde. Hizo una mueca mientras el eco de la última campanada resonaba en la estancia. ¿Qué estaría haciendo Miranda en ese momento? Asándolo al fuego como una manzana, sin duda alguna. Tres veces había redactado una nota esa tarde para enviársela, para darle una explicación, pero no podía arriesgarse a hacerlo.

Estaba convencido de que vigilaban su casa y de que seguirían a cualquier mensajero. Aunque pudiera enviarle la nota sin que se enterasen, podrían estar vigilando a Miranda para saber si le llegaba algún mensaje. No obstante, si estaban al tanto de la existencia de aquella joven, desconocían hasta qué punto era importante para él. Y no podía arriesgarse a hacer algo que lo evidenciase.

Ya había enviado a varios criados para vigilar la casa de Miranda. Entraban y salían a diferentes horas y daban un rodeo para llegar a Hawthorne House. Griffith seguramente lo mataría si se enteraba de lo que estaba haciendo. Había sopesado la idea de hablarle a su amigo del peligro existente, pero no tenía claro que Griffith supiera cómo proteger a Miranda en semejante situación.

De modo que mandó a su gente y decidió pedirle perdón después.

Sintió la aspereza de sus manos callosas en la cara mientras trataba de arrancarse físicamente los pensamientos de Miranda. Salvo ponerle una protección discreta, no podía hacer más. Era mejor que empleara el tiempo en averiguar la identidad de su enemigo a fin de atrapar al malhechor y recuperar su vida.

Detestaba estar sentado sin hacer nada, a la espera de recibir información. Todo su ser clamaba por salir e investigar él mismo. Por encontrar las respuestas él mismo. Por atrapar al hombre con las manos en la masa en vez de dirigir la operación desde su gabinete.

El chasquido del pomo de la puerta al abrirse lo devolvió al presente. Se obligó a mantener la postura relajada mientras que usaba los cinco sentidos para averiguar quién era el recién llegado. Entreabrió uno de los ojos y le echó una miradita a la enorme sombra que se colaba por la puerta.

—¿Alguna novedad, Price? —Abrió los ojos una vez más y dejó que una parte de su cerebro repasara todo lo que sabía de Lambert mientras otra se centraba en el informe de Price. Se estaba percatando a marchas forzadas de que una de las ventajas de contratar a antiguos espías y veteranos de guerra como personal doméstico era que tenía a su disposición ayuda muy capaz cuando necesitaba llevar a cabo alguna tarea extraña. O recabar información.

Aunque la idea de no estar haciendo el trabajo él mismo lo destrozara, tenía la absoluta certeza de que las personas que había enviado eran las mejores para ese trabajo. Le comunicaría sus averiguaciones al Ministerio de la Guerra. Si bien le habían asegurado que se estaban ocupando del asunto, tenía bastante claro que le estaban dejando que se ocupara él por sus propios medios.

Claro que después seguramente se atribuyeran todo el mérito.

Oyó que Price cruzaba la estancia y se colocaba junto a la chimenea. Tras unos minutos de silencio, el olor a manzana asada le llegó desde más cerca y sintió que le ponían la fruta en una mano. Se la llevó a la boca y clavó los dientes en la piel arrugada. El jugo dulce le llenó la boca cuando le arrancó un bocado a la fruta medio derretida.

—Prepárate una, Price. Hay un cuenco con manzanas en el estante de detrás del escritorio.

—No me vendría mal, señor. Mi madre solía asarnos manzanas por Navidad. Llevo años sin comer una.

Ryland siguió los movimientos del hombre por costumbre, aunque creía que a esas alturas había dejado atrás la vida en la que saber dónde se encontraba todo el mundo en una estancia en todo momento marcaba la diferencia entre seguir con vida o estar muerto. La nota que había recibido esa mañana indicaba lo contrario.

Tras unos minutos, el otro sillón orejero crujió mientras los muelles acomodaban el enorme peso. Ryland volvió a abrir los ojos y siguió masticando la manzana.

Puesto que la chimenea estaba encendida, algo innecesario para la época del año, Price se quitó la levita, que dejó colgada del respaldo del sillón. El hombre adoptó una postura similar a la de Ryland.

—Nada, señor. Es como si la nota hubiera salido de la nada y hubiera aparecido en el escalón. No hemos encontrado a ningún mensajero, ni a ningún ladronzuelo que admitiera recibir unas monedas por entregar la nota. Jess ha estado rastreando las calles en busca de alguien que sepa algo. Ha regresado hace unos minutos.

Ryland frunció el ceño. Jess era una de las criadas.

—Es una chiquilla, Price. No la quiero en la calle.

Price meneó la cabeza.

—Ya no es la niña que encontró en un baúl, excelencia. Ver que se llevan a tus padres acusándolos de ser simpatizantes ingleses te hace madurar muy deprisa. Recuerde que ha llevado a cabo unas cuantas misiones para la Corona desde entonces. Tuvo el valor de cruzar con usted el canal a escondidas hace siete años y sigue siendo tan valiente como entonces, aunque sea tan menuda. Claro que eso le da la ventaja de poder hacerse pasar por un muchacho en las calles.

—Sigue sin gustarme. —A decir verdad, nunca le había gustado tener a mujeres bajo su mando en las misiones de inteligencia. En el fondo, seguía siendo un caballero e iba contra su código moral permitir que una mujer se pusiera en peligro. Era una preocupación de la que se había tenido que desentender nada más empezar la carrera de espía, pero nunca había logrado mitigarla del todo.

Price le dio un golpecito a su manzana.

—¿Quién cree que envió la nota?

Ryland se sacó el papel del bolsillo y lo leyó una vez más, aunque se sabía las breves palabras de memoria.

Me las pagarás por habérmelo arruinado todo. Me has quitado todo aquello que me he esforzado en conseguir. Ahora yo te lo quitaré todo a ti. A lo mejor empiezo por la muchacha.

—Tengo sospechas, pero no pruebas. —Ryland le pasó la hoja de papel a Price y se puso de pie para pasearse de un lado para otro—. No es un profesio... Un momento. ¿Mi tía y mi primo siguen en casa?

Price negó con la cabeza.

—Se fueron al teatro hace una hora.

Ryland asintió con la cabeza y empezó a moverse de nuevo.

—Nuestro hombre, sea quien sea, no es un profesional. Algo sorprendente, teniendo en cuenta la enorme red de espías que colocó en las casas de gente importante a lo largo y ancho de Inglaterra. Es demasiado emocional, le tiene demasiado apego a lo que cree que le he robado. Busca venganza.

El Ministerio de la Guerra había atrapado a Lambert hacía dos días, en un barco de contrabandistas con rumbo a Francia. Desde ese momento, Lambert lo había contado todo salvo la identidad de quien lo contrató. Iban a estar muy ocupados a lo largo de las siguientes semanas investigando a los criados que el hombre decía que formaban parte de la banda de espías.

—Eso hace que sea todavía más peligroso.

Price y Ryland se miraron en silencio. Como antiguo contrabandista que era, Price sabía mucho de enemigos ocultos y de su naturaleza fría y calculadora. También sabía lo peligroso que era cuando dichos hombres abandonaban la lógica.

Archibald se asomó por la puerta del gabinete.

—Creo que lo tenemos, excelencia. Tenía razón con respecto al barón Listwist.

Ryland le hizo un gesto a Archibald para que entrase en la estancia mientras le daba otro mordisco a la manzana. Era lo único que había sido capaz de comer ese día.

—Lleva sin cultivar sus campos dos años. Salvo una pareja anciana que cuida la casa y el burro que usan para ir al pueblo, la propiedad está vacía. —Archibald le pasó una lista—. Sin embargo, todos estos acreedores afirman que ha pagado sus deudas en los últimos seis meses. Facturas que había acumulado hasta estar a punto de entrar en la cárcel por deudas

—¿La propiedad está junto al mar?

Archibald asintió con la cabeza.

—Con una bonita cala. Profunda y de aguas tranquilas. Sería pan comido entrar y salir en barco.

Ryland despachó a Archibald y le ordenó que durmiera un poco. El hombre parecía agotado. Debía de haber viajado sin parar, alternando el caballo con el carruaje de postas.

—¿Tiene alguna conexión con Francia? —preguntó Price.

Ryland asintió con la cabeza.

—Una tía. Forma parte de la corte de Napoleón. Eso basta para convertirlo en sospechoso. El flujo de dinero es la gota que colma el vaso. Si no es nuestro traidor, al menos está cometiendo algún delito, pero dice que el dinero procede de su propiedad.

Jeffreys entró en el gabinete y cerró la puerta de golpe con un gesto de la mano, de modo que siguió andando sin detenerse.

—Hemos recibido otra nota.

Ryland se dio media vuelta y extendió el brazo para que le entregase el papel.

—¿Dónde?

—En la consola del vestíbulo principal. La misma letra temblorosa.

Price se levantó con un gruñido.

—¿Alguien ha cruzado mi puerta?

En los labios de Ryland apareció una sonrisa.

—Creo que la puerta es mía, Price.

—Tal vez la casa sea suya, excelencia, pero esa puerta es mía.

Ryland se vio obligado a contener una carcajada junto con la sonrisa.

—A ver qué dice esta, ¿os parece?

> *Nunca sabrás dónde atacaré. Imagina tu puerta sin ese ridículo mayordomo.*

—Creo que ese hombre es imbécil —dijo Jeffreys mientras meneaba la cabeza.

Ryland miró de reojo al «ridículo mayordomo». Las orejas de Price se estaban poniendo muy coloradas.

—Como poco, tiene ganas de morir.

—Primero mi puerta y ahora mi persona. ¡Voy a matarlo, Ryland!

Preocupado por el hecho de que Price hubiera vuelto a llamarlo por su nombre de pila, Ryland obligó al gigante a sentarse.

—Tranquilízate. Recuerda que el ataque va dirigido a mi persona, no a ti.

Ryland comenzó a pasearse por la estancia una vez más, sin perder de vista a Price en ningún momento.

A la postre, apoyó los brazos en el respaldo del sillón que había estado ocupando y clavó la vista en las llamas. La manzana de Price, olvidada ya, giraba alegremente y proyectaba sombras en el techo.

—Jeffreys, comunícale al Ministerio de la Guerra que hemos dado con nuestro hombre. Hasta el momento, nos han dejado llevar la investigación de forma extraoficial y estoy dispuesto a ayudar en su captura, pero ellos tendrán que llevar a cabo el arresto.

Capítulo 28

Miranda estaba dándose toquecitos en los labios con la pluma y contemplando el papel azul que tenía delante. Estaba tan tensa que tenía los nervios a flor de piel.

Tenía un torbellino en la cabeza formado por la confusión, la tristeza, una pizca de ira e incluso un poco de miedo. No lo entendía. No sabía qué debía hacer con todas esas emociones. Y la vía de escape que había usado durante tantísimo tiempo al parecer le estaba vedada.

Era incapaz de escribir.

Cada vez que la pluma rozaba el papel se negaba a moverse y dejaba tras de sí una mancha de tinta. ¿Cómo iba a escribir a Ryland sobre Ryland? La libertad del anonimato había desaparecido. No existía. Jamás sería capaz de plasmar de nuevo sus sentimientos en el papel a sabiendas de que nadie le reprocharía lo que dijera. Aunque él jamás viera la carta, ya no era un amigo sin rostro.

Era real.

Y lo echaba de menos.

Una conclusión que arrancó sus emociones de nuevo, porque llevaba varios meses diciéndole a Dios que no echaría de menos a un hombre, que sería completamente feliz sin uno al lado. Sin embargo, que Ryland hubiera roto su promesa de ir a buscarla esa tarde le había hecho reflexionar al respecto.

Alguien llamó a la puerta con suavidad. Volvió al presente. Oyó a su madre al otro lado.

—¿Estás lista, cariño?

—¿Qué? ¡Ah, sí, madre, ya salgo! —Recogió el bolsito que había sobre la cama y echó a andar hacia la puerta.

—Estás despampanante, Miranda. Tienes las mejillas coloradas y te brillan los ojos. Debemos encargarte vestidos verdes más a menudo.

Miranda miró la suave seda verde de su vestido, cubierto por una capa de encaje en un tono verde más oscuro. Ya se lo había puesto en dos ocasiones y no había recibido semejante cumplido por parte de su madre. Al parecer, el desasosiego le sentaba bien. Se le revolvió el estómago. Bueno, al menos le sentaba bien a su cutis.

—Gracias, madre. ¿Los demás están preparados? —Miranda salió del dormitorio y cerró la puerta.

Su madre la precedió por el pasillo.

—Sí. Trent y Georgina están abajo. Griffith, por supuesto, está en el Parlamento. Se reunirá para cenar con nosotros después de la representación.

El trayecto hasta el teatro transcurrió con normalidad. Georgina llevaba dos años asistiendo al teatro, de manera que la emoción de la novedad había pasado, lo que significaba que no se pasaría la noche parloteando sin parar.

El enorme número de carruajes que aguardaban alrededor del teatro hizo que tardaran en apearse el doble de que lo habían tardado en llegar. Cuando por fin les llegó el turno, Miranda descubrió que la presión de la rutilante multitud resultaba igual de abrumadora. Se apartó todo lo que pudo para esperar al resto de su familia.

De repente, la multitud se movió con brusquedad y la golpeó por la izquierda. Eso le hizo perder el equilibrio y chocarse con un hombre. Aunque se enderezó tan pronto como pudo, con las mejillas sonrojadas se volvió para disculparse. Se quedó sin aliento al ver el perfil del hombre.

—¡Tú! —logró exclamar pese al nudo que sentía en la garganta.

El hombre la miró y, de repente, Miranda sintió un repentino deseo de esconderse. No era Ryland. Se descubrió mirando el rostro más redondo de su primo, el señor Gregory Montgomery, que la miraba con curiosidad. No se encontraba entre sus conocidos íntimos y esa era la primera vez que sus caminos se cruzaban en esa temporada social.

—¡Oh! ¡Discúlpeme! Por un instante lo he confundido con otra persona. —Miranda hizo una genuflexión y se alejó para reunirse con su madre, a la que la multitud había enviado en dirección contraria a la suya.

—*Lady* Miranda, ¿cierto? ¿*Lady* Miranda Hawthorne?

Ella se volvió, sorprendida, ya que esperaba que el señor Montgomery se limitara a despedirse con una reverencia antes de seguir su camino hacia el teatro. Aunque solo volvió la cabeza, respondió:

—Sí. Le pido disculpas de nuevo por mi error. ¡Que disfrute de la representación!

La aglomeración disminuyó a medida que la gente se sentaba y se acomodaba en el interior del teatro.

Las carcajadas y los comentarios indicaban que la representación era buena, pero Miranda no era capaz de concentrarse en la obra. Seguía nerviosa y no podía estarse quieta. Se estaba abanicando con tanta fuerza que seguramente acabaría apagando la vela situada en la parte posterior del palco.

Durante el interludio, se marchó con Georgina a la mesa de los refrigerios para hacer algo.

—Nos encontramos de nuevo.

Miró y descubrió al señor Montgomery otra vez.

—Eso parece. Aunque no me sorprende, ya que seguimos en el mismo lugar de nuestro último encuentro.

Él sonrió. El gesto le resultó muy similar al de Ryland, pero le faltaba cierta chispa, cierto fuego interior. O tal vez se debiera a que no lo conocía bien. No era justo llegar a la conclusión de que ese hombre carecía de carácter cuando solo lo conocía de vista. De hecho, si un investigador de Bow Street le hubiera pedido antes de esa noche que le describiera al señor Montgomery, habría fracasado estrepitosamente.

A esas alturas, después de haber pasado un momento en su compañía, podría afirmar que tenía la nariz recta, mientras que la de Ryland tenía una pequeña elevación en el puente. Su barbilla era más redonda que la de su primo, que la tenía cuadrada. Los hombros del señor Montgomery eran casi tan anchos como los de Ryland, pero no parecían tener la misma fuerza muscular, lo que sumado a su cintura, más gruesa que la de su primo, provocaba un efecto extraño.

Miranda meneó la cabeza al percatarse de que el señor Montgomery le había dicho algo. No lo había oído.

—Discúlpeme, ¿le importaría repetírmelo?

—Le he preguntado si está disfrutando de la representación.

¿Qué podía decir? La verdad era que ni siquiera sabía cuál era el argumento de la obra.

—Es muy graciosa, ¿verdad?

—Me preguntaba si le apetecería hablar sobre ella más a fondo. ¿Tiene intención de estar mañana en casa? ¿Puedo visitarla? —Enarcó las cejas mientras le hacía la pregunta, con esa sonrisa inerte en los labios.

—Por supuesto. Me encantará hablar de la obra con usted. —¿En qué estaba pensando? No le interesaba en lo más mínimo hablar con el primo de Ryland. ¿Habría algún modo de librarse sin quedar mal?—. Mi hermana y mi madre me acompañan esta noche y, por supuesto, también estarán mañana conmigo. Será una conversación muy agradable para todos.

La sonrisa del señor Montgomery flaqueó un poco, pero se mantuvo en su lugar.

—Excelente. Nos vemos mañana, entonces.

Miranda se obligó a devolverle la sonrisa. Al fin y al cabo, eso era lo que hacía una dama. Regresó a su asiento, temiendo ya lo que le esperaría al día siguiente. Mientras se colocaba las faldas alrededor de la silla, se reprendió y se dijo que debía concentrarse en la segunda parte de la representación. Necesitaría decir algo cuando el hombre apareciera.

Se levantó el telón y su mente se evadió de lo que sucedía en el escenario. Aunque estaba segura de que el señor Montgomery no estaba interesado en ella, el encuentro la llevó a reconsiderar de nuevo la idea de que una vida al lado de Ryland no sería fácil.

Había llegado el momento de plantearse otras opciones.

Miranda se alegró muchísimo al ver que al día siguiente llovía a cántaros.

Georgina dejó de mirar por la ventana y gimió, disgustada.

—Nadie saldrá de visita con este tiempo. Está diluviando. Si esto sigue así, el sermón del domingo se centrará en Noé.

Miranda no pudo evitar sorprenderse hasta el punto de enarcar las cejas. ¿Desde cuándo se percataba Georgina del tema del sermón del domingo? Se mordió la lengua para no soltar una réplica mordaz mientras seguía trabajando con la aguja en la tela de color crema. Una sombra cubrió su labor cuando los tirabuzones rubios de Georgina aparecieron en su campo de visión.

—¿Qué estás bordando? —susurró su hermana, tan cerca, que su aliento le hizo cosquillas en la oreja.

—Un cojín. —Miranda se frotó la oreja con la muñeca, con cuidado de no pincharse con la aguja que sostenía entre los dedos.

—¿Un cojín? ¿Para qué? —Con gesto de aburrimiento, Georgina se dejó caer en su canapé preferido. Aunque no tuviera público, ella siempre interpretaba su papel.

—Para estampártelo en la cabeza —murmuró Miranda.

—Una dama jamás habla entre dientes, querida. —Su madre ni siquiera apartó la vista del libro que leía mientras la regañaba.

Miranda ardía en deseos de gritar por la injusticia. Una dama jamás enseñaba los tobillos, pero Georgina tenía la falda levantada hasta la rodilla. Por desgracia, gritar también sería lo opuesto al comportamiento educado de una dama, de manera que conseguiría dos amonestaciones, si bien su madre seguiría sin apartar la vista del libro.

—He dicho que lo quiero para adornar la cama.

—Es muy bonito. —Georgina ladeó la cabeza para examinar el motivo floral que recorría el borde de la tela—. ¿Vas a hacerme uno? Cuando me case, lo pondré en el salón.

—Creo que esperaré hasta que se haya anunciado el gran acontecimiento.

—Estoy segura de que hay una proposición de matrimonio al caer.

Miranda dejó de bordar.

—¿Por parte de quién?

—Supuestamente iba a venir hoy, pero nadie querría estar calado hasta los huesos mientras le pide a Griffith la mano de su hermana.

—¿Quién va a hablar con Griffith? —Miranda sintió el pinchazo de la aguja al apretar la mano de forma instintiva a causa de los nervios.

—A mí tampoco me gustaría que un hombre mojado me hiciera una proposición de matrimonio. Aunque viniera hoy, no lo recibiría.

—¿Quién? —Miranda alzó tanto la voz que prácticamente gritó la pregunta.

—Georgina, querida —dijo su madre mientras pasaba la página del libro—, una dama jamás hace oídos sordos a una pregunta a menos que tenga la intención de insultar a la persona que la formula.

La facilidad con la que su madre era capaz de hacer una afirmación tan inusual distrajo un instante a Miranda, que olvidó por un momento las noticias de su hermana. Las reglas que dictaban el comportamiento de una dama jamás dejaban de asombrarla.

—Madre, solo trataba de crear suspense. —Georgina empezó a pasearse de un lado para otro de la estancia—. Añadir un poco de emoción a este día tan triste.

—Podrías ocuparte con alguna labor. El otro día mencionaste que querías pintar una nueva pantalla para la chimenea del salón de la planta alta. —Su madre pasó otra página.

—Madre, no puedo pintar. Tendría que cambiarme de ropa. Si por un milagro alguien aparece, no estaría lista para recibirlo.

—Supongo que no, pero no creo que...

—Disculpadme —las interrumpió Miranda al tiempo que agitaba la mano para llamar la atención de su hermana. Su madre siguió con la vista clavada en el libro—. Todavía no has contestado.

—¡Ah! Bueno, solo es un conde, pero es una persona muy respetada, así que debería considerarlo. El marqués de Linstock es muy feo. No creo que pudiera soportar ver cómo envejece su cara día tras día. Y el duque de Marshington es muy poco interesante. Con todo el misterio que le rodea, cualquiera pensaría que sería un hombre fascinante, pero no.

Miranda llegó a la conclusión de que lo único que podría convertir a Ryland en un hombre poco interesante para su hermana era el hecho de que no estaba dispuesto a consentirla ni a alimentar su orgullo. Le parecía estupendo que Georgina le encontrara pegas al duque.

Y no porque ella pensara relacionarse con él de alguna manera. A primera hora de la mañana había decidido que se mostraría enfadada con él. No era una ira muy justificable, pero de esa manera mantenía controlado el desasosiego y no se pasaba el día al borde de las lágrimas.

Georgina siguió hablando mientras paseaba por la estancia.

—Así que he decidido considerar en serio a los condes disponibles. Este año hay un buen número de ellos.

Miranda repasó la lista. Había visto a cuatro condes haciendo las rondas por los salones de baile. No era un número muy alto, pero sí suficiente para que las madres con hijas casaderas recurrieran a sus modistas con la petición de que hicieran vestidos más favorecedores para sus hijas.

Uno de los condes era demasiado viejo. Hacía las rondas para participar en la primera temporada social de su nieta. Aunque muchas mujeres estarían dispuestas a casarse con un hombre mayor por el dinero y por el título, Georgina no necesitaba hacerlo. Lord Clampton visitaba todos los días la heladería Gunter's con *lady* Elizabeth Strosser, así que no estaba cortejando a Georgina.

De manera que el único conde que quedaba era lord Grayling y... no. La aguja se deslizó por los inertes dedos de Miranda cuando la última posibilidad tomó forma en su mente al mismo tiempo que su hermana pronunciaba el nombre.

—Lord Ashcombe se ha mostrado muy atento. Creo que dentro de nada pasará la última prueba de forma satisfactoria.

La mirada frenética de Miranda voló hasta el otro extremo de la estancia y se cruzó con la de su madre, que la observaba por encima del libro con gesto preocupado.

—No puedes hacer eso —susurró Miranda.

—¿Por qué no? Que tú no fueras capaz de conquistarlo hasta el punto de pedirte matrimonio no quiere decir que yo no pueda hacerlo.

—Pero Griffith...

—Perdón, *milady* —la interrumpió el mayordomo, que mantenía la dignidad acostumbrada pese al hecho de tener la parte delantera del uniforme empapada—. El señor Gregory Montgomery acaba de llegar.

Su madre enderezó la espalda y escondió el libro debajo del cojín que tenía al lado.

—¿Es una broma, Gibson? Nadie osaría salir con este tiempo.

—Se está secando en la cocina ahora mismo, *milady*. Lo siento mucho, pero es la única estancia donde se ha encendido el fuego hoy.

—Claro, claro. —Su madre les hizo un gesto—. Sentaos, sentaos. El señor Montgomery estará con nosotras en breve.

Georgina miró a Miranda con una sonrisa burlona.

—Parece que hay alguien con ganas de hablar sobre la representación teatral.

Miranda dejó escapar un suspiro, dobló la labor y la guardó en el costurero. Debería sentirse halagada por el hecho de que el hombre hubiera desafiado a las fuerzas de la naturaleza para verla, pero solo se sentía agradecida porque ya no tendría que escuchar las quejas de Georgina sobre el tiempo o sus alabanzas hacia lord Ashcombe.

Gibson entró con la bandeja del té, seguido por el señor Montgomery. La lluvia había desbaratado lo que en un primer momento era un atuendo muy favorecedor. Lo único que se mantenía intacto era la corbata. Las botas no tenían arreglo, y el pelo se le había pegado a la cabeza y empezaba a rizársele por las puntas.

Si miraba con atención, aún distinguía el parecido entre Ryland y su primo, pero la apariencia desarreglada del señor Montgomery tenía un efecto muy distinto en ella. Había visto a Ryland despeinado y sucio, pero aún así se las había apañado para irradiar poder y seguridad en sí mismo. El señor Montgomery parecía un cachorrito enfermo.

Asqueada por pensar de nuevo en Ryland de forma halagadora, Miranda invitó al señor Montgomery a tomar asiento en un sillón, uno de los tapizados por supuesto, y se dispuso a servirle el té.

—Señor Montgomery, ¿cómo se le ha ocurrido salir con semejante diluvio?

—Tengo por costumbre no incumplir mis promesas. Y anoche le aseguré que hoy vendría a visitarla. —Aferró la taza con ambas manos y aspiró el cálido vapor.

Su madre carraspeó con delicadeza.

—Dadas las circunstancias, habríamos entendido su ausencia.

Un comentario mucho más delicado que el que Miranda estaba pensando. El honor estaba muy bien, pero el sentido común no debía quedarse atrás.

El señor Montgomery negó con la cabeza, haciendo que las gotas de agua cayeran a la alfombra.

—Ni hablar.

Se hizo un breve silencio. ¿Los pensamientos de su hermana y de su madre serían similares a los suyos? ¿Estarían tratando de calcular cuánto tiempo tendrían que atender al señor Montgomery hasta poder excusarse y despacharlo para que aguantara de nuevo la lluvia?

Hasta su madre, *lady* Caroline, el epítome del modelo de una dama, parecía un poco ofuscada. Había reglas para las visitas no deseadas. Montones de ellas. ¿Acaso no se aplicaban al mal tiempo? Miranda se atragantó de repente. ¿Estaban obligadas a invitarlo a cenar?

Georgina la miró echando chispas por los ojos y ladeó la cabeza en dirección al señor Montgomery. Miranda sospechaba que de haber estado sentadas la una al lado de la otra le habría asestado alguna patada.

—Señor Montgomery, mmm... ¿disfrutó anoche del resto de la representación?

—Por supuesto. Una obra tan magníficamente escrita siempre será entretenida.

—Esto... sí, claro. Estoy de acuerdo con usted.

Otro silencio.

Unos azorados ojos verdes la miraron por encima de la taza de té. En ese momento no era su madre, era *lady* Caroline y tenía una situación muy incómoda entre manos. Una situación de la cual la culpaba a ella.

Miranda se encogió de hombros tratando de zafarse de la culpa de haber animado a ese hombre a visitarla.

Un trueno sacudió los cristales de las ventanas.

Su madre por fin se compadeció de ella y decidió intervenir.

—¿Cómo se están adaptando su madre y usted al regreso de su primo? Debo de haber oído al menos doce historias distintas sobre el paradero del duque durante estos años. ¿Podría decirnos cuál es la verdadera?

Miranda se sentó en el borde del diván. ¿Lo sabía su madre? Por supuesto que sí. Estaba el asuntillo aquel de haber tenido que sacar el cuerpo inconsciente de Ryland de la casa. Seguro que les había pedido explicaciones a sus hijos. ¿Se suponía que el tema de conversación de Ryland era para castigarla? Lo aceptaría sin dudar. Por más que detestara admitirlo, estaba dispuesta a participar.

El señor Montgomery no parecía tan entusiasmado como ella.

—Estamos, por supuesto, encantados por su regreso a la sociedad. Ha estado... Bueno, me temo que la historia no es adecuada para una audiencia tan sensible, *milady*. Con el debido respeto, debo negarme a responder a su pregunta.

Miranda frunció el ceño. Si el objetivo del señor Montgomery era frenar el escándalo potencial que podría causar la profesión de Ryland, estaba haciéndolo fatal. Su comentario insinuaba algo mucho más clandestino que el servicio a Inglaterra.

Su madre asintió con la cabeza.

—En ese caso, supongo que es mejor que dejemos el asunto. ¿Tal vez le gustaría hablar de algo más apropiado?

Georgina soltó la taza en el platillo con fuerza.

—Hace un tiempo espantoso. Se dice que usted ha estado en Francia. ¿Allí hace un tiempo mejor?

Hasta ahí las esperanzas de Miranda de no oír las quejas de su hermana sobre la lluvia.

—Sí, Francia es un país maravilloso. Es una lástima que los actuales inconvenientes le impidan visitarlo.

—Un hombre que intenta invadir Inglaterra no puede tildarse de un simple «inconveniente», señor Montgomery. —Miranda aferró con más fuerza la taza. Al igual que muchas otras mujeres de su posición, no estaba al tanto de los detalles de la lucha contra Napoleón, pero no era tan tonta como para no saber que una guerra que duraba ya años y que había costado la vida y la integridad física de muchos hombres era algo más que un simple inconveniente.

—Le pido disculpas, *lady* Miranda. —La miró con los ojos entrecerrados—. No deseaba traer a este salón un tema tan desagradable como la guerra. Por favor, discúlpeme por haberla ofendido.

Su madre agitó una mano en el aire.

—Ah, no tema. Solo está de mal humor por culpa de la lluvia. Este tiempo tan húmedo saca a relucir su faceta más emocional.

Miranda resopló. Era obvio que no había prestado atención suficiente a las lecciones de su madre sobre la discreción y los ataques verbales socialmente aceptables. A lo mejor debería sacar de nuevo la labor. Esa iba a ser una visita muy larga.

Capítulo 29

Ryland echó a andar hacia el salón sin prestar atención al grupito de criados que había al otro lado del vestíbulo. Su ayuda de cámara lo había estado reprendiendo por haber evitado a su tía, de modo que decidió darle el gusto y tomar el té con ella. Solo el orgullo evitó que se retirase.

Gregory no estaba en casa, ya que se había marchado esa mañana a su club. Había empezado a llover poco después de que se marchara y era probable que el chaparrón lo hubiera retenido allí todo el día. Sin embargo, ya era por la tarde y Gregory todavía no había vuelto para cambiarse de ropa y asistir a las fiestas de esa noche.

La lluvia había convertido el arresto del barón Listwist en un absoluto caos. El hombre casi había logrado escabullirse gracias a un plan de huida muy logrado. Ryland se había abalanzado sobre él para evitar que huyera y los dos se habían escurrido por la embarrada orilla hasta caer al Támesis.

Fue estupendo poder hacer algo en vez de tener que estar esperando de brazos cruzados.

Por desgracia, la lluvia también le había impedido disculparse con Miranda. Una vez libre de la amenaza que pendía sobre él, quería ofrecer su mejor aspecto cuando le pidiera permiso para cortejarla.

Por suerte, la lluvia también mantendría alejada de su puerta a la horda de visitas curiosas. No encontraría un momento mejor para ofrecerle una rama de olivo a su tía.

Entró en el salón y se obligó a aparentar estar relajado. La sonrisa que lucía en la cara era falsa, pero estaba seguro de que solo sus amigos más íntimos se darían cuenta.

Su tía estaba junto a la ventana, leyendo. Ni siquiera porque se creía a solas parecía relajada. Su postura era como la de la institutriz más estricta, y estaba vestida a la última moda de los pies a la cabeza.

—¿Puedo tomar el té contigo, tía Marguerite?

Ella levantó la vista, incapaz de ocultar la sorpresa que apareció en su cara.

—Por supuesto. En ese caso, supongo que debería pedir que traigan más.

—Ya he informado a Price de que me reuniría contigo.

—Ahora que lo mencionas, ¿te parece que hablemos de tu elección del servicio doméstico? —Jugueteó con una esquina del libro, hizo pasar las páginas y lo soltó en la mesita que tenía al lado—. Reconocerás que tu educación no te ha preparado precisamente para la organización doméstica.

Ryland se pellizcó la pierna y se sentó en el amplio sofá, enfrente de su única pariente femenina.

—Admito que mi padre nunca lo consideró importante para mi educación. Tal vez creyó que tú me enseñarías. Al fin y al cabo, habría sido algo propio de una madre.

Marguerite se atusó el pelo.

—Fue un descuido por mi parte, supongo, pero estaba muy ocupada con mi Gregory. Pero con más motivo debería guiarte ahora.

Ryland fue incapaz de controlar la expresión escéptica que apareció en su cara. Con un poco de suerte, su tía lo tomaría como inseguridad. A Gregory lo había criado una legión de niñeras. Marguerite había estado demasiado ocupada en el papel de esposa de su padre. Se había encargado de la casa por ellos, había sido su anfitriona en las fiestas e incluso se había encargado de parte de su correspondencia.

Se volvió para mirarlo a la cara.

—Por ejemplo, la orden que me impide encargarme del personal de mi casa...

Ryland carraspeó.

—De nuestra casa —se corrigió ella con el ceño fruncido—. Como tía tuya que soy, debería ser yo quien se encargara de los asuntos del personal, no tu administrador. ¿Qué sabe él sobre el manejo de la servidumbre? Tiene un gusto pésimo.

—Antes de que sigas, tía, quiero que sepas que he sido yo quien ha seleccionado personalmente a cada miembro de la servidumbre de esta casa. Han sido contratados siguiendo mis deseos.

—Ay, pobre sobrino, cuánto te he desatendido.

Price apareció en ese momento por la puerta. Llenaba el hueco con sus anchos hombros, y se le notaban los músculos de los brazos al sostener la bandeja delante de él. Dejó la bandeja en la mesa y se dispuso a llenar los platos para los ocupantes de la estancia. Pese al tamaño de sus manos, se las apañó para manejar la delicada porcelana con elegancia y mimo. No se oyó ni un solo tintineo mientras manejaba las tazas y los platos.

—Creo que nos serviremos nosotros, Price, dado que solo estamos mi sobrino y yo. —La sonrisa de Marguerite era tensa y fingida. Ni siquiera se merecía el nombre de sonrisa.

—Por supuesto, señora. —Price hizo una reverencia y abandonó la estancia.

Ryland se maravilló por la paciencia del hombre. ¿Había tenido que enfrentarse a ese desdén esos últimos ocho años? ¿Cómo se había controlado para no estrangular a su tía?

—Qué mayordomo más ridículo —masculló Marguerite mientras servía el té.

Ryland se quedó de piedra al oír unas palabras que tanto se parecían a las de la nota. Su tía no podía estar amenazándolo, ¿verdad? ¿Se equivocaba al pensar que las notas las había enviado el barón?

Carraspeó, interesado de repente en ese encuentro con su única pariente femenina.

—Price es un buen hombre.

Marguerite le ofreció una taza de té. Ryland bebió un sorbo y frunció el ceño. Azúcar. Muchísima. Siempre había tomado el té con leche y sin azúcar. Aunque creía recordar que Gregory siempre endulzaba mucho el té.

—No es un mayordomo de verdad. Ese hombre ni siquiera tiene cuello, Ryland.

Se encogió de hombros antes de replicar.

—Nadie podrá estrangularlo para entrar en la casa. El personal del servicio doméstico no va a cambiar, tía. Tengo mis motivos para contratarlos. Si no te gustan, tienes mi permiso para pasar una temporada en Marshington Abbey.

Había dejado la casa solariega en las competentes manos de su administrador. Los recuerdos de una infancia torturada eran lo único que le esperaba en sus siniestros pasillos. Haría falta un milagro para que atravesara sus puertas sin oír la incómoda voz de su tía Marguerite mientras fingía que los cuatro eran una familia feliz. No, no estaba preparado para pisar Marshington Abbey, de modo que no tenía problemas con dejar que su tía viviera allí.

—¿Y perderme la temporada social? Sabes que cualquier persona con un mínimo de importancia está en Londres ahora mismo, ¿verdad? —La voz de su tía hizo que regresara al salón londinense.

—Sí, tía, organicé mi regreso para que coincidiera con la temporada. Al fin y al cabo, ya va siendo hora de que me preocupe de asegurar la continuidad del apellido.

—Gregory le tiene echado el ojo a una candidata excepcional. Si decides no casarte, él estará encantado de continuar el apellido.

Ryland gruñó y observó cómo la lluvia empapaba la ventana. Le dio un buen bocado a uno de los emparedados que había llevado Price. Con la boca llena no podría criticar la habilidad de su primo para soportar las responsabilidades que conllevaba el título.

Tomar el té con su tía había sido una pésima idea. La próxima vez que Jeffreys lo reprendiera por evitar a lo que le quedaba de familia, se rompería los pantalones a conciencia. Si el ayuda de cámara estaba ocupado, no podría meter las narices en su vida personal.

La visita la atormentó mucho tiempo después de que el señor Montgomery se fuera. ¿La incomodidad se había debido al hombre en sí o a la situación? Era evidente que el señor Montgomery quería cortejarla, pero la mera idea le revolvía el estómago. ¿Acaso no tenía posibilidad alguna de olvidar a Ryland?

Estaba destinada a tener que conformarse con una solitaria soltería. Algo que ya le había dicho a Dios que estaba dispuesta a aceptar.

Al parecer, había mentido.

Miró con nerviosismo la tormenta que rugía fuera y se apartó unos pasos de la ventana. No tenía motivos para tentar a Dios a lanzarle un rayo. Seguro que tenía mejor puntería que su madre.

A lo mejor sus hermanos tenían muchos hijos, sobrinos y sobrinas que ella podría mimar. Podría hacerle un cojín a Georgina como regalo de bodas y bordar una frase que afirmara que sus hijos tendrían la mejor tía de toda Inglaterra.

De repente, se le pasó por la cabeza la espantosa idea de que se vería obligada a soportar la compañía del conde de Ashcombe cuando visitara a los hijos de Georgina. Ashcombe se sentaría a la cabecera de la mesa para contar su dinero mientras Georgina se acurrucaba en el otro extremo, como un pálido fantasma de su radiante personalidad, abrumada por los constantes comentarios del conde sobre lo poco que valdría de no haber aportado dinero y tierras al matrimonio.

En fin, eso mismo le había dicho Ashcombe a ella cuando le recriminó que le hubiera preguntado a Griffith por las tierras, pero suponía que tenía la misma opinión acerca de Georgina.

No. Tal vez ella se viera obligada a considerar un matrimonio de conveniencia en algún momento, pero Georgina todavía no había empeñado su corazón, no de verdad. Había pasado por enamoramientos infantiles, pero nunca había mirado a los ojos a un hombre para contemplar su propia alma. Estaba segurísima de que era así. Georgina seguía demasiado entusiasmada por sus pretendientes como para haber amado y haber perdido dicho amor.

Un ramalazo de amor fraternal la llevó a buscarla por toda la casa.

La encontró pintando en el porche acristalado.

—No te cases con Ashcombe. —Pronunció las palabras de forma atropellada, con un hilo de voz apenas audible. Era imperativo que convenciera a Georgina de lo mala que era esa idea.

El pincel no se detuvo.

—¿Por qué no? Es un pretendiente muy loable. Por supuesto, preferiría un marqués, un duque o incluso uno de esos príncipes extranjeros, pero parecen estar fuera de la ciudad en este momento. Si tengo que conformarme con un conde, que sea rico y popular.

—Pero es espantoso.

Georgina dejó de pintar y le dirigió una mirada ponzoñosa.

—¿Porque no te quiso? Hay cientos de motivos por los que tal vez no pidió tu...

—Lo hizo.

—No, no lo hizo.

Miranda se sentó en un taburete junto a Georgina.

—Sí, lo hizo. Habló con Griffith para acordar los detalles.

Georgina se volvió hacia el cuadro, pero no siguió pintando.

—¿Qué pasó? Es evidente que no te casaste con él.

—Quería... —Miranda se preparó para sentir el dolor del rechazo una vez más. Pero el dolor no llegó. ¿Por fin había conseguido olvidarlo después de tanto tiempo? ¿Por fin se había deshecho del tormento? Estuvo a punto de soltar una carcajada aliviada, pero la contuvo. Desde luego que se había deshecho del dolor. No solo por Ryland, sino también porque se había dado cuenta de que ella era importante.

Era querida.

Dios la había creado tal como era por un motivo. Y si ningún hombre era capaz de apreciarla de esa forma, ¿qué otro motivo tenía para casarse? Por eso era incapaz de alentar el cortejo del señor Montgomery, de Colin o de cualquier otro caballero que tal vez nunca apreciara la pasión que llevaba en su interior.

La misma pasión que Ryland había halagado en sus cartas el otoño anterior.

Miró a Georgina. ¿Podría enseñarle a su hermana esa verdad?

Quería tierras. Esa fue su condición. Si no se incluía en la dote la propiedad de nuestra abuela paterna, retiraría su propuesta.

Georgina empezó a mezclar una gota de blanco en un pequeño bote de pintura roja.

—Yo no le importaba en absoluto. Lo único que le importaba era lo que podía sacarle a Griffith por medio del enlace.

Silencio.

Miranda dejó caer los hombros. No podía hacer nada más.

—Seguro que le importabas aunque fuera un poquito. Estaba dispuesto a casarse contigo. —Georgina pronunció las palabras en voz tan baja que Miranda casi no las oyó.

—Estaba dispuesto a casarse para codearse con los contactos de Griffith. —Miranda se humedeció los labios—. Sigue dispuesto a casarse con tal de conseguirlos.

Pasaron varios minutos. Ninguna de las dos se movió durante un buen rato. A la postre, Georgina levantó de nuevo el pincel y atacó el lienzo con furia.

—Fuera.

Con el alma en los pies, Miranda regresó a su habitación y se preparó para pasar otra noche tranquila con un libro. ¿Cuándo se habían distanciado tanto Georgina y ella? La tristeza por ese distanciamiento se le antojaba una pesada losa sobre los hombros, pero no era suficiente para aguarle la alegría de sentirse libre por fin para encarar la soltería.

Pidió que le llevasen té. El dormitorio no estaba frío, pero la lluvia constante creaba un ambiente lúgubre. La señora Brantley siempre tenía bandejas de té preparadas para días así, de modo que no pasaron ni cinco minutos hasta que una criada apareció con una bandeja.

—Me serviré yo. Gracias. —Miranda sonrió a la muchacha.

Tras una genuflexión, la criada se marchó.

Miranda sopló para apartarse unos mechones de la cara mientras se servía una taza de té. ¿Qué iba a hacer? Por más que quisiera creer que Ryland era una causa perdida, era incapaz de hacerlo. Si regresaba pidiéndole perdón, ¿se lo concedería?

Un trueno la sobresaltó cuando estaba dejando la tetera en la bandeja y acabó derramando el té.

No dejaba de pensar en lo que Ryland le dijo acerca de las disculpas aquella tarde en el gabinete de Trent. Las disculpas implicaban un deseo de que las cosas hubieran salido de forma distinta. Si se disculpaba por no haber ido a buscarla para pasear juntos, lo perdonaría. Ryland nunca se rebajaría a disculparse a menos que fuera sincero.

Mientras bebía el té, vio que había un trocito de papel en la bandeja, medio oculto por la tetera, un poco mojado por el té que había derramado. Qué raro.

Frunció el ceño y levantó el papel para sacudirlo antes de abrirlo. Había algo escrito con una letra temblorosa.

No tocaré a tu familia, pero tú sentirás el dolor. Y nadie te salvará.

Volcó la taza de té y derramó unas gotas por el suelo antes de conseguir dejar la taza en la bandeja.

Examinó el papel y leyó la corta nota una y otra vez. ¿Qué quería decir eso? ¿Por qué la estaban amenazando? ¿O la nota iba dirigida a Griffith? La nota decía que no le harían daño a su familia, pero ¿estaba en peligro?

Se mordió el labio inferior y miró por la ventana, que seguía azotada por la lluvia. El fragante té le había resultado tranquilizador hacía pocos minutos, pero en ese momento parecía un mal augurio, como si fuera el portador de malas noticias.

Una cosa tenía clara: necesitaba ayuda. Alguien que supiera cómo lidiar con algo así.

Mientras se envolvía en la capa y se escabullía escaleras abajo era consciente de que una parte de sí misma estaba usando la nota a modo de excusa, pero le daba igual. Si le enseñaba la nota a Griffith, su hermano le aseguraría que se encargaría del asunto, pero ella lo dudaba. Griffith era un hombre acostumbrado a la política y a los negocios. Era totalmente honesto en todos los frentes. ¿Qué sabía él de proteger a su familia de semejante amenaza? Prefería pecar de cauta y proteger a su familia.

Y había un hombre que estaba segura de que sabía cómo hacerlo.

Capítulo 30

Price regresó al salón. ¿Eran imaginaciones suyas o el hombre trataba de sacar pecho para parecer más corpulento de que lo era en realidad? Su tía Marguerite apretó los labios con fuerza. Ryland decidió darle una paga extra al mayordomo.

—Excelencia, me temo que requieren su presencia en la biblioteca.

Ryland suspiró, bebió un sorbo de té y eligió otro emparedado de la bandeja. Otra cosa más por la que dar gracias a Dios esa noche cuando rezara.

Salió del salón y Price lo siguió.

—Jess ha descubierto algo merodeando esta noche por las calles.

Ryland estuvo a punto de ahogarse con el trozo de jamón cocido que tenía en la boca.

—¿Ha salido con este tiempo?

Price se encogió de hombros.

—Quería vigilar Grosvenor Square un poco más. Decía que algo olía mal.

Ryland empezó a ponerse nervioso. Él había tenido la misma sensación desde que se lavó el pelo después de caerse al Támesis.

—¿Qué ha descubierto?

Una mano grande con los dedos regordetes señaló la puerta de la biblioteca.

Ryland sintió las gélidas garras del miedo en la espalda.

—¿Lo ha traído consigo?

Price asintió con la cabeza.

Ryland abrió la puerta lo justo para poder pasar, con cuidado para que nadie viera algo que no tenía que ver. Jess se encontraba cerca de las cristaleras. El agua chorreaba desde el gorro de lana apolillado que formaba parte de su disfraz. A su lado se encontraba la última persona que esperaba ver en su biblioteca.

—Hola, Ryland.

Parpadeó.

—¿Miranda? —El pánico lo atenazó al ver que ella se retorcía las manos. Estaba en un rincón y lucía una expresión que no podía descifrar. ¿Estaba asustada? ¿Enfadada? ¿Triste? No importaba. Si Jess la había llevado a su casa, debía de haber sucedido algo terrible. Miró a Price y después a Jess, pero ambos tenían la suficiente experiencia como para que sus expresiones no los delataran. Tendría que sonsacarles la información—. ¿Qué está haciendo aquí?

Price señaló con la cabeza a Jess, que no era más que un montón de harapos con el pelo rubio enredado y sucio, y ella se sentó en uno de los sillones situados frente a la chimenea.

—Jess la ha traído por la puerta trasera. Jura que nadie las ha visto.

La aludida se encogió de hombros y alargó el brazo en dirección a una bandeja de caramelos. Tras meterse uno en la boca, señaló a Miranda con un gesto de la mano.

—De todas formas, había planeado entrar a hurtadillas. Supuse que preferirías que lo hiciera sin que la vieran.

Ryland observó a Miranda. Iba a estrangularla. Daba igual que no supiera el peligro que podrían haber corrido si no hubieran detenido al barón. Había ido a su casa sola, lo que significaba que planeaba hacerlo sin que la acompañaran.

—¿Pensabas venir a mi casa? ¿Sola? ¿Cómo se te ha ocurrido algo así?

Percibió el momento exacto en el que la confusión se transformó en ira. Puso los brazos en jarras, frunció el ceño y apretó los labios. Esos ojos verdes lo atravesaron mientras tomaba una honda bocanada de aire, tras lo cual soltó una diatriba.

—¿Que cómo se me ha ocurrido? A lo mejor porque he pensado que me debías unas cuantas explicaciones. Es posible que quisiera decirte que eres un canalla por haberme dejado con la preocupación de que estuvieras tirado en alguna zanja. ¡Y ahora creo que voy a echarte un sermón por haber ordenado que me vigilaran! Supongo que esta persona trabaja para ti. —Atravesó la estancia y se detuvo detrás del sillón de Jess—. ¡Prácticamente me ha secuestrado en Grosvenor Square! Me ha metido uno de esos sucios mitones en la boca. Tengo tierra entre los dientes. —Rodeó el sillón para poder acercarse a su presa, que parecía ser él. A esas alturas ya estaba agitando un dedo en el aire para enfatizar sus palabras. Cinco pasos más y se lo clavaría a Ryland en el pecho—. Me han arrastrado por sitios que ni siquiera imaginaba que existían, y he temido por mi vida porque no vio la necesidad de explicarme adónde me llevaba.

Su olor, esa incitante mezcla de rosas y lluvia, le llegó antes de que ella estuviera a su lado y dificultó la tarea de concentrarse en sus palabras. En la vida había tenido tantas dificultades para concentrarse durante una situación peligrosa.

Miranda le dirigió una mirada furibunda a Jess mientras a él lo señalaba con el dedo.

—Créeme, si tuviera otra persona a la que acudir no recurriría a ti, pero la única actividad clandestina relacionada con las personas de mi entorno es lo bajo que pueden llegar a caer con tal de obtener los últimos metros de seda blanca de la modista. Tú, al contrario, ¡has pasado nueve años de tu vida haciendo Dios sabe qué!

Era preciosa. Ryland necesitaba su inteligencia y su concentración para ocuparse de otros asuntos mucho más acuciantes, pero al parecer era incapaz de pensar en otra cosa que en lo guapa que era. Y también era valiente. Y fuerte. Y él necesitaba pensar en otra cosa.

Tenía una rama enganchada en el pelo, y sus cuatro ramitas conformaban una especie de tiara ladeada. Tenía las mejillas sonrojadas y manchadas de tierra. ¿Qué camino había tomado Jess para traerla? El pecho le subía y le bajaba por tener que tomar aire con más fuerza de la que se empleaba normalmente para respirar.

Ryland sintió que se ponía colorado mientras la miraba de nuevo a la cara.

Ella tragó saliva y adoptó una postura más recatada.

—Y ahora, ¿podrías enviar a tu mayordomo a por la bandeja del té? Tengo la boca llena de tierra.

Ryland fue a volverse para hablar con Price, pero oyó que el hombre ya estaba abriendo la puerta para salir. Miró de nuevo a Miranda con los ojos entrecerrados, pero ella desvió la mirada para no encontrarse con la suya. La certeza de que estaba asustada lo golpeó con la fuerza de los puños de Price. ¿Había dicho que necesitaba su experiencia en asuntos clandestinos?

Tras tomarla por un codo, la invitó a ocupar el otro sillón situado frente a la chimenea. Acto seguido, se agachó delante de ella y aferró sus gélidas manos.

—¿Qué ha pasado?

—Estaba... estaba paseando por la plaza. Salí a hurtadillas por la puerta del servicio para que Gibson no me viera. Esta... esta joven...

Jess soltó una carcajada.

—Apareció de la nada y me pidió limosna. Aunque no le di nada, insistió en caminar a mi lado. No sé cómo sabía cuál era mi destino...

—No lo sabía. En serio. Me dijo que estaba muy apurada porque iba a encontrarse con un amigo. Estaba temblando y asustada. —Jess se encogió de hombros y masticó el caramelo que tenía en la boca—. Si no venía para acá, debería haberlo hecho.

Ryland carraspeó para disimular una sonrisa.

—Jess, ¿por qué no te lavas y abandonas el personaje? Bastante trabajo me va a costar ya de entrada convencer a Miranda de que en realidad eres una dama de alcurnia.

Jess sonrió y dejó a la vista una hilera de dientes ennegrecidos que hacía que parecieran torcidos y rotos.

—A mandar, señor.

Salió por la puerta después de despedirse con gesto alegre. Ryland arrastró con el pie el sillón que había quedado vacante y lo acercó al de Miranda. Se las apañó para colocarlo y sentarse en él sin soltarle las manos.

Los ojos de Miranda parecían clavados en sus manos unidas.

—Me metió un mitón en la boca y me arrastró hasta un arbusto. No sé por cuántos callejones hemos pasado... aunque creo que hemos venido por detrás de Brooks. Y hemos acabado aquí. —Se encogió de hombros. Soltó una de sus manos y empezó a trazar con un dedo la blanquecina cicatriz de la antigua herida que Ryland sufrió en el dorso de la mano y en el pulgar.

Aunque la caricia no le molestaba en absoluto, estaba seguro de que era un indicio de que Miranda estaba pensando en otra cosa. Seguramente en el asunto que la había impulsado a verlo en primer lugar.

—¿Por qué venías a verme?

—He encontrado una nota.

El terror gélido que había sentido en la espalda poco antes le atravesó la piel y le atenazó el corazón. La puerta se abrió en ese momento y el chasquido metálico lo sobresaltó, de manera que dio un respingo, preparado para abalanzarse sobre el intruso si fuera necesario. Sin embargo, se trataba de Price, que llegaba con el té y un plato de emparedados. Mientras se convencía de que debía parecer tranquilo, Ryland movió los hombros y se acomodó de nuevo en el sillón.

Miranda se zafó de su mano y se dispuso a servir el té. Le ofreció una taza, servida de la misma manera que aquella que compartieron la primera noche en la biblioteca de Griffith. Era posible que las buenas maneras de una dama la obligaran a recordar cómo prefería el té la gente, pero decidió creer que incluso entonces Miranda ya percibía la atracción que existía entre ellos. Al menos, lo suficiente como para recordar cómo le gustaba tomar el té.

Carraspeó para reconducir sus pensamientos.

—¿Una nota? ¿La has traído?

Debía de ser una coincidencia. Podría haber un millón de razones para que alguien amenazara a Miranda. Al fin y al cabo, era la hermana del duque de Riverton. La esperanza se esfumó de golpe cuando vio la letra temblorosa en el papel que ella se sacó de la manga.

—Creo que alguien quiere hacerle daño a Griffith.

Ryland paró la mano en el aire antes de aceptar la nota. No sería extraño que el barón Listwist hubiera amenazado a más de un aristócrata al dejarse llevar por el pánico. Sin embargo, esa mañana no le había parecido un hombre asustado.

—¿Y la has recibido hoy?

Miranda asintió con la cabeza.

—Esta tarde.

Le quitó la nota de las manos.

Invitó a Price a que se acercara con un simple gesto de la cabeza. El hombre lo obedeció y se inclinó para examinar la nota, preparado para recibir órdenes.

—Manda a alguien a Grosvenor Square. Que vigilen a Griffith. Y al resto de la familia también.

Price asintió con la cabeza y se marchó de la biblioteca sin más demora, cerrando la puerta al salir. Ryland clavó la vista en el pomo de la puerta. Daba igual que el asunto fuera serio y posiblemente peligroso: no debería quedarse a solas con Miranda.

El hecho de que ella no lo hubiera señalado indicaba que estaba demasiado ofuscada para haberse percatado, o que ya había decidido aceptar su cortejo a pesar de no haber aparecido para el acordado paseo por el parque.

Cualquiera de las dos posibilidades era para echarse a temblar, de manera que decidió concentrarse en la nota.

—¿Dónde la has encontrado?

—En la bandeja del té. Habíamos decidido quedarnos esta noche en casa, por el mal tiempo que hace. Pedí que me subieran el té. Cuando hace mal tiempo, la señora Brantley siempre lo tiene preparado, de manera que solo tiene que llenar la tetera de agua hirviendo y ordenar que suban la bandeja. Supongo que alguien creyó que la bandeja era para Griffith y colocó la nota en ella.

Ryland frunció el ceño. Era posible, pero parecía una torpeza. No había modo de saber si la bandeja llegaría al objetivo. ¿Por qué arriesgarse a que la nota cayera en las manos equivocadas?

La taza de Miranda se agitó sobre el platillo mientras dejaba ambas cosas en la mesa.

—No creo que sea la primera nota.

Eso lo puso en alerta.

—¿Por qué no?

—Porque no dice por qué esta enfadado. ¿Acaso ese tipo de notas no explican normalmente el motivo del enfado? ¿Cómo puede la persona señalada rectificar la situación? —Miranda tenía los ojos abiertos de par en par. Aferró la humeante taza de té con las dos manos y se la llevó al regazo. Estaba casi llena. ¿Habría bebido algo?

Ryland debatió consigo mismo. ¿Hasta dónde debía contarle? ¿Debería dejarle creer que había otras notas o explicarle el hecho de que una vez que a un lunático se le metía en la cabeza la idea de que alguien lo había ofendido y necesitaba vengarse, nada podría rectificar la situación? La experiencia le decía que si el problema se había deteriorado hasta el punto de recibir amenazas anónimas, alguien acabaría recibiendo un disparo antes de que todo llegara a su fin. Y prefería asegurarse de no ser él ni ninguno de sus allegados.

Sus miradas se cruzaron. No podía mentirle. Había pasado toda su etapa de adulto oculto entre las sombras, pero se había aferrado con uñas y dientes a su integridad. La idea de estar a punto de llevar más miedo a su vida lo asqueaba, pero no tenía alternativa.

—No sé yo si...

Lo interrumpió la puerta al abrirse de repente.

Miranda se sobresaltó cuando se abrió la puerta y se cerró casi al instante. Se asomó por el respaldo del sillón orejero para ver quién había entrado. Una doncella menuda se apresuró a atravesar la estancia. Llevaba un vestido de color marrón con un prístino delantal blanco que le llegaba casi a los tobillos.

—Viene tu tía.

Miranda aún no había acabado de asimilar la frase cuando Ryland se puso de pie de un brinco. Abrió de una patada la puerta de un armarito situado bajo las estanterías y guardó en su interior la bandeja del té, tras lo cual lo cerró de nuevo.

La doncella obligó a Miranda a levantarse del sillón y atravesar la biblioteca en dirección al macizo escritorio de nogal. El enorme mueble descansaba directamente sobre el suelo en la parte frontal y en los laterales. La doncella la instó a esconderse debajo del escritorio, donde normalmente se colocaban las piernas de la persona que se sentara tras él, y después se escondió con ella.

—¿Quién eres? —masculló Miranda. ¡Por favor! Ryland tenía el servicio doméstico más extraño que había visto en la vida, y eso que conocía algunos muy interesantes.

La muchacha enarcó una de sus cejas rubias y Miranda se percató de que tenía el cutis de una muñeca de porcelana. La puerta se abrió justo cuando la criada se disponía a responderle. De manera que cerró la boca de golpe. A Miranda le metió un pico del delantal en la boca.

La sorpresa resultó una mordaza más efectiva que la tela. ¿Esa preciosa muchacha era Jess, la granujilla que la había arrastrado por las calles? Seguramente Ryland no tuviera a su servicio a dos mujeres tan dispuestas a meterle alguna prenda de ropa en la boca para obligarla a guardar silencio.

El ruido que se oyó al otro lado del escritorio le recordó por qué debía guardar silencio.

—¿Tienes la intención de quedarte en casa esta noche? La lluvia parece que nos ha dado una tregua y creo que después de todo podré salir. Tal vez te apetezca acompañarme. —Era una voz femenina. Presumiblemente, la de su tía.

—Creo que voy a rehusar, tía. Con la lluvia me han entrado ganas de leer un buen libro —repuso Ryland.

—Ya lo veo. Mmm... *Por una dama*. Parece... entretenido. —Su tono indicaba todo lo contrario.

Miranda se llevó una mano a la boca, aún con el pico del delantal, para contener una risilla. Por culpa de las prisas, Ryland había elegido una novela. Se preguntó si era el mismo libro que ella había leído a principios de año. El título era un simple *Por una dama*.

Jess la miró. Satisfecha al parecer por la idea de que Miranda no iba a delatar su presencia, se volvió para vigilar la parte posterior del escritorio.

—Lo es —replicó Ryland.

El silencio se prolongó unos minutos. Miranda sintió que se le entumecía la pierna. Ansiaba moverla, pero una mirada asesina por parte de Jess la convenció de que el dolor era preferible. Al final, la tía de

Ryland dijo algo sobre ordenar que prepararan el carruaje, tras lo cual se oyó que la puerta se abría y se cerraba de nuevo.

Jess extendió un brazo al instante para retener a Miranda en su sitio. En el silencio reinante, se oyó el crujido del papel cuando Ryland pasó una página. Miranda miró a Jess de reojo, pero esta parecía estar esperando algún tipo de señal por parte de Ryland. ¿Estaría su tía aún en la biblioteca?

La puerta se abrió de nuevo de golpe.

—Una cosa más —dijo su tía.

—¿Mmm? —murmuró Ryland, que parecía un hombre absorto por completo en la lectura.

—Cuando Gregory vuelva, dile que al final he ido a la cena de *lady* Chevelle. Que se reúna allí conmigo si quiere.

—¿Por qué no se lo dices a Price? Es más probable que él lo vea.

¿Acababa de sisear la mujer? Miranda movió los dedos de los pies tratando de aliviar el hormigueo que sentía en el tobillo.

Al cabo de un momento, se oyeron unos pasos y, a juzgar por el ruido, la mujer acababa de tirar del cordón de la campanilla.

—Ya está. Cuando venga ese mayordomo infernal, puedes transmitirle el mensaje. Si insistes en darle trabajo, aguántalo tú.

Otra vez se oyeron pasos atravesando la estancia y, al final, un portazo.

Puesto que no tenía otra cosa mejor que hacer, Miranda empezó a contar. Acababa de llegar a diez cuando Jess salió de debajo del escritorio y le sacó el delantal de la boca. Miranda se estiró haciendo un considerable esfuerzo y la siguió.

Vio que Ryland le ofrecía una mano para ayudarla a levantarse.

—¿A qué ha venido eso? Nunca entra en esta habitación. —Jess se apresuró a sacar del armario la bandeja del té.

—Creo que recela de mí por culpa de mi actitud amistosa de esta tarde.

La doncella esbozó una sonrisa mientras colocaba la bandeja del té de nuevo sobre la mesa.

—¿Una actitud amistosa? ¿Con tu familia? ¿Te encuentras bien?

Ryland se encogió de hombros.

—Fue idea de Jeffreys.

Miranda los observó mientras hablaban, dividida entre el asombro y un mal presentimiento. Libre de su disfraz de granuja vagabundo, Jess era una mujer muy guapa. Con un vestido de seda y el peinado adecuado, podría rivalizar con Georgina en cualquier salón de baile londinense. Que Ryland y ella tuvieran una relación tan estrecha le resultaba inquietante, como poco.

Jess sirvió más té en las tazas.

—Jeffreys no entiende que algunas familias no se llevan bien. Familias como las nuestras.

Miranda no pudo soportarlo más. De repente, sintió unos celos que no se parecían en absoluto a los que le provocaba su hermana. Esa mujer tenía más cosas en común con Ryland que ella.

—Parece que os conocéis muy bien.

En el rostro de la joven apareció una sonrisa traviesa.

—No es de extrañar. Al fin y al cabo, estuvimos casados.

Capítulo 31

Ryland gimió al ver que Miranda abría los ojos cada vez más. Cuando los entrecerró de repente y lo fulminó con la mirada, se dio cuenta de que había captado por fin el significado de lo que Jess acababa de decir. Le dirigió a la muchacha una mirada asesina de su propia cosecha. Ella se encogió de hombros y se dejó caer en un sillón.

Ryland extendió los brazos y agarró a Miranda por los hombros, decidido a usar la fuerza para que atendiera a razones en caso de ser necesario.

—No nos casamos. Solo fingimos que estábamos casados para mantenernos con vida. Fue en una sola una ocasión y durante un mes.

Miranda puso los ojos como platos una vez más.

—¿Un mes? ¿Vivisteis como marido y mujer durante un mes?

—¡No! A ver, sí, aparentamos serlo, pero no, no lo hicimos. Lo que quiero decir es... lo que quiero decir... —Ryland se devanó los sesos en busca de las palabras que pudieran explicar su relación con Jess—. No... esto... no compliquemos las cosas.

Miranda abrió mucho los ojos, parpadeando deprisa.

—Todo fue una farsa de principio a fin.

El ceño fruncido apareció junto con el parpadeo.

—Fue hace siete años. Ella solo tenía quince.

El ceño se convirtió en una mueca feroz.

Ryland suspiró. Por suerte, la rabia parecía haber abandonado la cara de Miranda, pero para ser reemplazada por la confusión. ¿Qué más podía decir? Ella había llevado una vida muy protegida. No podía soltarle sin más que...

—Lo que intenta decir es que nunca consumamos el falso matrimonio. No hubo toqueteos ni nada personal mientras trabajamos juntos. —Jess puso los ojos en blanco y echó la cabeza hacia atrás para clavar la mirada en el techo.

El rubor tiñó las mejillas de Miranda de un delicioso tono rosado. Era evidente que por fin sabía qué intentaba decirle, aunque no supiera del todo lo que significaba. A pesar de que nunca habría sido capaz de hacer una declaración tan descarada delante de una dama, se alegraba de que Jess hubiera podido aclarar la confusión. A veces, el comportamiento atrevido de la muchacha tenía sus ventajas.

—De verdad, Ryland, ¿seguro que quieres casarte con ella? Parece muy blandita.

Aunque las ventajas brillaban por su ausencia la mayor parte del tiempo.

—¿No deberías estar limpiando algo?

—Seguramente. —Jess sonrió—. A fin de cuentas, me pagas para eso.

Ryland se obligó a contar hasta diez. Se recordó que Jess no lo hacía a propósito. Le encantaba picar a la gente y contemplar las explosiones que dejaba a su paso.

—Fuera, Jess.

La aludida se puso de pie de un salto y realizó una genuflexión de lo más descarado.

—Por supuesto, excelencia.

Sintió que Miranda se relajaba entre sus manos cuando Jess salió por la puerta. Comenzó a masajearle los músculos de los brazos con los dedos. El olor a rosa le inundó las fosas nasales una vez más cuando Miranda volvió la cabeza para mirarlo. ¿Se lavaba con jabón aromatizado con aceite de rosas? ¿Echaba unas gotas de aceite en el agua de su baño? Controló el rumbo de sus pensamientos y se obligó a concentrarse en el problema más acuciante.

Las notas amenazantes requerían de su atención, no podía pensar en las costumbres de Miranda a la hora de darse un baño.

Se olvidó de las notas en cuanto la miró a la cara. Se estaba mordiendo el carnoso labio inferior con esas paletas ligeramente torcidas.

Se le disparó el pulso.

Vio que a Miranda se le llenaban los ojos de lágrimas.

—¿Quieres casarte conmigo?

Iba a despedir a Jess. O a mandarla a su casa solariega. Tal vez se la devolvería a Napoleón.

—¿Ryland?

—Miranda, yo... —Clavó la vista en sus ojos y sintió que algo encajaba en su sitio con un mero parpadeo de esos enormes ojos verdes—. Sí.

La sonrisa que apareció en su cara fue la imagen más hermosa que había visto, más que las costas inglesas cuando regresó desde Francia a casa.

Su intención había sido la de explicarle por qué no podía pedirle matrimonio todavía, explicarle que se merecía que la cortejase como era debido, y también la de atemperar sus expectativas hasta que él pudiera lidiar con la inminente amenaza que suponía un loco de atar que se atrevía a amenazar a duques ingleses.

Sin embargo, cuando ella sonrió, nada de eso importó. Inclinó la cabeza y se apoderó de esa sonrisa.

En esa ocasión, no había hermanos en la estancia, ni formalidades ni discusión posterior, no había prisas. Se tomó su tiempo para saborear la suavidad de esos labios, el dulce jadeo y el bendito momento en el que ella le devolvió el beso. Se obligó a mantener las manos en sus brazos. Su mente se aferró al hecho de que todavía no estaban comprometidos siquiera. Tenía que ser cuidadoso. Ni siquiera debería estar besándola, pero fue incapaz de apartarse de ella.

Miranda se movió y él le ordenó a sus dedos que la soltaran para que pudiera alejarse de él. Pero, en ese momento, unas titubeantes manos le acariciaron los brazos. El tímido roce de sus manos al deslizarse por su espalda. Le rodeó los hombros con los brazos y la atrajo hacia sí.

Calidez. La calidez invadió cada rincón del cuerpo y del alma de Miranda. Irradiaba de la maravillosa presión que ejercían los labios de Ryland y de su abrazo. Sin saber qué otra cosa hacer, imitó los movimientos del duque, lo rodeó con los brazos lo mejor que pudo y pegó los labios a los suyos con firmeza.

Oyó una especie de gruñido a lo lejos, pero se le escapó por completo su significado debido a que notaba en los oídos los latidos del corazón. Fuera lo que fuese, sintió ganas de maldecir, porque Ryland apartó los labios. Perdonó la intromisión al comprobar que él no la soltaba, sino que se limitaba a pegarle la cabeza contra el pecho y apoyar la barbilla en su cabeza. La seguía abrazando con un brazo mientras que con el otro le acariciaba la espalda para tranquilizarla.

—¿Qué pasa, Price? —La voz de Ryland sonaba distinta al tener la oreja pegada a su torso. La vibración le llegó antes que las palabras en sí. Y la sensación no era en absoluto desagradable.

—Otra nota, señor.

Las caricias cesaron. Ryland se apartó de ella y se volvió hacia Price. Miranda sintió que el frío se apoderaba de ella y que empezaban a temblarle las rodillas y se quedaba débil. Se dejó caer en un sillón cercano.

Price estaba de espaldas a ella y parecía encontrar interesantísimos los libros de la estantería situada junto a la puerta. Ryland atravesó la estancia en tres zancadas. Su cuerpo parecía más tenso a cada paso que daba. Miranda se dio cuenta de que estaba presenciando el cambio de caballero a espía. Le resultó un poco desconcertante.

—¿Dónde estaba? —Le quitó la hoja de papel doblada al mayordomo.

—En la bandeja de plata del vestíbulo.

Las palabras de Price por fin penetraron en la neblina que el beso había creado en la mente de Miranda. Se puso de pie de un salto.

—¿Tú también estás recibiendo notas? ¿Como la que he recibido yo?

El gélido ramalazo de miedo eliminó por completo la euforia que había sentido y le puso la piel de gallina. Se cruzó los brazos por delante del torso y se ordenó ser fuerte. Empezaba a averiguar lo fuerte que era un hombre como Ryland, y si quería tener un futuro con él, iba a necesitar fortalecerse mucho.

Ryland la miró con expresión estoica. No había ni rastro de la mirada apasionada de antes. En ese momento, parecía casi brusco. Frío.

—Sí.

Miranda esperó, pero no le dio más explicación. Ryland volvió a concentrarse en la nota y le susurró algo a Price tan bajo que no pudo captar las palabras. El mayordomo asintió con la cabeza y echó a andar hacia la puerta. Ryland dobló el papel y se dio golpecitos en los labios con él. Se hizo un silencio absoluto. No habló. Ni se volvió hacia ella.

El frío dejó de ser un problema. Igual que la fortaleza. Miranda se estremecía, literalmente, por la rabia. ¿Cómo podía excluirla de esa manera? ¿Qué parte de él creía que «sí» era una respuesta adecuada a una pregunta sobre una posible amenaza contra su integridad física?

Ryland dio tres pasos hacia la puerta y colocó la mano en el pomo.

—Ni un paso más. —Las palabras sonaron raras, más roncas y graves de lo que era habitual en ella.

Ryland se quedó paralizado con el brazo extendido. Durante unos instantes, el único movimiento que se produjo fue el de los puños de Miranda, que se abrían y cerraban al compás de su agitada respiración.

—Debo ocuparme de este asunto, Miranda.

—Debes decirme qué está pasando.

Los nudillos de Ryland se pusieron blancos por la fuerza con la que aferraba el pomo.

—Te protegeré, Miranda. Y también protegeré a Griffith. No tienes por qué preocuparte.

Algo se hizo añicos en el pecho de Miranda. El muro que llevaba construyendo toda la vida. Hasta ese momento, no se había percatado de lo mucho que había reprimido su exuberancia natural y sus emociones por el afán de ceñirse al comportamiento decoroso que se esperaba en una dama. Pero con Ryland no necesitaba dicho muro. Sabía que podía ser ella misma y que él se deleitaría con su libertad.

—¿Que no tengo por qué preocuparme? —Cruzó la estancia. Tuvo que usar las dos manos y aplicar todo el peso del cuerpo, pero consiguió que se diera la vuelta para mirarla—. ¿Qué me dices de ti? ¿Qué se supone que tengo que hacer mientras tú sales en busca del hombre que quiere llenarte de plomo?

Sus miradas se encontraron y, por un instante, creyó que Ryland cedería y se lo contaría, que le demostraría que deseaba que fuera su compañera en la vida. Fue él quien apartó primero la mirada y se volvió para echar un vistazo por la estancia.

—El té seguramente siga caliente. ¿Por qué no...?

—¿Té? ¿Quieres que me quede sentada y beba té?

—En fin, sería una forma de matar el tiempo.

Sintió deseos de pegarle. Podría usar el jarrón que estaba detrás de él, en la estantería, para darle un buen golpe en la cabeza. A lo largo de su vida, siempre habían sido los hombres los que se encargaban de todo lo que necesitaba. Ni siquiera sabía cuánto había costado su última visita a la modista. Le habían enviado la factura directamente a Griffith, ella no la había visto.

En ese momento, Ryland esperaba que se sentase y bebiera té mientras él iba en busca de un loco con ansias de venganza. Ya no soportaba desempeñar ese papel abnegado y decoroso.

—No pienso beber té. Si no me cuentas lo que está pasando, saldré a averiguarlo por mi cuenta. —Miranda se dio media vuelta y echó a andar hacia la puerta, pero no llegó a tocar el pomo.

Ryland la levantó en volandas. En cualquier otra circunstancia, se habría ruborizado a causa de un abrazo tan romántico. Sin embargo, no pensaba en el romanticismo mientras le golpeaba los hombros y agitaba las piernas, decidida a que no la excluyera.

Él la dejó en un sillón y la acorraló con los brazos. Se inclinó hacia ella hasta que sus narices estuvieron a punto de tocarse y susurró:

—No saldrás de esta habitación. Como asomes la cabeza siquiera, te ataré a este sillón. Si necesitas algo para que tu estancia en mi casa sea más cómoda, tira del cordón y Jess se encargará de proporcionarte lo que te haga falta.

Como si ella quisiera relacionarse con esa criada tan alborotadora.

—¿Me has entendido?

—Ah, sí, te he entendido. No estoy de acuerdo, pero te he entendido.

Ryland suspiró.

—Voy a dejar a un criado de guardia. No te muevas de aquí.

El duque le dio un beso brusco y fugaz en los labios antes de alejarse hacia la puerta andando hacia atrás. Tanteó con la mano en busca del pomo y salió. Al cabo de un instante, el chasquido de la llave en la cerradura le indicó a Miranda que la había dejado encerrada.

Empezó a pasearse de un lado para otro mientras intentaba aplacar parte de la energía nerviosa que le corría por las piernas y le provocaba una especie de cosquilleo. No podía hacer mucho, encerrada como estaba en la biblioteca de Ryland. Suponía que podía pensar, pero tampoco disponía de información suficiente con la que trabajar.

Durante su segundo paseo por la estancia vio algo blanco en el suelo. Se agachó para recoger el papel doblado. Era la nota de Ryland. Por fin sabría cómo lo estaba amenazando el asesino.

La nota estaba algo pegada y se cortó el dedo con las prisas por desdoblar el papel. Se lo chupó y sostuvo el papel con la mano libre. La decepción se apoderó de ella. No era la nota de Ryland, sino la suya. O, mejor dicho, la de Griffith.

Se dejó caer en el sillón en el que Ryland la había dejado antes. La nota cayó en la bandeja del té y quedó en un ángulo extraño, apoyada en la taza medio llena. Parecía un cobertizo con su tejado y todo. La idea le arrancó una sonrisa. Sacó la servilleta de debajo de la otra taza y empezó a hacer una casita para acompañar al cobertizo.

La sacudida que recibió la bandeja hizo que se derramase el té de la taza y que la servilleta acabara con una mancha marrón. Dobló la tela de forma que la mancha de té sirviera de puerta. El efecto quedó precioso.

Se repantingó en el sillón para disfrutar de su diorama improvisado. Tal vez pudiera buscar otros trozos de papel y crear animales y personas para que vivieran en la casita. Algo cobró vida en el fondo de su mente, algo que le decía que la imagen que tenía delante no estaba bien.

Volvió a repantingarse en el sillón y empezó a mover la cabeza para tratar de mirar la bandeja del té desde todos los ángulos posibles. Parecía una bandeja normal y corriente. De hecho, se parecía mucho a la que le habían llevado a su habitación esa tarde, la misma que dio pie a toda esa debacle. Hasta tenía el mismo charquito de té.

La nota que ella descubrió tenía una esquina manchada de té...

Se incorporó de golpe y buscó la nota, derribando la casita hecha con la servilleta al hacerlo. No había mancha de té en esa nota, solo su propia sangre. Esa era la nota que había recibido Ryland, no la suya.

Se sintió confundida.

¿Por qué iban a recibir dos hombres la misma nota amenazante?

Ryland esperó junto a la puerta y aguzó el oído para captar los movimientos de Miranda en el interior. Oyó pasos y gruñidos que se acercaban a la puerta y se preparó para otra discusión. Cuando la oyó alejarse hasta las estanterías del fondo, dejó que sus músculos se relajasen poco a poco. El aire abandonó su boca con un suspiro silencioso. El tintineo de la tetera y el crujido del sillón de cuero le indicaron que Miranda había aceptado su confinamiento y que se había sentado con un libro para tomar el té.

Esperó un momento más antes de dirigirse a la cocina para reunirse con Price y con Jeffreys. Si la persona que había enviado las notas no era el barón Listwist, tenían que averiguar su identidad, y pronto, antes de que empezase a amenazar a todos los aristócratas.

El recuerdo del beso que acababan de compartir sobrevolaba su mente, tentándolo para que se olvidara de la misión y regresara a la biblioteca.

El deseo de que el asunto estuviera zanjado de una vez por todas la próxima vez que la tuviera entre sus brazos lo propulsó por las desvencijadas escaleras del servicio. Además, seguramente Miranda le tiraría la tetera a la cabeza si asomaba la cabeza por la puerta.

Casi había llegado a la cocina cuando se dio cuenta de que estaba sonriendo. La expresión de sus labios se le antojó enorme y un poco ridícula. Teniendo en cuenta que rara vez se permitía una sonrisilla para expresar su estado de ánimo, una enorme sonrisa bobalicona seguro que llamaba la atención de un modo que ni le convenía ni quería. Sin embargo, era difícil no sonreír cuando pensaba en la pasión apenas controlada de Miranda. Durante años, la había ocultado tras una pátina de comportamiento refinado. Le gustaba saber que él le había provocado más emoción de lo que su caparazón era capaz de contener.

De todas formas, tenía que dejar de sonreír.

Se abofeteó las mejillas, con fuerza, y sintió la aspereza de los callos en la cara mientras arrugaba la nariz y se afanaba en recuperar el control de sus músculos faciales. Una vez que sintió que había recuperado la compostura y el control, entró en la cocina.

Estaba vacía salvo por sus tres camaradas, sentados ante una tosca mesa de madera. Price ocupaba un banco él solo, y Jeffreys y Jess compartían el otro. Ryland se metió una mano en el bolsillo para sacar las notas mientras se acercaba a la mesa.

Solo había una. La aferró e intentó recordar dónde había dejado la otra. Seguro que se le había caído en la biblioteca. Rezó en silencio para que Miranda no la encontrase y luego dejó la nota abierta en la mesa.

Tres pares de ojos, curtidos y experimentados, se clavaron en Ryland. Él era el jefe de esa misión.

—Han dejado la misma nota en casa de Griffith. Si logro averiguar el motivo, creo que tendremos a nuestro hombre.

Capítulo 32

Miranda dio vueltas al papel que tenía en la mano. Las sombras proyectadas por una vela cercana desenfocaban por momentos las palabras. Quienquiera que estuviese profiriendo las amenazas no resultaba muy creativo. Enviar el mismo mensaje a dos personas distintas era algo muy tonto.

Por supuesto, dejarlo en la bandeja del té con la esperanza de que le fuera entregada a la persona adecuada era más tonto si cabía. Quien hubiese escrito la nota debía de estar mal de la cabeza. Detestaba pensar que algún miembro del servicio doméstico quisiera hacerle daño a la familia, pero ¿quién si no podría haber dejado la nota?

El viento azotó las cristaleras, la lluvia golpeó con fuerza los cristales. Era un milagro que se las hubiera arreglado para llegar a casa de Ryland sin sufrir el menor contratiempo. Debería estar calada hasta los huesos y tiritando por culpa del viento.

Se acomodó en el sillón y clavó la mirada en la llama de la vela hasta que quedó reducida a una difusa mancha amarilla y naranja y sintió los ojos secos. Estaba pasando algo por alto. Algo que el viento y la lluvia trataban de sacar a la superficie.

—Señor, esto sería mucho más sencillo si me lo dijeras sin más. Tal vez si lo escribieras o lo hicieras aparecer en el té. —Bueno, tal vez no en el té. Había oído a algunas personas asegurar que se podía leer el futuro en los posos del té. A ella le parecía ilógico y un poco inquietante.

Se fijó en la pluma y el papel que descansaban en el escritorio. Escribir. ¿Cuántas veces a lo largo de su vida había organizado sus pensamientos y comprendido cosas tras ponerlas por escrito? Al menos la mitad de las cartas dirigidas a Ryland servían para ese propósito.

Armada con papel y pluma, se sentó y empezó a escribir. La fuerza de la costumbre hizo que empezara con «Querido Marshington», pero no se le ocurrió nada más. Ni siquiera en esas circunstancias tan difíciles era capaz de superar su incapacidad para escribir cartas tal como acostumbraba a hacer.

—Muy bien. Pues hablaré con él. Seguramente esté todavía en casa. Iré a buscarlo y razonaremos sobre lo que está ocurriendo. Se dará cuenta de que puedo ayudarlo.

Agarró el pomo de la puerta y trató de hacerlo girar. La puerta se movió un poco, pero no se abrió. La había encerrado. Por un instante, sopesó la idea de aporrear la puerta, pero con lo que les había costado ocultar su presencia en la casa no le parecía la mejor manera de actuar.

Miró las cristaleras situadas en el otro extremo de la biblioteca, pero las descartó de inmediato. Si salía por ellas, no sabía si podría entrar en la casa por algún otro lado. Podría acabar desamparada entre la hilera de casas y el muro que bordeaba los extensos jardines de Carlton House. La idea carecía de atractivo.

—En ese caso, lo solucionaré yo sola.

Se dejó caer de nuevo en el sillón, donde rebotó un poco, y contempló la conocida nota mientras instaba a su cerebro a ponerse a trabajar.

No la obedeció.

Frustrada, se puso de pie y empezó a pasear de un lado para otro. Miró de nuevo la pluma, pero sabía que esa opción había quedado descartada. Hasta que se inventara un nuevo amigo imaginario, sus días de llevar un diario epistolar habían acabado. Puso los brazos en jarras y resopló, agitando los tirabuzones ya casi deshechos que le enmarcaban la cara. Necesitaba hablar con alguien.

Un rápido vistazo bastó para comprobar la falta de retratos en la estancia. ¿Qué par del reino que se preciara no llenaba su biblioteca con retratos de los antepasados que llevaron el título? En una estantería descansaba un pequeño globo terráqueo, cuya base metálica relucía a la luz del fuego. Le colocó la servilleta encima, a modo de sombrero.

Tendría que conformarse con eso.

Empezó a pasearse delante de su nuevo amigo y comenzó a hablar. Tras decir en voz alta todo lo que sabía, las cosas seguían tan enmarañadas como quince minutos antes.

—No lo entiendo. En casa siempre funciona. ¿Qué estoy pasando por alto?

Ryland se pasó una mano por el pelo.

—¿Qué estoy pasando por alto?

Jess examinó las caras de los hombres.

—Tal vez deberías preguntarle...

—No voy a preguntarle a Miranda. No la involucraré en esto —la interrumpió, pronunciando cada palabra con brusquedad para descartar la sugerencia que Jess había hecho cinco veces en otros tantos minutos.

—Ella es quien encontró la otra nota. —Jeffreys clavó la vista en la punta de sus zapatos, evitando así la mirada asesina de Ryland.

—No. No la expondré a un peligro mayor que el que supone su presencia aquí.

Jess suspiró y apoyó la frente en la mesa.

—Solo tienes que hablar con ella, Ryland.

—No.

—Muy bien. Pues me voy a la cama. A diferencia de vosotros, panda de vagos, yo tengo que madrugar para encender los fuegos. —Se levantó y echó a andar hacia la escalera—. Os sugiero que también os acostéis. Es evidente que hay una pista que debemos encontrar y dudo mucho que esté aquí en la cocina.

—Jess. —Ryland se inclinó sobre la mesa, con los hombros encorvados bajo el extraño peso de la desesperación—. Una vez más. Vamos a repasar los hechos una vez más. Después voy a necesitar que me ayudes a llevar a Miranda a casa. No puede pasar la noche en la biblioteca y yo no puedo llevarla solo.

Un tenso silencio se hizo en la estancia. A la postre, Jess volvió a la mesa.

—Muy bien. ¿Cuándo apareció la primera nota?

—De verdad, es absurdo —le dijo Miranda al globo terráqueo—. ¿Por qué la bandeja del té? Podría haber acabado en manos de cualquiera. La señora Brantley siempre tiene varias bandejas listas cuando hace mal tiempo porque nos pasamos el día pidiendo té para calentarnos. Y no va a estar encendiendo el fuego cada dos por tres.

Siguió paseando de un lado para otro con las manos unidas en la base de la espalda. Cinco pasos hasta llegar al borde de la alfombra, media vuelta, otros cinco pasos hasta llegar al otro extremo, repetir.

—Es obvio que Ryland no tiene la misma costumbre. Claro que esta casa parece sufrir más corrientes que la nuestra. Debería solucionarlo. La nota estaba debajo de la tetera, de modo que quienquiera que la dejara lo hizo en la cocina. Podría haber sido cualquier criado. Esta mañana no nos llegó el periódico. Gibson dijo que se debía al retraso de los repartidores por culpa del mal tiempo. Eso hace que me pregunte cómo se le ocurrió salir al señor Montgomery. Tardó casi media hora en secarse en... la... cocina...

Miranda contempló la nota. ¿Y si el destinatario no era Griffith? ¿Y si no era para ninguno de los habitantes de Hawthorne House? Eso explicaría por qué Ryland había recibido una nota exactamente igual. Si el culpable pensaba que había perdido la primera que escribió, podría haber escrito una segunda. ¿Y quién tenía más que ganar tras la muerte de Ryland que el siguiente en la línea de sucesión al título?

El duque no sabía que su primo había ido a visitarla. Jamás relacionaría al señor Montgomery con una amenaza a Griffith. ¡Podría correr un peligro mortal en ese mismo momento! Si estaba en lo cierto y el señor Montgomery había decidido que prefería que lo llamaran «excelencia», el asesino podía moverse a su antojo por la casa de su objetivo a batir.

Corrió hacia la puerta con la idea de aporrearla hasta echarla abajo si era necesario para que Ryland la escuchara. Detuvo la mano a escasos centímetros de la puerta. ¿Estaría en casa el señor Montgomery? Nadie había dicho nada al respecto, pero si estaba planeando matar a alguien, ¿no sería más lógico hacer creer que se había ido?

Aporrear la puerta no era una opción. No podía arriesgarse a llamar la atención del señor Montgomery antes que la de Ryland. Se arrodilló y miró por el ojo de la cerradura, con la esperanza de ver al guardia que Ryland había prometido apostar. No parecía haber nadie al otro lado. ¿Esperaba que la simple amenaza de un guardia la mantuviera encerrada?

Intentó abrir. Estaba cerrada con llave.

Se tiró al suelo y miró por debajo, en busca de alguna sombra o de unos zapatos. Aunque no sabía cómo distinguir si se trataba de los del señor Montgomery o no.

Nada.

¿Qué más podía hacer? Se levantó y echó un vistazo por la biblioteca, rezando para que le llegara la inspiración. El bordado del cordón de la campanilla brillaba a la luz del fuego, burlándose de ella. ¿Por qué no había empezado por ahí? Pese a su falta de afecto por la mujer, Jess podría sonsacarle la información a Ryland.

Sintió un nudo en el estómago al pensar en el desdén que aparecería en el rostro de la muchacha cuando tuviera que pedirle ayuda. Ella no tenía la culpa de que la hubieran educado como a una persona normal. No todo el mundo podía ser un espía.

Atravesó la estancia con paso firme y tiró del cordón con una fuerza surgida del nerviosismo que la atenazaba. La parte superior del cordón la golpeó en la cabeza antes de caer al suelo. No era la primera vez que destrozaba el cordón de la campanilla del servicio por tirar con demasiada fuerza, pero desde luego era de lo más inconveniente.

No había campanilla, no había guardia en la puerta y no había manera de asegurarse de que Ryland fuera el único que la oyera si gritaba. Llevaba toda la vida oyendo que debía comportarse como una dama, obedecer lo que le decían y no meterse en problemas... Sin embargo, no podría vivir tranquila si seguía encerrada en ese lugar mientras Ryland corría el riesgo de que su primo intentara matarlo.

¿Qué haría su madre si estuviera encerrada en una biblioteca y tuviera que entregar un mensaje urgente? Frunció el ceño con la vista clavada en la bandeja del té. Su madre habría tirado con suavidad del cordón de la campanilla y después se habría tomado el té mientras esperaba.

¿Qué haría Jess si estuviera encerrada en una biblioteca y tuviera que entregar un mensaje urgente? Seguramente abriría la puerta con una ganzúa.

Miranda dio una patada al cordón de la campanilla. No podía ser una dama como su madre, ni una espía como Jess, pero podía encontrar el modo de ayudar a Ryland. La lluvia golpeaba las cristaleras por las que se accedía al jardín trasero. Solo había una forma de acceder al resto de la casa. Tras respirar hondo, abrió las cristaleras y salió.

—Se acabó, Ryland. Tendremos que esperar hasta saber algo más. Iré a llevar a Miranda. —Jess se levantó otra vez de la mesa y echó a andar hacia la escalera.

—No le preguntes nada, Jess. —Ryland movió el cuello hacia delante y hacia atrás.

—¿Es una tierna florecilla? Si es tan frágil, ¿qué has visto en ella? Price le colocó un brazo a Ryland en el hombro.

—Jess, es una dama bien educada. Recuerda cómo eras tú. Recuerdo haberte sacado de un lago porque ni siquiera sabías que podían tenderte una trampa en el embarcadero.

Jess resopló y miró hacia otro lado.

—De acuerdo, no le preguntaré nada. Pero si no es capaz de sobrellevar esto, ¿cómo va a sobrellevar el matrimonio contigo, Ryland? —Corrió en silencio escaleras arriba.

El duque detestaba que hubiera formulado la pregunta que él quería pasar por alto. Aunque jamás empleara otro minuto de su tiempo en labores de espionaje, nunca sería como el resto de sus pares. ¿Qué tipo de vida era esa para Miranda?

—¿Nos retiramos, excelencia? —Jeffreys se puso de pie como si fuera un criado a la espera de recibir instrucciones. Teniendo en cuenta que cinco minutos antes había mantenido una acalorada discusión porque quería interrogar a toda la servidumbre de la casa, esa postura tan servicial le hizo gracia. No obstante, entendió el mensaje subliminal de Jeffreys. Era hora de que él recordara que ya no era un espía. Había elegido retomar sus deberes como par del reino.

—Sí, Jeffreys, creo que será lo mejor.

Jess regresó a la cocina.

—Se ha ido.

Ryland sintió que se le helaba el corazón y se quedó sin aliento.

—¿Hay signos de lucha? —Price se acercó y le dio una palmada a Ryland entre los omóplatos.

—Hay un globo terráqueo tapado con una servilleta, pero no parece que haya opuesto mucha resistencia.

Ryland trató de entender semejante afirmación, pero su mente se había detenido en «se ha ido».

Ya investigaría lo del globo terráqueo después. En ese momento, tenían que encontrar a Miranda.

—Separaos. Price y Jess, empezad por la biblioteca y avanzad hasta la parte trasera. No olvidéis mirar en el jardín. Jeffreys, ordena que ensillen mi caballo y que lo lleven a la puerta delantera. Registraré las calles.

Ryland corrió escaleras arriba, concentrado en llegar a la puerta principal lo antes posible. Se detuvo en el vestíbulo y decidió pasarse antes por la biblioteca. Efectivamente, allí estaba el globo terráqueo cubierto por la servilleta. Pese al peligro, sonrió. Estaba seguro de que Miranda podría soportar una vida que no fuera del todo normal.

Capítulo 33

Salir corriendo del cálido gabinete para dejarse calar por la lluvia no había sido su mejor idea. La preocupación por Ryland la llevaba a hacer cosas sin tener en cuenta las consecuencias. Incluso si encontrase la forma de volver a entrar en la casa, ¿Ryland seguiría allí? ¿Se habría marchado en busca de pistas? ¿O tal vez para enfrentarse al enemigo?

La lluvia hacía mucho que la había empapado por completo, de modo que ya se había acostumbrado al reguero de agua que le caía por la nuca. Mucho más frustrante eran los mechones de pelo mojado que el viento no dejaba de meterle en los ojos. Lo que en otro momento fueran unos tirabuzones muy a la moda que le enmarcaban el rostro se habían convertido en mechones lisos y empapados que se agitaban sin ton ni son por el viento y que de vez en cuando se le pegaban a las pestañas. También se le habían enganchado en una ocasión en un arbusto de acebo.

Intentó abrir todas las puertas y las ventanas que había en la planta baja, pero estaban cerradas a cal y canto, y Ryland no estaba en ninguna de las habitaciones. Tenía más posibilidades con la puerta principal. Regresar a la biblioteca no le serviría de nada. Debía encontrar a Ryland.

Por desgracia, llegar a la puerta principal era más fácil de pensar que de hacer. Montgomery House era una residencia adosada a otros dos edificios, de modo que el trayecto desde la parte trasera de la casa a la delantera era bastante largo. Una larga caminata a través de una serie de jardines en los que cualquiera podría estar esperándola o en los que podrían acercársele por la espalda sin que se diera cuenta.

—Piensa como una espía, Miranda. Demuéstrale a Ryland que eres capaz de formar parte de su equipo. Tal vez no seas tan eficaz como Jess, pero no dejarás que ella sea la única mujer valiente de su vida.

Aguzó el oído para captar los sonidos del jardín. Parecía vibrar, y durante las furiosas rachas de viento solo se oía el murmullo de las hojas de los arbustos al agitarse. Si cambiaba de ritmo al andar, sería capaz de reproducir el mismo patrón de ruido impredecible. A lo mejor así evitaba llamar la atención sobre su persona.

Ir de un jardín a otro resultó más sencillo de lo que esperaba. En la oscuridad, no era capaz de distinguir los muros de separación entre una residencia y la siguiente. Algunas tenían muros y cercas; otras, setos y senderos. Antes de lo que había esperado, vio la verja decorativa que rodeaba Marlborough House, que le indicaba que había llegado al extremo occidental de Pall Mall.

Tras salir al sendero que recorría la calle adoquinada intentó sacudirse las faldas. La muselina empapada se le pegaba a las piernas, y la ligera capa poco hacía por ocultar la forma indecente en la que la tela se le ceñía al cuerpo. Se estremeció al pensar que Ryland pudiera verla así.

«Una dama jamás sale a la calle sin presentar su mejor aspecto.»

Años de sermones y de lecciones la obligaban a regresar a casa lo más deprisa que pudiera. Pero si Ryland desconocía la identidad de su enemigo, podría ponerse en peligro sin saberlo.

Por increíble que pareciera, apenas había tráfico. Si hiciera mejor tiempo, las calles estarían atestadas de carruajes que regresaban de las fiestas de sociedad. La parte más peligrosa de su paseo sería el tramo de Saint James's Street, donde estaban la mayoría de los clubes de caballeros. Si había algún lugar abarrotado, sería ese.

Y, nada más pensarlo, un tílburi apareció en Pall Mall procedente de Saint James's Street justo cuando ella acababa de pasar el cruce. Quiso echar a correr, pero se contuvo. Si lo hacía, solo conseguiría despertar todavía más la curiosidad del conductor del tílburi.

—¡Ah, hola!

Miró de reojo por el borde de la capucha, decidida a seguir andando sin dar muestras de haber oído el saludo. Atisbó una cara en sombras, aunque la nariz y los pómulos quedaban resaltados por el farolillo del carruaje, protegido de la lluvia gracias a la media capota del tílburi.

Se quedó paralizada. El agua le entumeció los dedos de los pies y se dio cuenta de que estaba metida en un charco, pero era incapaz de moverse. De entre todas las posibilidades existentes, encontrarse con el señor Montgomery ni se le había pasado por la cabeza.

Tenía que moverse. Seguir andando. Si no se quitaba la capucha y mantenía la cabeza ladeada, podría evitar la luz de las farolas de gas. Su única esperanza era llegar a la seguridad de Montgomery House antes de que la reconociera. Dado que seguramente ese también fuera el destino del señor Montgomery, rezó para que Ryland o su mayordomo estuvieran muy cerca de la puerta principal.

El tílburi se acomodó a sus pasos y pronto se le hizo muy difícil evitar la luz de las farolas. Dichoso Ryland por vivir en la calle mejor iluminada de todo Londres.

Volvió la cabeza al pasar junto a otra farola, y aprovechó el gesto para averiguar cuál sería el siguiente movimiento del señor Montgomery. De repente, un relámpago iluminó el cielo y la cegadora luz la obligó a parpadear. Levantó la cabeza hacia el cielo y después hacia la cara del señor Montgomery, que la miraba con gesto asombrado.

—Señor, por favor, ¿no podías haberte esperado cinco segundos más?

En ese instante, el señor Montgomery la reconoció. ¿Qué estaría pensando? ¿Qué otra cosa podría pensar sino la verdad al verla tan cerca de la casa de Ryland, sola y a esas horas de la noche?

—¿*Lady* Miranda?

Los pies le exigían que corriera hacia la casa de Ryland. Otra parte de su cabeza le dijo que conservara la calma. Si evidenciaba de alguna forma el pavor que le provocaba ese hombre, se daría cuenta de que lo habían descubierto. Y solo Dios sabía qué haría él a continuación.

Decidió emplear el descaro.

—Lo siento, señor. No puedo quedarme. Unas desgraciadas circunstancias me han obligado a buscar refugio en casa de mi hermano. Seguro que lo comprende.

La sangre se le agolpaba en los oídos mientras controlaba el instinto de correr. Le dio la espalda como si nada y cruzó la calle como si fuera hacia su casa en vez de hacia casa de Ryland. Respiraba de forma entrecortada y jadeante, algo que junto con el latido atronador de su corazón enmascaraba cualquier otro sonido. ¿El señor Montgomery se alejaba en su tílburi? ¿La seguía?

Saint James's Square apareció ante ella.

—Respira. Sigue andando. Respira. Sigue andando. —Repitió esas palabras a modo de letanía. Si era capaz de seguir haciéndolo, llegaría a casa de Trent. Cruzó el parque de la plaza sin incidentes. Al otro lado de Saint James's Square se alzaban unos árboles que parecían llamarla. Si conseguía llegar a ellos, despistaría al señor Montgomery al serpentear por diferentes calles y callejones hasta llegar a la calle Mount.

Miró la plaza al salir del parquecito. Vacía. El húmedo aire le llenó los pulmones cuando por fin respiró hondo después de cinco minutos. Solo tenía que recorrer a toda prisa la calle York y llegaría hasta la calle Mount sin que nadie se enterase.

Sin embargo, justo al otro lado de la plaza, la calle York estaba bloqueada.

El señor Montgomery la saludó con el sombrero.

—No puedo permitir que camine con semejante tiempo, *milady*. Permítame que la acompañe a casa.

El agua resbalaba por el ala del sombrero de Ryland mientras cabalgaba bajo la lluvia. Había recorrido Pall Mall de un extremo a otro y regresaba a casa por los callejones y las calles laterales. En Hawthorne House estaban alarmados, pero no había podido evitarlo. Tenía que comprobar si Miranda había conseguido llegar a casa, y sus opciones eran o bien colarse a hurtadillas en la residencia de su amigo o aporrear la puerta principal hasta que el mayordomo le abriera.

Aporrear la puerta era muchísimo más eficaz.

No había vuelto a casa. Ni tampoco había ido a la residencia de Trent. Este tardaría un rato en enterarse de la desaparición de su hermana, dado que estaba esperando a que escampase la tormenta en su club, o al menos era lo que su ayuda de cámara creía. Eso quería decir que Miranda se encontraba en algún punto intermedio.

También era posible que se hubiera refugiado en casa de alguna amiga, pero ¿en quién iba a confiar tanto para no mancillar su reputación? Porque después de deambular sola por Londres estaría arruinada por completo. Claro que a él no le importaba. Pensaba casarse con ella de todas formas. Si las reputaciones mancilladas le importasen, nunca habría hecho algo tan escandaloso como convertirse en espía.

Una hora más tarde, entró por la puerta principal de su casa y se quitó el gabán y los guantes. Como no quería dejar un reguero de agua por la casa, se sentó en el suelo para quitarse las botas empapadas. Al cabo de varios minutos, se rindió y se tumbó en el frío suelo de mármol.

Necesitaba pensar, y también necesitaba dormir un poco con desesperación, pero que un par de botas mojadas lo hubieran derrotado

lo había dejado sin fuerzas. No era la primera vez que cabalgaba bajo la lluvia. ¿Había usado botas más anchas en esas ocasiones? Seguramente. Solía llevar botas de campesino cuando estaba en una misión, y esos hombres no se podían permitir el lujo de un ayuda de cámara que les sacara el ajustado cuero de los pies.

Cerró los ojos.

«¿Dónde está Miranda?», se preguntó.

—En nombre de... ¿estás muerto? —La voz de la tía Marguerite se coló en los confines de su mente. ¿Le hablaba a él?

Algo duro y romo se le clavó en las costillas. Emitió un gruñido.

—¿De verdad vas a darme el gusto de morirte en mitad del vestíbulo principal? ¿Hay sangre? ¿Te han disparado? No quiero que se estropee el suelo.

Más golpes. Dolorosos. Agarró el dichoso objeto y lo arrojó al otro lado del vestíbulo. Oyó el ruido del cristal al romperse seguido del grito de su tía. Le dolía más la muerte de un jarrón que la posible muerte de su sobrino. Qué entrañable.

Frunció el ceño. De hecho, su tía parecía encantada por la posibilidad de que estuviera al borde de la muerte. A lo mejor debería continuar con la farsa, aunque tras esa asombrosa demostración de reflejos, le costaría la misma vida convencerla de que estaba en las últimas.

¿Qué esperaría su tía de una persona moribunda? Él había visto a unos cuantos muertos a lo largo de los años, pero dudaba mucho de que su tía Marguerite supiera mucho de eso. Si se esforzaba en la interpretación, seguramente se la creería. Lanzó un gemido todo lo ronco y sostenido que pudo antes de sacudirse en el suelo, deslizándose sobre el charco de agua que cada vez se hacía más grande. Despacio, fue reduciendo la intensidad de las convulsiones hasta apenas moverse, mientras respiraba de forma superficial, por si su tía estaba pendiente del movimiento de su pecho.

—¿Ryland?

Se sacudió. Se golpeó un nudillo contra el suelo de mármol y tuvo que morderse la lengua para contener el gruñido.

—¿Ryland?

Su tía había recogido el bastón y empezó a clavárselo de nuevo.

—¿Estás respirando?

Los golpes del bastón se sucedieron por todo el torso. Ryland contuvo el aliento.

—Ha funcionado. No puedo creer que haya funcionado. Ay, mi niño, mi niño maravilloso. No sé cómo lo has hecho, pero no te arrepentirás.

El tacón de sus botas resonó en el suelo de mármol mientras rodeaba el cuerpo de Ryland.

—Un testigo. Necesito un testigo.

La tela le rozó la mejilla cuando su tía se sentó junto a su cabeza. ¿Qué estaba haciendo?

—Detesto mojarme —masculló ella. Y, a continuación, soltó un alarido.

Ryland estuvo a punto de delatarse por culpa del ensordecedor chillido que resonó en el vestíbulo. De no estar seguro de lo contrario, habría jurado que la mujer que lloraba su muerte estaba muy afligida. Su tía era una actriz consumada.

Se oyeron pasos procedentes de todos los rincones de la casa. Y la palabra «excelencia» le llegó desde todas partes. Esperó a que sucediera algo, esperó una señal que le indicara que tenía todas las pistas para resolver el misterio que suponía el deseo de su tía por verlo muerto. Cierto que nunca se habían profesado afecto, pero él jamás le había deseado mal. Era evidente que no se podía decir lo mismo de ella.

—¿Ryland? ¿Excelencia?

Un suspiro aliviado escapó de los labios de Ryland. Price había regresado.

Su tía consiguió hablar y sollozar al mismo tiempo.

—He oído la puerta y he pensado que Gregory había regresado, pero luego vi... lo vi... aquí... ¡Ay! ¿Qué ha podido pasar?

La decepción que sentía al no poder ver semejante representación teatral casi le arrancó una sonrisa. ¿Por qué no se le había ocurrido darse la vuelta mientras se sacudía para tener oculta la cara? La próxima vez que fingiera morir, lo haría boca abajo. Sería mucho más sencillo.

—*Milady*, yo... —Price parecía más desconcertado que preocupado.

La tía Marguerite empezó a hipar.

—Supongo que tendrás que ver el cuerpo, Price. Será la última tarea que realices en tu puesto.

—¿*Milady*?

—En fin, mi hijo Gregory es el duque ahora, así que yo me ocuparé de los asuntos domésticos. Estás despedido. Sin referencias.

La representación estaba a punto de llegar a su fin. ¿Podría conseguir algo más si seguía fingiendo? No podía perpetuar la farsa durante varios días. Su tía esperaría una visita de los consejeros del príncipe y un entierro.

Tal vez podría sonsacarle más información si le daba un susto de muerte. Decidió incorporarse.

—No le hagas caso, Price. Creo que me gustaría que siguieras siendo mi mayordomo.

El grito de su tía Marguerite seguro que iba a dejarlos sordos a todos durante varios días. Menos mal que ya estaba sentada en el suelo, porque él no intentó evitar su caída cuando se desmayó.

Capítulo 34

Ryland se levantó con ayuda de Price. Miró con los ojos entrecerrados el cuerpo inerte de su tía, tirado en el suelo del vestíbulo, con la falda en mitad del charco de agua que él había dejado.

—¿No deberíamos moverla, excelencia?

Debería decir que no. Quería decir que no.

—Sí. Déjala en el sofá del salón. Átala y ponle guardia. Hasta que Miranda no vuelva a casa sana y salva, retendremos a mi tía como sospechosa.

Price asintió con la cabeza, pero se quedó quieto un buen rato antes de levantar en brazos el cuerpo inerte y cruzar el vestíbulo. Ryland lo vio alejarse mientras intentaba asimilar el hecho de que sus últimos parientes vivos lo querían muerto. Su tía se había regodeado en su muerte y parecía creer que Gregory lo había planeado todo. Se pasó una mano por el pelo y el tacto húmedo le recordó que seguía calado hasta los huesos.

—¡Jeffreys!

El ayuda de cámara llegó procedente de la cocina con varias toallas dobladas en las manos.

—¿Quiere una toalla, excelencia?

Ryland sintió que a sus labios asomaba una sonrisa. ¿Cómo podía encontrar algo gracioso en esa situación cuando Miranda estaba desaparecida? Aceptó una toalla y se frotó el pelo, la cara y los brazos.

—¿Me permite que le quite la levita, excelencia? Tal vez si le quitamos algunas de las prendas mojadas, las toallas surtan más efecto. —Jeffreys dejó el resto de toallas en el suelo y procedió a quitarle las prendas mojadas.

La sonrisilla siguió presente en los labios de Ryland mientras lo observaba doblar con esmero la levita y dejarla en el suelo.

—Al final, creo que serás un ayuda de cámara estupendo.

—Eso quiero creer, excelencia. Ya le he preparado ropa seca. Subiré a ayudarlo a cambiarse en cuanto encuentre un lugar donde dejar estas... prendas.

Ryland corrió escaleras arriba y por el pasillo mientras se esforzaba por no pisar las alfombras. Aunque se había quitado las botas, la levita, la corbata y el chaleco, seguía chorreando. Una lenta sonrisa asomó a sus labios al ver lo que le esperaba en su vestidor. La ropa sencilla de un campesino estaba preparada sobre el respaldo de una silla, con la misma pulcritud que el más elegante de sus atuendos de gala.

Su ropa de espía. No sabía que Jeffreys la había guardado. Meter las piernas en los desgastados pantalones le provocó una sensación estupenda, y no solo porque estuvieran secos. Tenía un caso, un trabajo. Si era capaz de recordarlo y actuar en consecuencia, Miranda estaría a salvo durante horas, si acaso no había llegado ya a Hawthorne House. Hasta que no le comunicaran lo contrario, supondría lo peor.

Alguien llamó a la puerta dando tres golpes secos que resonaron en la estancia. Ryland se puso la camisa blanca antes de decirle a quienquiera que fuese que entrara.

Jess abrió de par en par, pero permaneció en el vano mientras usaba una toalla para intentar controlar el reguero de agua que resbalaba por su cuerpo.

Ryland la miró con expresión interrogante mientras se sentaba en una silla para ponerse las botas desgastadas.

—Se ha producido cierto alboroto en Saint James's Square, pero no hay forma de saber a ciencia cierta si se trata de ella o no. Había una mujer a pie y un hombre en un tílburi y se marcharon juntos.

—Gregory.

Jess se quedó helada.

—¿Cómo dices?

Ryland metió el pie de golpe en la bota y recogió el abrigo del respaldo de la silla. No tenía tiempo para preocuparse por la corbata ni por ninguna otra prenda. Sabía que iba a acabar empapado de todas formas si tenía que perseguir a su díscolo primo.

—Gregory. Se fue a su club en el tílburi.

—¿Con este tiempo?

Ryland se encogió de hombros mientras salía al pasillo.

—No iba muy lejos. Y además, tiene capota.

—¿Y crees que Greg... esto... que el señor Montgomery ha secuestrado a Miranda? ¿Por qué?

Era una pregunta estupenda. ¿Qué esperaba conseguir Gregory al llevarse a Miranda? Ryland pasó los dedos despacio por el poste pulido de la barandilla de la escalera. No podía salir en plena noche con la esperanza de rastrear el tílburi de Gregory por las calles de Londres. Necesitaba información.

Y sabía quién era la persona que podía proporcionársela.

—¿Seguro que quiere hacerlo, excelencia?

El duque de Marshington miró la expresión preocupada de Price y asintió con la cabeza.

—Segurísimo.

—Pero... el brocado, excelencia. Quedará irrecuperable. —El gigante movía la cabeza de un lado para otro, con una mueca seria y resignada en los labios.

Ryland contuvo una carcajada al volverse hacia el sillón tapizado con brocado de seda verde donde, en ese momento, se sentaba el cuerpo inerte de su tía. Unas cuerdas que salían de las cuatro patas aseguraban que seguiría sentada en el sillón cuando despertase.

—¿Y si probamos con sales? —Price intentó una vez más disuadir a su jefe.

Ryland miró de arriba abajo a su mayordomo con una ceja enarcada.

—¿Tienes a mano?

—Esto... no.

—Pues agua va.

Tras decir eso, tiró al suelo las flores que había en un jarrón cercano y vació el contenido en la cabeza de su tía. Esta se despertó de golpe, escupiendo, mientras intentaba agitar los brazos por encima de la cabeza, pero descubrió que no podía moverse debido a las ataduras.

Ryland experimentó una tremenda satisfacción al estar seco y muy cómodo mientras que el agua chorreaba de las pestañas de su tía, que parpadeaba con rapidez.

—¿Dónde está?

Su tía lo miró, aunque al punto desvió la vista hacia el jarrón vacío que tenía en la mano. La indignación sustituyó a la sorpresa en sus marcadas facciones. Le escupió.

Ryland chasqueó la lengua y le dio el jarrón a Price antes de inclinarse hacia delante, pero sin quedar al alcance de su última pariente femenina viva.

—¡Menudos modales! ¿Qué dirían las damas de Almack's si pudieran verte ahora mismo?

—¡No te acerques a mí!

Ryland se irguió y se obligó a aparentar tranquilidad. Tenía el corazón acelerado y notaba los latidos en los oídos, instándolo a apresurarse. Sin embargo, la tranquilidad sería su mejor baza para lidiar con su tía. Siempre lo había sido. Cuando las cosas no salían como ella quería, se ponía nerviosa y agitada. Contaba con que eso sucediera en ese momento.

—Te repetiré la pregunta. —Ryland apoyó la cadera en el brazo del sillón que estaba a un lado de la prisión acolchada de su tía—. ¿Dónde está?

—¿Quién?

—Tu hijo. Gregory.

—Creo que se fue a su club. Con esta lluvia, seguramente haya decidido quedarse allí.

Ryland entrecerró los ojos mientras observaba a *lady* Marguerite, porque se negaba a seguir considerándola su tía, atusarse las faldas y enderezarse con toda la elegancia y el decoro de una dama que estuviera de visita en la casa de su enemiga social.

—No está en su club, pero eso no es lo verdaderamente importante. No tiene amigos, de modo que solo dispone de unos pocos lugares a los que ir. Registrarlos no llevará mucho tiempo. —La miró fijamente a los ojos en busca de la clave, de la pista que conseguiría que se derrumbara—. Price, ve preparando las armas. Quiero que salgan todos los jinetes que podamos reunir. Asegúrate de que van bien armados.

—Ahora mismo, excelencia.

Los pasos de Price sonaron por el vestíbulo mientras el color abandonaba las mejillas de *lady* Marguerite.

—Voy a encontrar a tu hijo, y cuando lo haga no saldrá muy bien parado.

—A lo mejor eres tú quien no sale bien parado.

Ryland intentó mostrar sorpresa. Estaba convencido de que no lo había conseguido, de que solo había llegado a adoptar una actitud burlona y segura. Sin embargo, cualquiera de las dos cosas la enfurecería.

—¿Me estás amenazando?

Lady Marguerite volvió a escupirle.

—Pues claro que te estoy amenazando. Llevo años intentado que te declaren muerto, pero sin un cadáver reconocible siempre se han negaron a hacerlo.

El hecho de que mantuviera comunicación constante primero con el rey Jorge y después con el príncipe regente tal vez hubiera tenido también algo que ver, pero no hacía falta que ella lo supiera.

—Teniendo en cuenta que estoy vivito y coleando, me alegro de oírlo.

—Pues no deberías.

—¿Alegrarme?

—Estar vivo.

La cosa empezaba a ponerse interesante. Ryland contuvo el impulso de frotarse las manos.

—Dios me ha bendecido al sacarme de más de una situación peliaguda, de modo que aparentemente, piensa de otra manera.

—Debería ser Gregory. Es el mayor.

Ryland fue incapaz de reprimir la sorpresa. *Lady* Marguerite recordaba que se había casado con el hermano menor, ¿verdad?

—Se suponía que Gregory iba a ser el duque. ¡Gregory debería ser el duque! Es mayor que tú. Se ha quedado en Londres, sabe lo que este país necesita.

En ese momento, Ryland comprendió que estaba loca. Gregory se había quedado en Londres simplemente porque Napoleón se había encargado de que viajar a Francia fuera una aventura mortal. Y lo único que Gregory había visto de Londres era su club, Tattersall's, y el interior de un montón de salones de gente acomodada.

—¡Sin ti Gregory podría haber ocupado su legítimo puesto como heredero! Era el mayor, pero Richard insistía en que tú serías el próximo duque. Tú, un mocoso insolente.

En algún momento, *lady* Marguerite había perdido por completo la razón. Estaba sentada, agitando un puño en alto, gritándole a un muerto.

—¡Mira en lo que me has convertido, Richard! Te supliqué que te encargaras de todo antes de morir, pero ¡te negaste! ¡Supongo que eso me convierte en tonta por creer que me querías! Nunca me quisiste, ni tampoco quisiste a Gregory. Siempre fue él. Había que asegurarse de que él iba a Eton y de que jugaba en los mejores equipos para las mejores casas. Asegurarse de que él contaba con una figura materna. Me dejaste con un hijo y sin futuro. ¡Maldito seas, Richard! ¡Ojalá te pudras en el infierno con tus mentiras!

Ryland retrocedió con los ojos como platos mientras la mujer a quien siempre había tenido por fría se sacudía en el sillón, expulsando años de amargura reprimida en un torrente que era incapaz de controlar.

La vio abalanzarse sobre la mesita auxiliar. Las cuerdas que la sujetaban hicieron que arrastrara el sillón y se tambaleara. El jarrón vacío cayó al suelo y los trozos de porcelana salieron despedidos en todas direcciones. *Lady* Marguerite recogió algunos y trató de llevárselos a las muñecas para cortar las ataduras.

La primera gota de sangre sacó a Ryland del estupor.

—¡Jess! ¡Price! ¡Jeffreys!

Oyó las carreras por los pasillos mientras intentaba controlar a *lady* Marguerite. El sillón le impedía acercarse a ella por detrás y las sacudidas hacían que fuera peligroso acercarse por delante. La mujer consiguió arrastrar el sillón otro trecho, ya que la locura le otorgaba una fuerza que él no habría ni imaginado. Acabaría con algún que otro rasguño, pero tenía que detenerla.

Agachó la cabeza para esquivar los golpes dirigidos a su cara y se abalanzó sobre ella para abrazar su estrecho torso.

—¡No! —gritó ella. El alarido le atravesó el cerebro.

Con los brazos pegados a los costados y el pecho jadeante a causa de los sollozos y el esfuerzo, *lady* Marguerite solo inspiraba lástima. Ryland miró a sus fieles criados, a su círculo más íntimo. Por primera vez en muchísimo tiempo, no sabía qué hacer.

—¿Qué hago?

—¡Suéltame, Richard! ¡Te odio! Me convertiste prácticamente en tu mujer. ¿Por qué no pudiste convertir a Gregory en tu hijo?

Ryland se concentró en no soltar a esa loca. Una de las cuerdas se le había enrollado en torno a una pierna y amenazaba con tirarlos a ambos al suelo, algo que sería peligroso.

Price y Jeffreys estaban tan perdidos como él. Jamás se habían visto obligados a enfrentarse a una situación parecida.

Jess se adelantó y le asestó un puñetazo a *lady* Marguerite en la mandíbula. La cabeza de la mujer cayó hacia atrás y golpeó a Ryland en la mejilla. El repentino peso muerto lo lanzó hacia atrás, haciendo que acabara sentado en el sofá. Miró a Jess y se dio cuenta de que tanto Price como Jeffreys también la miraban boquiabiertos.

Ella se encogió de hombros.

—Como si vosotros no hubierais tenido ganas de hacerlo en algún momento.

Se vieron obligados a darle la razón.

Ryland se liberó de las cuerdas y de las faldas de su tía antes de dejarla tumbada en el sofá.

—Necesitamos que alguien la vigile.

Prince asintió con la cabeza y se alejó.

—Iré en busca de Archibald.

—¿Alguna noticia de Gregory? —preguntó Ryland a los otros dos.

—No está en su club ni en casa de su... amiga —contestó Jeffreys.

Ryland tosió. No tenía ganas de enterarse de las indiscreciones de su primo.

—Ninguno de sus conocidos le ha dado cobijo —añadió Jess.

Ryland asintió con la cabeza. Eso no les dejaba con muchas opciones. Una posada acabaría por mermar el bolsillo de Gregory después de unos días. No recibiría su asignación mensual hasta la semana siguiente, de manera que seguro que andaba corto de fondos. Las posadas propiciaban la aparición de testigos. Alguien se fijaría en Miranda, acabaría reconociéndola y trataría de ayudarla.

De manera que solo había un lugar al que Gregory podría ir para disfrutar de cierta tranquilidad.

Capítulo 35

Marshington Abbey era un lugar precioso. A Miranda le hubiera gustado verlo por primera vez en mejores circunstancias. Llegar atada, amordazada y molida a causa del trayecto en un vehículo diseñado para circular por las calles de la ciudad no era la mejor manera de ver por primera vez la propiedad.

La luz de la mañana se reflejaba en la multitud de ventanas, convirtiendo la mansión en una joya exquisita. Los jardines se extendían de manera que la panorámica era espectacular al acercarse a la casa desde cualquier sitio.

Sin embargo, Miranda no podía apreciar la belleza en ese momento. Estaba demasiado ocupada tratando de escapar del idiota del primo de Ryland. ¿En qué estaba pensando cuando se le ocurrió llevarla a ese lugar? Era la casa solariega de Ryland. ¿Acaso pensaba que no buscaría allí?

Se lo habría recordado, pero el señor Montgomery se había cansado de oírla hablar tras la primera hora del trayecto desde Londres y la había amordazado con la corbata. Eso bastó para que Miranda comprendiera a todos los caballos que había montado en la vida. La prenda se le clavaba en la comisura de los labios y la presión que ejercía el nudo que había hecho en la parte posterior de la cabeza era muchísimo peor que cuando Jess le metió el mitón en la boca.

Cuando se detuvieron en un lateral de la mansión, el señor Montgomery le subió la empapada capucha, que se le acabó pegando a las mejillas y a la barbilla. Trató de desprenderse del sucio paño de lana sacudiendo la cabeza.

La repentina presión del cañón de una pistola en un costado detuvo sus movimientos.

Miranda decidió quedarse sentada en silencio, aguzó el oído y captó el sonido de una puerta al abrirse y los pasos que se acercaban al tílburi.

—Señor Montgomery, no lo esperábamos. Me temo que no hay nadie más que yo. El resto del personal se ha marchado al pueblo para prepararse para las festividades.

Miranda inclinó la cabeza para ver si podía ver algo por el borde de la capucha, pero solo veía sus propios pies. Por la voz, el hombre parecía mayor, pero no senil. Si pudiera hablar con él para exponerle su caso, tal vez la ayudase. Se movió en su asiento con la esperanza de que preguntara por ella.

El señor Montgomery la aferró de un brazo y tiró de ella para bajarla del tílburi. Estaba segura de que en breve tendría moratones, pero lo prefería a sentir de nuevo la pistola en el costado.

Se tropezó mientras lo seguía y aprovechó el momento para intentar que el criado se percatara de que la situación no era normal.

—No se preocupe, señor Blakemoor. No necesitaremos que nos atiendan. Es una simple parada para descansar antes de seguir camino. Si pudiera atender a los caballos y prepararnos algo de comer, se lo agradecería.

Miranda mordió la corbata con fuerza. ¿Cómo podía hablar tan tranquilamente de su secuestro? Ansiaba darle un pisotón o asestarle una patada en las espinillas, pero ignoraba lo que había hecho con la pistola.

—La cosecha de tomates ha sido excelente, señor. ¿Los ha visto? Mi mujer dice que ha oído que son venenosos, pero a mí me parecen demasiado sabrosos como para que hagan daño. ¿Se quedará a pasar la noche, señor?

—No. No será necesario.

Hasta ese momento, Miranda había estado más enfadada que asustada de verdad. Sin embargo, la frialdad de esas palabras la asaltó como la hoja de una daga y el miedo hizo que se echara a temblar.

¿Qué planeaba hacer con ella el señor Montgomery?

Ryland se mantenía en pie gracias a los nervios y el miedo. Había cabalgado durante toda la noche y cambiado de caballo tan a menudo como le había sido posible. Sentía los temblores típicos de la falta de sueño y el exceso de energía. Tras respirar hondo, rezar y beber un buen sorbo de agua de la bota que llevaba, se tranquilizó un poco.

¿Dónde estaban todos? Aunque hacía años que la familia no residía en Marshington Abbey, hacía falta un cierto número de criados para evitar que la mansión se deteriorara. En numerosas ocasiones había dicho que la propiedad le importaba tan poco que le daría igual que acabara desmoronándose, pero no era cierto.

Aunque sus recuerdos no eran agradables, los últimos duques habían tenido su hogar en la mansión. El deber hacia ellos lo obligaba a mantenerla en buen estado. Ellos no tenían la culpa de que su tía Marguerite hubiera convertido en horribles los años que había pasado allí con sus intentos de tratarlos a Gregory y a él como si fueran hermanos. La situación no habría sido tan mala si les hubiera mostrado el mismo afecto, pero para él solo hubo reprimendas.

Lo que había sucedido dentro de esos muros no tenía importancia, no debía tenerla. Lo importante en ese momento era saber si Miranda estaba dentro o no. ¿Estaría en el interior de la mansión, llamándolo a gritos para que la ayudara? Seguro que sabía que iría a por ella.

A lo lejos vio que el viejo guarda, el señor Blakemoor, salía del establo.

Era el primer golpe de suerte que tenía desde hacía mucho tiempo.

Ryland iría en su busca. No sabía cuándo, cómo ni desde dónde, pero sabía que iría a por ella. Lo único que podía hacer era tratar de facilitarle las cosas para cuando llegara.

Lo mejor que podía hacer era alejarse todo lo posible del señor Montgomery.

De manera que usó todas las lecciones de su madre sobre convertirse en la anfitriona perfecta. Se sentó en el borde del sofá, que estaba cubierto por una sábana de hilo, y observó a su secuestrador, que se paseaba por delante de la ventana en uno de los salones de la planta alta. Llevaba una hora sin decir ni pío y seguía amordazada.

Sabía que había pasado una hora porque había estado contando los minutos. Era lo único que se le había ocurrido para mantenerse distraída.

A los diez minutos de llegar, el señor Montgomery se había guardado la pistola en la cinturilla del pantalón.

A los veinte minutos, dejó de mirarla.

Le concedió otros quince minutos más para que dejara de pensar en ella.

Y entonces se movió. Despacio pero sin pausa. Con la silenciosa elegancia que su madre le había inculcado a base de practicar y practicar durante horas antes de su presentación en sociedad. Si el señor Montgomery la sorprendía, había preparado una excusa. No podía extrañarle que necesitara ir al baño. Sin embargo, eso solo iba a funcionar una vez, de manera que era su única oportunidad para alejarse de él y privarlo de la ventaja que tenía en ese momento.

Porque sabía que, llegado el caso, Ryland sacrificaría cualquier cosa con tal de salvarla.

Seguramente incluso su propia vida.

La puerta estaba entreabierta, pero no lo bastante para que pudiera pasar por ella. Mientras rezaba para que las bisagras no chirriaran, introdujo un pie por la abertura, seguido de la pierna y del resto del cuerpo al tiempo que contenía el aliento y que controlaba los movimientos lo máximo posible. Justo cuando se golpeó el hombro contra la jamba oyó que el señor Montgomery estampaba una mano contra el alféizar de la ventana.

El sobresalto hizo que diera un respingo que abrió más la puerta, de manera que aprovechó para salir. Las bisagras habían chirriado, sí, pero el grito del señor Montgomery, que protestaba por el tiempo que Ryland tardaba en aparecer, había tapado el sonido el chirrido.

En cuanto salió de la estancia, empezó a moverse con rapidez. Tenía las manos atadas a la espalda, de manera que no podía usarlas. Aunque sí podía subirse las faldas con ellas. Sin embargo, para poder subírselas por la parte delantera debía alzarlas por detrás hasta un punto indecente. No obstante, la capa la cubriría, y en la mansión solo estaban el señor Montgomery y el guarda. El decoro tendría que tomarse unas vacaciones.

Consciente de que el señor Montgomery esperaría que bajara por la escalinata cuando descubriera que había desaparecido, Miranda se encaminó a la escalera del servicio. Había bajado la mitad cuando oyó que el señor Montgomery gritaba de nuevo. En esa ocasión era su nombre, acompañado por una retahíla de palabras malsonantes que le provocaron un intenso sonrojo. Miranda bajó el resto de los peldaños a toda prisa, ya que prefería la rapidez al sigilo.

En el descansillo inferior descubrió una puerta con bisagras de hierro. Sonrió tras la mordaza. Había encontrado una salida si era capaz de abrir la puerta. Se soltó las faldas, se dio media vuelta y agarró el cerrojo con los dedos, que se le estaban entumeciendo por momentos. El material que el señor Montgomery había usado para maniatarla se estaba tensando a medida que se secaba.

Logró abrir el cerrojo y empujó la puerta con la esperanza de verse libre, al sol, respirando aire fresco.

En cambio, se vio en la más completa oscuridad cuando la puerta se cerró a su espalda.

Se las había apañado para encerrarse en el sótano.

Pasó varios minutos concentrándose en respirar.

Cerró los ojos, algo absurdo, aunque hizo que se sintiera mejor, y rezó. Y rezó. Y rezó un poco más. Hasta el punto de perder la noción de lo que suplicaba en sus oraciones, ya que dejó de prestarles atención a las palabras y se concentró en el hecho de que Dios podría escucharlas y así no estaría sola.

La serenidad llegó a la postre, y con ella una relajante seguridad. Sí, estaba en un aprieto, pero en ese momento, con una gruesa puerta a la espalda que se interponía entre ella y su secuestrador, se sentía a salvo. No obstante, siguió con los ojos firmemente cerrados. Prefería pensar que la oscuridad era obra suya.

La serenidad llegó acompañada de la determinación por hacer algo, lo que fuera, para mejorar su situación. Movió el pie hacia delante apenas unos centímetros. El suelo era de piedra tosca. Avanzó un poco más, tanteando con la punta del pie. Un paso tras otro lo más despacio que podía hasta toparse con algo. Inclinó el cuerpo hacia delante y descubrió que se trataba de una pared, también de piedra tosca.

Acercó la cara a la piedra, desesperada por librarse de la mordaza, pero con el punto de vanidad necesario para no querer arañarse al hacerlo. Tardó un buen rato y acabó escociéndole la mejilla, pero consiguió que la mordaza se deslizara hasta el cuello.

Se dejó caer contra la pared, con el corazón rebosante de alegría por el simple placer de poder mover la mandíbula. Alentada por unas fuerzas renovadas tras el pequeño éxito, comenzó la tarea mucho más difícil de desatarse las manos. Sin embargo, antes de ponerse con las ataduras, debía quitarse la capa, algo para lo que tuvo que retorcerse de una forma que le parecía ridícula y frotarse contra la pared, lo que resultaba doloroso, hasta lograr que la prenda le dejara un hombro al descubierto.

Cuando acabó estaba agotada, sedienta, asustada y experimentaba unas veinte emociones nuevas más. Por más que ansiara acurrucarse y llorar, sabía que había un hombre en esa casa que pretendía matar a Ryland y muy posiblemente a ella. Rendirse no era una opción.

Sin duda alguna, los dedos acabarían con más cortes y más arañazos que la cara. Había perdido demasiada sensibilidad en las manos como para ser delicada mientras lo hacía. Parecieron pasar horas, aunque tal vez solo fueron minutos. Había dejado de contar. Le dolían los brazos por el constante movimiento arriba y abajo. Empezó a subir y bajar impulsándose con las piernas, en vez de mover los brazos, para que estos descansaran y las ataduras siguieran raspándose contra la basta piedra.

Un crujido ensordecedor rompió el silencio y la sobresaltó como si fuera un puñetazo. La luz inundó la estancia. Miranda cerró los ojos e inclinó la cabeza hacia el pecho.

—Aquí estás.

Una mano se cerró en torno a su dolorido codo y la apartó con brusquedad de la pared. Miranda tropezó hacia su secuestrador, suponiendo que se tratara del señor Montgomery. Al parecer había recorrido toda la casa a la carrera, según indicaba su agitada respiración.

Empezó a conducirla hacia la escalera, pero se detuvo tras dos pasos.

—Ah, Ryland. Tal como ves, tengo un as en la manga. Una reina preciosa, desde luego, aunque la hermana brilla un poco más. Ríndete, Marshington —pronunció el nombre de su primo con asco, como si escupiera un trozo de carne cruda.

Miranda abrió un poco los ojos y parpadeó con rapidez a causa de la luz. ¿Cómo era posible que la estancia estuviera tan iluminada?

—Yo busco algo más que una cara bonita, Gregory.

El corazón le dio un vuelco al oír la voz de Ryland. Sin embargo, no podía alegrarse de su presencia, porque sabía que el señor Montgomery quería matarlo.

—Ah, sí, ahora vas a decirme que también la admiras por su cerebro.

—Si te dignas a escucharlo, claro.

Miranda parpadeó varias veces tratando de adaptarse a la luz para poder ver lo que sucedía. Apenas era capaz de separar los párpados.

Tras un breve silencio, el señor Montgomery habló de nuevo.

—A menos que quieras ver ese bonito cerebro desparramado de forma menos atractiva, te sugiero que te detengas ahora mismo.

¡Por fin! Miranda abrió un poco un ojo justo cuando asimilaba las palabras del señor Montgomery. Se descubrió mirando el cañón de una pistola.

Capítulo 36

No era la primera vez que Ryland se enfrentaba a un hombre armado. Lo habían apuntado a él con pistola, habían apuntado a sus compañeros e incluso en una memorable ocasión el hombre armado amenazó con dispararse a sí mismo. Habría considerado la idea de permitir que lo hiciera de no ser porque necesitaban los secretos guardados en la cabeza de aquel desquiciado.

Sin embargo, ninguna experiencia lo había preparado para ver a Miranda con una pistola en la cabeza.

La vio abrir los ojos y ponerlos como platos al percatarse de que la estaban apuntando. En el suelo había dos lámparas que iluminaban el almacén. La estancia era alargada y estrecha, con estanterías en la pared situada detrás de Gregory y Miranda. El guarda debía de usar este lugar para almacenar parte de la producción del huerto. Las baldas estaban cargadas con distintas hortalizas y alimentos a la espera de hacer conserva para el invierno o comidas a su debido tiempo. También había latas con harina, azúcar y otros objetos de uso doméstico en la pared de detrás de él.

—¿Qué quieres? —preguntó. Cualquier cosa con tal de salvar a Miranda.

Gregory soltó una carcajada desabrida.

—A ti.

Ryland apartó los ojos de la cara de Miranda y los clavó en la de Gregory.

—¡Debería haber sido yo! Yo soy el mayor. Yo acabé mis estudios universitarios. Siempre he sido más refinado y más responsable, y desde luego que me he dejado ver mucho más que tú. Le haré a Inglaterra un favor al reemplazar a un duque perdido por otro que en realidad sí se preocupa por lo que pasa en Londres.

Ryland no supo cómo replicar. No podía arriesgarse a que Gregory perdiera la razón de la misma manera que le había sucedido a su madre. A saber las tonterías con las que esa mujer le había llenado la cabeza a lo largo de los años. Tenía que sacar a Miranda de allí. Tal vez pudiera aplacar a su primo haciéndole creer que había ganado.

—¿Quieres ser Marshington? Todo para ti. Pero deja que Miranda se vaya.

La risa de Gregory le provocó un escalofrío en la espalda.

—¿Me tomas por tonto? Mi madre quiso matarte hace años, pero desapareciste. Intentamos que te declararan muerto, pero exigían ver el cuerpo.

—¿Y ahora tienes la intención de enseñárselo? —Ryland cambió el peso del cuerpo mientras pensaba en cómo encontrar la mejor manera de apartar a Gregory de Miranda.

—Sí. Con gran pesar por mi parte al descubrir el accidente de caza, por supuesto.

¿Miranda estaba llorando? No, parecía sudor. ¿No era una mujer sorprendente? Mantener esa entereza mientras la apuntaban a la cabeza con un arma...

Gregory. Debía concentrarse en Gregory. ¿Qué había dicho? ¿Que lo haría parecer un accidente de caza?

—Nadie creerá que hemos ido juntos a cazar.

—Por supuesto que sí. Has regresado a Londres y estás dispuesto a reestablecer las relaciones con tu familia. ¿Hay algo mejor que una batida de caza para que dos caballeros estrechen lazos?

—¿En plena temporada social?

Gregory se encogió de hombros.

—Todos saben que eres un excéntrico. Bien puedo aprovecharlo a mi favor.

Ryland apretó los puños hasta que le dolieron los nudillos y sintió que se clavaba las uñas en las palmas. Cuando sacara a Miranda de allí, iba a moler a Gregory a palos.

—Deja que se marche, Gregory. Esto es entre tú y yo.

Su primo esbozó una sonrisa malévola. No había otra forma de describirla.

—Tengo a la mujer y tengo el arma. ¿Qué tienes tú?

Buena pregunta.

—Un arma más grande.

Ryland se volvió y vio que Jeffreys entraba por la puerta armado con un trabuco y listo para disparar. La escena parecía sacada de un sainete. Si Jeffreys disparaba el trabuco en un sitio tan pequeño, tardarían semanas en librarse del olor a humo.

Se volvió hacia Miranda. Mejor el apestoso olor a humo que la dolorosa puñalada de la muerte.

Miranda volvió la cabeza para ver quién acababa de llegar. Hasta ese momento no había podido ver otra cosa que no fuera el frío cañón metálico que la apuntaba. Ver otra arma, más grande, que también apuntaba en su dirección resultó muy desconcertante.

—¡Sal de aquí! O disparo. —El señor Montgomery estaba a punto de soltarla del codo. Notó que el sudor hacía que su mano resbalara—. ¡Te dispararé! —La pistola se movía entre Ryland y ella en ese momento, cortando el aire y temblando como el brazo del señor Montgomery.

Miró a Ryland y vio que parecía tranquilo y con todo bajo control, pero había detalles que delataban su nerviosismo. Apretaba y relajaba los puños sin parar, como si estuviera concentrando toda su inquietud en los dedos. Tenía la cara tensa y un rictus serio mientras seguía los movimientos de su primo con la mirada.

Un dedo tembloroso podía apretar un gatillo sin querer.

—¡Le dispararé! —repitió el señor Montgomery refiriéndose a ella, obviamente porque creía que esa era su amenaza más efectiva.

—En ese caso, yo le dispararé a usted. Pase lo que pase, no saldrá de aquí siendo el duque. —La voz de Jeffreys era mucho más serena de lo que Miranda esperaba teniendo en cuenta su condición de ayuda de cámara. Aunque claro, lo normal era que Ryland no hubiera contratado a un ayuda de cámara normal y corriente. El hombre debía de ser como Price y Jess: uno de sus antiguos secuaces.

Movió la pistola de nuevo y apuntó a Ryland.

—Tal vez no salga de aquí, pero seré Marshington.

Miranda se dijo que debía apartar la mirada, darle un empujón, gritar, ¡hacer algo! Pero el tiempo la mantenía cautiva y la envolvía con las gélidas garras del miedo, los minutos pasaban lentamente y le permitían observar con todo lujo de detalles cómo el señor Montgomery afianzaba el dedo sobre el gatillo.

El miedo tenía un olor característico. Una combinación de sudor y de algo agrio. El resultado tenía un toque metálico. Parecido al olor que desprendían los trabajadores que salían de las fábricas metalúrgicas manchados después de un largo día de trabajo. Ryland estaba familiarizado con ese olor. Incluso lo había notado en sí mismo las veces que había estado encañonado por una pistola.

Pero nunca lo había asaltado como en ese momento. Porque todas las personas presentes en esa estancia corrían un riesgo como el que nunca habían corrido antes. Una parte de su cerebro, la parte racional que le ayudaba a enfrentar la vida de agente de la Corona, comprendía que el miedo no se podría apreciar realmente y que la combinación de especias y de comida almacenada en la estancia se estaba mezclando con el olor al sudor que corría por los rostros de Gregory y de Miranda.

Sintió una gota por la oreja. Él también estaba sudando.

La mano de Gregory temblaba visiblemente. Iba a apretar el gatillo, queriendo o sin querer. A esa distancia, daba igual que Gregory nunca hubiera tenido buena puntería. La bala le atravesaría el pecho de todas formas.

Así que se agachó.

El disparo estuvo acompañado del rugido del trabuco de Jeffreys. En el reducido espacio, el ruido reverberó y le asaltó los oídos al tiempo que se daba un golpe en un hombro con un pesado barril.

Rodó por el suelo y se escondió detrás del barril. Sacudió la cabeza en un vano intento por despejarse.

Se levantó un poco y se encontró con la humareda provocada por el disparo de ambas armas. El humo le llegó hasta el fondo de la garganta y empezaron a escocerle los ojos. Le picaba la nariz. La luz de las lámparas se reflejaba en el humo que flotaba en el ambiente y lo convertía todo en una mancha gigantesca e indefinida. No veía nada.

—¡Miranda!

—Ryland —dijo ella temblándole la voz y sollozando. Llorar no estaba bien, pero oírla hablar sí. Porque eso significaba que estaba viva.

Se apresuró a abandonar la protección del barril y se internó en la astringente humareda.

La silueta de Jeffreys empezó a ser visible mientras avanzaba por la estancia.

—¡Ryland... uf!

Los años de entrenamiento, de experiencia y de pragmatismo lo instaron a ayudar a Jeffreys. Distinguía su cuerpo mientras forcejaba con Gregory y ambos lanzaban puñetazos sin ton ni son. Los sollozos de Miranda eran quedos pero consistentes, lo que demostraba que no solo estaba viva, sino que seguiría estándolo en el futuro más inmediato.

Tenía tiempo para dejar sin conocimiento a Gregory.

Se tropezó con Jeffreys, pero eso no lo detuvo. Con tres certeros movimientos aferró a Gregory por la pechera, le asestó un rodillazo en el abdomen y le estampó la cabeza contra el barril tras el que él se había escondido poco antes. El cuerpo de Gregory se quedó inerte entre sus manos. Ni siquiera esperó a que cayera al suelo antes de correr hacia Miranda.

Estaba sucia y desaliñada, pero parecía estar bien cuando la encontró levemente iluminada por una de las lámparas. Tenía los ojos cerrados y temblaba por el esfuerzo de controlar los sollozos. Las lágrimas resbalaban por sus mejillas sin parar y le temblaban los labios mientras tomaba el aire y lo expulsaba. Tenía el pelo enredado; la cara, arañada; y el vestido estaba tan sucio como el día que tuvieron que caminar por el campo.

Estaba preciosa.

—Miranda —susurró mientras la rodeaba con los brazos y la estrechaba con fuerza contra su pecho, tras lo cual le colocó la barbilla en la coronilla.

—¿Ryland? —dijo ella a su vez, con la voz trémula por los hipidos y las lágrimas.

—Soy yo. No te preocupes. Jeffreys tiene a Gregory. —Recorrió su cuerpo poco a poco con las manos, tratando de no pensar en otra cosa que no fueran posibles daños. Sus manos se toparon con una sustancia gelatinosa que lo instó a apartarse de ella y a llevarla hasta la luz.

Empezaba a controlar la respiración y las lágrimas ya no caían con tanta fuerza. La mayor parte de la sustancia gelatinosa estaba en su pelo y era de color rosado. Tenía la ropa arrugada y sucia por culpa de la lluvia y del viaje, y la falda manchada con esa sustancia rosada.

—¿Qué diantres...? —Ryland miró hacia atrás y descubrió el suelo manchado también de esa gelatina rosa, donde Miranda y Gregory habían estado de pie.

Deslizó las manos por los brazos de Miranda al tiempo que miraba a su alrededor y se sacaba una daga de la bota para cortarle las ataduras. La había maniatado con una tira de cuero, de manera que le costó trabajo liberarla. Cuando la tira por fin cedió, Ryland miró a la estantería situada en el lugar donde Gregory y Miranda habían estado de pie, que en esos momentos estaba destrozada. Jeffreys había apuntado alto para evitar que el disparo alcanzara a Miranda.

Ella se frotó los brazos con las manos una y otra vez.

—Dile al señor Blakemoor que no quiero ni oír hablar de sus tomates.

Ryland parpadeó. Después de todo lo que había sufrido, tenía derecho a abrazarlo, a gritar, a llorar o incluso a desmayarse. Y no la habría culpado por hacerlo.

En cambio, ahora que ambos estaban sanos y salvos y que el peligro había quedado atrás, se ponía a hablar de tomates. Ryland la abrazó y se echó a reír.

Capítulo 37

El señor Blakemoor era tan capaz y competente como le había asegurado el administrador. Cuando salieron por fin del sótano, el hombre ya había regresado del pueblo, acompañado por el magistrado, el resto del personal de servicio y un pequeño ejército de personas que se dispusieron a airear las habitaciones necesarias y a preparar comida.

Hubo cierta lucha de poder entre el señor Blakemoor y Price, que llegó con Jeffreys. A la postre, decidieron que Price dirigiría el contingente desde el patio mientras que el señor Blakemoor se encargaría del interior de la casa.

El duque de Marshington se apoyó contra la ventana del salón, recién aireado. Estaba rodeado por los muebles que llevaba años sin ver, pero los odiosos recuerdos de su infancia apenas merodeaban por su mente. Estaba demasiado ocupado asimilando esa nueva visión de la vida para preocuparse por el pasado.

Tres horas después de que el magistrado se llevase a Gregory atado y sin dejar de gimotear, Miranda entró con paso titubeante en el salón. Al igual que Ryland y Jeffreys, se había bañado y vestido con la ropa que alguno de los habitantes del pueblo le había prestado. Puesto que no contaba con la ayuda de una doncella y tampoco tenía horquillas, se había dejado el pelo suelto. Las húmedas ondas le caían hasta la mitad de la espalda conformando una gloriosa cascada rubia.

—Eres preciosa —susurró Ryland. Aunque a esas alturas ya nada se interponía en su camino para pedirle matrimonio, se sentía inseguro. ¿Habría sido una experiencia demasiado dura? ¿Estaba su vida demasiado mancillada por la destrucción como para que a ella le resultase atractiva?

Miranda jugueteó con la basta falda de lana.

—Nunca creí que agradecería ponerme semejante prenda, pero confieso que es maravilloso sentirse limpia.

Ryland meneó la cabeza. Seguramente nunca se había puesto una ropa tan tosca.

—¿No pica demasiado?

La lenta sonrisa de Miranda se convirtió en una mueca arrogante, acentuada por el desdén que irradiaba su forma de enarcar las cejas.

—Una dama jamás revela la incomodidad que pueda causar su ropa.

Con una carcajada que erradicó los últimos recuerdos amargos de su cabeza, Ryland la levantó en volandas y la llevó al diván, donde se sentó con ella en el regazo.

Les habían llevado una bandeja con comida, entre la que se incluían rodajas de tomate. Ryland movió la mesa y la bandeja de modo que tuvieran acceso sin necesidad de levantarse del diván. No pensaba soltarla en mucho tiempo.

—Es todo culpa tuya, que lo sepas. —Miranda sonreía, pero evitó mirarlo a los ojos mientras soltaba la taza vacía.

Se le cayó el alma a los pies al oírla. Iba a decirle que el peligro era una constante en su vida y que sería incapaz de soportarlo. No podía permitir que eso sucediera. Miranda tenía que comprender que él no había provocado ese desastre.

Le tomó la barbilla con la mano y la obligó a volver la cara hacia él.

—No puedes decirlo en serio. He hecho todo lo que he podido por Gregory a lo largo de los años. ¡Le salvé la vida en Francia!

La suave mano de Miranda le acarició una mejilla, y la esperanza brotó en su interior.

—Me refiero a tu negativa a dejarme participar. Si hubiéramos hablado en tu casa de Londres, nunca habría salido a la calle, en mitad de la lluvia, para buscarte y decirte que el señor Montgomery había estado en nuestra casa.

Ryland echó la cabeza hacia atrás y clavó la vista en el techo. ¿No se daba cuenta de que su único afán era el de protegerla? Había querido que estuviera a salvo y que siguiera siendo pura e inocente, que no la rozase ni el menor atisbo de peligro.

Y había fracasado estrepitosamente. Tal vez tuviera algo de razón.

Miranda le dio un tirón de pelo para obligarlo a mirarla.

—El peligro y la acción... forman parte de ti, Ryland. Son parte de lo que me atrajo de ti aun cuando te tenía por un criado. No me lo arrebates.

No iba a dejarlo. Seguía queriéndolo. El alivio hizo que le diera vueltas la cabeza y se aferró a la conciencia besándola con pasión. Miranda se derritió en sus brazos, y se le hizo muy difícil recordar que todavía no estaban casados, que ella no estaba en su hogar y que la mitad del pueblo se encontraba en la mansión para hacer que fuera habitable.

Miranda le echó los brazos al cuello y le acarició el pelo con los dedos. Él le colocó las manos en la espalda para abrazarla con más fuerza. ¿A quién le importaban los habitantes del pueblo?

Al cabo de un momento, que tal vez fueran segundos, posiblemente minutos o incluso una hora, Ryland la instó a apoyar la cabeza en su hombro y le acarició la espalda con una mano.

—¿Me quieres por entero? ¿Incluido el antiguo contrabandista que hace las veces de mayordomo?

Miranda soltó una risilla.

—Sobre todo el mayordomo contrabandista. —Hizo una pausa—. Aunque tal vez tengamos que negociar lo de la antigua espía como criada.

Ryland la abrazó con fuerza y ladeó la cabeza para besarla de nuevo.

Se oyó un gran alboroto en el patio, pero Ryland se desentendió del ruido. Price y Jeffreys estaban fuera, ayudando a airear las habitaciones y sacudiendo las alfombras y otros objetos de la casa. Había intentado obligarlos a descansar, pero ambos le habían asegurado que tenían demasiada energía en el cuerpo como para estarse quietos.

Podrían enfrentarse a cualquier situación.

La puerta principal se abrió de par en par. El instinto hizo que Ryland se pusiera de pie y lanzara a Miranda tras el diván.

Hizo una mueca al oír su grito airado cuando cayó desmadejada al suelo, pero el desfile de personas desaliñadas que entró por la puerta del salón lo obligó a poner los ojos como platos.

Griffith encabezaba la marcha, con gesto serio mientras escudriñaba la estancia. La tensión desapareció de su cuerpo al ver que Miranda se ponía en pie tras el diván. La mirada que le dirigió a Ryland era inquisitiva y acusadora a la vez.

Trent lo seguía de cerca, aunque alguien lo apartó antes de que pudiera abrir la boca. Fue la morena bajita que había conocido en Riverton, que entró corriendo.

—¿Estás bien?

A *lady* Raebourne la siguió un hombre al que el duque de Marshington no conocía, pero que suponía que se trataba de lord Raebourne. No parecía muy contento.

—Amelia, te dije que te quedaras en el carruaje hasta que hubiéramos echado un vistazo.

La mujer menuda agitó una mano en el aire mientras rodeaba el diván para abrazar a Miranda.

—Tonterías. Le he preguntado al señor Price y me ha dicho que era seguro entrar.

Ryland no pudo evitar poner cara de sorpresa. ¿Esa diminuta mujer se había acercado a Price? ¿Por propia voluntad? Había visto a hombres hechos y derechos cambiarse de acera para evitar al corpulento mayordomo.

Lord Raebourne puso cara de pocos amigos, pero no replicó.

Lady Georgina entró en tromba haciendo gala de un arrebato de emoción como no le había visto hasta el momento. Fue directa hacia Miranda para abrazarla con fuerza.

—Le hemos enviado una nota a mamá y a lord Blackstone, pero no sé cuándo la recibirán. Se morirá de preocupación hasta que te vea.

—Vendrán algo más despacio, me temo —añadió Griffith—. Después de que todos vosotros pasarais, seguidos de nuestros dos carruajes, las casas de postas no tendrán caballos de refresco.

Ryland miró hacia la puerta a tiempo de ver a Colin entrar y apoyarse contra la pared. Su amigo lo miró con una sonrisa antes de clavar la vista en el otro extremo de la estancia con una ceja enarcada.

Ryland siguió su mirada y asimiló el caos que reinaba en lo que había sido una mansión desierta apenas un día atrás.

Lady Raebourne estaba muy ocupada recogiéndole el pelo a Miranda con un moño trenzado, para lo cual se estaba quitando horquillas de su propio peinado. Georgina le daba palmaditas en la mano a su hermana mientras le contaba los últimos cotilleos de Londres como si Miranda llevara semanas desaparecida en vez de unas cuantas horas.

Lord Raebourne se había acercado a la ventana y parecía examinar la mansión y la propiedad circundante. Griffith lucía su típica pose controlada, aunque parecía no saber exactamente qué debía hacer. Trent se sirvió de la bandeja de comida y Colin permaneció en un rincón, sonriendo.

—¿Qué hacéis todos aquí? —consiguió preguntar Ryland.

Griffith enarcó una ceja al oírlo.

—Despertaste a mi mayordomo para averiguar si Miranda había regresado a casa. ¿Esperabas que me volviera a dormir sin más? Avisé a Trent, pero no pude esperar y me marché sin él.

—Yo desperté a Anthony para pedirle prestado su carruaje. —Trent se encogió de hombros.

Lady Raebourne levantó la vista.

—Yo no pensaba dejarla a los tiernos cuidados de unos cuantos hombres. Sabía que iba a necesitar una mujer con ella.

—¡Bien dicho! —*Lady* Georgina asintió con la cabeza para darle la razón.

Lord Raebourne se encogió de hombros.

—Yo no pensaba permitir que se marchara sin mí.

Colin sonrió.

—Yo me ofrecí para llevar a Trent a su casa desde el club.

En ese momento, Price asomó la cabeza mientras intentaba ocultar su corpachón tras la pared y observó la habitación. La cabeza de Jeffreys apareció al otro lado. Luego llegó Jess, que parecía la personificación de la criada comedida, con otra bandeja de té en las manos. ¿Cuándo había llegado? ¿Habían dejado a *lady* Marguerite atada en el sofá sin más?

Ryland se echó a reír.

No podía parar, ni tampoco quería. Unos minutos antes, estaba planeando su vida con Miranda, esperando que ella lo ayudara a formar la familia que nunca había tenido. Pero allí, en la casa que había temido de niño, se había dado cuenta de todo lo que Dios ya le había dado.

Griffith, que le había enseñado todas las lecciones que su padre le había inculcado y que había proporcionado su guía y responsabilidad para que no acabase como un libertino disoluto.

Colin nunca había dudado de él y lo había apoyado siempre que había sido necesario... y también lo había puesto en su sitio cuando la ocasión lo había requerido.

Price, Jess y Jeffreys eran ejemplos perfectos del perdón divino.

Incluso lord Raebourne y Trent, que lo habían aceptado de forma incondicional, eran ejemplo de hermanamiento.

Dios había provisto.

Ryland nunca había estado solo. En ese momento, se sintió más libre de lo que jamás se había sentido y levantó a Miranda en volandas para dar vueltas con ella en mitad del salón. Ella lo miró tan sorprendida como todos los demás.

Griffith fue el primero en recuperarse.

—Ya has tenido dos aventuras con ella de noche.

Ryland miró la cara de su amada con una sonrisa. La basta tela que tocaba con las manos le recordó que esa aventura podría haber tenido un desenlace muy distinto. Pero no había sido así. Le apartó un mechón de pelo de la cara.

—Supongo que tendré que rescatarte, ¿no te parece? Menos mal que ya tengo una licencia matrimonial. Podemos casarnos en cuanto volvamos a Londres.

Varios de los presentes tosieron para disimular las carcajadas.

Miranda enarcó las cejas.

—¿Has comprado una licencia matrimonial sin preguntarme?

—Creo que deberíamos ocuparnos del equipaje, caballeros. —*Lady* Georgina echó a todo el mundo de la estancia. Griffith y Colin mascullaron algo, aunque este último protestó más por el hecho de perderse lo que consideraba un espectáculo estupendo que por el de que Ryland se quedase a solas con Miranda. *Lady* Georgina lo miró primero y después miró a su hermana. Fuera lo que fuese que quisiera decir se esfumó con una sonrisa triste.

—Felicidades —susurró antes de cerrar la puerta tras ella.

—Te quiero. —La voz de Ryland apenas era un susurro, pero a él se le antojó un grito. No recordaba la última vez que le había dicho esas palabras a otra persona, y desde luego nunca habían tenido el mismo significado—. Me he sentido solo toda la vida —siguió.

A Miranda se le llenaron los ojos de lágrimas.

—Ay, no, Ryland, no lo estás.

Él le dio un beso fugaz en los labios.

—Lo sé. Ahora lo sé. Aunque siempre he intentado hacerlo todo solo, ahora veo todas las veces que Dios me ha proporcionado ayuda de una forma o de otra. No estoy destrozado, como creía. Tengo todo lo que necesito. Cásate conmigo, Miranda, y tendré todo lo que pueda desear en la vida.

Ella asintió con la cabeza mientras las lágrimas se escapaban de entre sus largas pestañas.

—Me tendrás por entero igual que yo te acepto a ti por entero. —Esbozó una sonrisa traviesa—. Acabo de caer en la cuenta de que desde que te conozco me he topado con más situaciones peligrosas que en toda la vida.

Ryland soltó una carcajada y se inclinó para darle otro beso fugaz. No era suficiente, de modo que le dio otro más largo.

—Te prometo que haré que nuestra vida en común tenga los menos sobresaltos posibles.

Miranda sonrió.

—Es una promesa que jamás podrás cumplir.

Epílogo

Un mes después

Miranda se encontraba junto a la ventana, contemplando los verdes prados que rodeaban Marshington Abbey. Ryland cabalgaba hacia la mansión en ese momento, tras haber visitado los campos sembrados. Después de casarse, habían decidido pasar una temporada en la propiedad, creando nuevos recuerdos para Ryland y construyendo los cimientos de su futuro.

El amor inundó su corazón al ver el ramillete de flores silvestres que él llevaba en la alforja.

Se alejó de la ventana para acercarse a su escritorio. Debía atender unos cuantos asuntos domésticos antes de que llegara su familia, que pasaría unos días con ellos. Un trozo del conocido papel azul le llamó la atención. Sacó la nota doblada de debajo del montón de libros.

Desplegó el papel con dedos temblorosos. Encontró la primera carta en su tocador la noche que regresaron a Londres. Desde entonces, las había ido encontrando en distintos sitios, una incluso en la toalla doblada que la aguardaba después de un baño.

Eran historias. Las historias de Ryland. A veces, anécdotas de la infancia, otras veces anécdotas de la universidad, pero casi todas estaban relacionadas con sus días de espionaje. Nunca divulgaba detalles concretos, pero Miranda ya sabía cómo conoció a Jess, a Price, a Jeffreys y a casi todos sus sirvientes. Logró ver el mundo a través de sus ojos, lo que él había aprendido sobre la gente y lo que de verdad importaba.

Siempre acababa llorando por el sufrimiento enterrado tras sus palabras, pero atesoraba el amor y la confianza que lo guiaban para compartir esas historias con ella.

Oyó que alguien cerraba la puerta principal en la planta baja y se secó las lágrimas mientras guardaba la carta con las demás en el pequeño baúl decorativo.

Bajó la escalera con una sonrisa de oreja a oreja para recibirlo. Estaba despeinado por el viento y el ramo de flores estaba casi tronchado tras su paso por la alforja, pero ella adoraba esos pequeños detalles. Porque era real. Y porque era suyo.

Con la mano libre, Ryland le rodeó la cintura y la pegó a él para besarla. Al ver que el beso se prolongaba, Miranda comprendió que no tenía intención de detenerse y que muy posiblemente le sugiriera que llevaran las flores al dormitorio.

—Ryland... —Sonrió con indulgencia pese al deje admonitorio de su voz—. Mi familia llegará en breve.

—Faltan horas. Ni siquiera es mediodía.

Miranda se mordió el labio y Ryland gimió.

—Tienes esa cara tan seria...

—He encontrado una carta.

La hizo dar vueltas por el vestíbulo.

—He escondido una carta.

—Hablaba de tu primo.

Ryland enarcó las cejas.

—Sé de lo que hablaba. La escribí yo. —La levantó del suelo para llevarla en brazos y dejó las flores en su regazo.

Ella le pasó un dedo por el pelo, que llevaba muy corto.

—¿Crees que algún día podremos volver a traer a tu familia? Me refiero a después de que Gregory salga de la cárcel.

Ryland empezó a subir la escalera.

—Mis parientes están atendidos. Cuando Gregory salga de la cárcel, se irá con mi tía a la casa de Northumberland. Hay un médico para atenderla y la servidumbre hace las veces de guardia para asegurarse de que pasa el resto de su miserable vida bien lejos de mí. Un sacerdote la visita todos los martes. —Abrió la puerta del dormitorio y la cerró con rapidez en cuanto entró—. Aparte del perdón no les debo nada más. Desde luego, no merecen mi compañía, mi felicidad ni mi atención. —Guardó silencio cuando llegó junto a la cama—. Sin embargo, mi familia llegará dentro de unas horas, así que espero que la recibas con los brazos abiertos.

Miranda no intentó contener las lágrimas ni la enorme sonrisa provocada por la alegría que asomó a sus labios. Ya no se asustaba por expresar sus sentimientos abiertamente, no cuando estaban solos. Sin importar lo mucho que gritara o lo a menudo que llorara, Ryland jamás la mandaba callar ni la amonestaba.

Al fin y al cabo, tal como le decía a menudo, una dama siempre debía ser ella misma.

Agradecimientos

Si alguna vez has asistido a una representación teatral, habrás visto que cuando cae el telón alguien, normalmente el actor principal, señala hacia diferentes zonas del auditorio durante los aplausos. En realidad, no está dándole las gracias al público. Está señalando al personal que no se ve durante la representación, como los tramoyistas o los técnicos de iluminación, que consiguen que todo sea posible. Tras haber trabajado detrás del escenario durante varias representaciones en el instituto, siempre he agradecido ese gesto.

Estos agradecimientos son precisamente ese saludo, y aquí van mis gestos, que pueden parecer aleatorios, pero que en realidad están muy meditados.

A Dios, en quien encuentro mi propósito y mi razón de ser: gracias.

Muchas gracias a Jacob, que me apoya hasta el punto de apartar los muebles y ayudarme a recrear una escena de lucha para poder describirla adecuadamente. Gracias por permitir que te atara con una cuerda.

Gracias a mis hijos, que siempre me apoyan. Sobre todo a Blessing 1, que ha estado ahorrando para poder comprar el primer libro de mamá. Ojalá te guste, cariño.

Mi eterna gratitud a todos los autores, agentes, editores, bibliotecarios, lectores o libreros que han dedicado parte de su tiempo a participar en un jurado literario. Habéis ofrecido vuestra perspectiva, vuestro apoyo y alguna que otra verdad incómoda. Esos triunfos me han ayudado a seguir avanzando. Sin vosotros, este libro no habría sido posible.

No le estoy muy agradecida a mi hermano, que me robó el teléfono para que no pudiera enterarme de si había ganado.

Saludos a Google Images, por brindarme horas de desidia con la excusa de la investigación, y a Pinterest por ofrecerme un lugar donde guardarlo y demostrar así mi productividad. Y gracias al muchacho que subió a YouTube un vídeo donde disparaba a un tomate. Aunque la escena es totalmente diferente a la que yo acabé escribiendo, me encantó ver cómo explotaban los tomates.

A Alana, mi lectora beta extraordinaria: gracias por mantener firmes a mis personajes y por no asustarte a la hora de decirme lo que funcionaba y lo que no.

Un abrazo para el personal editorial de Bethany House, que aceptó un libro del que yo estaba orgullosa y lo convirtió en algo que aún me resulta increíble que lleve mi nombre. Muchachos: sois los mejores. Aunque os pusiera de vuelta y media para mis adentros cuando recibí el primer informe de revisión.

A Delaney Diamond y a la asociación Georgia Romance Writers, gracias por el taller literario Gin Ellis Critique. Aunque el prólogo que me impulsasteis a añadir ha acabado mordiendo el polvo, bastó para llamar la atención de la gente adecuada. Y a Victoria Vane, que pasó horas enseñándome a mejorar mi estilo. Usamos un manuscrito distinto, pero de todas formas puse en práctica sus consejos. Gracias a Debby Giusti por ser la animadora más fiel que se puede esperar, aunque no supiera qué hacer con el personaje que me aconsejó matar.

A Patty, Ane, Lindi, Brandy, Meg y el resto de las muchachas de ACFW North Georgia: gracias por celebrar este contrato como si fuera vuestro. Para mis hermanas de Regency Reflections: vuestro apoyo lo ha sido todo para mí.

Y, para finalizar, gracias a mis lectores. Sin vosotros, este proyecto de amor tendría mucho menos sentido.